U0897364

棘花

简媛 著

湖南文艺出版社

谨以此书献给不羁而坚强的灵魂

棘花，学名金樱子，蔷薇属野生灌木。四月开白花，有如山野里不羁而坚强的灵魂，灿烂开放在向阳的山野、溪畔、路旁、岩上。因其从枝条到果实都多刺，湘中梅山人喜种植在家门前筑成篱笆。

第一章

1

中医院南面那幢房子曾经是一所大学的食堂，不知从什么时候开始，一到周末晚上，那儿就举行舞会。如唤醒记忆中的某个片段，她仍可隐隐约约地闻到一股混乱气味：由男性荷尔蒙和食堂里的菜味裹在女生们身上所散发出来，加上那些女孩涂在脸上的化妆品，以及洒在腋窝下的香水，混合成一种新的气体，强烈而浓郁。可大家的注意力并不在此，无论男人还是女人，都被催促他们摇摆的乐声吸引着，旋转的球状霓虹灯，将亮光洒在舞者身上，让他们陷入虚幻之中。

那儿曾经有过孤独，以及对某种羞于启齿的情境的期待。这种期待记忆犹新，那是她等待某个人，又或是被他搂着进入舞池时可感可触的东西，他那炽热的鼻息还在耳边，他那亢奋的肉体也在眼前，清晰可辨。那时，他们如此渴求单独相处的空间。来自身体的不可抑制的本能让他们变得贪婪，也不知这些本能的源头在哪里？

这是杨素站在办公室窗前依旧能看到的画面。事实上，她看不见了。光从她的眼前消失，她听得见一切，甚至过去的声音。想到周亚宁时，停留在她耳边的声音变得嘈杂，像是女人喋喋不休的争吵，有时听着让人以为一切就在眼前。

周亚宁是她丈夫，宏景集团下属潭州建筑设计院的首席设计师。一个月前，他从妻子身旁逃去沙漠。他无声无息离去时，丧失了任何生的意趣，他想做的事情没有一件是成功的，关于他当宏景集团副总的事无人再提起；他认为妻子过分武断和专横；他又成了旧情人的帮凶。女儿呢，仿佛一个不相关的人被扔在他的人事之外。他在痛苦与狂躁之中抛弃一切。他是抱着葬身沙漠的决心去的。

他和妻子的工作并无交叉点，也不熟知她身处职场的为人处世。他也是偶然才发现，妻子在他面前和在常人面前所表现出的极端性格。或是说她身上有两道门，一道专为他开着，而另一道是留给所有其他人的。不用取证，他能判断出别人对妻子的评价：一个很难开口一笑的女人，沉默寡言是她的常态。即便面对患者，她也只会给出最简洁的诊断，没有模棱两可。她的微笑尤其珍贵，那个患了肛门脓肿的五岁兔唇男孩，坐在她面前时，她倒是对他笑过。这恰巧说明她不是个冷漠之人。她同样会在某些不经意的片刻，流露出真实情感。她不是这样的人。她就是这样的人。他时常感觉自己站在辩论席上，正方和反方都是他。

看不见了，杨素躺在办公室沙发上，感觉一个故事涨潮般向她涌来。

对于此刻的遭遇，她早就有了心理准备。她安静地躺在那里，仿佛时光一下回到故事的最初——九个月前，自己是如何怀着喜悦与憧憬等待丈夫归来。她觉得自己意气用事，犯了不少错误，有些可以挽回，有些已无任何挽回的余地。

一切还得从那天开始讲起。

2

那是三月初的一个早上，杨素从银杏树旁经过，她发现银杏树上已经微微探出略带些羞涩的细小芽尖，晨阳浮在上面，鹅黄色的嫩芽呈现出非凡的光芒。为此，她停顿了几秒，像个怀春的少女，透过光，她看见了初遇她男人时的自己。那时的羞涩和喜悦依旧如新。

"我男人"，虽然她从来没有这样叫过周亚宁，可在心里，她喜欢这样称呼。只有她自己知道，这样叫能满足她某些难以启齿的需求，甚至能发泄出身体里最本能的欲求。

下个月的今天，是周亚宁外派公干两年期满的日子。我男人要回来了，杨素感觉身子变得充盈丰满。楼道里新洒的消毒水味，浓烈刺鼻，可她的嗅觉被一股汹涌的热潮冲淡，身体某处兴奋得像迫不及待拱出泥土的春笋。

等得太久了，她能感觉出身体上的变化。就像她熟悉的旱田里的庄稼，白色的根从裂口处裸露出来，眼看就要脱离泥土，枝叶无精打采地耷拉着，了无生机。而此刻的兴奋像是冲进旱田的洪流，来得急，走得更快。一度，那些流血流脓拖着红色阑尾的肛门，不仅毁了她的食欲，还灭了她对男人的期待。她以为自己再也不想爬上男人的身体。周亚宁一定是因为这样才离开我的。软弱的男人，她把牙齿咬得咯咯作响，也把嘴唇咬出了血。可到底是回忆，中间又隔着一段距离。她夜里躺在床上，望着窗外明亮的灯火，就像他正在她身旁一般，她躺在他的臂弯里，脸贴在他胸脯上。可她更喜欢背对他，她知道，只要她转过身，他的手就会滑向她的胸脯。她觉得一切很美好，连不想也不成。她记起他更多的姿态，他说过的话，他的声音，他的一切。于是，她把手放在胸脯上，就像是他的手。她总是在此刻喃喃低吟：啊，啊。她问自己，他也会像她一样回忆她吗？她心跳得飞快。可瞬间又转化成无力的哀怨。唉！越陷入越痛苦。可心里竟然还能安慰自己：无论如何，身体又有了潮意。

小护士在那边哼唱：思念像涨潮的海……如同拉开了一道闸门，身体突然变得血脉偾张，就像车辆飞速穿梭的街道，或是人群涌动的广场。仿佛她和他正走进洞房，她赤裸着，时喜时忧，或尖叫或哭泣，她只想尽情向他奉献自己。

继续往下憧憬是很危险的。她收回目光，落在肛肠科的过道里。路灯已关，白色的墙壁上像蒙着一层阴影。病人们没有起床，失去麻醉药庇护的他们，将痛苦与焦虑裹在呻吟里，一夜折腾；在天空即将大亮的那刻，所有的呻吟消失，再大的苦难也在困倦中偃旗息鼓。而她依旧能从这墙上看见一些幻象，听见一些声音。即便她听不见，也总有人会在她面前提及。这个故事包含的所闻和所见，都是这样，并非她次次亲耳听见或亲眼看见。她并不刻意打探，可总有人会将声音或真相传递给她。

护士站前台空无一人，值夜班的护士躺在更衣室，那里有一张简易折叠床。杨素压低脚步，不想打破此刻的宁静，心里觉着矫情，仿佛在刻意准备什么。可矫不矫情，她说了不算，李院长说了才算。“纪市长这台手术，你们肛肠科必须全力以赴。”李院长晃着食指说这话时，所有人都听见了另一个声音，谁干不好，谁就滚蛋。

十年来，小到肛瘘切开术，大到直肠癌扩大根治术，做了多少手术，她记不清，可从来没有像今天这般心情复杂。纪鹰是肛肠科的病人，是我的病人。杨素暗自欣喜。无攀龙附凤的野心，却也总想证明什么。她不由自主地想到那些发出“呜呜”报警声趾高气扬开进心血管科的救护车，想到在年终总结报告会上，轮到肛肠科发言时，那些漂浮在心血管科专家眼里不屑的神情。迎接这样的目光时，她心里有气，也起了一种抵抗的快感，甚至于自此逼迫自己投入科研，一心想得个国家级科学技术奖，似乎这样就能证明什么似的。

她感觉出自己脾性的变化。就在前天，她对科室人员咆哮：为什么肛肠科的床位空那么多，护士站多久没有进行业务培训了，一个个鬼打青了似的挂着张苦瓜脸。微笑服务，记住，是微笑服务。应该让病人来了就想着踏踏实实地住在这里。

而明天，她将是本市副市长的手术医生。说不上骄傲，但杨素分明看到了一种希望，属于肛肠科的希望。这种感觉如同久别重逢的朋友。她难以忘记多年前的一些忠告，都来自老师和同学，这些人说出的大意一致，有人劝她尽可能再托人换到别的科室去，也有人说待在后勤是最好不过的了。他们无非是想提醒她，你是受过处分的，作为医生的前途早就毁了。说穿了无非如此。最难忘的是她决定放弃这个工作时，视她为得意门生的伤寒论老师找到她，谈了三小时，主要是老师说，她没有表情，也不发声。当时，肛肠科门可罗雀，似乎根本没有人因为肛肠而需要救治。可老师高瞻远瞩，他让她明白一个道理，一个新的结合点在向她走来。如今，她拥有了独门绝技：

痔疮动脉结扎术。她能在第一时间，找到一个最佳的结合点。这是她迄今为止最自豪的事。

再看过道，杨素看出了欣喜与骄傲。

走廊用洗涤剂洗刷过，墙壁上找不出一点污渍，所有垃圾桶摆在规定的位置，大厅里的盆植换上更新鲜的了，护士站全体人员必须化淡妆上班，头发用精致的发饰别在护士帽下。大家都在迎接，她觉察到了这一点。昨天，她就发现了护士长身上的变化，嘴唇上涂的是玫色的口红，不同于从前的寡白。她想着自己要不要也涂些口红。丈夫出国后，她就疏于装扮。她的办公室抽屉里有各色口红，没有开封。厂长夫人，阔太太，时尚小姐们的肛门红了、痒了、痛了，流血流脓，长了多余的肉……她们怎么就想着要抹红我的嘴唇呢？她讨厌这些口红，这些东西使她想起自己除了眼下要忠于的事业之外还有另外的世界，诱使她怀疑她当下的生活是否就是心中所想。可此刻她需要它们。男人回来后，她也需要它们。带着这份因为需要而萌生的兴奋，杨素大步流星迈向了主任办公室。

开门，亮灯，洗手，换上白大褂，看今天的手术安排。

3

周亚宁又打电话来了。杨素没有接。她想对着电话怼他：你不知道现在是我上班最忙的时候吗？可她没有这样做。在所有人面前，她习惯保持沉默。

可沉默只适合被众人审视的白天。面对各种声音：谄媚、讨好、妒忌、质疑、耍小聪明……她镇静自如。黑夜，被现实粉碎的精神碎片，聚拢过来，用尖刺扎她。而回忆又总是不愿放过任何亲近她的机会。她审视自己一天的生活，想说的很多，无论是工作，还是对周亚宁的思念……

助理李铄走近杨素时，电话正贴着她的白大褂发出有节奏的蜂鸣。“要不要回条短信?”她这样想，却立马关了手机。她常为自己还能拥有这样的果断而感到自豪，觉得自己还是中心，是可以骄傲的公主。李铄没有像以往那样站在一步远处向她汇报，挨近来，小声说：“杨老师，有病人家属找你。”“先在病房等着查房吧。马上要开早会。”李铄还想说点什么，杨素用手势制止了他，径直朝医生站走去。

早会只开了十分钟，散会后直接查房，护士们推着盛满各种药瓶的小推车像蜜蜂般穿梭在病房之间，肛肠科沸腾起来。老病号看着新病号倚在病房门口翘首以待，在过道里走来走去，他们并不多嘴，只是会心一笑，他们心里有数，查房只是例行公事，去换药室排队才是正事。

从医生站出来时，杨素感觉双眼有视物不清的模糊感。她揉了揉，依旧有一层膜样的东西敷在眼球上。她断定是昨夜睡得太晚所致，经过窗口时，有意看向窗外，大致能判断出，景色和昨天早上看到的没有两样。唯一不同的是，此刻院中心小湖旁的柳树下坐满了等待的人们。

她的心中也在等待。

两年前，周亚宁被宏景集团派到 C 国担任 A 项目的项目负责人。从他出国的那天起，她就在卧室的墙上挂了个倒计时日历：离周亚宁回家还有 730 天……226 天……35 天……

“嘀嗒嘀嗒”，伴随这声音，夜间的蛙鸣以及昆虫发出的声响都令她烦躁。可她意识到了，她多想有着和它们一样的兴奋体验，似乎这种体验只有在叫声中才能得以宣泄，可它们能通过叫声唤回自己的配偶，她却不能。有时，她会在月圆之夜低声号叫，声音孤独、压抑，她期待能像狼那般把所有女人从自己的领地赶跑。没错，周亚宁是我的。她反复在心里强调这一点，却不知已经暴露了内心的胆怯。这胆怯是从梦里走出来的，日复一日，梦也越来越复杂。

杨素时常感觉肉身空荡，而灵魂有时会对掩埋在肉身里的蓬勃表现出鄙视，觉得它肮脏不堪。看见街上牵连的狗，树上成双的鸟，还有连理枝并蒂花，为何会痴迷？杨素曾因此轻视自己。她追索痴迷的来处，落在了客界，那里的空气和泥土和别处不一样。它们日夜浸染在客界人唱出的情歌里。客界人的情歌，表现情恋、意恋、野恋、婚外恋……其丰富的果实终年藏在荆棘丛生的外壳之中，也淋漓尽致地表现出客界人粗野朴实的个性。不只是杨素，每一个客界人都觉得山歌钻进了他们的皮肤，和肉身融为一体，无论去向哪里，它们都在，也都暴露出粗野的秉性。

过去，王荆花时常说，人啊，要有廉耻之心，不要只图一时痛快就不为后人着想。王荆花为什么这样说？因为那个女人（村里的寡妇）又去了那栋无人居住的二楼，她身上洒了厚厚一层花露水，穿着露胳膊露腿的白棉纱背心和深蓝色绵绸短裙。她上楼的姿态招人骂，像是去自己家里，大摇大摆，摇着蒲扇，上楼梯的步伐轻盈得让人嫉妒。谁在等她，村里人都知道。可她依旧天天爬这楼梯，依旧步伐轻盈。王荆花和其他女人天天对着她指指点点，天天骂她不得好死。杨素不想去记住这些。可这个女人注意到了杨素，她并不忌讳，直接指着杨素对别人说，才十三四岁，你看那奶子，那屁股，翘得那么高，都是祸害。哄笑声很大。

那个女人说对了，全是祸害。后来的生活像是要为这句话提供证据，无论杨素做出怎么含蓄的表情和沉稳庄重的举止，都对异性透出巨大无比的诱惑。她这才觉醒，一个女人所有的幸与不幸、悲哀与骄傲都源于此。她一度异常讨厌自己的身体。这种讨厌，除了从亲身遭遇过的现实中催生，还和周亚宁有关，他说，这一切都源于她特殊的身体结构所释放出的性信息让她陷入猎场。

周亚宁变了，没有耐性了。她这样想时心里委屈。近来，他总在逼她选择，他说出的话，无论简洁或烦琐，都在表明，他给出的选项只有一个——她最好放弃现在的工作到他的身边去。尤其昨天，她正在查房，他打来电话。他们之前有约定，不到万不得已，不在上班的时候打扰对方。他有急事？近来一直有梦困扰她。她想脱口说出这个梦和她的猜测，可时机不对。他开口就说，老婆，昨天夜里和你说的事，想好了吗？晚上再谈。她只想逃避这个关于如何选择的话题，却又难免感叹，不管怎么说，如果是你的话，你会怎么选？挂了电话，杨素看了一下手表，不到一分钟。

杨素又一次望向窗外，跳跃的新绿撩拨心底的憧憬。耳边有歌声，是客界人攒在她心底的，她什么时候需要了，需要如何，它们自然就走出来。听着歌，她安慰自己，好日子就要来了。身上不由生出冲劲，甚至感觉到爱人温软的手正爬行在她肌肤上。一定是兴奋让血涌上头顶，冲散了眼睛的疲劳。她看清了，左前方的墙上，有谁留下的一口浓痰。“娘卖乖的——客界人无论骂谁都是从这句开始的——你不知道老子今天要亲自给纪市长动手术吗？”她想找到真凶，让他用舌头舔干净。这是另一个她，是她藏在黑夜里的另一个人。事实上，她默默掏出纸巾擦净了污物。

杨素不想惹是生非。

科室主任张建已经在办退休手续，竞争也因此产生，杨素和胡颖都是科室副主任，她俩并没有决定自己命运的权力，可同事们期待一场好戏。日子太沉闷，他们需要些调剂，那些压抑在心底的只有本人知晓的心思，说不定会因为最终的失去而蹦出来咬人，哪怕只是只言片语，都让人兴奋。

结果出来了，由杨素暂时主持科室工作，这是意料之中的事情，大家并不失望，反倒因为风平浪静而觉得乏味，却也因此对胡颖高看一眼。别以为就这样过去了，好戏还在后头。说这话的人和听这话的人都明白话里的深意，可只能说到这了。消息传出的那个上午，杨素想看看胡颖脸上的表情。她将目光默默洒落在科室、病房、楼道……胡颖蒸发般消失了踪影。

没人注意到胡颖的变化，她慢慢地从办公室走出来，下了电梯，走到地下停车场，她拉开后车门，坐上去掩面抽泣。她长期渴望当这个主任。她知道自己嫉妒杨素，不到迫不得已，她从不开口和她说话。车窗外一片漆黑，车里也无一丝光亮，在这样的黑暗里，她突然感觉异常孤独，觉得全世界没有一个人真正关心她。她对张建主任起了埋怨，觉得他一定早就知情了，要不为何昨天突然对她说什么别看肛肠科这戏台不大，可真要是站在舞台的中央，是由不得你有丝毫差错的。由杨素来主持工作本是她预料之中的，可只要没有宣布，她和杨素就还站在同一水平线上，她也就还存在一丝希望。张建昨天还说，这主任，当有当的得意，也有当的难处。这话分明就是在暗示她。可他过于谨慎了，要不他昨天就应该告诉她实情。就在这一刻，她觉得所有人都可恨，越想越委屈，觉得主任也成了外人。

回忆有些苦涩，却总能让人保持一定的警惕。胡颖和杨素站在不同的地点，沉浸在各自的思绪里，都觉得自己孤身一人。

杨素没有继续去寻找胡颖。她走进办公室后不久，有个男人走了进来。他们彼此打量。

商务西装，金边眼镜，白色衬衣，一尘不染的黑皮鞋，吊梢眼，嘴唇很薄。杨素在脑海里搜索对这个男人的记忆。

“我是纪市长的秘书张诚明。”他双目含笑，眼角自然上扬，“手术就全拜托你了！”

“这是我的工作，我会全力以赴的。”她回应他，表情自然。

他直直地看着她，双眼闪烁着不加掩饰的惊喜。可很快，一切又退回去了。

李铄走进办公室，先是象征性地在门上轻敲了两下。看见办公室有人，他没有回避，这里时常会有人出进。当看清另一个人是张秘书时，他讪笑着想往外退去。倒不是说这里有什么他见不得的东西，只是觉得眼下他的存在是不合适的。而张秘书看他的眼神让人感到尴尬，仿佛他是一个闯入者。

“李铄，你陪张秘书去纪市长病房进行术前心理疏导。”杨素觉得自己有些刻意了。可她边说边往外走，径直走向了手术室。

4

从消毒室出来，再经过长长的通道，走到心无杂念，只剩下虔诚，便到了手术室。手术室里，助理、麻醉师、手术工具……像陈列馆里的物件一样规整。麻醉师在安抚手术台上的老人。老人正是墨兰。氧气瓶发出有节奏的滴滴声，一下一下，如同某种警示。墨兰屈腿躺在手术台上，裤子褪到了膝盖下。护士正在小心擦拭她的肛周。杨素找准点，对着病灶部位开剪。嘀嘀的氧气传输声，一声一声，回荡在上空，令气氛显得格外肃静，仿佛所有人都刻意憋着气息等待某种宣判。

“痛吗?”杨素问病人，“早来些日子，你就要少遭些罪。”

因为是局麻，病人是清醒的。手术要多久，快完了吗?流了多少血，切了多少东西出来?墨兰没有问这些，她窝在那，无声无息，看不出半点恐惧与茫然。杨素欣赏这个女人。在内心，也常常因为这些细小无声的表情生出感动，甚至觉得这才是推动她狂热钻研的动力，她渴望与每一个患者、每一个痛苦的灵魂、每一个真正需要她的人建立关联。这是医者对病人的那种独特的爱，只有通过一定的接触与审视才能表达。她庆幸自己认识到了这一点。

李铄静静地看着杨素及她手上忙活的一切，不时帮衬一下，嘴里却只有“嗯啊”的附和。那是一种新手被行家牵着鼻子走的依附感。他感到安心。他觉得，无论是在这里还是医院别处，他都不再茫然。原本，他是怀着忐忑来到这科室，也做好随时撤退的心理准备，可这个女人让他坚定了留下来的决心，他想感谢她，但现在压根找不到感谢的借口。

“这个可是4号线?”杨素打完最后一个结，就那么问了。

“杨老师你厉害着呢，都能看出几号线。”护士说。

“我用的线都能绕这个城市几圈了。”杨素今天话有点多，明显不同于她在门诊、早会、查房或其他地方的时候。在这里，在此刻，她不断地说话，说给护士听，助手听，患者听，麻醉师听，仿佛变了一个人。她甚至说，无论谁做手术，都做不到我这么好看。

这是她的骄傲。

一星期前那台手术，躺在手术台上的是一个漂亮的年轻姑娘。对于一个年轻女孩来说，她是无法像垂暮的老妪那般安然躺在手术台上的，这是她该有的常态，她有她的矜持、她的胆怯、她的懦弱与茫然。杨素细心地缝合每一针。她对李铄说："她是个大姑娘嘛，肯定得做漂亮些，实在漂亮不起来，你要先保护她的正常组织和功能。这样病人就喜欢你了。我们肛肠科做的是小手术，登不了大雅之堂，但并不影响你追求手术的漂亮，这和你自身的追求与信念有关。人家问我做了多少台大的漂亮的手术，我说没有，我只是在平凡的岗位上，做的都是小手术。"她说得很轻，却能听出骄傲。她自以为自己把握住了一切。

她比之前愈发喜欢这个工作，她有时会感觉到这是体力与灵魂之间的一场较量。到了晚上，她累极了。她喜欢那种精疲力竭后的空空如也。有时，但不经常——尤其她想男人想得厉害的日子——她会绕着肛肠科楼上楼下，一间房一间房去看。然后她会浅浅地对自己微笑，像一个母亲正在看着自己的孩子。她想到了时光一天天老去，想到自己，也许她的日子就是这样过下去了，她怀着冷静和好奇，像一个局外人，看着从思绪里钻出来的痛苦。她想她男人了。她总是在这时候自言自语，又来了。她想知道那种痛苦到底能持续多久，真是奇怪，这给她带来一种奇怪而又陌生的快感。看着自己和欲念抗争，她忘记了自己的痛苦。她甚至轻蔑地笑了，没有意识到她在嘲笑自己的痛苦。这样的时候很少，但是当它们来临时，她就会这样去做，她必须在她亲手促成的场景里找到一条通道，也只有在这里，她才能劈开自己体内的某种东西，那种东西能证明她的欲念。

给患者打完蓝色的长效止血针，杨素的工作算是完成了。脱下一次性手术服，杂务人员入场清理工具，清理污物。李铄擦拭患者的创口及四周，然后垫上棉垫。推床来了，就像成品出仓，患者将被归整到属于她的病室她的床位。

她走出那条长长的通道，明明每天要走，可今天却感到异常陌生，甚至想仓皇逃离。很奇怪的感觉，她突然很想吸根烟。她紧紧地攥紧拳头，好像手掌的皮肤和她紧握的手机连在了一起。为了站稳些，她使劲往下踩着，水磨石地板顶着她的脚掌，她感觉到的不是身体的存在，而是血液的快速回流。就在昨夜，她收到一条短信，是个陌生电话发来的，对方告诉她，周亚宁在C国有了女人。那时她正和菲儿在茶室聊天，她想由着性子说出这条短信，也想借着酒劲痛哭一场。可她什么也没有说。她甚至没有立即给周亚宁打电话，她觉得若是由她先说出来，她就输了。可她打过那个电话，显示的地址是河南。在她的印象中周亚宁没有去过河南。她心存侥幸，觉得这可能是个误会或是什么骗局。从茶室回到家，她反复睡不着，总是不断回忆。她几乎记得发生在她和周亚宁之间的所有事。尤其第一次和她有亲密关系时他说的话：终于有了属于我的耕地。他出国后，那句话幻化成一根皮鞭，挥舞着，驱赶想闯进地里的野牛。偶尔，她会萌生出掩耳盗铃的欺骗感，可她宁愿这样。她全身心投入从事的工作，乃至于她自己和所有认识她的人都感觉到，她成了一条高速运转的传送带，帮助别人到达目的地成了她的使命。成全周亚宁，成全他在那边有女人的事实。不，不！我没有疯，我不答应。杨素在心里果断地拒绝。

“杨主任！”听到肥妹在叫，声音响亮。她转过身，看自己映在厚玻璃窗上的影子，好像突然胖了许多。她再次走进那条长长的通道，再次来到消毒室门口。

双手平胸上举，暗自用力叉开五指，她确定自己心无旁骛，才走进了消毒间。换了往日，并不会中间出来再次消毒。可今天毕竟有些不同，她还是慎重了一些。

胡颖也在进行术前消毒。见到杨素时，她点了点头，很难说她是在向她打招呼，还是仅仅表示看到了她。只有她们自己知道，胡颖在心里骂杨素，蠢货！看你得意的样子，真把自己当主任了？清醒点，只是代的。而杨素呢，她记得胡颖的许多细节，早会有意无意迟到，上班有理无理早退，隔三岔五请半天病假。她也在心里骂胡颖，好吧，老赖，我实在不愿意花时间再这么和你别扭下去了。我一定要找个机会和你好好聊聊。可表面上，两个人谁也没有说话，沉默着，先后走进了手术室。

男人向左侧卧在手术台上。正是纪副市长。作为一个有身份的男人，这样被一群女人注视着，那感觉一定很奇怪。虽然他背对着她们，可就这样长时间注视着他的身体，她们还是不由得猜想，他接下来会有什么样的表现。是和其他患者一样发出让人难受的呻吟？还是他从不害怕，只是因为像这样保持同一姿势而难受？她们似在背后用眼色交流，对他品头论足，这男人到底有何与众不同，就像突然闯进动物园的一头珍稀动物。

他的头发灰白。如果想表达善意，也可以说成银白。可眼下她对他只有敬畏。如果不是上级的命令使然，她宁愿永远也不要和他这样身份的人接触。杨素一边在心里这样揣度自己，一边往手上套乳胶手套。这次的乳胶手套是科室新采购的，比平常的小，她把手伸进去时感觉手指被箍得无法动弹。她想抱怨两句，可不管怎么说，她是科室主任，任何抱怨只会自取其辱。

两天前，她帮一个二十岁的女孩做痔疮手术。见过那女孩的人都说她长得像某当红女星。杨素见过她那涂满猪血似的两瓣嘴唇和打了鼻钉的鼻子，更看清了她的患处，黑而粗糙，有一种透着荒芜的沧桑，却又裹挟着令人窒息的喧嚣。尤其私处，堆积数层褶皱，像一块干枯的瓜瓤，胡乱地趴在那儿。手术完成后，她刻意回避不去看这个女孩的面相。当时站在杨素身旁的助手除了李铄，还有两个新来的女实习医生。那天下午，护士站传出新的话题：这女孩是干那活的。

看着纪副市长两股间似曾相识的黑，杨素眼神不变。她并非生来这么冷静。只有傻子才认为她看到这些没有任何异样，想到自己的职责，她为自己感到羞愧，可一切并非她所能完全控制的，过去她还太年轻，因此时常生出别扭。但眼下不同了，就算她心里在嘀咕，脸上却丁点儿也不会表露出来。

有时科室也就此嚼嚼舌根。尤其护士们，似乎无所不知，她们常聚在一起聊天，将各种小道消息从一张嘴传递到另一张嘴里，毫无疑问，她们已经知晓了某个秘密。知道吗，他直接勃起了呢。他想在杨主任这平衡荷尔蒙吗。还说，简直是神了，脸上戴着口罩，手上戴着手套，真是无法想象他是怎么有感觉的。即便裹在布下，胸还是胸，臀还是臀，凹凸有致。他一定是想我们主任想疯了，不过到头还是竹篮打水一场空。有时杨素会站在某处偷听，她清楚所有的细节。那天，她帮一个男患者做手术，真是让人意外，刚碰了一下，他身体下面的器具就竖起来了。一旁新来的女医助还是个姑娘，当即吓得“哇哇”乱叫，慌慌张张逃出了手术室。杨素也慌了，可她强作镇定，反而担心患者的尊严受到损害，更担心科室名誉受损。可谁会在意她的心灵受到的创伤？她不知道，在这创伤中，有多少是作为科室主任该有的担当，有多少是她命中注定的悲哀。

这件事，以及任何相似的经历，杨素从不透露给周亚宁。他不喜欢妻子在肛肠科工作，尤其他向朋友介绍妻子的工作时的窘态，让她感到耻辱。而他平时的言论，能让人轻易分辨出，一个杀鸡宰鸭的都比妻子的工作要体面。他多次劝她离职，至少也要换岗位。杨素支支吾吾，顾左右而言他。她心里有病，这是往事造成的阴影，她并没有完整告诉丈夫，可她心里清白，来肛肠科反倒从某种程度上拯救了她。她的名字被越来越多的人记住，来看她门诊的人也越来越多。

“一块没人要的土地，总归是土地。拥有属于自己的土地，对于一个出身寒门的农家女，是最好的选择。”杨素把这句话写在日记本上，本子锁在她的办公室。她时常读它，次次兴奋不已。

上午十点，杨素结束了第二台手术。她走出手术室时，双腿酸软。那条通道今天显得格外幽深。她揉了揉双眼，捋了捋头发，缓慢而吃力地往前走着。在她的记录里，曾经一天做过八台手术。今天才做了两台。她叹息一声，有种“好汉不提当年勇”的失落。受一些征兆的影响——那晚那个梦，周亚宁催促她出国时的语气，卧室里急促的“嘀嗒嘀嗒”声，以及梦中那个站在周亚宁身旁面目模糊的女人和那条短信。它们裹成一团，像霾，让她无法呼吸。

5

往 VIP 病房赶时，杨素感觉出慌乱。这是怎么了？她暗自嘲讽，你不是一向自视遇事冷静客观吗？如今看来，也只是没到那一步而已。菲儿和安若都说，为了婚姻，女人自觉或不自觉都会在心里筑起捍卫的城墙，杨素总是不以为然地笑她们庸人自扰。意识到自己也是庸人时，她的城墙已经被某种不可明说的力量击穿了。张秘书找到她，说纪市长患处痛得厉害。痛在肛肠科是常态。她安慰他，可心里闪出数种念头：手术失败、感染、诱发别的病症……

纪鹰躺在病床上，张秘书站着床边，毕恭毕敬。她暗自扫视室内：干净、整洁，没有水果篮、鲜花、保健品。有些意外。听说他要退休了，难道？她在心里冷笑两声，人类真现实。可这样的情景更合她心意，温暖，踏实，也有一份淡定从容。她心里为之一动。可她是个冷漠的人，同事这样说她，病人也这样认为。她也试过变成一个表面和蔼可亲，或是热情活泼的人。可没坚持几天，她的脸上又是一副冷冰的样子。我就这样吧。她自嘲也自恋，却更深刻地品味出这冷漠是她一路走来所承受的痛苦而造就，自然也含有她解释不清的苦涩，包括深夜她常听《流浪者之歌》，次次泪流满面。

见她进来，纪鹰没有说话。可她能感觉到他在心里打量她。她一动不动地站着。因为她首先感受到的不是视觉，而是触觉。那种意识不是看到了人像的存在，而是在铺陈一段往事。问他病情，他说，皮肤灼热，咽喉里卡了鱼刺般难受，伤口痛得厉害。凭借多年的临床经验，杨素能判断出纪鹰并无大碍。她看他的脸，他说话的嘴，看到了探索。她知道这是他熟悉并期待再次相见的眼神，因为有一种内在的力量。

杨素正处在短暂的思考之中，肥妹慌里慌张地跑进来。“杨主任，27 床情况异常。”

“异常”两个字在这里并不常用，这是个紧急信号。杨素必须快速奔赴 27 床。可李院长再三交代：纪市长在院期间，你的任务就是护理纪市长。李院长的话悬在脑门，像一把达摩克利斯之剑。“这么痛，不是异常吧？”张秘书的语气不像在问她，倒像在提醒她这里才是第一紧急现场。杨素心里别扭，却还是耐着性子给他解释出现症状的原因。

她是个做事稳妥的人，将这里的两个人都安抚了，看他们心里踏实了，才怀着歉意离去。

纪鹰的病房在最东端的单间，27 床在西端第一间。杨素一边往那边赶，一边问肥妹。

“27 床怎么了？”

“起床上厕所时摔倒在床边。”

“目前有什么症状？”

“伤口开裂，出血量大，血压偏低，胸闷。”

不管出现什么问题，归根结底，主任担负主要责任。杨素变得严肃，六亲不认似的。“说了一级护理，你们干吗去了？”

“我中饭都没有吃。”肥妹一脸委屈，突然又诚惶诚恐。她大概才意识到，她是 27 床的主管护士，患者出现任何闪失，她同样负有不可推卸的责任。

到了。五号病房 27 床上，患者脸色苍白，嘴唇发黑，双眼乏力。摸她脉象，弱，无力；量血压，偏低。检查她的创口，能立刻判断出，患者活动过多，造成创口开裂，失血过多。

“大妈，陪护你的家属呢?”

“回家了。”声音虚弱。

“你刚做完手术，不能没有人照顾!”肥妹的声音里有责备，“出了事你自己负责任。”

“村里来人报信，说媳妇要生了，儿子在南方打工，还在回家的路上。家里喂了一头母猪，快要生了，三只仔猪，二十只鸡。媳妇坐月子期间，就指望这些鸡来帮她下奶水……”墨兰的声音像是在乞求。

“请护工了吗?”杨素问。

“护工是什么?”墨兰看着杨素，一脸茫然。她还是第一次听说护工这个词。

“就是有没有花钱请人来照顾你?”肥妹说。

“哪有那闲钱?”墨兰苦笑了一下。

“忍着点，很快就好了。”每次给患者换药，杨素都会习惯性说上这一句。她觉得要是她不说出这句话，患者就会一直处于恐惧之中。可她不知道这样说到底是在安慰患者还是在自我安慰?

墨兰总是安静。换药时，她躺在那里，一言不发，似乎是失去痛觉的人，又似乎懂得体恤一切。杨素喜欢她的沉默，喜欢她一动不动的身体，仿佛这是属于她们的默契。她想到那年深秋在小巷深处看到的浓霜下盛开的菊，那窝挂在秃枝上的雏雀，还有她和周亚宁在悬崖边的一个小寺庙起誓时，意外滑下山坡时听到的那声呼唤，那是周亚宁发出过的最动听的声音。她已经很久没有这种感觉了，孤独让她愈发渴望这种温暖。就像是搭错了某根神经，杨素突然很想为这个老人做些什么。可是她一点也不希望自己这样做。科室主任的位子属不属于她，她并不看重，可现在大家都在盯着她，在这个节骨眼上，她不想让人以“自我炒作”的罪名诋毁她。她并不是个会体恤病人的女人，除了精准地帮他们找到病因，提供解决方案，其他不是她努力的方向。她甚至曾以为，一个高超的医生必然有一张冷漠的脸。肥妹、李铄会那样有意识地盯着她看，也是因为在她身上看到了陌生感，或是他们以为的某些在特殊情况下刻意表达的善意。对待周亚宁，杨素也是这样，从不专横跋扈，却也谈不上温柔体贴。她并没有仗着自己好看就得势，周亚宁遇见她时，她已经失去了某种功能，很难一笑，也从不会主动讨好或迁就周亚宁。而周亚宁恰巧与她相反，他愿意千倍万倍迁就她讨好她。那是从前的周亚宁了。杨素突然很害怕，周亚宁不会不想回来了吧？

害怕，是个被杨素隐藏得很深的词。自打她走进中医院那天起，她脸上的表情就僵化了，只知道用越来越冷漠的声音传递各种指令。同事们背地里议论，说她是没有温度的钢铁，她们连战士二字都不愿冠在她身上，仿佛那样才足以表达出她的冷漠。他们永远想不到，那只是杨素的外衣，她的躯体里有着和他们一样的构造。而害怕也是她同样拥有的感觉之一。

今天，害怕像个突然得势且能掌握杨素命运的巫师，正唤醒那些早已沉积的回忆。而回忆是个信马由缰的词，一滴水能牵出一片海。有时只是闪过脑门的一个镜头，却能铺展出万里长城。

那年大学毕业，杨素和同班同学尹婷都是班级向学院推荐的优秀毕业生候选人，院方审评完两人的报审资料后，决定在班上以随机调查的方式产生。

杨素并不想刻意去表现什么，可她日常坚持做了许多事情。她是那个主动清理教室卫生的人，也是那个在院学术报上发表论文最多的人；她会将手中的面点分给那条经常出现在校园食堂门口的流浪狗。像猎犬般监守女生宿舍的宿管阿姨，那个又矮又瘦的“老巫婆”——那些被斥责过的女孩背地里都这么叫她，几乎人人都会被她古怪的性格所捉弄，唯独杨素得到了她的庇护。

生活有时就是一面镜子，每个人都在镜子里，被人看清，或是看清别人。

尹婷比杨素少了十票。尹婷不服，总想如何改变这一局面。

那次的讨论是怎么开始的，杨素忘记了，因为快要最后离校，每个人（除了杨素）都表现出想最后袒露心扉的真诚。

正在说话的是睡在杨素上床的姑娘，她说自己幼年曾遭到十六岁的堂哥的多次猥亵，自此她讨厌男人，决定终身不嫁。

大家来说说，这是谁的错？尹婷站在寝室中间，来来回回走动。

父母的错，父母的错。大家异口同声地反复大喊。

是谁让那个男孩有这样的勇气？尹婷像个指挥者。

他的父母。

男孩的父母知道这件事后怎么样呢？

隐瞒。

你的父母知道了这件事又会怎么样呢？尹婷走到那个姑娘面前逼视她。

沉默。

姑娘突然从上铺跌倒下来，她跪倒在地上，痛哭流涕。她身上只穿了吊带背心和三角短裤，她的身体几乎一览无余地暴露在所有人面前。她平时畏缩柔弱，无论在哪里碰见她，都是一副局促不安的样子，寝室里所有人都嫌弃她，寝室大联赛的所有活动，她从来没有资格参加。而今天，她站出来袒露自己而成为寝室的焦点，却没有一个人试图安慰她，或是帮助她走出曾经的阴影，即便大家都知道她曾经受过罪，却也只有讥笑和讽刺。

好歹也有男人对你有过兴趣。尹婷这样说时，其他人没有再附和。

杨素并不想插手管这事，可她早就看穿，在这间寝室里，只有她和这个姑娘是异类，都是话题的中心。她下床走过去扶起那个姑娘，又径直走到尹婷面前。

向她道歉！

她今天怎么了？姑娘们低声交流，从一张床到另一张床。不知道。声音慢慢消失。

凭什么？关你什么事？难道你幼年也有同样的体验？尹婷不应该这样说的，杨素感觉耳边突然有“啊啊……”的叫声，又好像有人趴在她屁股上撞击她。她的头很痛，感觉全身的血都在涌向脑门。一定是不得不这样做了，她扬起拳头猛然挥过去。叫声凄厉。

尹婷的左眼瘀青一片。证据确凿。杨素故意伤害他人身体并达到一定程度。

迫于舆论，学校很快就公告取消杨素的优秀毕业生资格。全院师生为这事辩论不休。正方认为杨素出手属于正当防卫，尹婷虽然没有出手，可她的语言攻击更具杀伤力；反方认为杨素打伤尹婷，已成事实，法律只看事实不看前奏。幸亏杨素的同学合力为她求情，才没有取消她毕业的资格，同时为她求情的还有她的伤寒论老师。

从那以后，杨素的绰号由“冷美人”升级为“冷面杀手”。事实上，杨素努力过，她主动参加学生会组织的篮球赛，甚至也报名加入舞蹈队，只是为了让自己的表现和那些同龄学生一样，合群而充满活力。但是，事后她总感觉自己十分愚蠢。因为她更喜欢坐在图书馆静静地看书。《树上的男爵》，起初她以为是本写给小孩看的儿童小说，结果发现这是一本意义非常深远的小说，她花了一周，在学校图书馆读完，并且开始思考到底有什么是值得自己去坚持的。

“我为什么那么想帮助眼前这个老人?”

“作秀给谁看？为什么只帮助她?”

此起彼伏的疑问在杨素四周响起。她必须忍耐。而她也习惯了忍耐。有些时候，她也问自己，我忍耐的毅力来源于何处？这不是炫耀或是傲慢，这是一种自然的力量。她常会观察身边的人，还有形形色色的往来者。而世上的人多亦如此，能忍受精神痛苦的，却耐不住物质的贫穷；能忍受物质贫穷的，却难耐精神的痛苦。若把物质与精神比作河的两岸，她和像她一样的人，站在河的中间，像尊石像，岿然不动。

杨素终于为这股力量找到了来处，她想到了那个雪夜——同时，她脑海里闪过纪鹰探索的眼神——这是第一次因为直面别人的困难而引出的回忆。“……等你有能力帮助需要你帮助的人时，你就找到了我。”这是那个在雪夜救助她的叔叔临别时说的话。杨素从来没有忘记过，却也从来没有刻意提醒自己践行这句话。尽管她用事实证明自己帮助了无数病人，可这是她的职责，并非某种恩赐或是刻意的行为。也不全是，她一反常态地坚持要学中医，这算是刻意的行为吗？

杨素摸了摸别在白大褂上的那支黑色的英雄笔，又轻轻拍了拍墨兰的手。“不要害怕。会有人来照顾你的。”她看向这个女人的眼神呈现出从来没有过的温暖。她压根没有意识到，她一直在寻找机会帮助真正需要她帮助的人。

李铄推着护理车进来了。墨兰照李铄的指令挪动身子，上了护理车妥当之后，她定定地看着杨素，嘴唇哆嗦，一个字也说不出来。护理车轮滚动时，她才说：“我哪辈子修来的福啊。”声音哽咽，却能听出惊喜。

肥妹想问杨素，27床是你亲戚？觉得太冒昧，没敢开口。李铄不需要杨素的解释。他对她早就有了自己的判断。只有他知道，杨素资助了贫困地区的三个孩子上学，还加入了某个全国性的义工社团。不是杨素有意告诉他的，是他出入主任办公室多了，那些频繁出现在主任办公桌上的信件让他记住了那三个孩子的名字。后来，他在网上查到了这三个孩子，是贫困山区三名面临失学的孩子。医院里没有人知道这些。有那么一瞬间，他很想大声宣告：你们都错了，杨老师绝不冷漠，她有金子般纯洁的善心。他转念又想，她选择沉默自有她的理由。他甚至经常为只有他知道这些而兴奋不已，仿佛这是她情愿只和他分享的秘密，他愿意为她守住这份秘密。直到她自己愿意说出来。

医生不是慈善家，杨素明白这个道理。可她确信此刻的行为并非一时冲动。

就像某种宿命，从与墨兰对视的那一刻起，杨素就对她上心了。那份单纯的宁静，那份朴实的善良，那份卑微的内敛，那份沉默的坚忍……

6

黄昏时，肛肠科清静了。能走动的病人，已结伙出去。几天不见荤辣的肚子驱赶他们往南门口走去，那里有麻辣鸡爪、小龙虾、臭豆腐、糖油粑粑、葱油粑粑……下午刚做手术的人，因为疼痛，只能趴在床上哼哼唧唧。

有解释说，汉语的“疼”是指余痛；“痛”是指病人身体内部的伤害性感觉。杨素早已发现，病人挂在嘴边的“痛死我了”，这种感觉在很大程度上来自病人自身的伤害性所至。她让护士从心理上引导病人转移注意力。别想着它，别老想着痛，忘记这回事。她用这招麻痹她的病人，也用这招麻痹自己，忘记周亚宁，忘记目前的婚姻状态，忘记这种分离带给身体的伤害，忘记那条短信。工作，工作，时刻让自己处于一种被需要的状态。她在办公室的抽屉里藏了一个陀螺，她并不玩，却时常抚摸它，觉得自己和它处于一种生命状态。

“还不下班？”以为是李铄。一抬头，脸，油面粉光；头发，一丝不苟；没有一丝褶皱的西装。是张秘书。“杨主任，今晚有安排吗？”

这句话，杨素经常听到，也经常要面对。自从她坐上科室主任这把椅子，各种医药代表纷纷前来拜访。有称赞恭维，也有虚情假意。她拒绝并尽力逃避。有时候，有人用近乎卑微的声音向她问好，她连头都不偏，她根本不肯以任何方式承认他们的存在，尽管明知他们正在她身旁。她总是有着自己的坚持，也有人私下议论她固执或是不识时务。她才不管，她在乎的是怎么让病人用到真正适合自己的药。

看着眼前的张秘书，他的声音里虽然也有讨好的成分，可眼角、嘴角流露出来的傲慢让他区别于医药代表。她希望自己能像平时那样果断说出“没有空”。可她没有。她讨厌自己，因为她发现自己妥协的原因是唯一的——对方是纪副市长的秘书。

有些东西出现在她眼前，就像某种特殊的信号，如同穿梭在山间时明时暗的人们传说中的“鬼火”，或许意味着攻击，或许意味着和解，或许意味着接近某个临界地带。如同她小时候在客界山里看见的动物向彼此发出的信号：后腿微屈，前腿向前伸出，两只眼睛里发出幽幽的蓝光。我究竟在害怕什么？希望没有人看穿我。他入侵了吗？他进入我的空间了吗？

杨素意识到自己又陷入回忆，她怔了一下，说：“平常日子，哪需要刻意安排。”她的样子不卑不亢，声音也是。

他们来到了离这里不远的一条老街，这里有全市最有名的小吃，也有深藏在巷子深处的高档私房菜馆和中西餐厅。

“杨医生，你知道吗？你是我见过的最漂亮的女医生。”张秘书说这话时，杨素和他已经坐到了中西餐厅临窗的卡座里。卡座放下的竹帘，不仅遮住这方寸的幽静，也遮住了旁人眼中的暧昧。张秘书眼里透出些杨素在医院看不见的亮光，他说话的腔调也是她在医院听不到的，显得聒噪雀跃。

杨素越过他的眼神望向窗外。“噢，恐怕你只见过我一个女医生吧？”张秘书坐在杨素的对面。照说，她应对他产生厌恶。她认为自己应该有这样的感觉。但此刻并没有，她的感觉比这个复杂多了。她不知道用什么来形容。他就像一面镜子，她从中看见了自己的软弱与妥协。

“你真幽默。”张秘书面露讪笑，“听说你先生出国几年了？”

“也只是听说吧？”杨素不想谈论周亚宁。

“你大概不知道吧，我和你先生周亚宁是潭州大学的同学，他留校当老师，我毕业后去了机关。”张秘书用近乎炽热的眼神望着她，声音比刚才更显聒噪。

窗外是街边的小吃摊，一对花样年华的情侣，你喂我吃菜，我喂你喝汤。

“好美的场景。”张秘书说得很夸张。杨素没有看他，但能感觉到他把头转向她，等她回答。

“很美好！”杨素一时恍惚。她想说她和周亚宁的过去更美好，他们在山里停留至次日清晨，在山上的树林里，垫着枫树叶，看着未长成的水杉、藏在低处的地衣、攀爬向上的刚健的蕨类，蔓延交错如神经的苔藓。即便偶尔能听见豺狼从林子深处传来的叫声，不远处公野猪亲近母野猪时发出的短促温柔的声音，她也能睡得踏实。她不想回忆这些，可由不得她想或不想，那时的场景无处不在。又像是一出戏，站在舞台中央的永远是她和周亚宁。杨素感觉身子往下沉坠，两侧太阳穴痛得厉害。她想就此离开，可她强装镇定，听张秘书喋喋不休。

“那年，大学同学十周年聚会，亚宁喝醉了，讲出你和他的初夜，出于嫉妒，有人鼓励他说出更多。后来你去酒店接他，他又发酒疯说出让你难堪的话。”张秘书停顿下来，死死盯着她说，“还是我帮你扶着亚宁上的车，不记得了吧？”

张秘书向服务员招手，要了壶潭州水酒。杨素本想说酒就不要喝了，可她说：

“噢，我说为什么一见你就面熟呢，原来是‘亲戚’啊。”

一壶酒下去，张秘书变得放肆，讲话由字正腔圆的普通话转为地道的潭州方言。杨素没有附和。其实她恨张秘书，恨他脸上的得意轻浮，恨他身上发出浓烈的雄性荷尔蒙气味，恨他眼神透出的熟悉又陌生的亮光。

杨素突然也想喝酒，她劝自己忍一忍就过去了。可她转身对服务员说，再来一壶水酒。本来是要压着才能忘记的过去，却在此刻，从张秘书的声音和眼神里钻了出来。

这是一种熟悉的眼光，更是一种熟悉的腔调。就像给身体通了电，脑空间里的内容可以读出来，也可以输进去。将一张复制的芯片插进杨素的身体，她就可以有选择地读取她想要的任何曾经的经历。她能读，别人也能。

让一切处在原本的位置。杨素掐大腿试图让自己保持清醒。可她越来越软弱，仿佛一双手附着在她身上，一层一层剥离她。它们想摧垮我吗？可这又是为什么呢？或许是我已经跌入一场无边的噩梦。又或许，我需要靠些回忆来让自己保持清醒？

离客界一百里远外的县城有一个杨素称之为表姨的女人。从来没有来往的亲戚，王荆花为何这般有把握？在把秋收后新碾出的大米，自家母鸡刚生的新鲜鸡蛋，和晒好发出诱人光泽的红薯干都挑进城里后，王荆花告诉杨素，你可以住进表姨家，直到考上大学。

去车站接杨素的是表姨的小儿子水生，一个比她大了近二十岁的男人。他给杨素买了一根五角钱的香肠，里面发红的肉让她反胃。说到城里的生活时，表哥一脸得意，他爹是这个城市某单位的头，他们家住的是带花园的楼房。他告诉杨素，他在职业篮球队打中锋，是份不错的工作，福利好，发各种票，有干洗房的洗衣票，有食堂的饭票，停车票，公共澡堂的澡票。他说周末可以带杨素去那泡澡时，目光在她身上爬动。

他告诉杨素从家里怎么坐公交车去学校，为了帮她省钱，他还教会了她骑单车，单车也是他借给她的。他还带她去学校报到，那儿的女孩都瘦得像豆芽，她见过她们的午饭，比她老家一只小猫的食量大不了多少，可她们吃得少的原因和她不同，她是为了省钱，她们是怕长胖。她们都穿着漂亮的长裙，有些还在头上扎彩带，各种颜色，起风的时候，裙子和彩带一起飘起来，看上去很美。她们问杨素，在老家学过英语吗？住的房子是什么样子的？知不知道什么是明星？她摇了摇头，说自己打小生活在偏僻的山村，教她语文的老师会将“咖啡”读成“加非”。明星是天上最亮的星星吗？她们一个个笑得抱着肚子喊痛，笑过后，直愣愣地看着杨素，眼神与嘴角露出鄙夷。

杨素回去告诉表哥这些时，表哥说她们是无知与自负的结合。他还说在这里，你一定要抬头挺胸走路。杨素照他说的做时，他的目光又在她身上爬动。

表姨安排杨素住进他们家的小偏房，说这房子以前是他们住的，后来建了现在的新房，老房也就空在那了。老房又矮又窄，又黑又潮，比杨素家的房子还要差。表哥在那潮湿的墙上钉了布帘，还在窗户上挂了有樱桃碎花的布帘。他说他们家人不会轻易进这房子，交代杨素白天不要拉开布帘，还说要是他们发现了这些布帘，就说是她自己钉的。

那天下雨，杨素从学校晚自习回来，浑身淋透了，表哥特意给她送来姜汤，他的目光也和原来一样。

素儿，明天我带你去买花衣裳，你看你身上的衣服扣子都快要被你绷开了。表哥不只是目光爬在杨素身上，他的身子也在往她身上爬。他一把拽过她将磐石般的身子压在她屁股上，很快因为满足发出“啊啊”声。

…………

“杨主任，以后还要请您多关照啊。”张秘书醉了，眼神迷离。杨素借故去上厕所。在洗手间，她看着镜子里的自己。表哥水生怎么站在背后？她吓得心惊肉跳，险些滑倒。莫非张秘书已经读到那张芯片了？她不敢再看镜中的自己，悄悄独自走了。

回来的路上，杨素突然记不起张秘书长什么样了。刚刚相处的时光如同她试图擦尽的错题，可她清楚地记得他说过的一句话，你们家亚宁这小子，离了女人活不成。说话的人和听话的人都看似漫不经心，却又有着各自的谨慎与刻意。

昨天，周亚宁打电话回家，杨素没有听出他即将归来的兴奋，反倒听出一丝无法决策的踌躇。这是怎么了？等的人等到快要心焦了，回的人却还在犹豫不决。“这小子，离了女人活不成！”这个声音在追着杨素跑，越来越大，甚至顺着她皮肤上的毛孔往更深处钻，她膨胀得像个气球，而四周突然全是荆棘。

必须甩掉这个声音，杨素加快步伐，因此牵扯乳房发出刺痛。仿佛安装在身上的预警装置，只要一生气，那个部位就会向她发出警报。它们突然成了可以胁迫她的力量。

“我得去乳甲科找安若，她能帮我消除这疼痛。”她安慰自己。

安若正在给一个女患者做检查。女人很漂亮。她的病号服是敞开的，安若在她的左乳上比比画画。杨素见得多的只是肛门及下体的其他部位。女患者胸前的风景很美，杨素不由得多看了一眼。

“没啥好羡慕的，不过是红漆马桶，里面全烂了。乳癌。下个月手术，左乳全切。”漂亮女人刚走，安若就把她给肢解了。

杨素想转身就走。她害怕所有真相，包括有关她身体的和那个电话的真相。安若一把扯住她：“害怕了？”

杨素指了指自己的胸部：“看看我这里面是不是也全烂了。”

“我早就劝你请假去国外看亚宁，你就是不听我的。”安若上下按压杨素的乳房，一脸见怪不怪。

“哪里走得开。除非不要工作了。”

“不要就不要啊，你还怕你家亚宁养不活你啊。”

“唉，这不是养不养得活的问题。”

“非得把自己糟蹋成两眼昏花的老太婆才叫有追求吗？”

“追求？”

想到自己过去随波逐流的人生和眼下无处安生的人生际遇，一切都是讽刺。随着涌上心头的苦恼，杨素的腿突然不见了。鱼尾？怎么变成了鱼尾？她慌得立马站起来。

“说到伤心处了？”安若后悔自己说得太直接，赶紧安抚，“我知道，你是有理想、有抱负的好青年。可别忘了，你也只是个女人。”

“这男人是什么动物，你学医这么多年还弄不明白吗？”安若又说，语气意味深长。

“你这么明白，还不是长期和老公两地分居啊。”失衡的心理让杨素变得刻薄。

“你没见我一有假就跑他工地上去啊。就算这样，我这前胸的四两肉还是造反。上个月，我们科室的主任才帮我做了一个乳腺纤维瘤的微创手术。唉……”安若叹了口气，“我老公家是什么情况你又不是不知道，两个生病的老人，一对残疾双胞胎妹妹，他常年在外施工还不是为了多赚点钱啊。你家亚宁又没少赚钱，干吗去那么远让你遭活罪？”

杨素赶紧岔开话题，可又说不出多少新鲜或令人舒心的话来。两个正处中年的女人，感觉肚子里装满了破败的棉絮，无论从哪里下手，扯出来的都是与之相关的材质。

“只有同合适的人在一起，才会真正幸福。”安若突然这样说，却又说得慢声慢气。她藏好了自己，没有说她男人在工地上和煮饭的女人好上了。她更不想继续杨素的话题。她自认为杨素已经拥有世界上最好的男人，她不应该在她面前叫苦。

送杨素到门口时，安若趴在杨素耳边低声说：“老公快回来了吧。好日子就要来了。”

“好日子就要来了。”杨素苦笑一声。

走出乳甲科，天空昏沉，昨日的大雨没有落下来，笼罩在上空的云愈发显得阴沉。杨素知道，雨迟早会落下来，天空也迟早会呈现它往日的蔚蓝。而她的身子，像被人掏尽了般空虚，却又异常敏感，无论是张秘书，还是安若，说出的话都在戳伤她。杨素不想回肛肠科，索性开车来到江边。

在泛着橙色的夕阳里，这些温暖的光芒像是儿时杨楚贴心的抚慰。她想起了家乡的阴阳河，木船，和那个撑渡木船的人。从她懂事起，父亲杨楚有两个身份，一个是矿工，一个是渡夫。下窑挖煤让他能养活王荆花和杨素，摆渡能让他脸上露出笑容。每当夕阳西下，勤劳纯朴的人们，踏着艰辛，卸下肩头沉重的犁耙，站在河边等待杨楚将他们送到河的对岸，他们望向不远处那些从房顶上冒出的炊烟，肚子就会发出“咕噜咕噜”声。坐在木船上的人，彼此肩靠肩，斜斜地倚坐在一起，不分男女。夕阳慷慨地把金色的光芒赠予他们，把岁月的疲惫和生活的沉重圈起来，而杨楚摇桨的声响，像是一首舒缓的曲子，带给他们劳作后的轻松。无论心情好坏，杨楚都会唱几句山歌。有时也这样唱：

想吃辣椒不怕辣，
想做夫妻不怕杀。
刀子架在脖子上，
顶多脑壳搬个家。

坐在船上的人，有调皮的就会问杨楚：楚拐子，你掉了几回脑壳了？其他人跟着起哄，杨楚一脸得意，不理睬他们，自顾自地唱歌。歌声爬上他的脸，脸上那道长长的疤痕——那是矿难留在他身上的印记——不再是黑色的蜈蚣，而是成了欢乐的音符。

夕阳已迫近墨江西岸的青山，耀眼的余晖给青山镶上一道金边。而墨江更像是由无数的碎金铺成，晃得人连眼睛都睁不开了。杨素倚靠在江边的铁栅栏上，想到了周亚宁牵着她漫步江边时的温馨……

杨素并没有深陷回忆，她能看清眼前的现实，陪伴她的只有一个倚靠在墙角独自歌唱的流浪歌手，一片还没有完全脱掉冬装的草地，和一只耷拉着脑袋四处觅食的流浪狗。

过去与现在，那条河与这条江，她在心里有了自己的比较。那时人们的欢喜，那时人们的满足，像春潮般充盈人心。而如今的她，站在这条江边，江水充盈，却感觉出无尽的空虚。

望着眼前的河水，杨素尽量让自己平静下来。她觉得，此刻她自身就是她必须整理出来的东西。面对所有她不得不面对的人，她必须呈上的是人为的她，而不是本来的自己。

7

窗外，风吹落枯叶，再推着它们擦地前行发出沙沙的声音。这是黎明前那段空寂的时光，她躺在床上，一种莫名的失落吞噬着她的心，让她无法再次入睡。好想有个人在身边陪着，意识到这点时，她泪流不止。

回想几年前，同样是在这间房，她躺在床上，周亚宁躺在她左边。他的手放在她隆起的肚子上。她被窗外的雷声惊醒，孩子也醒了，正在她肚子里欢快地蹬脚。她一点也不害怕。她看着周亚宁的眼睛听他说，这是我们的孩子。他说这话时，反复吞咽口水，仿佛说出的每个字都是无比珍贵。

杨素对孩子的出生并没有多少准备，她的憧憬是因为周亚宁而生的憧憬。未来的日子她自然希望越来越好，可究竟是什么样的好，心中并没有数。

倘若当时就知道有一天他会背叛她，她是定然不会要这个孩子的。

谁又能预见自己的未来呢？她在心里肯定，是周亚宁带给她不如意的未来。

可她错了，她的未来都是由她的过去和现在促成的。意识到这一点时，她已经身处黑暗，那是几个月后的事情了。

在这个故事里，杨素是讲述者，她知道一切，她可以在任何时刻修改或提前告诉你一切真相，可她知道，她过去因为较真而失控，也因此失去了许多。惨痛的人生经历让她懂得，能够适度节制的人才是真正的智者。

晚上的辗转反侧几乎让杨素失眠，可只要晨曦从窗边露出独特的光线，她就神奇般清醒过来。她知道今天是什么日子。早会时，她还刻意强调，今天纪副市长出院，大家不要前去告别，更不能擅自和他合影。而我不同，我是他的主治医生，又是这科室的代理主任，亲自送别是我的职责。她在心里暗自得意，可她清楚这得意包裹着别的理由。那个过去曾支撑她走出黑暗的雪夜又出现在梦里，几时消失几时回，都是不受控制的。

他像是一直在等她，她左脚刚迈进门，他就伸出了右手。她告诉自己，这只是一种形式，她揣度这些时，带些自嘲。

杨素把右手中的文件转到左手，迎上他的手。

文件是昨天打印的。只是一些出院后的注意事项，可李院长特意交代她，一定要打印好，由她本人亲自交到纪副市长手里。“一个月后的复查，您不一定来这里，科室可以派人去您指定的地方帮您复查。”这些话也是李院长交代她说的。

“给你们添麻烦了。”纪鹰握着杨素的手，心里在想另一个女人。这两个女人不是同一个人，却又是同一个人。他不是脆弱的人，也不信鬼神，可此刻，他差点在虚幻中叫出那个女人的名字。

张秘书进来了，又本能地想退回去，但他没有停下脚步，像平时那样走向纪鹰。

窗外香樟苍翠，传出吆喝声：磨菜刀哟，换纱窗布，回收旧家电……而这里，医院唯一的 VIP 病房里，安静得出奇。三个人脸上的表情也同样安静。

“纪市长，这里有份文件着急上报省里，旅游局刘局长特意要我送来给您签字。”张秘书说。

纪鹰松开手，收回目光。他突然觉着头痛。可他微笑着接过张秘书递过来的文件。“这文件的确不能拖了，再拖，可是要拖潭州市的后腿了。”像平常那样，他把手伸向上衣口袋，那里是空的。他愣了一下。张秘书赶紧把手伸向西装口袋，那里也是空的。

“纪市长，用我的笔吧。”杨素看出了两人的尴尬。

“纪市长，我先去一楼办出院手续，您签好字在房里休息一会儿。”张秘书一副毕恭毕敬的样子，腰身微微弯下。他说得自然，脸上神色也自如。杨素却意外发现他眼里有沮丧。只是瞬间的事，他立马克制住了，仿佛刚刚什么事也没有发生。

张秘书是纪鹰的老领导推荐的，跟随纪鹰还不到半年。他会留意到纪鹰衬衣袖口的扣子松线了。递给纪鹰的茶杯绝对是恒温的……他简直无可挑剔。或许正是因为这样，纪鹰才觉得今天的他有些反常。张秘书眼里有血丝，脸上有疲惫。“辛苦了。”纪鹰对张秘书谦和地摆摆手，示意他先去办手续。

抽下笔套时，纪鹰的眼睛忽然直了。有一瞬间，他闭上眼睛，想用泪把眼球洗涤了。再细看眼前的笔，看见一条裂缝，一条被岁月冲刷得越来越宽的裂缝，他感觉自己一时变得异常渺小，小到随时可以钻进缝里。眼前的笔不再是笔，如一缕阳光透过老房那扇尘封多年已经有些陈腐的窗户，映照在窗框因春潮蔓生的青苔上，也触动了纪鹰心灵深处最柔软最隐秘的角落。他的嘴角微微抽动了一下。不会是自己弄错了吧？他毕竟上了年纪，偶尔也会犯糊涂。但那个刻痕是独一无二的，这一点他确信无疑。

这是个天大的意外。这个春天的上午，那些纪鹰本以为尘封的往事，随着这只钢笔的出现破土而出。而那个叫墨兰的女人自然成了回忆的主角。

墨兰是个失去父母的女孩，纪鹰认识她时，她跟他的继父生活在一起。村里人都知道她讨人喜欢。那天傍晚，离天黑还有一段时间，山坡上传来老鸹的叫声，这时候有消息说纪鹰要返城了。墨兰还沉醉在被迎娶的美梦里，就连出嫁那天穿什么，她都准备好了。拜老天所赐，刮风下雨、电闪雷鸣。喜欢在外面乘凉的乡亲们全都躲家里去了，就连那只曾经总是惊扰他们亲热的老黄狗也不碍事了，他约她来到河边竹林。“我要走了。”“什么时候回？”纪鹰背对着她，沉默如岩石。以往，他进城前也会在这里同她告别。过去他离开她进城，她会有新的期待。因为他给她带来扎头发的红绸、乡下见不到的发卡和生理期用的卫生带。可今天不同，光是语调就让人轻易听出沉重和忧伤。她两腿一软，整个人往下垮去，幸好他及时抓住她的手臂。她还想做最后的挣扎，便牵着他的手奔跑着，和他一起去所有地方，所有他手舞足蹈向她抒发梦想的地方。那些过去的时光还能看得见，也能听见，甚至声音也比平时更加响亮。他摇晃着她。“和我一起下乡的同学都返城了。不抓住这次机会，就再也没有机会了。”语气近乎哀求。她感觉他试图把她的身子摇散。“我干脆死了算了！”她挣脱后，掏出夹在贴身内衣上的钢笔用力掷向他。往前跑时她想号啕大哭，可她压住一切，胸口膨胀成为气球，而整个身子又只想变得极度微小。两股相反的力量扯碎她，又迅速组成两个人。一个想要抱住他，哀求他带她走或是留下来永远别离开；而另一个却变得异常冷漠，能脱口说出“永远不想再见到你”的话来。

“我会回来接你的！”纪鹰没有喊出这句话，他捡起钢笔放进口袋，含着泪站在原地。夜色愈来愈浓，雨如瓢泼。莫非老天也在哭泣？就像此刻奔跑的她。她的泪要流干了，她的眼睛要哭瞎了。她浑身发抖：我何故怕成这样？我轻信于人，我越界越轨了，我肚里有了孩子。她自言自语，像个巫婆。

只是从空间里钻出的镜头，一晃而过。

就在这样的明灭之间，纪鹰那被切断了的生命轨迹，立时接连起来。笔盖上的裂缝，他想过千万种方法来修复，可伤了就是伤了，无法掩盖。刻在钢笔上的那个字，依旧清晰。摸上去，依旧有感觉有温度。而他与她的光阴却成了过去，成了斑驳，成了虚无。他的肛门发出钻心的痛。他在心里挣扎：我是她的罪人，这支笔这笔上的刮痕这刻字全是证据。

走廊上有病人在问护士，杨主任去哪了？上手术室去了。护士故意撒谎。今天谁手术，哪场手术由谁负责，科室有明确规定。杨素想出去修正护士的谎言，可她站在那里，一副没有听见的样子。

房间里很安静，她没有感觉出安静之中包含的异常，也不知道突然之间，站在她对面的男人身上发生了什么。她和他虽然站在一起，却时时刻刻是属于两个世界的人。

纪鹰理了理原本一丝不苟的头发：“小杨，这钢笔是你本人的吗？”

“不是。”杨素犹豫了一下，“是我上高一的时候，一位好心的叔叔送给我的。”说这话时她的心跳得很快，她感觉自己是有意为之。是他吗？她在心里猜测。没必要冒昧，她提醒自己，得等到时机。

那个遥远而温暖的故事，尤其令人怀念的是故事里永不褪色的声音，既如春日布谷鸟的叫声那般让人满怀希望，又如寒冬下的蜡梅那般坚挺——“叔叔，我怎么才能找到你？”“我放了支笔在你的书包里，好好学习，等你能帮助需要你帮助的人时，你就找到了我。”

“后来见到过这位叔叔吗？”

纪鹰用一种不经意却又耐人寻味的眼神打量眼前这个女人。他觉得她面熟，至少某个地方似曾相识。一缕头发从她的医帽下露出，色泽乌黑，两道一字眉，使她看上去显得冷漠、高傲，拒人于千里之外。可是眉毛下面的眼睫毛却满是倦容。眼睛黑白分明，带着不容分说的公正。

杨素无意跌入那场久别的风雪。可纪鹰的问话令她羞愧。她没有一天忘记过那位叔叔，但也从未刻意去寻找过。病房里出现令人难受的沉默。有声音从心灵深处走出来与她对话。她的眼前有门，门外有过道，有白色的墙，有来往穿梭的护士，可她却看见了雪地、狗叫、脚印、女孩、高个子中年男人……

“杨医生，心血管科来电话说张建主任突发脑梗死。”护士长赶来通知杨素时，几乎要哭出来了。

“张建主任？”

像一股突然而至的风暴，推着杨素去了某个不确定的地方。想了解的真相，想说出的话都来不及说出。一切都顾不上了，匆忙离去，甚至失了礼仪。

张秘书是个细心的人，他赶上来时，纪鹰正手握钢笔，陷入沉思。他那善于捕获细节的小眼睛闪烁着隐忍的亮光，仿佛刚才的失态在这刻找到了制衡点。

“纪市长，这笔，我帮您去还给杨医生？”

“她今天太忙了。改天吧。”他把笔放进自己随身携带的公文包里。

这是纪鹰多年来最难得的时刻，却没有一点隐私，张秘书总是在他左右晃荡，他从来没有像此刻这般希望独处。“再见。”他在心里柔声说。

8

在胡颖眼里，她的主任只有一个。她只服从他的安排。谁？你说谁正送进抢救室？接到张建主任出事的电话时，她正准备把检查棒伸进乡下女病人的身体。她发疯般朝心血管科跑去了。她鞋跟上的金属材质，敲击声格外响亮，一声紧跟一声。

女病人等了许久，还不见医生出来。医生早走了，其他候诊的病人讥笑她。为什么会这样。没有人回答她，也没有人问她什么。她自顾自地说，家里还有瘫在床上的婆婆和两个上学的女娃……挂在女人鼻翼前的鼻涕，亮晶晶的，她没有理会，左手牵一个五岁女娃，背上背一个两岁女娃，哭喊着说要找院长算账。

杨素只是路过门诊，她要去心血管科看张建主任。可她看见了保安正对一个女病人和她的孩子挥舞着橡胶棒。女病人并不畏惧，她将头伸过去，狠心喊道：“你打我，打死我，我四个孩子和瘫子婆婆就归你养了。”五岁的女娃张开小手，像个裹着破布条的稻草人挂在她娘身前。两岁的女娃似乎也感觉到了什么，眼神和哭声里充满恐慌。

杨素走过去，用眼神示意保安离开。她拍了拍女病人的后背，小声说："快跟我来。裤子后面全是血。"女病人立马不哭了，跟在她后面，一摇一拐走进检查室。

不需要杨素多问，女病人一直在说："我已经生了四个女娃，丈夫还在逼我生第五胎。婆婆瘫在床上，还有武则天的威风，在家里，她说一，没有人敢说二。她说生，就得继续生。"

没有男娃就是绝后。这一点，杨素深有体会。她是家里唯一的女娃，歧视她的不是亲爷爷亲奶奶，他们早死了，在阴曹地府管不了人间烟火。歧视她的也不是亲爹亲娘，是客界人。客界人并不直接歧视她，只是在村里死了老人时，坐在酒席上，喝着烧酒说：楚拐子白操劳了，百年之后，连个端灵牌的人都冇得。声音不大，却自含法槌的威严。而关于"绝代户"的理解更多来自于骂声，来自于田野，来自于山丘。双抢时，晒谷坪里争晒谷的一席地盘，田里禾苗灌溉争水渠放水的时段，地里丢了扁担、箩筐，失了瓜果，所有这些都会在不同时间、不同地点，牵扯到三个字——绝代户。

女病人的患处，又脏又臭。杨素直截了当地告诉她："你再生育，你的直肠有可能全部脱落出来，大便失禁。"

"大便失禁?"女病人一脸茫然。

"家里条件好的在腰上造口排屎，条件不好的屎拉在身上，日子就难熬了。"

女病人站起来，眼里有恐惧。大女娃牵扯她的衣袖，说："娘，我饿了。"小女娃伏在她背上，头往后仰着，发出撕心裂肺的哭喊。

看着她们娘仨蹒跚离去的背影，杨素心情复杂，一种原本隐存在内心深处的悲悯放大出来，像是突然有了渠道，泪水从心里顺着它往外流淌。她望着眼前来来回回的人，生命在这一刻发生变化，被需要是多么令人激动的事情。她作出了改变：三天前，潭州卫校向她发来邀请，想请她去给女学生讲课。听说她们现在热衷于用肛门完成某些让人兴奋的体力活。要我去陪那群无知又无聊的小姑娘聊天，门都没有。她仍旧记得，那天的拒绝近乎冷酷。可此刻，她有了不一样的想法。她找到那个电话，告诉对方，她答应他们的邀请。挣脱那些缠绕在身上的桎梏，这样做于前途并无益处，可她决定了，她有责任为那些挥霍青春与健康的女学生们好好上一堂课，她将毫不吝啬地为她们展示大量在行医中采集到的实例图片。她们一定会惊恐，甚至恶心……

这事非同小可，它是杨素对内心深处自我的一次小小的探视，小到没有人会察觉，但类似这样的时刻是她留给自己的奖赏，就像小时候，她背着王荆花躲进树林里的哼唱。这些时刻意味着各种潜能的存在，它们就像小小的窥孔，让人从中看到朦胧的希望。她惊喜地发现，她离真正的自己越来越近。

她心急自己还没有去看张建主任，可门诊不能关门，杨素耐着性子熬到下班。她犹豫着是先去看张建主任还是先去接凡凡。她安慰自己，张建主任那里有胡颖，他们一直情同父女。胡颖可以向他尽情吐露自己的心迹。而她呢？站在张建主任面前总是拘谨的，虽然他也关心她，可她轻易就能觉察到那只是一种客气。这样的安慰也是对比，折射出她的现在和过去，她觉得自己愈发清醒，也觉出眼下她还有点想躲避张建的意思。她回忆主任看她的眼神，像是在探询：你真的准备好接我的班了？这眼神似乎要走进她心底，挖掘出她内心深处所有的秘密。像是有什么底细被别人窥视到了似的，她猛地打了一个寒噤。

电话一直在响，都是学校催她快点去接孩子的。耳边一直有声音在提醒，张建主任出大事了。科室对面是儿科门诊，总是有神色焦虑的母亲出入。不时有孩子因为害怕发出哭声，这声音并不确定来自谁家孩子，可落在任何一个母亲的心上都像是自己的孩子。这声音突然凌驾于一切之上，其他都是余音。她果断开车离去。

9

这是一座私立学校，传说来这里读书的家庭非富即贵。杨素觉得周亚宁做了错误的选择。可周亚宁说，一定得想办法挤进这里。他还说，现在的同学就是未来的资源。她讨厌他这样说。可是后来发生了什么到底怎么样了她不知道，她只知道自己曾放任他在这个家里做着各种安排。

接学生的车队排得很长，这些家长都很骄纵，把四车道大马路占得只剩下一个车道通行。交警都干吗去了？指责没有用，大家都蜂拥而上。每个人都觉得自己的孩子应该得到特别关照。这条路此时属于他们，一切规章制度都得靠边站。

没有地方可以停车了，杨素只能在这条路上来来回回绕弯。她看见了凡凡，独自站在学校门口的拐弯处，不时地把左手伸进嘴里。几乎是为了克服某种内心的不安，凡凡爱上了咬指甲。之前，周亚宁每次看到凡凡咬指甲，哪怕只是轻轻咬一下，都会令他异常焦虑：你怎么了，一个女孩子整天咬指甲像什么样子？相反，身为医生的母亲得知女儿啃指甲后，并没有对她这个不良习惯大加指责。或许她了解人们通常都会依赖一些小动作来缓解某些压力。比如她在做手术时喜欢不停地说话——而令人奇怪的是，胡颖和她一起在手术室时就都像换了一个人。那么周亚宁呢？她似乎忘记了与他相关的许多细节，他离开得太久了，许多感觉都在渐渐疏远。这是个不好的发现。她将车开到凡凡身边时有意睁大眼睛，为了让自己看上去精神些。

“宝贝，今天去吃海鲜。”她想讨好女儿，可话刚出口，她就有些后悔。她们已经连续三周在外面吃自助餐。基于对事业的执着追求，她总是能为自己找到理由来推脱身为母亲的职责。而胡颖不是，胡颖会经常在科室介绍她为儿子准备的每日菜谱，虽有炫耀的成分，可她对儿子的真心却是伪装不来的。光凭这一点，杨素就敢断定胡颖并非真心想事事和她作对。杨素觉得只要找到和解的机会，这种日子就会走到尽头。身为母亲，不能好好陪伴孩子，不能为孩子做出可口的饭菜，这总归是一种失职。原本是胡颖在科室对小护士的经验之谈，此刻却成了杨素的心头之痛。她想起下厨原本是她的喜好，至于什么时候疏远的，她记不起了。她开始意识到自己的不足，甚至产生了买美食书回家研究一番的冲动。

“妈妈，我想吃你做的蛋炒饭。”凡凡说。

这个我生命中最重要的人，她对我如此依赖、如此信任，可对我的要求却如此简单。女儿的声音说得很轻，杨素却感觉声音钻进了她身子里，让她差点流出眼泪。

对女儿，我究竟奉献了什么——应付、忽悠，还是得过且过？她突然意识到，自己真正感到幸福的时刻竟然与周亚宁和凡凡都毫不相关。这是多么危险的想法，不能再这样下去了。杨素又羞又愧，把车开到了小区附近的菜市。

一小时后，她得意地大声宣布："吃饭了。"却发现凡凡双手托腮，一副心事重重的样子。她用手指轻轻点了一下她的鼻子："小朋友，你发什么呆啊？"

凡凡望着杨素："妈，我爸到底什么时候回国啊？史老师说她家的谭雷哥哥想上潭州大学。"

"你史老师儿子要上潭州大学，他上就是了，跟你爸回不回国有什么关系？"

"妈，你真是的，亏你还是医生，智商比我还低，史老师当然是想走我爸的后门啊。一点联想能力都没有，笨死了。"

"你这丫头。这是大人的事，小孩子不能插手。"杨素盯了凡凡一眼，赶紧改变话题，"快吃饭。吃完带你看电影去。"凡凡高声欢呼，饭也吃得香，仿佛刚才什么也没有发生过。

杨素却没了食欲。史老师有事不直接找大人，却让一个小孩掺和，心里愈想就愈不是滋味。她甚至开始考虑下学期要不要给女儿换学校。卧房飘出的"嘀嗒嘀嗒"声，此刻听来格外刺耳。她生出砸碎它的冲动。

座机铃声响起。凡凡跳了起来，抢先跑去拿起话筒。

"喂，您是哪位啊？"凡凡拿腔作调有意模仿妈妈的语调。

"凡凡，快让你妈接电话，爸爸有急事和妈妈商量。"

"爸，真是你！爸，你什么时候回来啊？"

"别闹了。让妈妈接电话。"

"妈，找你。国际长途，快点！"凡凡彻底忘记了史老师千叮万嘱的任务。

"你考虑好了吗？"

“我早就把决定告诉你了。”

杨素见凡凡正盯着她，故意大声说：“宝贝女儿在等着吃饭，改天再谈。”

“这是最后的机会，我们得做决定了。”

周亚宁听出了妻子声音里的逃避，他有些失落。在这段长达十年的婚姻里，他此前所做的每一个决定都能获得妻子的认可；而此刻，他没有时间像以往一样耐心细致地从不同角度来劝她接受他的观点。他浑身纯粹得只剩下两个键：“Yes”或“No”。

周亚宁的话，杨素并没有听进去，而他的语气，反倒让她伤了心。这更使她义无反顾，为了尽快落实那些短信是否空穴来风，她脱口而出：“我不会来的。”

电话里，长久的沉默。周亚宁患了失忆症吗？杨素心想，她好不容易才从山旮旯考进省城的中医学院。大学毕业时，因为一起意外事故，学校差点不让她毕业。按当时政策，杨素理当分配回户籍所在地，可她留在了潭州市中医院。和杨素一起去潭州市中医院实习的外地同学有三个，唯独她留了下来。大家背后议论，说是她出色的长相帮了她，可他们心里清楚，外貌只能让大家多看她一眼，真正能帮她留下来的还是她的专业水平。选择去中医院肛肠科，起初是别有用心的，她只想把这里当成一块跳板。让她下足决心待在肛肠科的，是她尊敬的伤寒论老师的一个建议，他说这里是一块处女地。而接下来的一切，杨素觉得是对她的成全。她甚至认为没有更适合她的岗位了，并非落魄后的妥协，她像个获得土地的农夫，春夏秋冬都是收获的季节。如今的肛肠科，连清洁房都整理得有模有样了。杂物间上锁的工具柜上贴了“倒剩饭菜”四个字，柜脚边摆放了两个套了垃圾袋的桶子。“小心地滑”的牌子摆在洗碗槽边。扫把、撮箕整齐地摆在墙角柜边，抹布洗得干净清亮挂在木制挂物架上。勤杂工休息的小间，摆了凳子，携带盒饭、水瓶的简易袋像个听话的孩子，顺心顺意地挂在墙上……所有这一切，都有杨素为之付出心血的证据。要我放弃这一切？她几乎想向周亚宁咆哮：你还不如直接休了我。

这一回是真的要来事了。杨素料想发短信的人就是那个女人，不知她究竟得了什么理，敢这样嚣张。她想，难道我和周亚宁的婚姻这样经不起检验吗？她又想，他为什么又非得让我出国？他为什么不按事先的承诺回国？都是不顺心顺意的念头。那条短信还在手机里，她不想多看，心里有说不出的沮丧，好像自己成了丑闻的主角，不由得灰了心，还惶惑不安。

面临选择，谁都不想妥协。宏景集团又在C国揽到了更大的项目，董事长找周亚宁谈话，说只要他愿意继续留下来担任新项目负责人，不仅年薪翻倍，还把他妻子女儿接到C国来，甚至妻子的工作，女儿上学，包括出行、住房等所有问题，公司都会帮他解决。这自然是诱惑，而周亚宁更在意的是，他不想眼睁睁地看着自己苦心养大的孩子管别人叫爹，这孩子不是凡凡，是他的A项目。

电话里，依旧是沉默。两个人都在坚持。他们都异常难受，可谁都没有说话，仿佛谁先一开口就输了。最后，还是杨素先挂了电话。可他们知道，坚持依旧在，他们都太能干了，谁都不愿意放弃。

第二章

1

周亚宁依旧握着话筒，站在异国的黑夜里，茫然不知所措。

“周夫人不来了吗?”

周亚宁这才意识到，自己不是一个人在房里。他抬头看着黄小米，一丝不挂——她刚从浴室走出来——如同看着菜市场那只拔光了毛的母鸡。

她走过来，从后面抱紧周亚宁。“不好受吧。”可他能感觉到，她并不是真心想给他安慰。他甚至能从她的语气里听出幸灾乐祸。

周亚宁对这具肉体并不陌生，也经常从中获利。可此刻，看见和触碰都让他心生嫌恶。他觉察到她想对他说什么。面对这样的时刻，他时常不知所措。和她相处了两年，这样的局面会常常出现。他总是保持着警惕，也总能想出办法让她转换话题，或者知难而退。可这次不同，她似乎做好了丧失自尊的准备。其实他和她没什么两样，至少就生理需求而言他们有着同样的软弱，可他又一直觉得自己和她不同。至少他从没想过离婚，哪怕他们的身体亲密到没有任何间隙时，他也不愿意撒谎欺哄她。

“穿好衣服!”他用力推开她。

“对我也不如意了?”她直直地看着他。两天前她独自去婚纱店试穿了婚纱，还去珠宝店看了戒指。

“我什么也给不了你。”周亚宁第一次清楚地说出自己的想法，不再像从前那样支支吾吾，左右言他。

“你给得了。”黄小米说得很轻，却显得肯定。

“我女儿怎么办?”周亚宁面色苍白，仿佛一股巨大的力量正将他推离原来的轨道。

孩子！我也有过你的孩子。黄小米没有说出这话。她心里装着一个不为人知的秘密。离婚后，她就被某种周期性力量掌控了——她会用擀面杖抽打自己的身体。这次有所不同，才抽打几下，她的肚子就痛得异常。去医院才知道，她怀了周亚宁的孩子。

窗外，风吹落一地的枯叶，树上没有一片叶子了，在阳光照耀下，树枝将它的赤诚呈现给所有人。这次是最后的机会了。黄小米在心中打定了主意：向周夫人摊牌。

周亚宁看向黄小米，她也正看向他。他能看懂她的眼神。他和她只隔了一个身体的距离，她身上的气味是他熟悉的。也就是这个眼神让他突然警醒，不能在这里停留了，否则，他的身体会软弱，他会成为她的同谋。他踢开身旁的凳子，仓皇离去。

黄小米知道周亚宁会去酒吧。她希望他会像往常那样，拉上她一起去喝一杯。可他独自逃跑了。她拿起桌上的茶杯摔向他离去的方向。杯子是从国内带来的，上面有周亚宁和妻子的相片。杯子落地又弹起跳向了墙壁，刚好砸在装有杨素照片的相框上。这照片一直摆在那里，无数次见证了黄小米和周亚宁寻欢作乐。黄小米曾用可擦笔在杨素的眼珠上涂满无数黑斑，鼻子上画圈以示劓割，衣衫上画各种形状的线条，让杨素衣衫褴褛形如乞丐……可此刻看去，相片上的女人依然优雅从容，而眼神却让人害怕，仿佛她一直在注视着这屋里的一切。虽然毫无意义，可她一直这样逼视着他们。

当周亚宁找梁子然的时候，也有一个人在找梁子然。那就是杨素。杨素是想问问梁子然，公司的项目是不是像周亚宁说的那样，非他留下来不可。梁子然没说几句，周亚宁的电话就打进来了，梁子然趁机说公司有事找他，匆匆挂了电话。他怕自己说得太多，又怕自己说得太少，更怕对方问这问那。

酒吧昏暗的光线就像给人穿上了隐形衣，人与人之间的交流变得坦率，自由而轻松。几杯酒下肚后，周亚宁趴在梁子然肩上大吐苦水，像个饱受磨难的怨妇。

梁子然是周亚宁的同窗兼同事，比周亚宁先到C国两年，出国前已经离婚，现在正和一个比他小十五岁的金发白肤的女人同居。

“别一副要死要活的样子。你刚来C国就勾搭上黄小米。现如今我更关心的是你怎么才能甩掉她？你可别告诉我，你不知道她爸是宏景集团的老大。”梁子然并不喜欢黄小米，可他喜欢她身上的天然光环。比如，她是黄志明的女儿。

梁子然说得轻佻，却撩拨出周亚宁骨子里的坚贞。他伸出手，想狠狠扇梁子然两耳光，可又讪讪地收了回来：“交友不慎！”

“你需要我。”这话是黄小米对周亚宁说的。周亚宁再次想起也只有惭愧。而当他意识到自己需要她的根源所在时，惭愧就只有加倍的份了。他自小没了爹娘，盘踞内心的孤独绾结为一种渴望，他比正常的男人更加期待来自女人的爱抚。和杨素结婚后，他以为再也没有分别，可以每天和自己的女人相拥而眠。为何要打破平衡，为何要违背初衷，为何要选择离开自己的爱人，独自来到遥远的异地他乡呢？交织的情绪让孤独愈发强烈。只有当自己真真切切感受到这种生活、这样的孤独时，他才体味到身体为什么会突然变得如此软弱，甚至日益严重。他深信自己的身体并非一开始就这样。他想努力回忆起他到C国后的第一个夜晚到底发生了什么，为什么第二天醒来时，他会睡在黄小米的床上。梦里，他走进一栋医学实验楼，让人把他的小半边脑取出浸在福尔马林溶液里，但醒来后却没有一丝痕迹，那段记忆似乎从来就没有在他的脑空间里存在过。周亚宁看着酒杯里晃荡的旋涡，越旋越大，就要将他的整个身子吸进去，慌忙一口喝尽。

“杨素若真把你当个宝，会轻易放弃这个机会？至少她的选择说明了她的立场，不要把屎盆子都扣自己头上。”梁子然口若悬河，他突然停顿下来，一脸恍然大悟，“事实证明，离婚后再出国是英明的。”

“你倒是说得轻松。”酒劲上了头。周亚宁闭上眼睛，世界全属于他了；却也是妻子与女儿的世界，她们的笑、她们的身影、她们的争吵……

他睁开眼，看见一丝独特的亮光从一旁阴沉的墙角跳出，一步步跳到他跟前，牵引他走向一个隐秘幽静的世界。在那里，他看见了双亲的坟墓。他似乎此刻才记起，自己曾在爹娘的坟头立过誓：这辈子绝不在婚姻里惹是生非。他不是个轻易立誓的人，自然也记得交给妻子的承诺，可这一切都打了水漂。他一时无法断定自己是否真心爱过妻子，或者说，爱根本就是虚无的东西，而誓言只是一时冲动的表现。

光亮消失，酒吧依旧阴沉，有尖叫从黑暗深处传来，听上去像动物发出的声音。是受惊还是在享受爱情，难辨真相。声音是酒吧的面具，灯光也是，所有人的脸都藏在面具后面成为另一个自己。或是隐藏的虚无，或是最真实的袒露。千真万确，他背叛了誓言。可他并不后悔，甚至恼恨那个承诺，如同枷锁，时刻提醒他只能在既定的轨道运行。他逃离那个一成不变的状态，一个看不见的人在为他叫好。但自我陶醉很快就被惶恐不安所替代，这条路会走到尽头，总有一天要结束背叛，永远终结，一了百了。他打了个寒战，一股浊气自体内涌出，污物以井喷的方式射出。他感觉浑身都湿透了。

“我送你回去。”梁子然试图拉起周亚宁。

“我不回去！那个女人是个疯子。”

“你说谁是疯子？”

黄小米来了，酒吧昏暗的灯光笼罩着她。她冲了上来，以往她也是这样冲上来，像是触电，只要挨到周亚宁，她就会死了般瘫倒在他身上。可今天的情景不同，她拽住周亚宁的耳朵，耳朵悬在空中，像一片快要脱落的树叶。

“啪！”一记清脆响亮的耳光落在黄小米脸上。周亚宁的手悬在空中。

“你打我？”黄小米的声音更像是在询问。她原本是来求和的，可事情向着相反的方向发展了。她忘记服药了。没有人知道她患了焦虑症，被无法忽视的周期性力量控制的黄小米，变成了另一个人。接下来她拳打脚踢，如同一个暴徒。在周亚宁单薄的记忆里，他的爹娘没来得及打他就双双葬身于山体滑坡，而妻子则一贯倡导君子动口不动手。

梁子然反锁包厢，低声求饶："姑奶奶，你打够了没?"

"我可不是你的餐后点心!"黄小米不再犹豫。来酒吧前她还心存忐忑，要不要现在就向杨素摊牌？终于机会来了，她暗自得意，她觉得周亚宁很快就会彻底属于她。走时，她竟然亲了亲周亚宁，脸上呈现出让人迷惑的平静与祥和。

梁子然扶着周亚宁走出酒吧。街灯照在周亚宁脸上，能看见明显的抓痕，顺着左耳根，有一条长长的血痕。

"下手太狠毒！让老毛子教训教训她。"梁子然说得很大声，眼睛却只敢偷偷地看向周亚宁。周亚宁制止他。"与她无关。混乱中我自己滑倒在地上，被打翻的啤酒瓶扎伤的。"

在灯光的映衬下，天空灰白，天边倒是显得黑寂了。周亚宁没头没脑说："若是就这样死了，就真成了孤魂野鬼。"梁子然没有接话。两个人杵在夜色下，感叹着站成了一个并不舒展的"丫"字。

"去你那里!"周亚宁说。

"好!"梁子然这次答得爽快。他女朋友跟随乐团去外地演出了。

回到梁子然的住所，周亚宁躺在沙发上，伤口的疼痛并没有减弱他的思维的运转。凌晨三点，外面的世界倒是宁静宽阔了，可这种宽阔只会放大周亚宁内心的孤独，而客厅的狭小愈发令他焦虑。他来来回回，在客厅里走来走去。大约过了一个小时，他停在窗口，地平线尽头慢慢透出亮光，一群幽灵逆着光向前奔跑。跟随黄志明这些年，辗转于各种谈判、酒色、交易场，他像一个历经千辛万苦的行者，终于排除万般险阻，抵达彼岸。“我甘心做你的奴隶。”这是他和妻子经常对彼此说的话。他从来没有像此刻这般觉得自己浑身肮脏。他冲进浴室，像冲刷一件跌进便池的器物那样洗刷着自己。

从浴室出来时，周亚宁像个突然清醒的酒徒：“我两年包身工到期了，必须打电话给黄志明，让公司安排别的项目负责人过来。”

“得罪了老丈人可当不上宏景的副总了。”梁子然揶揄道。

“得换个活法了。”周亚宁再度站在窗口，正是黎明前的黑暗。梁子然内心依然在犹豫，他看着窗外，黑夜如织，像密不透风的网，正从天上压下来，愈来愈显得沉重。“副总也不要了？”他靠周亚宁很近，似乎这样才能看清兄弟真实的意图，却发现一群无畏的精灵在他身上跳动。

两年前，黄志明承诺周亚宁，去C国，把这两年的活干漂亮了，宏景集团副总的职位就到手了。可两年即将过去，他又说再坚持两年。

“去他娘的副总。老子看透了，那就是一块悬在空中的肥肉，永远在你眼前晃，永远也够不着。”周亚宁语气凶狠，表情狰狞。

梁子然想为周亚宁做些什么。他劝周亚宁不要意气用事。他在心里责怪黄小米没给周亚宁面子，竟然当着他的面，甩了周亚宁两个大嘴巴。

2

杨素收到同一个陌生号码发来的短信，是在黄小米砸碎那只杯子的次日。那是下午，她正和菲儿、若凡坐在茶馆里聊天。这个年纪的女人聊天，满嘴都是自家的男人。她们正夸杨素找了个好男人，不仅上得厅堂下得厨房，还术业有专攻，最难得的是肯为她守身如玉。自然，杨素真正在意的是最后那句话。她坐在那，看上去满心欢喜，一副觉得自己撞了大运的样子。菲儿正说，男人快回来吧，记得把过去那些内衣内裤统统扔了。杨素突然起身说，得走了，科室来了个特殊的病人，然后匆匆走了。那天晚上，杨素又频繁收到几条来自同一手机号码的短信，这些都在证明：她和另一个女人站在了某种竞技场，她在明处，而对方在暗处。

走出茶馆，开车回家的路上，想到那晚，她以为周亚宁挂断电话后，会再次打过来。她等了很久，坐在露台上，听四周风吹着树叶哗哗作响。车刚停好，又收到几条短信，还有一段视频，是同一部手机发来的。

看完视频，杨素感觉身子裂开般难受，一些抓不着却又分明如影随形的东西像刀片一样将她肢解开来，如同被肢解的人体模特。梦游般，她走进小区附近一家百货商场，那些衣模有的没有下半身，有的套着裤子，没有上半身和头，有的仅是一只手，或套着项链的脖子。周亚宁要我身体的哪一部分？她思忖着，将肢解后的自己陈列在餐桌上，打量着，像一个局外人。

而后，她回到家，轻飘飘走进厨房，倚在厨柜上的双手，没着没落，一时打开水龙头，一时又关上，这样的来回中，碰翻了水槽边的瓷碗。碗落地的声音清脆，她心里一惊，感觉掉在地上的是她的心脏。在捡拾的过程中，瓷片划破中指。杨素打开水龙头，把手浸在水中。水槽里红成一片。不痛，甚至有一种久违的轻松。就像又回到周亚宁老家那孔破烂的窑洞，整个身子都沉浸在水里。她想起了周亚宁紧绷的身体，想起了他湿润的唇舌，想起了他的手。她不想在此刻回忆这些，因为这样会贬低自己。她伏下身子，闭上眼，想起自己不是被憎恶的人伤害，而是为心爱的人所伤。这让她由于痛苦而虚弱，头垂到了胳膊上。血越流越多，身子越来越虚。周亚宁来了，他赤裸着爬上土炕，炕上有草席，草席已被碾压得破烂不堪。他的身下有她。草席上有一团鲜红的血。

血！杨素突然惊醒，用力按住中指。

她压抑着，又反复说，一切都是假的，这是陷阱。一整夜，她辗转反侧，难以入眠。

凌晨一点，她拨通菲儿的电话。菲儿知道她腹股沟里长了两颗黑痣，左背上有一块摔伤疤印，她们曾经在初潮后开始有意无意谈论爹娘如何在深夜趁她们睡着后——显然都有过装睡的经历——开始他们的“肉搏战”。此刻，她只想见到她。

“我在解放西S酒吧等你。32包厢。”杨素努力不让自己声音异常。可她几乎哽咽，喉咙里似乎淌着一条河，一出声就会出卖了她。

这么晚突然叫菲儿出来，菲儿竟然什么也没问。这一点更让杨素难受，菲儿一直把她当成婚姻的获胜者，甚至以她的婚姻为榜样期待自己的未来。

“把安若也叫出来?”菲儿说。

杨素没有回答。她不想安若来。来了，也只会多了一个怨妇。再说，安若并不喜欢酒吧，她说那里都是不正经的女人去的，有点像风月场所。她劝杨素也少去，去多了自然会生出消极。正不正经与哪里无关。杨素自己心里明白。她喜欢去那里，哪怕只是坐坐。来酒吧的多是有故事的人，有无忌的笑，也有突然的哭。她喜欢这样的肆意，似乎这样，她才能看清自己内心有多孤寂，她才能看清自己想要什么不要什么，她想谁不想谁。

菲儿抵达S酒吧时，杨素安静地趴在桌子上，面前的红酒瓶空了一半。

出大事了。菲儿走到杨素身旁，带着恐慌抱紧她。这样的事情过去在她身上发生过。菲儿想到她上次喝醉时的场景——谁都受不了，明明是即将上榜的优秀毕业生，却因一个预谋落到人人得而诛之——已经是十多年前的事了。杨素知道菲儿在想什么。她想轻松说出你想多了，但自己却哭了。

杨素推开菲儿，连续往嘴里倒酒，仿佛只有这样才能逃离一种恐惧。“出什么事了?”菲儿抓住杨素的手。

“酒是好东西。世事俗事烦心事统统不是事，家事国事天下事事事不关己。”杨素没有回答菲儿。她的舌头像麻花扭结在一起，她说的是客界方言，除了菲儿，这里没人能听懂她在说什么。

菲儿没有再追问，出于对友情“有难同当”的捍卫，端起酒杯，一饮而尽。

“告诉你一个秘密，周亚宁和别的女人搞上了。不要我和凡凡了。”杨素大声说，仿佛周围的人只是山丘、田野。

“周亚宁不是这样的人。”

菲儿说这句话的语气让人怀疑她对这个男人怀有特别的情感。可杨素知道，菲儿只是不愿意让自己对完美婚姻的憧憬破灭。杨素在心里问自己，菲儿一直不敢结婚，我就这样把所有真相告诉了菲儿，让她也成为这桩丑事的承载者，我是不是太自私了。想拥有婚姻，就需要冒一定的风险。她又这样安慰自己。

“和他上床的女人，叫黄小米，你我都见过，宏景集团老板黄志明的女儿。”杨素嗝着气说，语气像在说一个故事。

“植物要结出果实和种子，一定要授同种植物的花粉。黄小米是热带植物，周亚宁是寒带植物，他们根本不可能结出果实。”菲儿善于说些冷笑话，也总能找到恰当的比喻。

“周亚宁亲口和你提离婚了？”菲儿表情严肃，声音却是轻柔的。

“他不敢！”杨素语气里有愤怒，接着她笑了，笑了又哭，“他们一丝不挂抱在一起。”

“这是个陷阱，”菲儿看着杨素手机上的照片，“别中这个女人的圈套。你得乐观点。”

“好时光，没了！”杨素羡慕地望向S酒吧里那些交谈甚欢的年轻男女。她倚靠在菲儿身上，脑海里不断浮现黄小米和周亚宁的身体。幻觉总是乘虚而入，眼看着下身变成鱼尾，她急得大喊大叫起来，有人望向她。她突然尖叫一声，身子往下滑去。

菲儿扶起杨素，用力抱紧。“怕什么。真要离了，追求你的男人会从城东排到城西。”菲儿突然感到自己并没有像以前那样对婚姻充满憧憬，她甚至开始藐视婚姻。

“姐还有那魅力吗？你没瞧见我这双手，都被无数污浊给熏臭了，哪个男人还愿意牵这样的手啊？”杨素停住了，感觉出身体的麻木。

“有。”菲儿故作镇静，可声音却哽咽着。

杨素喋喋不休说了许多。她告诉菲儿，周亚宁出国前，他们的婚姻已经出现问题。她没日没夜地辗转于肛肠科内外，她甚至在自家卧室挂上了与科室相关的解剖图。报应来了，不知从哪天起，周亚宁把她扔回了她原以为逃离的世界，他让自己的声音代替了王荆花的声音，他让她陷入新的恐慌。那天，周亚宁说他可能会出国公干两年时，她没有阻挡，一声反对也没有，甚至在内心暗自窃喜，仿佛他的离开只会给她带来便利。

菲儿搂紧杨素，没再说什么。可是恐惧让她想吐。她一直无法决定，自己是否要加入“不婚族”。她的一个大学同学，一个声称终身不嫁的美丽女子在大理开民宿，她一直很羡慕她的生活，她不知道自己是否有勇气像她一样去开家民宿，过自己想要的生活。

3

“不知杨素现在怎么样了？”周亚宁突然这样说。

“估计熬成了望夫崖。”梁子然耸了耸眉毛。

“她的生命里只有患者。”周亚宁突然有些消极。

“杨夫人给我打过电话。听那语气，只想你快点回国了。”

“快给黄志明打电话。”周亚宁催促梁子然。

梁子然并不喜欢讨好黄志明。他们彼此看不惯。梁子然天性追求逍遥自在，在黄志明眼中，他就是一花花公子；梁子然看黄志明就是一欺强凌弱的土匪，他抢的不只土地和项目，还有女人。

为了亚宁，他想。在这个人心不古的时代，酒肉朋友一呼百应，肝胆相照的友谊却寥若晨星，大家都在身上包裹了一层难以穿透的外衣，看着热情洋溢、美丽可人，全是海市蜃楼。

不管你身边有多少热闹，全是泡沫。梁子然嘴里骂骂咧咧，心里却在发愁。亚宁走了后，我怎么办？兔死狐悲，身不由己，肝胆相照……各种情绪交织，他站在那，像个变脸的戏子。他们都是孤儿，这么多年来，他们彼此依赖，承诺无论何时何地，都要做对方的“魏征”。走进桃园，他们也曾结义，一同信奉希腊神话里代表友情的女神菲罗忒斯。

梁子然不想给黄志明打电话。他劝周亚宁冷静冷静，可对方连连摆手，一副没得商量的样子。他只好拨通了电话。

黄志明刚和女朋友亲热，心里正美着。这个年轻女人春潮般滋润的身体让他顺利展示了良好的生理状态。他像个凯旋的皇帝，一心想大赦天下。

还是一如既往的寒暄，千篇一律的套话。可梁子然听出了异于平常的松懈，在黄志明声音的后面有个细微的来自女人的声音，她一定正躺在他怀里，他熟悉这样的场景和这种场景下男人的心理。难得的好时机，他对着周亚宁挤眉弄眼，似乎在说，一切都在掌握之中。

“老板，亚宁患重病了。”梁子然由着嘴巴说。

黄志明没有接话，似乎说什么都不合心意，而刚刚的美好心情已被完全破坏了。

“他想申请退出这个项目。”梁子然索性说开了。

“什么？退出这个项目？”黄志明对这个突然的改变感到不解。“发生什么了？”黄志明推开女人，点了一根烟。

梁子然没有接腔。说您说得对又违背了今天谈话的初衷，说事实上周亚宁的合同已经到期了吧又顶撞了上司。

“至于合同到期，”黄志明说，“这只是程序需要，项目负责人就是项目负责人。这一点我希望当事人弄清楚。除非项目不存在了，否则无法改变。”

“老板，亚宁给您发了一封邮件，他有些事想和您商量。”梁子然扫了一眼墙上的挂钟，凌晨三点，疲倦让他变得心不在焉，言语之中自然失了小心和讨好。

“希望你们能明白，这是我们共同的项目。”黄志明没有问及周亚宁的病情，说完就立马挂了电话。

继而，带着习惯性的焦躁，黄志明打开了电子邮箱。

黄志明读了周亚宁发来的信，听他说了女儿在他身上下的功夫。他并不意外，那些东西全在他的预料之中——黄小米在一本私密日记中记录了她对周亚宁的痴迷。他无意中看到了这本日记，他装作什么也没看见，可他烧毁了这本日记，让它成为一个真正的秘密——这件事折磨着他的心，每念及此，他总是手足无措，惶惶不安。他有时扪心自问，我是不是恨自己的女儿。

但是，每当他问自己这个问题时，他的眼前总会出现一些画面，有时也来得不合时宜。那是女儿童年时期的一个情景，是个很久以前的夏日午后，发生在他居住的房子后面一栋废弃的平房上。他对女儿成长中的其他事情早已忘记，想不起是什么原因促使他记得那一幕。但是他一直清楚地记得，当时他正从平房对面的巷子里经过，看见她从平房上往下跳。对于她来说，那房子实在是太高了，就在他想她不可能有那胆量跳下去时，突然，她成功地从平房上跳了下去。他不记得她跳时有没有发出惊叫，也不记得她跳完后她的情形，可他仍然能在任何时候任何地方看见那一瞬间的情形。它是那么清晰，那么真切，如同定格在相机里，定格成永恒的瞬间。她的身体高悬于空中，她的手像一双翅膀在空中扇动，黑色的头发和蓝色的衣裙在空中扬起。一刹那，一个弱小的身躯如同白鸽般一闪而过。这是他一生中既惊吓又惊喜的时刻，连回想都让他呼吸紧张，可他能感觉出一种心驰神往的自由境界。

他不知道他为什么总想留住这个记忆，甚至认为那一刻终生都难以忘怀。在他看来，那是意义非凡的一跳，当许多别的更为重要的事情都被时间抹去时，唯有那一刻，他愿意永久地将它留在心灵最深处。他不知道为什么他每每为女儿感到难过时，他的眼前就必定会闪现出那一幕，他也不知道为什么每当他想起那一幕，他的胸口就会发出隐隐的刺痛。有个声音在耳边告诉他，那是因为你的父爱在起作用。他想违背自己的意愿，和冷酷而现实的自己过不去。他要笨拙地、不假思索地去帮助女儿。可他不知道，女儿是否需要他这样的帮助。

所以他开始接受这个他之前坚决拒绝的决定——让周亚宁回国。

周亚宁回来，谁又能取代他呢？黄志明在办公室里走来走去。那片他圈的地，因为目前还没明确用途，闲置在那杂草丛生，它的荒芜和它的富有都那么真实。

回信是两天后的凌晨四点收到的。周亚宁正站在窗口，没有开灯，窗外不时传来积雪压断枝头的声响，每次听到，他的心脏都会跳得异常。他也像那些树木一样，被沉重的担子压得咯咯直响。有些东西再也回不去了。听到新邮件的提示音时，他心头为之一振。虽然没有肯定答复，但黄志明答应在近期开董事会决议此事。

“事成了，事成了。”周亚宁使劲摇晃睡得死猪样的梁子然。

梁子然禁不住周亚宁的煽动，赤着上身挨到电脑前。他本来昏昏沉沉，替友人庆幸的喜悦刚涌上来，突然又感到一阵空虚。

“难道这么多年在公司精心构筑的长城就被这一记耳光给击垮了?”梁子然说得恍惚，仿佛在说一件往事。

“看似功成名就的表象下面，还不是与家人聚少离多的残酷和不断出卖灵魂的痛苦的本相吗?”周亚宁说这话时，脑子里清晰地呈现出乔布斯的遗言《醒悟》中的一段话。他大声背诵：无论我们现在处于生活的哪个阶段，随着时间的推移，我们都会面临帷幕落下的那一天。珍惜真爱你的家庭，爱你的配偶，爱你的朋友……他感觉自己从来没有像此刻这般清醒，也没有像此刻这样思念家人。他叹了声气，又说：“毕竟人到中年了。”

“我只看见一个急于走出围城的男人。”梁子然突然清醒了般，跳下床，打开酒柜取出喝剩的半瓶白葡萄酒。

忽然间两人都不再说什么。周亚宁低头看向自己的手。他忽然发现，不知何时，他取下了那枚一直戴在无名指上的戒指。只是原本存在的事实，却在突然间爆发出让人恐惧的力量。我对她承诺了什么吗?周亚宁在心里暗暗恨黄小米。他觉得自己没有那么愚蠢。再一次看着无名指，他不甘心，想努力回忆出自己第一天到C国的情景，可他的记忆里只有喝酒、唱歌、脱衣……有那么一瞬间，他似乎捕捉到了一丝痕迹，可稍纵即逝。

“为你成功抛弃新人干杯!”梁子然把倒好白葡萄酒的高脚杯递给周亚宁，仿佛要逃避什么，周亚宁仰头一口喝尽。

“第一天来这里到底发生了什么?”周亚宁用拳头捶打涨痛的太阳穴，显得很懊恼。

“黄小米更合你口味吧？”梁子然又给自己倒了一杯。

“天地良心。”周亚宁拍着胸脯，咚咚作响。

两杯酒下肚，梁子然变得兴奋起来，他扭动水蛇腰，像个花鼓戏小生般唱道：“兄台，是用上半身爱杨素，下半身爱小米吧。”

“一出国就赶紧砍断鹊桥的心计，我是学不来的。”周亚宁反唇相讥。

“中国最忠贞的爱情故事据说来自古时的牛郎和织女。一条大河波浪宽，没有稻花香两岸，牛郎的爱情始于大河，困于大河。我那是救人救己。你想想，这两地分居久了，不是她红杏出墙就是我身不由己，这又何必。干脆离了各自解放，大好前程仍可奔。”梁子然俨然一个演说家，“婚姻是神圣的，宣誓了就要遵守。我这敢于离婚，光明正大追求真正的幸福，与那些家里占着，外面偷吃的人相比，谁是真正不负责任的，无须证明！”

“你还占理了？”周亚宁突然降低语调，“不知杨素听到了什么风声没有？”

“没有不透风的墙。”

“她若是听我的离开那科室，怎么会到今天这地步。”

“睡吧，我的爷。明天的太阳会照常升起。”梁子然兀自走进卧室，片刻鼾声如雷。

周亚宁整夜未眠。让他恐慌的不是爱情，而是人到中年之后，都会寻求的一种确定性，或者说安全感。

确定可以退出A项目回国了，周亚宁清楚自己很快就会回到妻子身旁。他在每天夜里提醒自己给妻子发些甜言蜜语。他希望妻子回应他，最好能让他感觉到妻子盼望他回国的迫切。

可妻子似乎太忙了，从来没有回复。他想，在他没有回去之前，他仍然可以拥有这样的期待。可他发现，在每天黄昏临近时，他不看日历也知道又过去了一天。当他注意到这一点时，他便迫使自己看一眼日历。现在，正在进行一场比赛，是他和妻子之间和他不知情的——他意识到自己在害怕，害怕有人闯入了妻子的生活——另外一个对手。或许那个对手将是街上与他擦肩而过的路人。

周亚宁知道自己闯祸了。他和妻子，无论谁，都得在生命中做出决定，都必须要面对这一切。

4

给周亚宁回信后，黄志明就后悔了，心里一时烦闷。

黄志明给纪鹰打电话时，纪鹰正在书房看文件，文件旁边摆着一张发黄的老照片，脑子里闹哄哄的，全是问号。她和她为什么那么像？她到底是谁？……

纪鹰放下电话，特意走到客厅交代保姆：“小月，你泡壶茶，半小时后送到我书房来。”他还提醒小月：“用最边上的那把壶吧。”纪鹰记得那把壶是黄志明送给他的。顿了一下，纪鹰又问：“你卓姨呢？”

“在院子里浇花。”

“叫她到我书房来一下。”

卓凡进来时，那张发黄的老照片不见了。

不到半小时，门铃响了，接着传来一阵混杂的声响，一个女人的笑声显得格外夸张。黄志明他们来了，纪鹰将文件放进了抽屉。

“志明，这茶咋样？”纪鹰今天不同于以往，他总是主动找话说，好像要以此来掩盖什么。是的，他心里清楚，他脑子想的全是女人，她和她，她们占据了他整个身心。而那支钢笔，他几次想掏出它问黄志明，你还认得这支笔吗？可次次都被自己否定了。对眼前这个人，他并不想吐露那些。换句话说，他并不信任他。

“感觉不错，刚入口有点涩，回味起来却是甜的。”黄志明一脸意犹未尽。

“我看还有一个作用，能缓解咽喉肿痛。”纪鹰又指了指摆在正前方的紫砂壶，说，“尤其是用这壶泡出来的茶，口感更添一分。”

“老哥，你就是比我细心。难怪在乡下那会儿，我俩挑牛粪磨坏了衣裳，村里的小媳妇大姑娘们都抢着帮你缝补。”

“你多心了，每次你的衣裳坏了，不也是有人帮你缝补吗？”

“都是托你的福啊。”

“省里专门成立了旅游开发领导小组，正在讨论如何开发客界的旅游项目。省里考虑我曾经在客界待过一段时间，熟悉那儿的情况，特聘我为开发小组顾问。”纪鹰不紧不慢地接着说。

“不是我夸你。凭你对客界的熟悉程度，聘你当顾问，还真是他们的福气。”旅游开发？黄志明在心里回味这四个字。

“正好我也退休了。要不，今年一起回客界瞧瞧去？”纪鹰饶有兴致地说。

黄志明连连说：“要得要得，只要你得空，我随时奉陪。”他努力想让自己放松些，可他愈是这样，笑容显得愈发勉强。

纪鹰看出来了，黄志明也是心不在焉。他有意把话题绕到他身上。

“政府刚出台相关的土地政策，你就先下手把那片地全圈了，挺有眼光的嘛。”

“形势所逼啊，现在房子一天一个价，若是不赶紧把这地拿下，不出两年，这周围全都会变成别人的水泥森林，到时公司再想涉足房地产，恐怕只能是想想了。”

“有魄力！”纪鹰给黄志明添了茶，有意提高声调，说，“我们潭州市就是需要你这样敢想敢做的企业家。”

“哈哈……”黄志明果然喜欢这样被人捧着。他又借机奉迎纪鹰：“只要有您在前面领路，我就不会摔下悬崖。”他一口喝光了杯里的茶。

纪鹰又帮黄志明续满了茶，料想他该说出今天的真正来意了。

“没有你我真是什么事也干不成呢。”黄志明时常把这话挂在嘴上。角逐公司老大，圈地，签订了国外承包项目。得意仿佛就在眼前。窗外泥土的清香、杜鹃的芬芳飘进窗口，隐约能听到被风赶着起舞的树枝摇曳的声音。可今天，此刻，纪鹰仿佛看到一张形如黑夜般密集的网裹在黄志明身上。

“老哥。”黄志明喊出这声时，身子往纪鹰那边靠了靠。黄志明习惯于一遇到难题就去找纪鹰。有时也不知道为什么要去，去了能得到什么。可他又实在没有更好的去处了。我今天不是来宣泄情绪的，我有明确的目的。黄志明想向纪鹰提起向银行追加贷款金额的事。可他不敢太露骨，怕话一说满就没了退路。正想着怎么说下文，谁料脱口说出：

“现在的年轻人完全不像我们那时候了。”

“年轻人的事，由她们自己做主好了。”纪鹰以为黄志明说的是她女儿黄小米离婚的事。

“是啊，该由他们自己做主了。”黄志明有一种打掉牙往肚里吞的苦衷。

他们就这样各怀心事，继续聊着客界的陈年旧事，直到告辞回家。他们万万没有想到，他们此时装在心里的人和事牵连一对夫妇；也万万没有想到，这对夫妇会在不久的将来影响和改变他们的人生。

“我听肖莉说，她们家小米在国外又找了个男朋友。”黄志明他们刚走，卓凡就赶紧给纪鹰汇报情况。

“别人的私生活我们不要议论。”纪鹰说出“私生活”三个字时，他很想抽根烟，可自己明明已经戒烟了，况且妻子正站在眼前。万万不能让她看出破绽。

“这小米打小就任性，婚姻也是左看不上，右看不来。好不容易找了个大家还看得中的男人结了婚，她又玩起了七年之痒。离婚就离吧，这也不稀奇。可她倒好，尽给她爹出难题。”卓凡似乎没有听见纪鹰的提醒。

“怎么说?”纪鹰见妻子谈兴正浓，他不想扫她的兴。

“听肖莉说，小米喜欢上了一同去 C 国开发 A 项目的技术负责人周亚宁，本来两人相处得还不错，这两天闹崩了，周亚宁坚持要回国，现在黄志明正着急上火呢。”卓凡说得异常气愤，仿佛故事中的某个人是她至关重要的人。“这男人怎么回事，遇到事就逃能解决问题吗?”卓凡说得意味深长。

“这 A 项目牵涉的关系很复杂。宏景集团如今又圈了一大片地，志明是想靠 A 项目回款来还圈地的贷款，估计银行也在盯着他这个项目。假如这个项目出了纰漏，宏景集团的资金链就会出现问题。”纪鹰说时回忆出黄志明喊他老哥时的样子，恍然大悟，原来真正令他不安的是他女儿。

“别什么事都上纲上线。这只是在家里聊点私事，公事明天你上办公室和你的同僚们聊去。”卓凡这样说时，纪鹰一边笑一边摇头，那是她熟悉的表情，那表情的潜台词是“你啊你啊，一点也不长记性”。卓凡这才想起纪鹰已经退休，她心里一时莫名失落，却又说不上来为什么。或许是她所关注的世俗烟火是纪鹰所不屑的，又或是她想到了父母的婚姻。总之，她说完后，看都没看纪鹰一眼，扭头就走。

纪鹰看向她，发现她的背影显得落寞，像是受了委屈，可他什么也没有说，从书桌里拿出没有看完的文件，文件里有两个字令他恍惚：客界。他跳过它们往后看。那两个字像故意跳动的音符，又一次跃入眼帘。近来，有人总是闯入他梦里：穿着老式花布衣，梳着长长的辫子，时常坐在竹林里深情地抚摸着钢笔上的“兰”字。纪鹰不由自主地走到书桌前，打开最下面那个抽屉，从一个不太显眼的绒布袋子里取出一支钢笔。

5

“杨主任，纪市长来了，在一号房等你复查。”

肥妹站在门口，一脸寡淡，说完扭身就走。肥妹今天心情不好，这次科室评选最美护士又没她的份。评分由三大块组成，专业 50 分，个人才艺表演 40 分，病人口碑 10 分。她自认为是她身上的肥肉让她处于劣势，可明眼人都知道，是她火爆的脾气让她在最后那 10 分上吃了亏。

杨素本想安慰肥妹两句，可她又想，服务于人就得取悦于人。这取悦不是刻意献媚或一味讨好，而是从心理上照顾患者的感受。她独自赶到一号房，还没来得及敲门，恰巧张秘书拉开门出来。他盯了杨素一眼，表情复杂，然后掠过她，看向对面洁白的墙壁。

“亚宁快回来了吧？”不问还好，这一问就生了别扭。

这句话听似善意，却全是打探。关心是不合时宜的关心，感受出本意也是不合时宜的感受。杨素不想回答，也没有理会，径直走了进去。

杨素像以往一样招呼纪鹰，没人能听出她声音里的别扭。而她自己，却能真实感觉出所有的委屈正被一股力量掌控。她不想在今天看到任何男患者。可他是原纪副市长，是李院长特殊关照的病人，她没有说“不”的权利。不知为什么，她竟然想起了第一次让男妇科医生检查子宫时的尴尬，甚至想起了那个在手术台上幻想女性身体的男患者。她的男人已经背弃他的诺言。她已经不是他的世界里唯一存在的有特殊关系的女人了。难道因此，就一定要用同样的方法去报复他，这样就真的能洗刷心中的耻辱？不，不可能！她看着套在自己手上的乳胶手套，感觉它们成了抵挡污垢的墙。

检查完后，两人一同走进杨素的办公室。等纪鹰坐下，杨素才坐下。她没有习惯性地像对待别的病人那样，一边继续整理病历，一边交代病人关于创口的后续保养与恢复的注意事项，而是专注地和他交谈。杨素不断说话，似乎只有这样，才能自如地和纪鹰对视。

“小杨，”纪鹰从口袋里掏出钢笔，说，“很抱歉，今天才把笔还过来。”

杨素看着他。说是这样说，笔却稳稳地握在他的手心。

“这支笔，你一直在用吗?”他的目光一直落在钢笔上。仿佛所有话都是对钢笔说的了。

“一直在用。”杨素揣着心里的秘密悄悄打量他，却发现对方眼里闪烁着让人迷惑的亮光。她想延续这份感觉。“这么多年了，竟然从来没有出过毛病。”

“那可是我父亲的朋友从美国带回来的派克 51 型钢笔，在那个年代能拥有一支这样的笔，可神气了。”纪鹰脑海里飘过这些话时，仿佛一个受到褒奖的少年。窗外银杏树上的新芽如同长在他心尖上的那抹新绿。可这是他父亲留给他的遗物，想到这点，浮上纪鹰心头的那层得意，顷刻被迎面扑来的灰暗记忆所覆盖，一层又一层，海浪般汹涌。

他真想由着性子说出许多，可他忍住一切。他的右手一直紧紧地握住这支笔，趁眼前的人给他倒水的工夫，他甚至忍不住抚摸笔套上那个熟悉的字。光线从窗口照射进来，落在他身上，落在他的眼角时，折射出特别明亮的光。

“这是支不一般的钢笔。”纪鹰依然端详着钢笔。

“您若喜欢，就留着用吧。”杨素并没有这般慷慨，也不想拍马屁，可话脱口而出，控制不住似的。

“这是你的笔。”纪鹰像是在强调什么，“它的主人一定跟你有某种特殊的缘分。”

“是啊。”杨素感觉自己随着这声“是啊”，走进了那个雪夜。她继续说出更多：“这笔是一个叔叔送给我的，他还告诉我，这支笔属于真正需要它的人。”杨素第一次直直地望着纪鹰。她有意说出这些话，尘封的秘密在心里蠢蠢欲动，但这种感觉充其量也只是想入非非罢了，而且过于冒险。可触电般，一股通灵的力量传到她身上，潜伏在心底的记忆爬了出来。她看见了一张熟悉的脸，以及一些刻骨铭心的过去。

“帮助需要你帮助的人……”这些声音时常会与她的心灵对话，此刻也是，她的手在颤抖，身子也是。纪鹰走过来扶住她，才让她不至于倾倒。

“你一点都不记得那叔叔了吗？”纪鹰感觉自己有些着急了，可过去，他因为身份而过于谨慎，也从没有因为她和那个女人十分相像而去怀疑她的身世。如今，他是不想再错过什么了。

况且，他确信这就是他送出去的那支笔。他回去后反复回忆，他记起了曾经在哪儿见过她。那个雪夜，所有那天的经历也回忆出来了。可除此，他还有一些异样的感觉，甚至还撩拨起丝丝不应该在他身上出现的兴奋。太像了，他在心里比较她和他曾经的恋人。他这才明白，当初为什么就把这支笔送给了她。原本是想把恋人淡忘了的，最好是没有发生过。可是她跟着这支笔回来了，那面容那身形那笑声长在了心里似的，眼一闭就出现了。

他确信那个女孩就是眼前的女人。似乎还有一些别的发现，这种发现起初只是午夜那声婴儿的啼哭，可慢慢地，他看见了婴儿的样子，即便他从没见过那个孩子。他不敢往深里琢磨。他是个罪人，是那个女人的罪人。

也许这是个考验，看他如何反应。杨素感觉出面部神经跳得异常，嘴唇也不受控制地抖动，像是受某个惯性的推送，一个声音从她心底钻了出来。

“叔叔。”

“哎。”

他应了。这是最本真的自然的反应，他心底和她在一个磁场里，他们在想同样的事。这声没有防备的应答，验证了杨素之前的猜测。细节存在于他看见这支笔时不同寻常的表情里。“帮助需要你帮助的人”，那个声音从心底出来了，萦绕在她的耳边。它成了钩子，把一些旧东西从杨素心底拽出来缠绕她的身子，爬上她的心头，预示着某些重要的事情要发生了。可时隔多年，两人都发生了很大的变化，她不敢贸然相认。从她嘴里脱口而出的称呼，和那声最自然的回应，给了她勇气。眼前的人变得熟悉起来，不同于之前的熟悉，而是另一种有着某种特殊情分的熟悉，如同熟悉她身上每一处肌肤、每一声呼吸的亲人。

她从不轻易流泪，可此刻她眼里的泪就要流出来了。而他也一定注意到了。因为他看着她，脸上表情凝重，她愿意理解为关心，虽然这种凝重可能只是表示面对女性哭泣时的不知所措。

“来，”他说，“你坐下。”他为她把办公桌前的椅子拉到她身边，自己却远远地坐到对面的沙发上。这个动作告诉她，他那声回应兴许只是不经意的一个反应或是出于礼貌，与她心里期待的情分相差千里万里。他微笑着。不是父亲似的慈祥，也不是男人的挑逗。只是普通的微笑。友好但又保持一定距离。仿佛刚才的一切只是个意外，而她只是一个不谙世事的小孩。

“你一定有什么问题要问我吧？”他说。

她只是望着他。她又恢复了常态，她的眼神一定看上去轻描淡写。

她觉得自己轻得像棉花，用力捏紧，她就会变得几乎可以忽略体积。

“我想这是有些奇怪。”他又说，仿佛她的态度已经回答了他。

她想戴上眼罩和耳罩。她依然那样坐着，什么也没有说。

“我想……”她有些犹豫。

“我是想……”她继续说。她看向他，他看上去很不自在，准确说应该是局促不安。

眼前落泪的女子分明就是那个雨夜为他哭泣的女人。他胸口窒息得难受，他硬撑着不让自己失态。你是谁？你到底是谁？他想一口气问她许多，但他竭力不让自己把急切的心情流露出来。

“我能抱抱你吗？”杨素拼命让自己的身子保持僵直，脸上依旧轻描淡写。我能抱抱你吗？她在心里重复这句话时，想哭，想放声大哭，哭得让这间房子发抖。

她装出不以为意的样子走向他，实际上她紧张得几乎说不出话来。她走近了，她闻到了修面香液的味道，周亚宁身上也有这样的味道，是她熟悉的类似于薄荷的味道。

很难想象有谁比眼前这个女子更像她了。“这……”纪鹰迟疑了一下，怀着复杂的心情将杨素揽进怀里。他感觉自己成了另一个人。可他感觉出一种痛快，他终于战胜了那个只敢隐瞒某个真相的自己。他轻拍她因为过度紧张而僵直的后背，轻声说，好孩子。

纪鹰转身离去时，杨素发现他的后背全湿了。他上好的、剪裁合身的衬衫因为潮湿而透明。一定有什么事情在困扰他，就像客界的阴阳河一样，清浊分明。自己那件罩在白大褂下的蓝色 T 恤也已经汗湿。这么多年来，一层东西在她身上坚壳般裹得那样深，那样紧，那样密。她站在原地，任由自己回到那个雪夜——

已是下午四点，杨素从表哥家逃出来，走进汽车站，看见入口的地摊，她走过去，手不由自主地伸向一把小刀。靓妹，买把小刀吧，防流氓。卖小刀的摊主是个油嘴滑舌的年轻男人，他对着身体的某个部位做出一刀两断的手势。

那晚，若是我手里有这把小刀，我会刺向表哥的身体吗？杨素回到了那晚，手里的小刀正刺向一个男人。她差点发出惊叫。喂，发什么傻啊。摊主一脸坏笑，她回过神时发现自己握着小刀的手心全是汗。

上车后，杨素将身子陷进露出海绵的中巴车坐垫上，那把小刀被她揣进了裤袋。车窗外，房屋在向后倒退，树木也是，慢慢地，她睡着了。到终点站了。卖票员推醒她。这是哪，这不是我要抵达的地方。杨素吓坏了！开车的师傅告诉她，今天已经没有车返程了。不能留在这，得往回走。她顺着来的方向走去。

一条没有灯火的路，弯进一段山坳，两旁没有房子，没有行人。黄昏时的田野是荒凉的，地上有雪，天上灰灰的，好可怕。走了好久，她才从这段绕山公路里走出来。

路边有了房子，还能看见从房子里透出来的微弱的光，这种光并不发亮，反而比黑暗更叫人难受，使四周显得更黑，那是一种垂死的光。天空差不多要压到地面上来了，树上不时有雪掉下的声响，杨素的心脏总是在听到这些声响时惊得一跳。幸好有雪，可雪里藏有她看不见的危险。她踩进雪里陷下去几次，所幸都能爬出来。

雪地反光，映衬路边的山、树、房子形成阴影，阴影似乎在蠕动。还有狗叫，声音尖厉刺耳。杨素提心吊胆，仿佛一些不知藏在何处的凶恶的鬼怪随时会出现。她飞奔向前时，感觉绳索缠住了她的脖颈、她的胸口、她的双腿。

终于走到了熟悉的小镇，可这里已没有开往家乡的任何交通工具。

镇上闪烁的灯火，与杨素不相关，没有哪一扇门打开在迎接她，没有哪盏灯是为她点亮。她在雪地上行走了整整三小时。她的帆布鞋早已湿透。因为一直在行走，忘记了寒冷。小镇离客界还有几十里路，想到这，她冻僵的身体苏醒了，双脚生出钻心的疼痛，身子也开始发抖。

前面是小镇岔路口，再过去是拐弯，什么也看不见。杨素从不在黄昏的时候单独经过，虽然从没有听过关于这里的不好的传闻，可每次经过，她总是感到害怕。尤其一个老男人将他的目光爬上她的身子，停在她的胸脯上时，她的脚步就会生风，仿佛那些目光都带有让人窒息的邪念。她能感觉出，这些目光有时就在路边，有时躲在黑窗里。娘是在提醒我吗？她总说，隔壁村里的老男人有些没规矩了。

一个高个子中年男子从杨素身旁走过，走得很急。杨素想追上他。可一股相反的力量控制着她向后。难道我想冻死在这雪地里？她鼓起勇气追上去时感觉自己如同一个溺水者，眼前的人是她眼下能拽住的最后一根稻草。叔叔，你去哪儿？她追着男子大声喊叫。我去前面的火车站。小姑娘，你去哪里？男人的声音清晰，平缓而镇定。可他也在上下打量她。我去客界。她的手悄悄伸进裤袋。

客界离这还有几十里路，你一个姑娘走夜路不怕遇见坏人？去找个旅馆住下来吧。

坏人。还有比表哥更坏的人吗？杨素在心里咆哮，说出的却是细若蚊蝇的声音：我没有钱了。她见过乞讨者，他们会拦住行人，用响亮讨好的声音纠缠他们。她张了张嘴，想着下一句是否该说出些好听的话来。

来。跟我来。那么自然，听不出丝毫犹豫。

她的手心全湿了，那把水果刀被她攥得似乎要融化了。男子让服务员领她去房间。她什么话也说不出，木棍般跟着上楼去。

小姑娘，快吃点东西。男子上楼来时，手里端着一碗热面。手从裤袋里掏出来，手心湿透了。她悄悄在裤子上擦了擦，接过面，把头埋进了碗里。

你在冷市读书？杨素点头。一只手悄然伸进了裤袋。看见自己挂在右胸口的校徽时，她脸上起了烧。

我得走了，火车快要开了。男子说。

总觉得事情没这么简单，杨素起身时，一只手仍插在裤袋里。她甚至想好了唯一的对策——他若是有表哥那样的邪念，她就敢捅他。

怎么才能找到你？说这话时，杨素满脸通红，仿佛藏在小刀身上的邪念在这一刻露出破绽。

你不需要找我。

得还钱给你。她说得很胆怯，似乎对自己能否履行这份承诺存有怀疑。

我放了支笔在你书包里，好好学习，等你有能力帮助需要你帮助的人时，你就找到我了。男人走近她，拍了拍她的肩。

我不要无缘无故的善意！她拍掉男人的手，声音几乎是喊出来的。

你怎么了？男人意味深长地看着她。

眼前的人是不同的人吗？从表哥家逃离后，她心里的光就暗了，眼里看到的全是灰色。她试图再次握紧那把小刀，可手抽筋般失去了力气。

你还小，不要怀着怨恨生活！男人说完就走了。

她一下呆住了。我怎么了？回过神来时，她感觉出羞愧。她想跑出去对他说谢谢你。可她只敢推开窗，外面漆黑一片，还能看见那个人，也能听见他踩在雪地的脚步声，清脆响亮。一时，眼泪流湿了脸。她在心里庆幸，觉得是他救了她，甚至觉得他的身影幻化成一束光，明明越走越远，却感觉那束光穿透黑暗向她涌来。自此，她喜欢看日出，喜欢站在黑暗里，等待红日喷薄而出时那股磅礴之势。

回忆像一双伸进胸膛里的手，只想多掏出些，又想着能填充些。

杨素有一种走到沙漠尽头的瘫软。望着办公室那张咖啡色的小沙发，他刚才在那坐过，她慢慢朝它走去，她需要静静地躺在那，一会儿就好。可刚躺下，她又站了起来，走到窗口。七楼的高度不算高，足可以看清进出这里的每个人。纪鹰直接上车走了，没有犹豫，没有抬头回望。她这才发现，身子真软了。躺在沙发上，闭上眼，耳边全是叫声。“叔叔，叔叔……”声音变成了海浪，将她淹没，她沉溺在声音里，甚至希望这海浪不要消失，就这样紧紧包围、拥紧她。

下一次复查，得一个月以后。杨素在台历上找到那个日子，用红色的水笔在这个数字上重重地画了一个圈，像跳动的红心，她心里一慌，又重新涂成了方形。

6

有人在敲门。杨素不想起来，想继续沉溺在梦里。敲门声急促得让人心慌。

一个扛着蛇皮袋的女人站在门口。是她娘王荆花。杨素有些不知所措，甚至希望自己因为沉迷某个幻象而看错了人。

“快帮帮我。”有人从门前经过，好奇地看向这边。杨素帮她把蛇皮袋抬进来放倒在墙角，又把自己的茶杯递到她面前。王荆花接过水杯，沾到唇边，没有喝，又猛地放到桌上，溅起的水花正好落在桌上的钢笔上。

“出鬼了，刚下楼的那个男人怎么看着面熟?”王荆花太着急了，忽略了一些能让她更加恐惧的铁证。比如她眼前那张桌上有支钢笔，正是她曾经见证的定情信物。

“电视里见过吧。他可是我们潭州市的副市长。”

“咯大的领导啊!”王荆花走来走去，四处打探，让人以为她要寻找什么。

“想不到在你这里还能碰上大领导。”王荆花的话听上去像是没有见过世面的人对大领导的自然敬畏。她心里清楚，她因为害怕而离开客界，但在这里，她害怕的那个男人竟然出现在电梯口。万万没有想到啊。眼前的杨素和那个女人简直是一个模子印出来的。她害怕真相被揭穿，更害怕失去女儿。不!我们才是一家人。这个家理应由我来主事，由我拥有和维持，直到死亡将我们分开。王荆花的双眼因为思绪交织而充满复杂的神色。

“想什么啊?”杨素推了王荆花一把，“你把家都扛来了吧?”

杨素说出的话响亮、坦荡，将王荆花从恍惚中拉扯回来。王荆花夸张地哈哈笑了两声。“这里啊，是百宝盆。”她麻利地解开蛇皮袋上的麻绳，一边往外掏一边说，“有你爱吃的老家干盐姜、霉干菜、坛子菜，自家晒的，你堂婶送的梅菜豆豉、红薯粉，隔壁王奶奶送的腌萝卜条、笋干，还有村西李大妈送的火焙鱼、烟熏腊肉，村尾叶大爷晒的白辣椒。唉，我都数不过来了，反正都是些看着你长大的老邻居们捎来的。”

有些东西在杨素眼前晃荡，如同突然从远处墙头伸出的一面看不清颜色的旗帜，或许意味着打探，或许意味着和谈，或许意味着新的麻烦的到来。为什么她的语气总是想讨好我？她为什么要这样？杨素想直接告诉王荆花，你是我娘，你不需要讨好我。可这样说很冒险，兴许会伤着人。她忍住了。王荆花还在说，说得很急。杨素无心听她说了些什么。

“这次来，就不打算走了。以后跟着你，死了烧撮灰把我埋你家花盆底下作底肥。”

杨素闻出了王荆花话里的酸味。这是一种刻薄，却是含着的。不像她对杨楚的刻薄，总是不留余地。王荆花似乎在试探什么，这种试探里有委屈，有怨恨。而杨素像个早就识破真相的行家，听出了这句话及话里所隐含的情绪都只是幌子，这是一种不想被人发现的保护。这种保护是直奔杨素来的。好多年以前，她就感觉到娘总是过分地守护她。每次回老家，她会寸步不移地跟在她左右，除了睡觉，基本上没有独处的时间，越长大这种感觉越强烈。这两年，她愈发感觉出反常，王荆花竟然想彻底隔断她和乡亲们独处的机会，而乡亲们异于寻常的眼神，又像是想给她传递些什么。

“我爹怎么办？”杨素说得很大声。

“你瞧瞧，我就知道你心里向着你爹，娘在你心里就是没得那么重要。”王荆花的语调更高，像是要压过杨素。

“娘，我先送你回家，下午我还有一个重要会议。”杨素的情绪到底是坏了，她对王荆花说话的语气也不好。王荆花敏感多疑，杨素怕她又说赶她走，连忙又补充，“你要是想在这等我也行。”王荆花主动说先送她回去，杨素心里这才踏实。可王荆花没有耐性，她一边在办公室里来回走动，一边碎念：

“你爹这个老东西，一定心花怒放了，这会儿估计找那小娼妇去了。”

“那你为什么不在家守着他？”

杨素刚说完就后悔了。可下次她还会这样说。她并非天性如此，王荆花打小就用刻薄的语气对她，对待杨楚，和更多的人。杨素看着王荆花，想看看她有什么反应，却突然发现她老了。她不到六旬，却比她见过的许多七旬老人更显衰老。那双手上，匍匐着一张网——由一根根交织弯曲的静脉组成，又像一条条蚯蚓匍匐在那层皮肤下；没有水分，没有光泽和脂肪的皮肤像一张被风吹干的皱纹纸；脸上，那眼窝，嘴角和鼻翼的两侧，都深陷下去；身子就更不好看了，瘦骨嶙峋，胸前没有起伏，身后空空的，只见宽宽的衣摆；那根盘在头上的辫子，虽然颜色不好看了，却透露出她曾经有过的年华或是年华中流动的光彩。

杨素的话到底重了，王荆花像一个失宠的小女孩，翘起嘴巴：“娘不是想你了嘛。你工作忙，没有时间回老家，娘还不趁自己走得动多来陪陪你，只怕以后也没这身子骨了。”

王荆花分明在撒谎。刘翠莲说的那些话吓坏了她，她为此匆匆赶来。

刘翠莲是中医院的保洁员。村里人来这里看病时，她总是炫耀似的领着他们穿过导诊台，还会不失时机地和护士们搭讪，这是她殷勤为她们拖地、倒茶水换来的待遇。在村里人羡慕的眼光中，她自豪又茫然。看上去仿佛不太可能，我刘翠莲，这么卑微的村妇，竟能与这种场面扯上点关系。

谁也没猜出王荆花的私心。刘翠莲也没有。她更没有想到，她是王荆花的另一双眼睛。刘翠莲是个大嘴巴，王荆花看中她这一点。而她几乎没有辜负王荆花的期待，每次回家，总会添油加醋地描绘她在医院的所见所闻。其实，她俩的关系早在杨楚“嫁给”王荆花那天起就陷入僵局。契机隐藏在某些特别的时刻，刘翠莲老伴死后一个月，王荆花突然不计前嫌前去探望。刘翠莲告诉王荆花，她儿子被媳妇攥在手心，她在家里的地位比狗还低。王荆花说出想帮她找份事做时，她一时觉得友谊又恢复到了多年前。那时她们的感情，很容易读懂，像清水里游动的鱼、蓝天上飞翔的鸟，什么东西也不会藏着。而王荆花已经学会了隐藏自己。她在不经意中听到一个消息，村里那个常年在外贩卖山货的男人说，他在外地见过一个女人，像极了墨兰。王荆花因此变得焦躁，不仅仅是焦虑杨楚和屋后那个小寡妇眉来眼去——其实那是她的妄想——仿佛全世界的人都在时刻准备着背叛她。

辞工那天，刘翠莲掉了不少眼泪。她舍不得这份工作，可家里儿媳妇又要生了。儿子说，她若不回家带孙子，就不给她送终。她做梦也没有想到，在最后上班的那天，还能收获一个天大的秘密：墨兰还活着。她确信自己没看错人。虽然这个女人破了相，左眼角多了一道伤疤，可她还是认出来了，这个女人就是墨兰，千真万确。她本想识破墨兰，可她心里有鬼，这鬼是突然来的，杨素走过来和墨兰说着什么，她看着她们，看出些名堂，越想越蹊跷。她不敢往深里想，加上着急赶去车站。她离去时心慌意乱，却又怀揣着这份收获而觉得喜悦。

王荆花见风就是雨，可这回反常。她没有像以往那样一再叮嘱刘翠莲保守秘密，两人却是心知肚明。以往刘翠莲给王荆花描述些捕风捉影的事情，她倒是显得急不可耐，可一旦真走到了那一步，情形便不同了。刘翠莲虽是局外人，旁观者，可她见证了那段光阴，了解她们的过去，自然能体味到这番心境。

杨楚从田里干活回来，老远就听见刘翠莲的大嗓门，像一个年久失修的破高音喇叭，在自家院子里发出粗哑的嚷嚷声。“娘卖乖的！”他恨恨地朝地上吐了口痰，刻意没有直接走进堂屋，而是悄悄闪进侧旁的灶房。蹲在被柴火熏得乌黑的墙角，他盯着挂在柴火灶上的那块腊肉，总觉得那上面有什么东西，灶里有尚未燃尽的树疙瘩，缭绕的烟雾令他眼睛难受。一切都没劲了。杨楚这样想是有充足证据的。就在昨天，他站在马桶旁撒尿时，那根抛物线不见了，只有稀稀拉拉往下滴的水。

“老杨，走了。”刘翠莲朝着灶房的方向喊响时，发出得意的笑声。

原来这婆娘早看见我了。杨楚对着她的背影，悄悄跳起来骂！

“地不好，种不出庄稼，不是犁的问题，得换地。”这些话，是刘翠莲在菜地里对杨楚说的。杨楚又骂了声：“娘卖乖的。”他这才看清，悬挂在灶上的那块腊肉上叮满了苍蝇。他走进厅堂，不动声色地说：“我说今天家里怎么这么多苍蝇，原来是刘翠莲来了。”

往堂屋外一望，刘翠莲走远了。王荆花像是猜透了他的心思，说：“谁见过犁坏的地，只有不好使的犁。”

“可怜了孩子。”杨楚突然说，“明天你要去……”他感觉胸口有些闷，想咳嗽又不得力。“潭州？”他接着说完，又赶紧含胸干咳了两声。他把手压在胸口上，仿佛想使些劲让咳嗽通畅些：“我给你去买车票。”这句话像是一句接头暗语。如同突然关闸的堤坝，王荆花什么也没有说，更没有因此和杨楚吵架。她因为嘴快而失去了许多，如今她是什么也不能失去了。只有孩子了。她时常告诫自己，什么也不能乱说，否则就真的什么也没有了。

王荆花呆立在那，杨素看出娘有心事。虽然她猜不透娘在想些什么，但她已经能够感知出，娘正在经历一件沉重的事情。杨素靠近王荆花，站在她身旁，想努力给她些安慰，可杨素什么也说不出。多年来，除了必要的对话，她不愿花时间去和娘真正交流，甚至认为她和她是永远无法沟通的。可王荆花习惯性以为杨素是喜欢和她交流的，所以在和女儿交流时也习惯性地用“我们”，而称呼杨楚为他。每次只要看到杨素和杨楚在一边低声交流，她就会凑过来，似乎她不愿意在杨素与杨楚的交流空间里没有她，或者说这种交流不是以她为主角的，她不喜欢自己就这样被搁浅在一边。这时候杨素总会打着哈哈，走到房间里去倒杯水喝，以此来冲淡娘这种惯性的自以为是。爹是老实人，没有多少话，杨素是知道的。王荆花话太多了，多到让人生厌的地步。杨素不会说出来，可是不代表她心里不会这样想。再说她总觉得娘这样生怕她和爹单独交流，这样的心态里似乎藏匿着什么心机。可娘总归是亲生娘，又会对自己的女儿怎样呢？无非是生怕这唯一的女儿太亲近爹，而吃些这样的干醋罢了。可杨素隐约感觉出一种不安，是来自内心深处的不安，并非多疑，她就是知道，娘一直在害怕，不是某一天某一时，她时时都处在害怕里。

现在，杨素想帮助王荆花，却又不知从何下手。原本都是实打实想帮助对方，可是事情往往向着相反的方向发展。于是，杨素和王荆花，站在那，明明隔得很近，却成了两个世界的人。

“娘见到你心就宽了。”王荆花只对杨素低头，甚至和杨素说话也一直是小心翼翼的，无论杨素扔给她怎样坚硬的石头，她总会想到办法来化软。王荆花连打几声哈哈，弯下腰，把摆在桌上的土特产一样一样小心收进蛇皮袋里。杨素看着王荆花，看出了忧愁。王荆花脸上一直是有表情的，她想什么或想做什么都会通过面部表达出她的喜恶。有时，杨素看她，就像看见一只惊弓之鸟。

杨素一改以往的腔调，用细柔的语气说：“娘，你先回家休息，要是有什么事再给我打电话。”

“还是我亲闺女对我好。”王荆花有意在说“亲”字时加重了语气，甚至变了调。她知道自己为什么来到这里。她不得不随时提醒自己：那个一直躲在黑暗中的女人见过女儿了，在这里留下了痕迹。她藏好这一切，却又总想打听出些什么。

“看你，一脸萎黄，是不是做多了手术，累着了？”

“是啊，几乎天天都有五台以上手术，我都累得不行了。”杨素努力说出更多的话。

“年轻人干活重，容易得那病；人老了，还会得那病吗？”王荆花走到窗前，越过医院大门赭色的琉璃瓦，看见了教堂，青灰色的石墙，以及刺入天空的十字架。她并不认识那是教堂，却仍旧能对十字架生出些敬畏，这敬畏与平时看到医院救护车上的十字架上的敬畏是一样的。

杨素停下手中的工作，直直地盯着王荆花，说：“你是不是也患痔疮了?”

“没有的事。我怎么可能得那脏病。”

王荆花说出“脏病”时，脸上神色异常，她从来都视女儿为珍宝，任何来自他人对女儿的轻视与诋毁都足以让她以生命来捍卫。可此刻她说出的话，让杨素意识到了她心底的鄙视。或许别人以为杨素小题大做，不就是一个没有见过世面的农妇说出的一个粗俗的词吗。可她是王荆花。而往往就是这样漫不经心的流露，足以让亲人相疏。她想到自己看过的书，想到马尔克斯写的小说《礼拜二午睡时刻》中的那个母亲，哪怕全世界的人都认为她儿子是个贼，在母亲心中，他是她的好儿子。你为什么不能是那样的母亲，杨素在心里生气，甚至想提醒她，帮别人看“脏病”的人就是你女儿。

可王荆花说的做的从来都是想尽办法讨好取悦杨素。也因此，杨素愈发感觉王荆花不正常，她想表达些什么，又或许是突然生出的身为女儿的担当，杨素郑重地说：

“前一向我们医院来了一个和你年龄差不多的大妈，也是平时不把这病当回事，一直忍着，幸好来医院及时，否则，这病要了她的性命都难说。”

“哪里的?”王荆花感觉那根横在喉咙深处的鱼刺正顺着她的横纹肌刺向深处。

“杂坪的。”

7

回家的路上，一只横穿马路的流浪猫，被闯红灯的跑车碾过，身子成了饼状，泡在血液中如漂浮的枯叶。王荆花看着这些，骂了声“晦气”。她觉得自己成了透明人，一眼就能被人看穿。更糟糕的是，她感觉浑身无力，四肢发凉。我怀揣秘密，怎样才不显露出来？为此，她焦躁不安，总觉得有人正准备将所有一切从她身旁边带走。她看着女儿，如同看着客界田野里的一股轻烟，慢慢升起，慢慢消失。千万别那么想，一个声音在她耳边警告她，老那么想，事情就真的会发生了。打起精神来。王荆花暗自掐大腿。

王荆花看向车窗外，心里默默标记着：压死流浪猫的十字路口，贴满不孕不育小广告的电线杆，地下通道口那个瞎子算命先生……她都想一一记住。

送王荆花到家后，杨素立马又往医院赶，等红绿灯时，她的电话响了。是王荆花打来的，她按了免提，放在一旁的副驾驶座上。

王荆花打来电话，先是小心翼翼地说，素，我想和你说说你爹的事。杨素知道此时绝不能说出反对的话，无论如何也要把自己的想法隐藏起来。电话那端的人会说些什么，她知道，甚至熟悉所有过程，她从童年就经历了这一切。

声音时高时低，一种既想藏着又要发泄的架势。杨素任由对方说着，她偶尔嗯啊一声，心却去了四极八荒。

自小，杨素目睹了王荆花如何用她犀利的“好心肠”，指出张家的鸡进了李家的鸡笼，二娃进了杨山媳妇家半天没有出来，村长家建房子的木材都是深夜从山里“砍”来的……不知怎的，从小到大，她记得王荆花经常在骂，不是骂父亲，就是骂邻居。春天耕种时，会因争夺耕牛而骂；夏天双抢时，为争晒谷坪而骂；秋天，端碗稀粥蹲在屋前坪里和邻居扯几句卵淡，扯出些麻纱，立即就会脸红脖子粗地开骂；冬天，明明是围炉烤火的好季节，她却守住杨楚翻一些陈年旧账，茶壶在炉灶上翻滚着冒出层层水汽，王荆花骂杨楚的样子也飘摇在水雾中成了永恒的记忆。

王荆花说，客界人大都说一套做一套，只有她是“表里如一”。行得正坐得端，身正不怕影子歪，明人不做暗事……这样的谚语，她会时常挂在嘴边，意图很明显，她觉得自己是唯一的正直人。别人说错一句话或是偶尔暴露出弱点，她就及时抓住并作为证据反复证明这些人的卑劣，在她心中，客界其他人都站在一起构成她的反面，自然，她也因此吃尽苦头。杨素现在说这些，并不代表她起初就明白。杨素的智慧与坚强并非与生俱来。回想十五岁那年的冬天，王荆花开始走村串户收些废书烂鞋，来维持一家人的生计。杨素常因身为王荆花的女儿而感到羞耻，觉得自己低人一等。她骂自己内心龌龊。命运之神是无人可以摆脱的，那时候的杨素时常陷入这样的痛苦。不知经历多少时光煎熬才让她摆脱了王荆花“表里如一”的浸淫。也许是大山的宽容，客界阴阳河所包含的多面性，山里人的山歌所蕴含的神性，各类飞禽走兽，都在启示她思考。不知从何时起，她感觉自己变了，不仅学会了如何克制情绪，还找到了最终奋斗的目标——我要成为一名中医。这是大山里的一草一木一花一叶所赋予她的使命。

“电话挂了吗?”

“一直在听你说啊。”

杨素望向车窗外街边的林荫道，看到一个被风卷起的塑料袋，挂在没有一丝绿意的银杏树枝上。它分明想挣脱什么，肆意在风中翻飞。而远方天边的云，像是被一团黑墨裹住了。一场大雨即将来临。杨素开车拐过医院前面左边巷口的农贸市场，开进人流如涌的中医院大门，路过躺着重病患者的医院专用推车，挤进亲密无间的晨间电梯，逃过护士站小妞们窥探的眼神，坐到主任办公室的转椅上，王荆花还在滔滔不绝。

“你评评理，是我不对，还是他不对。”

“好！我明天辞工回山里陪你批斗杨大爷。”

客界方言的粗野性从语调里钻出来。这已经成为一种惯性，在杨素异常焦躁的时候，她会用客界方言低吼，然后突然失声。自小造就的隐忍能力已经到了极限，她想尽办法抵制来自母亲的干扰。可这样做并没能让她感到痛快，她总是能听到来自四面八方的谴责声音。她因此自责，也因此而愈发反抗。可今天和以往有些不同，她的眼前又模糊了，像个失去力量的战士，纵有千万决心，可你站不起来了，你失去了手中的武器。她使劲揉了揉双眼，但无济于事。

这一回是撕破脸皮的感觉。也不是第一次了。杨素面对面劝解过王荆花，说自己毕竟是时常要动刀子的人，坏情绪波及会影响心情。可王荆花自有她的理论，她说连女儿都不能说说心里话，她就真的没处出气了。她从不咒骂女儿。她已经习惯把一切归咎于自己嫁错了男人。也因此，她能轻易说出，是你爹要你这样对我的吧。杨楚该有多么不幸！杨素闭上眼，仿佛一群来路不明的人在后面追赶着她。她不知道自己是被需要还是被驱赶。

杨素不愿意承认她是多么思念周亚宁，那种愿望让她愤怒而愈发失望。她反复读了周亚宁这两年给她发的电子邮件，她之前总是匆匆扫过，什么也没看懂。如今她才清楚，有些东西已经在他的叙述中显现。她能感觉出，这件事正残酷折磨着他。

杨素审视自己，像在审视别人，得出的结论也像是对旁人的：像杨素这样出身的女人，无论多么豁达，都免不了因为成长环境的影响而生出狭隘。虽说杨素是个例外。她比较冷静，天生又有几分清醒，人生的经历又增添了些理性。可在这样的年龄，夫妻两地分居，往往会因矜持而不好表明需求，或心火过旺，或过于压抑，结果只会加剧焦虑而失去理性。她的心思因为那个女人的出现而变得复杂起来，她自视遇事冷静客观，如今想来，也只是没到那一步而已。

得出这个结论，让她手足无措，惶惶不安。她在周亚宁的人格中找到慰藉，她觉得周亚宁单纯而稳定的健全性格正是她反复无常的病态性格的支柱。

她常常在梦里奔跑。跑呀跑呀，看见了一望无际的水面，是海。站在临海的崖石上时，她的双腿不见了。我的腿呢，去哪了，怎么变成了鱼尾？她惊慌失措，张开嘴想大叫，却发不出一点声音。从哪儿来的一股力量，像是来自许多手会合而成的力量，推着她扑进了大海。海浪推着她，虽是在梦里跑，可同样消耗了极大精力。醒后，她四肢瘫软，愈发疲惫。

她愈发多疑了。有时还会站在某处偷听，这种事若是放在过去她决不会干。可自从收到那些短信和视频之后，她变了，她怀疑大家都在背后议论她。“她不会永远都那么好运。”这是她在护士站无意间听到的口舌。

不远处传来鞭炮声，杨素借故说太吵听不清，才挂了电话。

护士们扎堆在楼道，说些与时尚相关的话题，也只敢蜻蜓点水，更多的则是讨论些工作中的边角料。既然是边角料，必定是琐碎的，与早上换药时的哼哼声，哪床的年轻小伙长得帅相关。不时也聊些男友、未来公婆、旅游相关的话题。在艾叶燃起的烟雾中，在患者痛苦的呻吟中，她们站在楼道，哪个病房的呼叫按钮叫了，便会有人燕子般飞奔而去。其他人兴许接着聊，兴许就换了话题。此刻，她们聊得比以往更激烈，但刻意压低了声音。远远地听着，嘈杂如盛夏的蛙叫，只听得一团被雾笼罩了般的含混的声音，近了，声音又拉闸般消散，连最爱热闹的肥妹也闭了嘴。只有李铄，她们从不防着。李铄听见了，她们在聊杨素。

杨素很少在医院讲方言，医生站的人一个个挤眉弄眼，暗自偷笑。有人还拿腔拿调小声重复。胡颖的助理，满脸鄙夷，一副捏住人短处的样子，阴阳怪气地对李铄说："李大夫，看来你的杨老师不仅能给你提供广阔的职业前景，还可以给你辅修另外一门外语。"

李铄没有搭理她。她不甘心，又凑到李铄面前故作神秘地说："昨天我听科室议论，杨主任很快就要走马上任了。"

"实至名归。"李铄有意大声说。

"我看还是运气好，关键时刻遇到了一个关键人物。这机会若是给了胡老师，也一定是个好机会。"吴医助也大声说。因为毕业于普通医学院而敏感脆弱，又总是会因为家境优越而觉着高人一等。

"小朋友，不要迷信机会，机会不是万能的。去干点实事比在这里磨嘴皮子要管用。"胡颖进来时，身上的白大褂换成了领口垂至胸口的丝绸衬衫和一字裙，脚上的平底白布鞋也换成了黑色的细高跟皮鞋，手里拎着真皮包。声音才落地，她就踏着细步优雅地走了，细高跟鞋踩在水磨石地板上发出清脆的声响，一记一记敲在科室同事的心上。有的人会撇撇嘴，装出一副轻看的样了，有的人会一脸愤然，摆出忍无可忍的架势，更多的是装聋作哑，生怕自己多说一个字，就会引火烧身。这火的来处有许多，不只是因为胡颖的老资历，也不只是因为胡颖的老公最近升了官，还有，他们看出了胡颖和未来的科室主任之间的微妙关系。

杨素听出了鞋跟的来处，下午有重要会议，她想提醒胡颖不要迟到，走到办公室门口连喊两声："胡颖，胡颖。"不知是真没听见，还是装作没听见，胡颖走了。没有等电梯，径直走进了安全通道。鞋跟划过地面的声音，一下一下，清脆响亮。

不管胡颖有没有听见，杨素心里都憋屈。可这憋屈还不能说，说了可能就会吵架。可现在是什么时候？不能吵架，其实也并非因此她的主任职位就会丢了；可这是她的害怕，这害怕是过去留给她的伤痕。不能再犯同样的错误，否则，那可真是会要了她的命。最近，她在读梁漱溟先生的《人心与人生》。人类行为的源泉究竟是什么？她一直以为是欲望。可梁老师说，其实欲望远不如冲动之重要有力。酿成战争的都是冲动——占有冲动。你是个有"冲动前科"的人。一想到这，杨素什么都能忍了。有几次，她也想当面说胡颖几句。可反过来，杨素又能理解胡颖，身为女人，在最好的职业年华，升了主任的是她杨素，胡颖再努力也没有机会了，除非胡颖去别处。可她知道，胡颖哪也去不了，她们一样，早把这里当成家了。

第三章

1

“A 项目是我们宏景集团投入人力物力最大的项目，任何大的人事变动，都会招来银行的注意。”宏景集团副总陆琨的嘴角一直在抽动。他早上才量过，血压一百八，可他顾不上这些，“这个项目一直是周亚宁在负责，临时换人，太不妥当了吧?”

“我们偌大一个公司难道就只有周亚宁一个人才?”

黄志明心里在谋划。从纪鹰家回来后，他就琢磨上了。他一字一句掂量纪鹰说过的话，试着一面回忆，一面自行补充，想把对方还没有说出来的意思给编造出来。黄志明自视嗅觉灵敏，觉得自己意识到了文旅开发是未来发展的必然趋势。他甚至有些沾沾自喜，觉得这就是集团要为之努力的下一个项目。

陆琨不再发言，由着他说，等到黄志明说得差不多了，便站起来称自己心脏突然不适。

黄志明措手不及地站起来，问要不要打急救电话。“没大碍。”陆琨摆摆手，想再说些什么。集团工程部负责人蒋磊却先开口了："大家可别忘了，周亚宁在签 A 项目合同的时候，注明了签约时间是两年，现在时间也到了，人家也得回国安抚安抚他夫人了。否则后院就保不住了。"

陆琨想劝蒋磊三思而行。可蒋磊看都不看自己从前的老师，一副志在必得的样子。他越是这样坚定，陆琨越觉得对方心怀叵测。因为他知道蒋磊和周亚宁结下梁子的缘由，也就愈发觉得这个学生前途茫然。可想帮也帮不上了。陆琨索性头也不回地走了。

突然，有人带头鼓掌，其他人也跟着鼓。虽然有些莫名其妙，可会场气氛顿时轻松了许多。

黄志明不动声色地打量蒋磊，头发偏棕色，眼睛是黑褐色的，很高很挺拔也很英俊。但是，在他不经意打量的眼神中，能看出蒋磊的谨慎与提防。他对蒋磊今天的激进表现感到很是不安，他不希望有任何新的意外出现。可他什么也没有说，由着自己走神。那天深夜，黄志明回办公室取资料，意外发现有人往他私人信箱里塞东西。他躲在暗处，待这人走远了，他打开信箱。是封信。他这才知道，一直诽谤周亚宁的人就是蒋磊。他有些吃惊，但知道不能揭穿。事后，黄志明只字未提，但他希望自己在某些特殊时刻能让对方感觉出他是某件事的知情者。不管怎么说，蒋磊这样做的目的只能是出于保护个人利益。他反复看那段悄悄录下的视频，隐约窥视出蒋磊隐藏的野心——你要知道，我完全可以揭发你的，我可以把你整得面目全非，让你从公司扫地出门。我可以用这个把柄置你于死地，或者让你从此再也无法涉足这个行业。将来一旦有什么事发生，你得记住我并没有那样做。黄志明挺直了身子，目光炯炯，直视前方，果断地说：

“趁热打铁，现场举手表决。”

董事会作出决议的当晚，周亚宁也收到决定性的回复。

周亚宁先是感到难以言表的轻松，这种感觉没有持续多久，就被另一股无法释怀的失落所取代。他很想在此刻得到妻子的安慰。国内正是深夜。他一遍又一遍拨打电话，次次落空。杨素白天做了三台高难度手术，又加上各种会议，早早关机休息了。周亚宁想独自承担这份失落，没有坚持多久，又拨通了梁子然的电话。约过梁子然，周亚宁突然又没了刚才的兴致。他看向窗外，午后的街上，行人稀少，飘起的细雨让他觉出无比的孤独。

周亚宁陷入了沉思，由于过于投入，没有听见开门声，直到黄小米走到他身旁。可两人几乎不再对话。冷战是从她对他大打出手后开始的，他们也尽量避免同时出现。一开始，周亚宁试图去向她道歉，但能说什么呢，他终归是有家的人。他想她应该知道这一点。他没有往深处想，甚至常常为自己轻易脱身而感到庆幸。可眼下，他又有些感到不安，他发现她看他的眼神变了，除了冷漠，还有未知的成分。他不敢去猜想更多，只希望快点逃离。

“懦夫。逃兵！”黄小米说话的口气也是陌生的。

周亚宁想解释些什么。他又一次回到最初那晚的场景，仿佛这样能让他好受些，他甚至怀疑黄小米对他使用了下作手段。这样想时，他有过羞愧，觉得自己是个龌龊的男人。可他着实没有耐性了，尤其不想再生事端。

周亚宁回国的事已成定局，黄小米苦心经营的这两年，明明日夜有声有色，却瞬间成了多余的镜头。周亚宁镜头里只有杨素，她和他有过的烟火，却成了他眼中的杂乱无章，他的逃离就是要将发生在这里的一切过滤掉。

黄小米越想越气，一脚踢翻了椅子。

周亚宁一想，反正要走了，不如说几句体己的话吧，可话一到嘴边，他又牢牢咬住了嘴唇，生怕说错了什么。

眼下，两人站在那，你不看我，我不敢看你。想走的走得急，想留的又留不住。

得知周亚宁被正式批准退出 A 项目时，黄小米正在挑选内裤，周亚宁喜欢紫色，她喜欢黑色。她像从前一样，毫不犹豫地买了紫色。她还抱有幻想，以为周亚宁仍然会像过去一样，隔不了两天就会回到她床上，任她摆布。消息是黄志明传来的，父亲丢过来的是颗炸弹，把她所有的计划炸成了粉末。黄小米打小骄纵，以为父亲依旧会像从前那种迁就她，脱口而出：

“他不能回去。”

“他必须回。这是董事会的决定。”

计划全落空了。两个男人都在背叛她。

胡搅蛮缠是不会改变结果的。黄小米自然知晓这个道理。她索性表现出豁达的样子。所有见证过她与周亚宁共同生活的人，都在背地里对她表现出一种从来没有过的赞叹。黄小米自然明白，她只是先抑后扬，她知道周亚宁的软肋，也确信在某个不确定的时刻会出现转机，她现在要做的只是等待。若说最初是因为长相而迷上了周亚宁，两年的肌肤相亲后，她恨不能向世人宣布，自己以前的生活都是错误的贪欢，更是糟蹋光阴，她庆幸自己来了 C 国。自从和周亚宁在一起后，她的心便不再像过去那样浮躁，可又时常觉得空虚，她需要些真实的东西来填充这个空和虚。其实能填充的也只能是男人的那点真心。偏偏周亚宁从不真心对她，并时常有意无意向她表明，他们只是暂时的互相需要罢了。可她像个看穿自己宿命的人，搞定这个男人是她最后的自我救赎。

2

这次交接显得很神秘。接替的人是谁？没有人知道。直到蒋磊出现在周亚宁面前。

蒋磊是什么货色，周亚宁心里最清楚。如果将现在的 A 项目比作火灾现场，他蒋磊绝对不是称职的消防员。可他为何在这时候赶来 C 国接手他的工作呢，用意何在？周亚宁回忆过去，有一种不祥的预感。深入思考这些容易导致失眠，周亚宁刻意将自己沉湎在对妻子的思念当中，这于他是很痛苦的事，可他必须借助这绵绵不绝的冥想来进入睡梦。他回忆着，妻子的每一次抚摸都饱含温柔和体贴。这种美好的感觉仿佛此刻才教会他懂得珍惜。他想到这两年来，黄小米在他生活中的存在。他问自己，那也是一个活生生的有血有肉、有情有义的生命，为何自己就这样急于逃离呢？他找不到答案，父母的在天之灵也没有给他任何暗示。哪怕托梦谴责他一句都没有。他感到自己像具飘摇到某个荒岛的僵尸，又仿佛这两年跌进了一座迷城，不知怎么进去，也不知为何逃离。可此刻，他想忏悔。只想忏悔。

送走周亚宁后，梁子然站在机场停车坪，看飞机起起落落，顿感孤苦无依。而在回公司的路上，孤独不见了，取而代之的是惶恐不安。为何会这样？

他和周亚宁，还有蒋磊，同一年分到潭州大学建筑设计系当老师，又师从陆琨。当时，黄志明是该系的系主任。可黄志明是个善于把握时机的人，改革开放的春风一吹，他就果断辞职，并迅速成立了建筑公司，经过五年的打拼，又发展成现在的宏景集团。他打着招贤纳才的旗帜，把他的三个同事先后纳到了自己旗下的利达设计院。梁子然始终没有想明白的是，陆琨那么清高的人怎么也被黄志明游说成了集团的副总。

“亚宁，你看蒋磊的设计稿又获大奖了。如今他可是公司的红人啊！”梁子然明明是在夸同事有才华，可语气中不仅酸味十足还裹挟着挑衅。

“不要因为嫉妒而让自己变得浅薄。”周亚宁嘴巴上这样说，心里却也不服。他悄悄从网上找出蒋磊获奖的设计稿。

“好眼熟啊！”周亚宁皱着眉头。

“是你亲戚？”梁子然说。

“不是亲戚。是朋友。”周亚宁若有所思，“见过，一定在哪儿见过，让我好好回忆回忆。”

“是哪位朋友？”梁子然一脸兴奋。

“不要脸，抄袭的东西也敢拿出来公开参评。”

“揭发他？”梁子然并不是周亚宁真正的同盟军，他只是个围观他人丑闻的看客，他的兴奋与周亚宁的冷静是两种截然不同的价值观体现。可这并不妨碍他们产生一拍即合的共鸣。

事情揭露时，蒋磊的设计师证就被吊销了。让人好奇的是黄志明并没有因此将他扫地出门。那年，正是黄志明财富走向巅峰的一年，他挥师大江南北，也在建筑设计界创下神话。他从一个清贫的大学系主任摇身变成宏景集团的老板，里面包含多少辛酸，多少得意，多少见不得人的事，这些都先不说，却能真实有效地得出一个结论：人才是最直接的生产力，人才意味着钞票的流向。黄志明重视人才，并且懂得如何将人才用到极致。周亚宁是一等人才，可他自负清高。蒋磊的才华不逊于周亚宁，可他性格过于内向，甚至自卑。蒋磊想成为公司的首席设计师，可他太着急，也因此走了邪道，这点黄志明早就看到了。真是“辛辛苦苦几十年，一朝回到解放前”。黄志明私下里让蒋磊立下军令状，一年内出不了设计力作，卷铺盖走人。

蒋磊是个城府很深的人，他给人认错诚恳的假象，而在心里，仇恨的种子就此埋下。为了让自己铭记这一刻的耻辱，蒋磊跑到公司西南角的水塔上，用刀在石墙上刻下一行字：不是不报，时辰未到！而这一幕，刚好被梁子然看见。

来者不善。梁子然做出这个判断时，开始感到恐惧。他降下车窗想透透气，机场高速路上的风有些猛烈，硬硬地撞在身上，像是要撞碎他。他又赶紧关了窗。

3

杨素早就意识到自己有洁癖，也因此变得异常敏感。她不仅闻得到路人腋窝和脖颈里的不洁气味，从男人毛孔里散发出来的沉积的尼古丁味道，劣质食品味和伴着嗝逆从胃里冒出的难闻气味；她还能闻到患者手术时的臭味，头皮屑堆积的腥味，以及藏在指甲缝里垢物的气味。而对她来讲，最糟糕的是这些气味经常混合在一起，冲撞着她的鼻子。有的气味能盖过她所闻到的其他气味，有的气味甚至还挤进她身体，侵占她内心最深处的注意力。

来自沼泽的腐臭，是杨素收到那些视频后感觉到的。她不怪别人，是周亚宁将她推进了沼泽。她还失眠了。与此同时，王荆花也失眠了。两个女人，一个楼上，一个楼下，同样是孤身躺在床上，而无眠的理由，说相同有相同的理由，说不同却是千差万别。她们都在害怕失去，杨素的害怕看似咆哮而来，却是新伤，伤者与被伤者，都有不得已的原因，自然也就有不得不体谅的心境；而王荆花的害怕却是经年的老伤，如今已恶变成瘤，无论是奔着好去还是坏去，都是大手术。

杨素坐在办公桌前，门紧关着，手机在桌面上震动，一直不肯放弃。她在坚持，对方也在坚持。嗡嗡的蜂鸣声让杨素紧张。她按下接听键，把手机放在耳边，并不说话。

“老婆，我回家了。”

“家！你还有家？”杨素将手捂在嘴上，压低声音。她并不想说这样的话，她想去机场接她男人，她想让她男人抱紧她，亲她。可现在，她恨他，他毁了一切。杨素背顶在椅子上，腿一软，身子虚脱了般瘫在椅子上。

有谁比我更在乎家？杨素自问。那些不知来处的视频，她反复看，看他们形体交织的程度，看他们表情呈现出的满足。有时她以为在看别人而生出羞愧，有时她也会和视频里的女人对比身材的比例、臀部与胸部的丰满度，更多的时候她边看边用恶毒的字眼诅咒他们。不知出于什么心理，她仔细观看周亚宁抽动身体上下起伏时的表情，他似乎并不享受，更像是一种发泄。发现这些，她有种说不出的滋味，似乎窥视到一个男人不想为人知的隐私。这些，周亚宁并不知道。杨素不想先说出来，她以为那样就是一种侮辱。

周亚宁原本生性诙谐，平时俏皮话、恭维话脱口而出。他对杨素的爱意从不掩饰，他喊她“老婆大人”，称呼亲热，他和她天天去小区中心花园散步，邻居抬头就能看见，他搂着她的腰行走，身子不时弯过来，头磨蹭她的胸脯。可如今，他们仿佛成了陌生人。他万万没有想到自己回国的第一天就面临妻子的审判。他一时怔住了。嘶嘶的电流声，让尴尬更加明显。

“杨主任，今天复查的人不少。墨兰大妈来了，在大检查室二号床等你。”护士长进来时，杨素傻坐在那，身子呈现出老人般的松弛。

“今天来复查的人还真不少。”杨素起身时，她突然感觉眼前一片模糊。这已经不是第一次了。她悄悄去看眼科，医生交代她注意休息，多运动，神经放松。自然也说了最坏的可能——这样的现象，连续出现三次以上，就有失明的可能。她并不惊慌，起身关好办公室的门，躺在长沙发上，沿着沙发边，呈倒立状，几分钟后才起身。

主任办公室门口的洗手台前有镜子，杨素站在镜前：脸色黄萎，双眼无神，嘴唇寡白。镜中那张脸是我吗？她突然想请假去一个遥远的地方住几天。可她的请假理由是什么呢——说周亚宁回国了，他在外面有别的女人？还是说她只想一个人清静清静？

她戴好手套，准备复查的器具。

王荆花又来了。“素儿，素儿。”她连连这样叫，声音很大。似乎在敲锣打鼓昭告科室医者病人：我是杨主任的娘老子，我来了。见到王荆花后，杨素轻易就能得出结论，周亚宁回家了。王荆花絮絮叨叨说了许多。杨素真希望她能闭嘴，可心里似乎又在渴望她能带来新鲜的消息。王荆花处于兴奋之中，尤其说到女婿特意打电话说想吃她做的客界特色菜“三合汤”时，脸上更是难掩喜悦之情，仿佛她在周亚宁心中一直占有非常重要的地位。王荆花追着杨素说，追到大检查室门口。王荆花钻进布帘，撞见里面男男女女光着屁股侧身躺在床上，吓得赶紧退了出来。“不要脸，羞死人了。”可她转念一想，我骂谁不要脸呢？她想到那些光屁股男人，甚至更多人的私处，觉得周亚宁还能容忍女儿这么久，已是大人有大量了。

记起刘翠莲在这儿上过班，王荆花一时又恨又悔，心想，还不知道那个下流坯子会在村里人面前怎么编派。我女儿堂堂医科大学生，竟然是个瞧屁眼的。仿佛所有颜面在布帘撩起的那刻丢尽。她突然羡慕起村里的那些姑娘来，她们不用去给男人看屁眼，不用去闻那些两腿间的臭味。她慌里慌张、失魂落魄逃出医院。她坐在街边巷子里，想哭又怕别人注意，想骂又不能尽兴，只好什么都闷在心里，寡坐至天色昏沉。

4

给女患者换完药，杨素又去了男检查室，直到所有病人都检查完了，她这才记起墨兰在等她。

杨素白大褂的左胸口浸染了一大片蓝色的墨水。而她平素给人的印象总是一尘不染。墨兰发现了这一点，她料定杨素正经受着什么。她想安慰她几句，却又不知从何开口。

“今天还能回去吗？”杨素问她。

“能回。”墨兰停顿了一下，又低下头。准备离去时，她突然又问：“杨大夫，像我这样的老人可以来这当护工吗？”

杨素心里一惊，不由得多看了她一眼。

“杨大夫，我身体挺结实的，也没有传染病。”墨兰连连说。

“这活儿可不好干啊!”

“媳妇没奶水，孙子天天要喝奶粉，我这手术又花了不少钱，我儿子走背时运，干啥亏啥……”墨兰说这些话时，双手紧紧绞在一起。

“要不……我帮你问问后勤还招不招清洁工。”杨素宽慰她，“你先回去吧，一有消息，我就打你们村医疗站的电话……”

中医院的保洁工作承包给外面的保洁公司了，老板是安若的小叔子张伍。杨素打电话给安若时，安若正在安抚一个刚刚确诊的乳腺癌患者。

“又要给你们家张总输入劳力了。”杨素说。

“你们村的刘翠莲已经辞工了。”安若说。

“什么时候的事?”杨素显得很吃惊。

“又有哪个大妈要进城务工了?”

“一个女患者，看人家可怜。”

“奇了怪了，你对自己亲娘老子都没这么上心啊。去年你娘要你帮刘翠莲找份保洁工作，你整整拖了两个月才和我说起。”安若说。

刘翠莲为什么突然辞工，王荆花进城这么多天，竟然都没有提及半点。王荆花可不是个含蓄的人，她拥有见风就能说成雨的热情。杨素觉得有些蹊跷。可她没空细想这些，由着念头一闪而过。

“是不是有什么隐情？比如她是哪个帅哥的妈。”电话那边笑得暧昧。

“你就允许我积点阴德吧，去地府报到时，他们也好把我安放到天堂啊。你一贯乐善好施，肯定没问题，这样一来，你我不正好又在一起做伴吗?”杨素随口说出这些调皮话。

安若笑出了声:“你这么会说话,是周亚宁的功劳吧。”

杨素本不想在安若面前泄露心思,她用尽全身力气想忍住一切。可她骂了声:“别提那‘王八蛋’。”

“他搞了洋婆娘?”这句话早就窝在安若唇边了。

友谊并不能让杨素做到坦露心胸。她曾尝试过把自己整个儿交给友谊,也曾渴望别人整个儿给出。可世界不是二元的。她不喜欢安若这样直接问她,也不知道消息是从哪里传出的。肛肠科有人私下里议论她,就在凌晨的护士站,她听得很真切。

“主任一定内分泌失调了,你看她脸色,和从前真是判若两人。”

“有男人和没有男人就是不一样啊。”

这是她第一次听到有人对她的婚姻评头论足,她尽量压低脚步声,尽力在她们面前维护自己的尊严。尽管她们的声音很低,她还是听得清清楚楚。她一方面不得不出现在这里,另一方面又极力避免让她们发现她的存在,那种紧绷的状态几乎让人窒息。杨素恨周亚宁,恨他没有掩饰好罪行。可她更恨自己当下的心思,仿佛只要周亚宁能掩盖好这一切,她都不至于这么恨他。

眼下的气氛有些尴尬。杨素不想说。安若也没有再追问。

5

下班后,杨素有意在路上转悠了半小时。她奇怪今天王荆花没有打电话来催她快些回家。

是周亚宁改变了王荆花的习惯。他向岳母诉说他在国外的艰辛，还细数他如何从一个孤儿成长为公司项目负责人，自然也说出了他和杨素现阶段存在的矛盾。他这样做的目的无非是想让王荆花相信一个事实：所有他和妻子之间存在的矛盾都是因为妻子过于在乎自己的事业。他有能力让她过上理想的生活，她甚至不必再回到肛肠科。王荆花听信了周亚宁。尤其想到今天看见的情景——男男女女光着屁股侧身躺在床——她更是下定决心成为女婿的同盟军。于是她连连说："太好了！太好了！那地方真是说不出口。"

自从王荆花怀疑杨楚和小寡妇有染后，她就变了，她像个患了精神分裂症的人。她多变的状态让人不知所措，有时极力讨好，有时针尖对麦芒。今天她显然属于后者。杨素刚进屋，王荆花就没给她好脸色。而周亚宁，一见杨素进屋就赶紧帮她提包、取鞋，一副小心翼翼想取悦妻子的模样。杨素什么也没有说，她径直走进卧室，她根本不愿意以任何方式承认他的存在。

"她就这臭脾气。"王荆花生怕杨素听不见，故意扯着嗓子对着卧室的方向大声说，"单位又不是只有她一个人。一个女人这么要强有卵用。""以前真是不知道啊，男男女女，光着屁股躺在床上。他们怎么这么不知羞耻？"王荆花越说越觉得恶心，恨不能立即让女儿遂了女婿的心愿。

周亚宁连连摆手制止王荆花。他担心妻子受到刺激而伤心难过，也担心岳母一气之下卷包袱离去。他并不真心喜欢王荆花，可此刻，他拽住救命稻草般拽住岳母。

王荆花挪动餐椅时有意在地板上摩擦出很大的声响，仿佛两军交战前的摇旗呐喊，可周亚宁找不到一丁点儿可以向杨素宣战的理由。他看着窗外那棵常青的老樟树，说：“妈，你先吃着，我去劝劝素儿。”他仍旧坚信，妻子不会抛弃他。

周亚宁把头贴在卧室门上小声哀求：“素儿，你出来吃点东西。明天我就搬到公寓去。我会和妈说是公司加班。你不要为难她老人家了。”

杨素没有理睬他，她站在那里打量眼前，门上的圆珠笔图文是凡凡三岁时画的，画的是她和周亚宁带凡凡在公园放风筝的情景。现在，她关在房里生气，周亚宁耷拉着脑袋倚在门上，而凡凡去了寄宿学校。属于这里的三个人，成了三个世界，三个彼此相关却又分离的世界。

杨素想哭却又不想让人听出她的苦楚，压抑着的身子难以抑制地发抖。她想到肛肠科那些因为害怕而蜷缩的躯体。她想到每天上班时经过的路上，那位安静清扫街道的中年女人。今天，她看见这个扫街的女人哭了，如同那刻天空的哭泣。雨连续下了好几天，像是要冲刷所有藏在墙缝和街边的污物。中年女人哭得很伤心：我为这个家操碎了心，他还去找小妹玩……哭吧，释放出心中的怨恨！杨素也想哭。

仿佛在梦里，杨素回到了过去。

上班的第七年，安若的儿子扑进她怀里叫阿姨，她这才想起自己是个等待婚姻的女人。杨素不排斥婚姻，可她莫名排斥男人。她有意和菲儿讨论这个问题，菲儿自己也是单身，可说起杨素来，她像个已婚的八婆。她有意贴到她耳朵边说，我怀疑是你看多了男人的下体而失去了女人应有的正常生理反应。杨素一阵脸红，骂菲儿不知廉耻。可她知道，真正的原因是自从表哥将他的器具抵在她屁股上用力后，她就开始排斥男人。她不敢说出真相，怕原本把只应她承担的恶给了菲儿。

现在想起来，安若当年拽她到潭州大学篮球场时，并不是单纯地为了看篮球；她和周亚宁并非是单纯的偶遇，更多的是他们之间的一场安排。当然也有他们无法安排的情节，杨素还没来得及细看安若口中的他，便被从天而降的篮球砸在脸上，鼻血流了一地。安若吓得“哇哇”大叫。有男人一个箭步冲上来，抱起杨素径直冲向学校医务室。他抱着杨素的时候，杨素就知道来事了，除了鼻子在流血，她还感受到了身体某些部位的变化，这是她第一次对异性有了生理反应。很快他们就住到了一起。

这些都是真实的，梦让她重新经历，又醒了过来。楼下王荆花的声音还在继续，窗外风吹的声音也清晰可辨。

衣柜里，一打全新的男式平角内裤是两个月前买的，洗时用菊花泡过。她一件一件拎出来，用剪刀从裆部剪开，再一一剪成碎片。淡淡的菊花味让她泪流满面。

这是周亚宁回国后的第一天，是杨素盼了两年的日子。想到这点，她愈发痛苦，也更加清醒。她听见周亚宁下楼的声音，王荆花招呼周亚宁的声音，关门的声音……

6

原本局促的门诊室，被布帘隔成了两间，一大一小，外面是人挤人，里面也是挤。这里不分男女，男的躺在外侧，能听见里侧女人谈论剖腹产与自然分娩的利弊。有个女人说剖腹产好，阴道不会松垮，肛门也不会凸出小肉球时，立马有男人反驳，好什么好，多条蜈蚣趴在肚子上，什么心思都吓跑了。

一个肥胖的男患者走进检查室，他站在检查床前犹豫不决。原本他可以选择，比如直接躺下，又或是转身离去。杨素催促了他两遍，他才缓慢地脱下鞋，躺上床，床板发出沉闷的声响。那道布帘被撩开一角，紧接着传出嬉笑，有人说太胖了。

“3 号，你能不能快点。”后面传来催促声。

“侧卧，蜷腿，用手掰开……”

杨素并不想过多描绘这些细节，可这就是她的生活，是她的日常，是她坚守在这个岗位上无法回避的现实。

安若来时，杨素正在病历本上描述 3 号的症状。

“你这电话干脆丢江里去算了。后勤部正好要招一名保洁员，你叫那大妈赶紧来。”安若站在门口说，“我得赶紧走，病人还在等我。”安若说完就匆匆走了。

杨素心里一热，一股久违的暖流从心间流到眼窝。可她一向能克制，从来没有人能看出她内心情绪的变化。所有称她为“冷美人”的，都断定她是一个神经失去感觉的人。只有她自己知道，她异常敏感，却又极度克制。而这，正是导致她表情僵硬、内心极其痛苦的原因。

杨素坐回到桌边，3 号患者紧跟着走到她身边。

“杨……杨主任，我不想做手术。”

“手术越快越好。”杨素没有抬头看他，只顾埋头写病历。

“我请不到假啊。”他语气软了，像是在哀求杨素放他一马。

“工作重要还是命重要。”

3 号想要急切离开的心情，让杨素觉出他们有着相似又不同的境况，他们都在逃离。3 号想逃离来自身体的疼痛，她想逃离心灵的伤痛。杨素脱掉手套，把手放在水龙头下反复搓洗。

杨素自知成长的不易，她不是那个理所当然的好医生，也不是那个出于对人体器官的熟悉程度而能视许多事物为平常的人。她努力找出一些让人感动的事例来驱赶此刻缠在身上的不堪——

真是没有想到，张建主任竟然会用双手去接患者的大便。千真万确。手术不到十分钟，患者意外出现失禁行为，没有人惊呼，但手术室的所有人都呆住了。张建主任似乎连犹豫都没有，直接将流出的秽物捧在手心。手中的剪子还来不及放置别处。重新消毒后，手术照常进行。杨素没有像往常一样继续观看，她独自走出手术室。因为她什么也看不见了。她擦了把眼泪，有些迷茫，仿佛亲眼所见的一切都不是真实的。在这之前，她跟着张建主任进手术室，心里时常会恶心。她甚至问他，您闻到这些堆积着的污血或脓液散发出来的异味时，有过恶心吗？他犹豫都没有，果断地说，从来没有过。杨素在心里鄙视他，认为他虚伪，戴着面具。可她目睹的这双手，这双接住患者秽物的手又说明了什么呢？从手术室出来后，杨素去了厕所，蹲在那里呕吐，除了生理反应，更多的是源于自身的羞愧，仿佛她在手术室有过的任何生理反应都能引起她此刻的羞愧。那天直至下班，她一句话也没有说，反倒张建主任出乎意料地对她说了许多。可杨素只记住了一句话：你还年轻，人性永远是你不应该去自度揣摩的，需要深入地去寻找，去发现。

又接到安若的电话。联系大妈了吗？没有。快点联系，今天必须给回信。杨素赶紧翻出墨兰留给她的电话，打过去，迅速就接通了，仿佛一直有人守在电话旁。

7

墨兰正倚在自家前院的栅栏上往远处看，一副有所期待的样子。她站得很不得力，也不稳，脸上的表情倒是看不出什么异常，从她的站姿里能判断出，她很疲惫。今年雨水太多，田里种的蔬菜全被雨水泡坏了。按照原计划，过了夏至，方同就得用板车运菜到镇上去卖。她只会送他到村口，一贯是这样的。年初时，镇上来了一支施工队，说是国家要在这里修高铁，墨兰不懂什么是高铁，可来了那么多修高铁的人，她料想今年的菜可以卖个好价钱。眼下接连一个月的暴雨，田里的菜全泡坏了。莲花又挑三拣四，不是嫌菜淡了，就是嫌汤咸了。墨兰总是不知所措。儿子也整天板着一张脸。墨兰习惯于沉默，近来她愈发沉默了。

家里一下添了两个孙子，左邻右舍都纷纷前来道喜，墨兰惊慌地发现，自己根本无法融入这样的欢喜。她的心像一个浮在水面的瓢，一些年代久远的过去推着瓢在她心里兴风作浪。直至此时，她仍无法相信自己的眼睛——那个孩子不是死了吗——可那双眼睛，与那个男人的眼睛，像是一个模子印出来的。

真是老了。墨兰这才想起，孩子左耳垂上面有一块醒目的红色胎记，形如一只蝴蝶。这是当年杨楚悄悄对她说的。她在脑海里努力搜索，没有左耳垂，没有蝴蝶，只有一片苍茫的白色，像突然涨起的大水，几乎要淹没了她。墨兰张开嘴，呼吸粗重，望着那扇一摇一摆有些掉色的木门，暗自捶打胸口，她在心里说，那个如花似玉的女大夫怎么可能是我的女儿？转身往堂屋走去时，她一边走一边拍打身上的灰尘，像是要把刚刚探出的念头打消掉。

晚饭后，墨兰把灶台收拾好，给孙子冲好牛奶，放到强子手上。她用眼神示意方同跟她走进里屋。

“杨大夫今天给我来电话了，说医院正招保洁员。”

“保洁员是么子活？”

“就是扫地、擦窗、抹桌椅板凳的。”

“扫地是穷人家干的活，我家不至于。”方同把头摇得像只拨浪鼓。

“还不至于？”

“那也不能让你去干那活。”

方同看着那些来自天空透过窗户的昏沉的光线，恍若他心里也有一抹愈来愈昏沉的亮光。而风吹动树叶的声音似乎在暗示什么，某种力量像是一直存在似的，正撞得他胸口发痛。他心里不是滋味，那天不应该去山上的，雨连续下了一个月，山上的泥土都泡松软了。可老黄狗误吃了老鼠药，不寻到那味草药，它就没命了。药是寻到了，可回来时他摔下了山崖。这是一周前的事了，此刻方同右腿一挪步，左腿和身子就朝天翘去。“要去我去！”方同拍了拍自己那条受伤的腿，语气也不再是在墨兰面前说话时细声细气的样子。

“你去？莲花要带两个孩子。强子还得上南方找活。田里、土里的事谁来管啊？”

方同一时不知说什么好。他默默地走了出去。总觉得墨兰心里装着什么，想问又不敢。他想走到窗户下偷看，可他走路的声音太大了。他想从地上爬到窗户下，又怕被人撞见。最后他把身子贴在墙上慢慢地移到窗户边，悄悄往里看去。

鞋垫？她要干什么？方同见过那些鞋垫。结婚前，墨兰几乎不说话，只有坐在堂屋里绣鞋垫时，才会用细若蚊蝇的声音说些莫名其妙的话。对她而言，也许绣鞋垫是为了锻炼意志，也许可以抑制疼痛：相思鸟，寿桃，同心结，一行一行针脚，从心里掏空……结婚五年后，才有了强子。孩子出生那天，她将那些鞋垫锁进箱底，如封存了一段隐秘，再也没见她翻出来过。

今天，这些鞋垫又被找了出来。方同又害怕又愤怒，他走进房间，一直走到墨兰跟前。可他仍然不敢问。他没有忘记，他在墨兰面前发过誓，不打听她的过去。

他进屋时，墨兰并不看他，却说："帮杨大夫捎几双鞋垫去。"

只是听着，方同什么也没有说，屋里安静得让人发慌。方同借故说，担心母猪贪睡会压死刚生的幼崽，出门往猪栏方向走去，右腿落地的声音像棒槌敲打地面。他想压住这声音，双手扶住墙体，把力量往左腿压，可这样身子反而更加沉重，左腿也因此异常疼痛。他坚持着走到墙的尽头，抬头看向漆黑一体的天地，突然浑身发软，心里空落落的。他接着又走到了后院，坐在老樟树下，点燃旱烟。待脚下的烟灰围着他的身子撒落一地时，栏里的猪睡了，圈里的鸡鸭也睡了，他依旧清醒着。多年不见天日的鞋垫里究竟藏着什么样的秘密？他想不透，心事重重走回了卧室。墨兰躺在床上，双眼紧闭，她和他一样清醒，她的睡姿出卖了她。他什么也没说，走过去挨着她躺下。

方同左右睡不着，又不敢翻身。他诚惶诚恐，脑子里翻江倒海，想的全是些藏在心底不愿提及的事情：他回忆那天在医院里碰见的那个男人，总觉得在哪儿见过。

他左右寻思，当想到客界时，害怕从心里钻了出来。

采草药的人都喜欢往客界跑，说那里山高水好，能寻到珍贵的药材。他是午饭后才赶到的。他走进一户人家，只想讨口水喝。一个脚步踉跄的男子撞在他的背篓上，差点摔倒。男子一脸悲伤，却没有忘记对他抱拳道歉。这是个文化人，方同怀着自卑又羡慕的心情多看了他一眼。

那家的女主人一边稀罕方同采来的草药，一边感叹：如今这世道，这么痴心的男人少见了，可惜墨兰早死了。一定是同名，方同没有多想。可女人像是上了发条的钟摆，嘀嗒嘀嗒，越说越起劲。说出某些细节时，方同的心跳加快了。他什么也没有说，也不敢去证实更多。

背着背篓往家赶时，他像穿越沙漠的骆驼，每走一步，身子都异常沉重，笨拙。五十里的路程，平时五个小时就可以走完，那天他花了两倍的时间。深夜赶到家时，他一进门就大呼墨兰。见她如往常一样出来迎他，帮他擦汗，这才长舒了一口气。

回忆这些，只会让方同更加疑虑。他不想失去一切。他告诉自己，快些入睡，睡着了就什么痛苦都没有了。

墨兰却是一直醒着。今夜有些异常。不只是方同节奏多变的鼾声，还有窗外老鸹的叫声，聒噪得让人心慌。

第二天清晨，两人先后起床，依旧无语。赶往镇上时，还是一路沉默，仿佛还在梦里。而世间万物却都是醒了。山鸟在欢叫，雄鸡在打鸣；野草沾着晨露，挺直腰背列队两旁，他们听见了也看见了，却又像什么也没发生，一切毫不相关的样子，仿佛方同的世界只有墨兰，而墨兰的心里装了另一个世界。墨兰上大巴车时，两人对望一眼，还是没有开口说话，仿佛一开口就泄露了心思。

大巴车消失在镇上街口的拐角，方同一直待在原地。屠夫骑着摩托车，车上驮着两扇还冒着热气的猪肉，箭矢般冲了过来。他依旧杵在那，直到尖锐的喇叭声响起，这才猛然惊醒，那条蜷缩在街口无家可归的流浪狗，正对着方同和屠夫发出狂吠。浊泪已经流到鼻尖，方同显得愈发苍老了，他抚了一把那张早被风霜吹得发皱的老脸，踉踉跄跄往回走去。

8

表面上，周亚宁回与不回没有区别，他和杨素都安于各自的地盘。杨素自己也欺骗自己：这样挺好，相安无事。

但王荆花不这么看。她追着杨素上楼，又跟着进了杨素的卧室。

“男人和女人间，最重要的是身子，身子凉久了，心也就散了。”王荆花说这话时的神情，俨然深谙男女之道的样子。

“有时候，有男人和没男人一样是寡。”

杨素并不看王荆花，王荆花眼睑下的抽搐她自然也没看见。说者有心说，听者也是有心听。一个站在窗前，一个站在门口。杨素望向窗外，天地间一片黑沉，近处有风吹树叶发出的沙沙声，远处有无法辨识的声响。还有各种混杂的声音，来自天空、马路、屋檐、门角。所有声音交融在一起，像个意图吞噬她的怪物。她本不想要更多，却也不想落到荒芜男女之事的困境。可眼下，是真的荒芜了。杨素长叹一声，又想，自己还没有享够做女人的福。这福看上去平常，却从里往外，自始至终，是真快活。可她的人生，是走了样的人生，就只能领会走了样的快活了。

王荆花下楼了，也在叹气，她不想女儿活成她这样的光景。她甚至想，趁女儿年轻，实在不成从头来过；可又寻思着，只怕再也难找到周亚宁这样的角色了，四十岁的女人说老不老，可哪比得当初年轻时的饱满与水润。

周亚宁并不想独自住在单身公寓，他想老婆孩子热炕头，一日三餐有酒有肉有声色。杨素并不赶他走，可她的身子成了岩石。他不碰她时，她心里想他的好，对比他的坏，好与坏交替；他碰她时，她心里装着的只有他的龌龊。周亚宁希望妻子对他咆哮，可杨素的身子成了岩石，没有五官，没有心脏，没有呼吸，他看她摸她，与触碰一块石头的感觉没有任何区别。周亚宁并不是一个有耐心的人，他心一横，老子离开你照样过活。他俩名下并不是只有一处房产，可分居是偶然事件，并无先兆。一切来得太突然，灰尘扑面的空置房，除了能证明他们拥有的物质财富，并不能带给他贴心的温暖，也不能让他栖息。

周亚宁伪装好自己，照平时那样，一下班就离开公司。离开是离开，可他并没有确定的地方可去，他通常只能在大街小巷、餐厅茶馆、酒吧消耗时间，熬至深夜才趁着夜色潜入小公寓。住在他隔壁的同事看出了他的败象。所有熟悉他的同事也都知道他落魄了。他自己也这样认为。可他还在挣扎，他想到最近完成的一个设计方案，觉得是个机会，至少能试探出黄志明对他的真心还剩几分。

可周亚宁感觉自己变了，走进黄志明的办公室前，他回忆从前的说辞，也反复演练，原来那些脱口而出的“台词”，现在怎么也说不出口了。黄志明对他不咸不淡。周亚宁身子微躬，殷勤地把设计稿放在上司的办公桌上。

黄志明一点也不想便宜了周亚宁。可黄志明在权衡利弊。他心知肚明，这个设计方案是周亚宁送给他的礼物。表面上，他装作漫不经心，还摆出一副“我又不需要这些”的鄙夷。可黄小米需要这些。所有都在算盘里，如意称心。

黄志明正想给小米打电话，电话响了，一看是银行的肖光明副行长打来的，脸色立马变得恭敬起来，仿佛肖光明就站在眼前。

“黄总，我听说你们A项目的负责人换了，之前的还款计划不会有变吧？”

“您放一万个心。这只是一个常规的岗位调整，绝对不会影响还款计划。”

“那就好。”肖光明停顿了一下，“你知道我在担心什么。”

“老兄，你放心去欧洲考察，回来保准一切风平浪静。”

肖光明想说更多，他甚至想骂黄志明冇卵用，连个周亚宁都搞不定。可他忍了。眼下他正陷入两难境地：后天他就要去欧洲考察，为期十五天，今天却收到一封从C国发来的邮件，信中披露A项目存在重大的质量问题。肖光明行事一向谨慎，写信人是敌是友，眼下还难以辨识，可他无法视而不见。回忆一些细节，借款时，黄志明一再强调A项目前景可观，他本人也对该项目做了周详的审核，排除天灾人祸，这个项目稳赚不亏，向上级领导汇报时他也一再强调这是个好项目。凡事都有正反两面，高收益与高风险同在。写信人并非信口雌黄，他对A项目知根知底，无论人事安排还是现场管理，又或是施工时各自为政的利益关系，可谓详尽周知。肖光明懂得权衡，他琢磨着黄志明不可能身在事外，他俩是拴在同一根绳上的蚂蚱，一荣俱荣，一损俱损。

这通电话，明面上是打探，暗里却是威胁。毫无疑问，肖光明知道了一些什么。黄志明也收到了一封匿名信。信里的内容可大可小，可无论大小都相关他的利益。谁这么卑鄙？黄志明搜索与A项目相关的人。想到蒋磊时他停顿一下，想到了更多。黄志明暗自一惊，这小子要报复周亚宁？黄志明生性多疑，他从不轻易相信任何人。他意识到自己在换人这件事上过于意气用事，没有深入了解，考虑也不周全。显然蒋磊已经不可信任，黄志明赶紧给蒋磊写了邮件，说了些安抚贴心的话，一方面显示出他身为董事长的宽宏大量，一方面也显得有些暧昧，这些语气大多意在指明他们是利益共同体。黄志明此时迫切需要一个在C国的心腹，于是给梁子然又发了邮件，他承诺许多，千叮嘱万叮嘱万事都要向他汇报。一切仍在把控之中。黄志明暗自发笑，觉得自己过于谨慎，可又总觉得哪里不对劲，一时惆怅生出，觉得日子再也不像从前了。

9

黄志明回到家时，已是深夜。他走到卧室门口，手扶着门把手，犹豫了一下，又转身去了客房。黄志明与肖莉的性生活已是乏善可陈，不过他们还是同床，会在睡熟后，呼吸彼此身上发出的体味。他早就想独睡，但同床仍旧是婚姻的标志，而标志，黄志明比一般人更在意。

刚脱下外衣，肖莉进来了，像是早就守候在此的猎人。她拿起他刚脱下的衣裤，发挥她敏锐的嗅觉功能，将鼻子贴在衣服上，她闻到裆部有些奇怪的气味，她久久地探着鼻子，像狗一样嗅来嗅去。她终于明白，这是一种来自女人身上的气味，不同于以往闻到的香味，这次是女人下体的气味。

肖莉刚想发作，黄志明一把扑了上来，抱着她，像猪一样将嘴拱在她身上，她的身子瞬间软了。她把他这时的蓄意求欢理解成示好。黄志明爬上她的身子没几秒，就说今天恐怕不行了。肖莉的兴致才刚刚起来，她扭动身子想挽留住他的热情，可黄志明那儿已经软了，任凭她再怎么努力，也无济于事。肖莉躺在那，无比悲凉，头脑却愈发清醒：真正委曲求全的是她自己。她想由着性子哭诉黄志明的龌龊，可眼下也是没得选择了，不如装聋作哑保全颜面来得实惠。

从肖莉身上下来时，黄志明不管不顾，直接把手伸进了裤裆。肖莉以为他还想努力满足她，心里又涌起了渴望。看着黄志明的手从裤裆里拿出来时，她不由得微微叉开双腿。可她很快就彻底失望了。黄志明的手指上全是血，她认定是这档事坏了她的好事，不由得破口大骂。

黄志明恼火地横了她一眼。肖莉骂归骂，依旧殷勤地帮黄志明把手指擦干净了。

“老纪前一向才做了痔疮手术。”肖莉说，“听卓凡说，帮老纪做手术的医生叫杨素。”肖莉停顿了一下。“杨素？怎么听着这么耳熟？”黄志明问了一句。肖莉快速转动眼珠，恍然大悟后又志在必得：“是周亚宁的老婆，千真万确。打电话问问周亚宁，看他老婆后天上班吗？”

“我这和老纪的病情不同。”黄志明看着肖莉，犹豫着要不要告诉她周亚宁和黄小米的关系。黄志明曾经试图劝说女儿，“悬崖勒马”四个字也发到她手机上了。可女儿坚持说自己只做周亚宁的女人，还说周亚宁回国，她也跟着回去，反正是不分离。黄小米如此感情用事，真是让身为父亲的他头痛。可到底是一片痴心，黄志明心想，他若一开始就不知道黄小米对周亚宁的心思还好，偏偏这件事他一直是知情的，若再装聋作哑，就显得龌龊了。黄志明后悔没有起先就告诉妻子实情。

幸好肖莉的心思不在这里。任何时候，她只担心黄志明是否能好好活着，任何与黄志明健康相关的问题都会让她紧张。只有累死的牛，没有犁坏的田，这是菜摊边女人嬉戏的口舌，却也道出事物的本质。她确信黄志明有了别的女人，可她对此闭口不谈，所有隐忍都因为她坚信一点，只要黄志明还活着，还能经营这个公司，她就有好日子过，她的女儿就有前途。此刻，肖莉没有留意到黄志明脸上表情的变化，她说风就是雨，只想着快点联系上周亚宁。

“用我的手机打吧。”黄志明总会想好退路。

来电显示是黄志明的电话号码，可传出的却是女人的声音。周亚宁愣了一下，直到里面又大声“喂”了几声，他才赶紧接腔：“师母，您好。”

“那个……小周，你家杨大夫后天上班吗？你黄老师痔疮病犯了。”

“等我问好了，马上给您回电话啊。”一听说找妻子看病，周亚宁显得有些兴奋。

“行，那我等你电话。”

肖莉放下电话，直直看向黄志明，却在心里琢磨：周亚宁怎么变了呢？具体变了什么，她又说不上来。说话的语调明明是殷勤的，却听出些莫名其妙的感觉。就像眼前的男人，明明相处了几十年，却感觉一天天离自己远了。

周亚宁不知道黄志明有这毛病。他想努力抓住些什么，却又犹豫不定。妻子已经知道他与黄小米的关系，他不知道自己是否还有勇气去开口求妻子。他甚至想，万一杨素不接电话，该怎么办？周亚宁不知所措，他的目光落在宿舍窗台上那盆枯死的兰草上。这是妻子曾经送给他的礼物。回忆牵引他移动目光扫过这间小房的每一件物件，最后定格在单人床上。他走过去，将脸贴在被单上，在这里，妻子和他度过的美好时光又一一回来了。他滑动手指，仿佛能感知到妻子身上的每一寸肌肤。而后，他迅速起身，拨通了家里的座机电话。

王荆花成了演员。她大声朝着杨素所在的方向吆喝，一时又用极小的声音密集地对着话筒说话。电话是周亚宁打来的。杨素听出来了，却在心里犹豫，接与不接都不会让她满意。接有接的煎熬，不接有不接的骄傲。她时常为自己看得太透而感到痛苦，到底还是接了过来。

王荆花见女儿没有立即挂掉电话，又走过来，趴在杨素侧身小声叮嘱：再绷着，弦就断了。杨素在心里冷笑：一个在丈夫面前处处想占上风的女人，她怎么就希望女儿能在女婿面前委曲求全呢？

“你是医生，救治患者是你的天职。所有与患者无关的事你都不应该考虑。”周亚宁说出这番话时像个有把握拿捏杨素心理的高明的人。

“后天我不坐门诊。你让他后天下午来住院部七楼找我。”杨素冷冷地说。

周亚宁和黄志明再次通话时，像是获得某种默契的同谋，两人交谈甚欢。黄志明还多次叮嘱：亚宁，来家里坐啊。直到黄小米推门进来，他才意识到，周亚宁是那个睡了他女儿的有妇之夫，并非某个可以托付终身的男子，他顿时尴尬不已。

“爸，设计方案正在参加一个比赛，估计能得个大奖。”黄小米有些兴奋。

“这只是个敲门砖，你需要的是实打实地揽到设计项目。”黄志明正被痔疮折腾得难受，随意应了一声。

“也不知道去哪了，天天不归屋，也不晓得操心下自己的终身大事。”肖莉在一旁嘀咕，黄小米看都没有看她一眼，径直去了卧室。可很快她又折回来趴在黄志明肩上：“我听说A项目二期进展不顺。”

“没有这回事，纯属造谣。”黄志明说得很大声。屁股扭来扭去，痒，当着女儿的面却又不好意思呻吟。

“你不该让周亚宁回国的。”黄小米仿佛一个看透某个真相的人。她突然迷离的眼神，像是女儿对父亲的担忧，却又让人怀疑她的私心，只不过是想要留住自己的情郎。

“我还不信了，这地球没周亚宁就不转了。”黄志明四处张望，肖莉不知何时离开了。

“那就让我们拭目以待。”黄小米的声音响亮，却很容易听出其中的嘲弄。

“我不知你到底站在哪边?”黄志明说完又有些懊恼，他心里突然可怜起女儿来，觉得她的无处安放于人于己都是一种折磨。因此也就由着她的性子了，可他们到底也是有身份的人家，出格过分的事，暗里可以有，明里是绝对不能的。

此刻的气氛有些尴尬，却也无妨，反正都不是外人，不需要担当责任，也无须顾及彼此的身份。

“我站在理想那边。”黄小米并不经常调侃，此刻说出的话以为是幽默，却也只会让尴尬变得更为尴尬。

"你不会还对他抱有幻想吧?"这话听上去是在责问，其实是一种可进可退的打探。说者有心，听者也有心。黄小米走到窗前，看着窗外的灯影，看着樱花树在灯影下簇拥成团，白日粉色花瓣的神韵，此刻不见半点光影。幸好还有气味，正是花开最浓郁的时候，她情不自禁地想起那些属于她和周亚宁的美好时光。父亲知道她和周亚宁的关系，她想图一时痛快说出更多。可说出的，也只是一阵风，一场雨，落在樱花身上，全是摧毁。她咬紧牙关，隐忍着一切，心想父亲始终和她心不在一处，索性也就不想在父亲面前透露任何想法了。声音在此时消失，房间里安静得令人尴尬。

10

接完周亚宁的电话，杨素又恼又悔。她骂自己是天底下最懦弱的女人。周亚宁出轨了，而她竟然没有提出离婚，是担心颜面尽失的虚荣心所致，还是不再在乎?她关上所有的门窗，躺在床上任由贝多芬的命运交响曲起伏回荡。这一刻是何等的孤独，却又生出万般镜像，声音里起伏的是一个世界，她看见的、感受到的却又是另外一个世界。生生被剥离了般，灵魂游去了前一个世界，而肉体却不得不在后一个世界里苟且。

很多人向她走来，慢慢走近，围成了一个圆。突然又都不见了，只剩下她，她的四周全是荆棘，一人多高的荆棘。以为梦到这里结束了，却又由着一股力量推着往前，消失的人又回来了，杨素正披头散发站在黄小米的对面，周亚宁推着一个女人走向悬崖边缘……

就这样沉溺在梦里，想醒又醒不了，想索性摆脱，又觉身子软弱如棉。待真正醒来，后背已经湿透。

除了恐惧，杨素还感觉四肢无力，双眼视物浑浊。她有些伤心，一直以为自己是钢铁之躯，却也是经不起摧残，一时心灰意冷，甚至生出辞职的念头。直到将车开到中医院大门口，看着出出进进的病人、医务人员，呼啸而过的救护车和各种来路的小车，她才恢复一如既往的紧张状态。早会讲什么，今天有几台手术……

门卫冲了上来，他骂骂咧咧，挥舞双手驱赶那些阻碍杨素前行的人和车。进车库 50 米，靠近电梯旁的那个车位已烙上了“杨素专属”四个字，没有人可以侵占。自从杨素用精湛的医术给门卫的老父亲治好肛瘘后，门卫就开始为她导车。这个朴实憨厚的男人对杨素的殷勤虽不能抚平她内心的创伤，可她喜欢有人这样对她。

杨素并没有在意那个蜷缩着蹲在住院部门廊石柱旁边的人。可这个人一看见杨素就迎了上去。

墨兰说话的声音很小。她脸色发白，嘴唇发青，被晨露沾湿的头发，耷拉在前额上。杂坪离潭州市两百多里路，且多是山路，若是自己开车，趁天亮前出发才可抵达。墨兰能这么早赶到中医院，只可能是昨天就来了。看来她很需要这份工作。杨素多看了墨兰两眼，感觉出她的饥饿，意识到说出的关心抵不过一碗面来得实在与温暖。

“跟我来。”

老人的表情不知所措，却心甘情愿地跟着杨素往前走。

“服务员，来碗排骨面，加一个鸡蛋。”

在不相关的人听来，只是平常的声音；墨兰是相关的人，她的相关在心里，她的惊喜也在心里。

面端上来时，墨兰看了杨素一眼，嗫嚅一声，低下头，先是慢慢拨动面条，后来用筷子将面条搅成团往嘴里送，最后，连面汤也喝光了。看她吃得这么仔细，杨素生出感动，却又有些伤感，她几时这样善待过食物？她想周亚宁了，想他的身体，想他煮的面条。他是个天生的美食家。他吃杨素跟吃面条一样尽心尽力。他经常说，人就两张嘴，哪一张都不能亏待了。他是没有亏待自己啊。

杨素总能想到办法来驱散一切干扰。眼下这个老人需要她，那天的承诺兴许只是一时起意，可终究是说出来了。周亚宁说一辈子忠诚于她的承诺打了水漂，她不能让自己也变成他那样的人。去后勤部找到张伍，他问她们是什么关系时，杨素犹豫了一下，没有词可以妥帖地表达出这份关心与托付。问是不经意或随性的脱口而出，答与不答都是一种态度。可还是有迹可循的，对比就是证据，前后送过两个人来，一个是刘翠莲，一个是墨兰。前者来得艰难，去得却随意；后者不同，来得虽不易，却是坐着“船”来的，“船”下的水是由两位姐姐千叮嘱万嘱托攒起的。张伍懂得轻重。

“杨素姐，难得你这么仔细。”他说得殷勤，也有想进一步打探的好奇，其实是多余的，他了解杨素的为人，不多说也不说多。只是他总得要说点什么罢了。

杨素装作没有听见的样子，反倒连连说：“我迟到了，迟到了。”

按照规定，这个月的出勤奖必须扣除一半。她一边往肛肠科赶，一边打电话交代护士长推迟五分钟手术。进电梯后，她又删除了来自周亚宁的三条短信，查阅了菲儿两条短信。菲儿恋爱了，男人是一个比她小五岁的美术学院的老师，可笑的是她还加入了“不婚族”。两种态度，对立、矛盾，她看出小姐妹犹豫不决的心思，这份心思里有以她作为证据的不确定或是索性放弃的决然。短信里说的明明是互诉衷肠的贴心话，可眼下，她是完全没了体味的心思，只觉得全是扎在心上的玻璃。

“准备手术。”杨素一出电梯就冲着护士站招呼起来，声音很大，动作也变得匆促，护士站那群正在八卦的女人，像受到惊吓的麻雀一窝蜂散了。

黄子飞又来了，躺在西边的二号手术台上。他是第三次躺在这里，不用问，肯定又胡吃海喝了。每次手术后，杨素都提醒他戒烟忌酒，养成有规律的饮食习惯；每次他都听得非常认真，并连连承诺：一定戒，一定戒。

胡颖在东二号手术台，她的患者是个年轻女孩。柠檬绿布帘悬在中间，像块别扭的遮羞布。配合胡颖的是刘医助。杨素进来时，刘医助正和黄子飞聊得欢。

李铄今天休假，协助杨素的是小付姑娘。

“黄子飞，你又糟蹋自己去了。”胡颖像过去一样喜欢嘲弄黄子飞。

“唉，天天有应酬，不上酒桌，就谈不成生意。”黄子飞每次都是这番话。

“局麻。”杨素提醒小付在黄子飞的肛门上找注射点。

“啊！啊！”黄子飞不是个能忍耐的人，明明是疼痛，却又似男女欢愉时发出的喊叫。小付惊呆了，她熟悉这种声音，前男友趴在她身上时也这样叫过。她丢下针头，望向杨素，眼里神情复杂，流露出行家一眼就能看出的胆怯，杨素只好亲自动手。

“听说你家老公回国了。”胡颖一边动刀子，一边和杨素扯家常。杨素并不习惯胡颖突然这般体已，也不想谈论周亚宁。她“嗯”了一声，赶紧换了话题。

“你儿子要小升初了吧？”杨素说。

“我都愁死了。现在的小升初择校考试难度好大，若是不报相关培训班，连择校考试的资格都没有。现在我儿子一上培训班就叫苦，我把所有的休息日都奉献给他上培训班了。”胡颖的患者是个十八岁的女孩，她谈儿子时分了心，手术刀触到没有麻醉的点，女孩痛得哇哇大叫。

杨素觉得这是缓和两人关系的机会，索性随着话题由着嘴巴往下说：“我家凡凡下学期升四年级了，想帮她换所学校，也不知道去哪所学校比较好？”

“找上次来你这做手术的纪副市长啊，估计都不用麻烦他老人家，你只要给那张秘书打个电话，包你能换所好学校。”胡颖有意压低声音说，故而显得格外暧昧。

“我倒没有往这方面想。”杨素心里一沉。我说今天她怎么主动和我聊这么多，原来……

“听说潭大附小很不错啊，你们怎么不让凡凡读这所学校？”胡颖说得真诚，让人以为她俩的关系恢复到了从前。而事实上，胡颖只是母爱的天性在作祟。

杨素用鼻腔里的“嗯啊”声来表明她并不想继续这个话题。胡颖想打探什么？我落难了吗？转念一想，说不定胡颖只是说出自己的真实想法而已。何况，胡颖若是想中伤我，平时机会多着呢。杨素回忆那天她在地下停车场和周亚宁争执时，说过许多难听的话，大部分关联周亚宁出轨。胡颖恰巧从隔壁车里走出来。她完全可以悄无声息地把听到的散布出去，但她没有那么做。

杨素因为心绪复杂而分散了注意力，手足也因此失去平时的把控，她往下推针时变得直接与无畏。轻点，轻点，黄子飞连连求饶，那一米八五的大块头瞬间缩成一团，像只受惊的屎壳郎。

不能再分心了。杨素在口罩下咬了咬嘴唇。

“黄子飞啊，你再不忌口，以后别说飞，我看你连走路都走不利索。”杨素说。

“杨主任，你莫吓我啊。”黄子飞竟然起了哭腔。

“这次出院再不注意，极有可能导致肛门失禁。”

小付恢复了平静，她接过杨素的话：“到时整天别个屎尿袋在腰上。亲朋好友全都抛弃你。当然，你也会有一群新的好友，好友的名字叫苍蝇。估计你家媳妇不喜欢和一群雌蝇分享她的男人。”

杨素突然感觉到那个吓唬黄子飞的屎尿袋挂到她身上了，一群苍蝇正在追赶她。她猛地一甩头，仿佛在抖落刚刚听到的声音。

第四章

1

杨素特意换上大号口罩，将面相裹严实，只露出眼睛。黄志明像个窥视者，一露面就上下打量杨素。肖莉也是。他们打量她的目光，相同又不同，他们都想看清口罩后面的脸。所有患者站在杨素面前，都是恭敬加小心，唯独这两人，不像是来看病的，更像是来打探隐私或满足某些不便言说的好奇。

提议陪黄志明来看杨素门诊的是肖莉，一半是关怀之心，一半是为了打探。她以为只有她知道女儿的心思，就像黄志明以为的一样。他们从不交谈黄小米和周亚宁的关系，各自心怀鬼胎，都有自己的如意算盘。可眼下也是一筹莫展。眼前的女人谈吐简单却不失力量，应该有的规矩她全有，待人的客气和奉承也不缺。他们注视着她的眼神，也只能在心里轻叹，那也是能包罗万千的气魄啊！他们无从判断出她的心思，可仍想找到突破口，于是继续注视着她的一举一动。

杨素装作没有看见，按程序一步步进行。

除了必要的交流，杨素几乎不说话。黄志明为什么来这里，周亚宁为什么给我打电话，所有这些到底是为了什么？杨素意识到自己还在维护周亚宁的颜面。

检查完后，杨素用不带任何感情色彩的语气说："灌肠的药，先开一周。"

"不要手术吧？"肖莉表面看起来像是对丈夫关怀备至的样子。

"先观察。按我刚才说的去做，灌肠可以来住院部检查室。除了周末，我天天在这，你们可以直接来找我。"杨素后悔自己说了这么多，可一切都是自然的，若不这样说反而刻意了。

"杨主任，方便留个电话吗？"黄志明这样说时，肖莉双眉往上一挑。他故意不理会她，他的语气不躲闪，甚至显得磊落，仿佛他有充足的理由来说出这样的话。

杨素什么也没说。她把病历本递给黄志明，发现他看她的眼神多了一些锐利，她有意迎上去，他又迅速闪开。

"素儿。"声音从走廊上传来，科室值班的医生护士一定有人会笑着说，你们看，杨主任她娘又来了。

王荆花今天叫得比以往还要响亮，科室主任很快就要定夺了，是肥妹告诉她的。王荆花有意亮开嗓子，拉选票似的拖长腔调，就像在向某些人宣战，杨素有一个天不怕地不怕的娘，你们谁也别想欺侮她。王荆花并不知道自己具体要争什么，她只觉得心里若有所失，她想留住它们。

只有杨素能听出，这声音里还有一份殷勤。杨素并不欢迎王荆花，可此刻，她感觉出难得的熨帖。

王荆花是怀揣着一个秘密来的。天未亮，王荆花就上菜市去了。她经常光顾的那家肉铺还没有开门。她就坐在街边等待。洒水车高声唱着"祝你生日快乐……"，像是故意唱给王荆花听的，因为今天是杨素的生日。而杨素并不知道这个事实，虽然她从不在意这些，哪天过也丝毫不在乎。可真要过，也是有准确日子的。

肉铺开门了，横在肉铺案板上的猪肉，还散着热气。王荆花买回了新鲜的猪肚、排骨，上好的墨鱼，又加上生姜、香菇。她侍弄这些时，浑身是劲。尤其昨晚，女儿和女婿还通了电话。她感觉一切都还有盼头，一切的努力都没有白费。

杨素往家里打电话时，是正午一点，王荆花正盯着窗外一双缠绵的麻雀发呆。她沉浸在一个万事万物皆与我无关的世界。

王荆花想过向女儿坦白，可开不了口。“非典”那年，杨素接诊一名外地来旅游的患者。患者不知道自己是病毒携带者，问诊的也只会问相关的情况。次日，杨素感觉发热、畏寒，以为是感冒。意识到自己感染了病毒时，她出现了短暂的心慌，很快她和有相同症状的人群被转移到郊区一座废弃的工厂。王荆花接到电话，说杨素被“关”起来了，起先以为女儿犯了事。后来听说是“非典”才松了口气，觉得不过是一两天的事。可村里传言，“非典”是要命的病，信息灵通的人甚至一一列举，还能具体说出哪里死了人，死了多少。有人提醒王荆花，要做好最坏的打算。因为相关生死，王荆花有了说出一切的勇气，她跪在药王爷面前许诺，要从今天开始，念经七七四十九天，供奉油灯一年，只要女儿平安归来。还记得那时的心思，可勇气与决心没了，只想死死捂着，年纪越大就越不想失去。头起得不好，路就由不得你往邪处走了。王荆花怪罪一切时总是归咎于最初，她相信命运，觉得老天安排她走这样一条路，做这样一件事，她就没有别的选择。有了这样的认定，她便抛弃了一切羞耻。她用生命守护杨素，比亲生母亲还要来得单纯，有时她甚至觉得以往的惶恐都是自寻烦恼，日子是一寸一寸属于她和女儿的，谁也夺不走。自从有了这样的意识，她便不再是那个诚惶诚恐的女人，她像别的母亲一样数落女儿，不再一味地讨好。她要享受一个母亲应该有的权利。虽然她心里明白一切的来由，也时常在深夜担心露出马脚。可她付出了真心，她需要的也是女儿的真心；她不贪钱财，也看不起村里那些把女儿赶到南方去靠身子赚钱的女人，她时常骂她们卖女求荣，不得好死。

王荆花等到下午两点，还不见女儿回家，打手机关机，打杨素办公室电话没人接。她庆幸记下了医生站电话，拨通后，自顾自地说，我是杨素她娘，她怎么还不回家。电话里说，杨主任正在做手术。她心里只有病人。抱怨是表面的，是佯装生气，心里却是身为母亲的痛惜，还有骄傲。她抱着保温瓶赶到杨素办公室门口时，正遇上黄志明和肖莉走了出来。黄志明先看见王荆花，先是怔了一下，装作揉眼将手遮在脸上，身子被什么拽住了似的，任凭肖莉在后面叫他，等等我。他也不加理会，只顾往前走。

王荆花的泼辣只属于乡下。进城后，她对人对事都谨小慎微，唯独在肛肠科，她那骄傲的姿态才显露出来。可那也只是对护士和医生而言，至于陌生人，她只想逃离，仿佛所有的陌生人都藏着心机。肖莉本是不会正眼瞧这打扮土气的乡下婆子一眼的。可谁曾料想，肖莉身上镂空的针织背心下摆刚好钩在王荆花敞开的外衣拉链上。王荆花一脸谦卑，顺手想扯下衣角。肖莉伸手打落她的手，呵斥道："扯烂了你赔得起吗？"这一惊一乍中，王荆花手中的保温瓶差点被肖莉打落。

局势在这一刻发生改变。

“一件大窟窿小眼儿的破衣服有什么稀奇?”王荆花一把扯开针织背心，将保温瓶举到肖莉眼前。“这才珍贵。”王荆花的世界很小，是个女儿堆砌出来的，有骄傲也是女儿带来的。安静时，是世外桃源般的与世无争；热闹时，仿佛全世界都在这里。

“疯女人!”肖莉望着被撕裂的衣角，那可是女儿从外国给她带回的限量版，是她炫耀的资本。这个乡下糟老婆子竟然说这是一件破衣服。肖莉恨不得把这衣服的商标粘在王荆花的眼球上，告诉她这可是国际大品牌。

黄志明没有停下脚步，他听不见这些声音，他脑海里全是过去，他急于要将一个重要的发现告诉纪鹰。可肖莉的声音越来越大，越来越恶毒。他不想惹事，赶紧折回来。杨素已经取下了口罩，黄志明一下惊呆了，以为看见了某个旧人。可是眼下的情景容不得他多做停留，于是拽住肖莉匆匆离去。

王荆花想追上去论个输赢，可杨素拦住了她。今天是女儿的生日，女儿说了算。王荆花这样想心就宽了，却又有些不甘心，撇着嘴低声骂了一句，不要脸!

杨素听着这三个字，听出些不寻常来。王荆花的目光在办公室里转来转去，杨素追着她，想安抚或是试探一下她此刻的心情，可王荆花有意躲闪着。王荆花不是个心甘情愿示弱的人，今天她分明有所隐忍。她什么时候成了高明的演员，能瞬间藏匿好一触即发的情绪。王荆花把保温瓶交给杨素：

“趁热赶快吃了。事要做，饭也要吃。都是好东西，细火煨出来的。”

王荆花说得极轻，好像这话是只能说给杨素听的。杨素心里一软，突然感觉出这声音里的深爱与袒护。她接过王荆花递过来的保温瓶。杨素不喜欢墨鱼汤，怕王荆花伤心，就勉强喝了一小碗。

房间里的两个人，都有一肚子话想说给对方。王荆花倒是先安静了，杨素本来就心重，那更是不可能先开口了。人是何时走的，杨素全然没有发觉，外面过道里一直静悄悄的，没有往日王荆花经过护士站时的欢声笑声。今天的确不同于往日，杨素并没有因为意识到这点，而对她娘产生更多的疑问，一切的不快乐也并没有因此而有所增减。

2

安若打电话来，说小叔子想请杨素和她去黄金海岸洗浴中心舒服舒服。杨素说无功不受禄。安若又说了许多。杨素嫌安若拐弯抹角而说出更多的不着边际的话来发泄。安若这才告诉杨素，墨兰干活卖力，活干出来也讨人欢心，只是太节约了，连个水杯也没有，渴了就用捡来的矿泉水瓶子接水喝。杨素一时恍惚，想到自己读书时的酸楚。电话里一时沉默了。

“恭敬不如从命。”杨素回过神来，为了掩饰只好故作轻松地调侃。挂了电话，一看时间，还差几分钟下班。她决定把余下的墨鱼汤给墨兰带去，走时还顺手把办公室一个新发的保温杯揣进手提包。

经过护士站时，杨素扫了一眼明天住院患者的名单。一个肛瘘患者的名字引起了她的注意。她不会忘记，前天，他赤裸下身裹着一条毛毯四处寻她。虽然这个同时患有自闭症的老男人身上浓厚的体味遮盖住了臀部大面积腐肉发出的臭气，可她还是立即嗅出了让人作呕的异味。连李铄这样的七尺男儿，在直面患者腐烂的部位时，也感到恐慌。她没有恐慌，可她的泪水在眼眶里打转，她竭力控制一切，不想让人看出她的软弱。

“帮助需要你帮助的人。”一个遥远却一直伴随的声音从灵魂深处跳出来。这是一个真正需要她帮助的人。杨素怀着略带悲凉的沉思走出电梯，出了一楼大厅，下了梯形方阶，穿过横贯中心花园的那条长廊，长廊下坐满面色倦怠的男男女女。杨素没有留意到，周亚宁正站在不远的地方。周亚宁打量着她，从头到脚，起着微波的金栗色披肩发，乌黑发亮的眼眸，没有一丝皱纹的脖颈，高耸的胸脯，微微翘起的圆臀和坚挺而又圆滑的小腿。他贪婪地看着她，目光从扫视全身转而集中到脸部、胸部。一股热潮支配他紧走两步来到她跟前，用低声却近乎炽热的语气和她打招呼。

“杨主任。”

“代的！”杨素没好气地说。

“这不是水到渠成的事吗？”

杨素讨厌周亚宁的口气，好像她能当成肛肠科主任，这里面有他什么功劳似的。她转头瞥了一眼周亚宁，可除了轻蔑之外还能有什么别的意思呢？

周亚宁是个体面的人，无论穿着还是举止。她却把他此刻的出现当成一件不体面的事。从前，她心里一直只有周亚宁，她要实在的生活，实在的盼头，实在的把握。她在肛肠科就是实实在在把握住了一切。她以为等待周亚宁的两年也是实实在在的光阴；可他已经虚了，她一个人再怎么努力都是虚的。她心里的空洞也自此生成，她总想找一些东西来填充，可是愈发想得的东西愈是得不到。她也终究明白什么是想而不得，得而不想了。就像当初，不想在张建主任正式退休前使用“杨主任”这个称呼，可大家都这么叫，听久了，也就顺了。杨素心想，自己到底也是随流入俗了，表面的清高只是面具罢了。

“别来这里，不要出现在我面前。”杨素感觉身子因克制而变得异常僵硬。

“不来这里，你能和我说话吗？”周亚宁冲到她面前，鼻子几乎要和她的鼻子挨到一起了。

杨素没料到周亚宁会这样冲动。她正有些尴尬，他又说：“我想，我们还是一起去接凡凡吧。”

“周末了呀？”杨素的语气变了，又说，“你去医院门口等我，我还有点事情要处理。”

周亚宁离去时，心花怒放。“别以为天下太平了。”杨素咬了咬牙，加快脚步向前。

墨兰正弓着身子在茶水供应处接水。看见杨素时，她有些不知所措。茶水顺着矿泉水瓶外壁流了一地。杨素赶紧上前帮她关掉水龙头，又从手提包里取出保温杯，递给她。

“大妈，这杯子你先用着。”

“给我？”

墨兰掀起下衣摆使劲搓揉双手，才小心翼翼把杯子从杨素手中接了过来。

“还没吃晚饭吧？”

“准备吃了。”

“走。我们一起去外面吃点。”

“不了。外面的太贵。”

“就在我们单位的小食堂。走吧。”

墨兰像个没有主见的孩子，跟在杨素后面，嘴唇一直抖动着，却一个字也没说。杨素荤素各点了两样，还向食堂多要一个碗，把带来的墨鱼汤倒进碗里。“怎么要得？”墨兰搓着双手，喃喃自语，却不敢多看杨素一眼。

墨兰低头喝汤，她着实饿了，吃相不再拘谨。

王荆花看不到此时的情景，也不知道女儿在陪谁吃饭。回家的路上她一直在琢磨这个问题：那个人为什么假装不认识我？明明去给女儿庆生，却惹出是非，怎么想都是不对劲。走到半路，想折回来，可又觉着不妥。到底是不放心，又打杨素的电话。

“娘，我先去接凡凡，晚上回家吃饭。”

杨素说得轻也就显得格外温柔。说者无心，听者有意。墨兰的泪水落在碗里，她任由它流淌，也不敢当着杨素的面擦拭，索性吃得狼狈。

“我还要去接我女儿。”杨素起身时，墨兰连忙站起来，她身子微躬，嘴里连连说：“你好辛苦噢。你好辛苦噢。”杨素突然品出些意味，她和这个老人的缘分有种说不清的感觉，来是自然来的，给也是自然给的。没有负担，也不需要承诺。她接触的患者不少，大多是公事公办，也曾因为人情世故烦恼，偶尔遇着一两个真心想感谢的，也是小心谨慎，别说海参燕窝、名酒高档烟不敢接，就连吃个饭也是不肯接应。倒不是怕留下把柄坏了名声，是实在不想周旋于这样的旋涡，做人做事，她有自己的初心，也愿意为之坚守。

“我来开车。”周亚宁抢先走向驾驶位这边。但杨素怔了一下，并没有把车钥匙给他。时光一下回到两年前。她心里一酸，坐在车上，眼睛一直看向车窗外。她摇下车窗，希望有风吹进来，让她保持冷静，可周围一丝风也没有。

接到凡凡时，凡凡跳着冲了过来。“爸爸，爸爸！”凡凡的叫声显得很夸张，一下扑进周亚宁的怀里，那种欢喜，就像她拥有了全世界。周亚宁抱着她坐在后排，一路上有说有笑。杨素从后视镜里看着凡凡，眼里似乎落下泪来。她佯装一切正常，微笑着问：“凡凡，下学期就上四年级了，你想不想换到爸爸单位附近的小学去上学？”

“不用寄宿？”

“是啊。”

“那太好了！”凡凡开心地大叫。

“那样你就可以每天见到爸爸和妈妈了。”

说这话时，杨素发现自己的双脚悄然消失，无鳞的鱼尾挣扎着蹭上玻璃。她早就发现了，弄虚作假、绝望，或是异常兴奋时，她的眼前就会出现幻象，她的腿会变成鱼尾，一旦讲真话、实话或恢复平静，腿又变回来了。

接下来的路程，杨素像从前那样谈笑风生，开诚布公地跟丈夫说话。那是一种令人不安的坦率，这种坦率似乎在表明：我没什么好隐藏的，但是也表明我们之间没有任何神秘的东西了。她语气中表现出来的那种微妙，暗示他一切都没有过去。他清楚，她对他怀有一种强烈的厌恶感。可是，看她挺拔的后背，看她的头发，听她的声音，他忘不了第一次见她时所产生的那种令人窒息的感觉。

周亚宁想说两句暗示杨素戏演得不错，可出于一种无奈，他知道自己不会说出口。他抱紧凡凡，悄悄抹掉眼泪。他确信，此刻女儿脸上的兴奋是自然流露的幸福，因为她完全不知道爸爸妈妈将给她带来怎样的伤害。他感觉到胸口像堆了石头般挤压着他。没有风，车窗半开，路灯还没有亮起，路边的高楼上已经亮起灯火，如星星缀在天穹。他多么希望，家的灯火永远会为他亮起。

3

从医院回来，肖莉依旧愤怒。她是个聪明人，能立刻嗅出空气中的不祥气息。一切都是黄志明惹出来的。她把耳朵贴实在卫生间门板上，听到他一直在打电话，声音压得很低，却又不时发出让人嫉妒的大笑。仿佛他有许多的秘密，而她什么也不知道。他再一次笑了，比前一次笑得更夸张。他走出来时，她想冲上去，夺过手机狠狠砸在地上。她是多么想这样去做啊。走到客厅，她能感觉出身子在不由自主地发抖，她并不能真正理解自己为什么会这样。她希望他能问她“你怎么了”，可他说：“老纪邀我下个月去客界考察。”

她什么也没有说，有意把茶杯碰倒在地板上摔得粉碎。

黄志明望着肖莉，望着她眼睑边褐色的斑块，一时心烦意躁，仿佛肖莉成了一面镜子，对她的厌恶亦是对自己的嫌弃。他表面上装作若无其事，心里却是久久挥之不去的惆怅。

“明天几点去灌肠，我陪你去！”

“你们图书馆近来工作也多，你就不必特意请假陪我去了。”黄志明带着宽容的笑容，一副把妻子看得很重的样子说，“你当上这个大学图书馆馆长可不容易啊。”

黄志明有自己的小九九，他想从杨素口中打听王荆花的事。肖莉一去，这事就黄了。

睡眠没有消除肖莉的焦虑。第二天起床后，担心还是昨天的担心，问题也是相似的问题。

看着黄志明的小车驶出车库，像获得自由的小鸟般消失在眼前，肖莉赶紧打电话给卓凡。

卓凡有心想安慰肖莉，可说出来的话又分明含有一些别的成分。她茫然地望向远方，没有说出自己的心思。如果不是她判断失误，纪鹰一定有事瞒着她，而且是大事。在这样的情绪下，她说出了自己的心里话。

“你我这样的年纪，总归是吃亏的。”

“这个老不要脸的！”肖莉骂出了声。

“是自己的抢也抢不走，不是自己的求也求不到。”卓凡说。

“当初可是他求着我嫁给他的。”肖莉决定干点什么。

黄志明今天没心思上班，他盼着时间快些过，可偏偏陆琨来了，自从他们因为周亚宁的人事安排出现分歧后，陆琨就极少与他私下往来。

来这之前，陆琨正处于愤怒之中。和他一样愤怒的还有梁子然。

“你疯了！”虽然这话是从远在万里之外的他乡伴着电流传来，可周亚宁还是清晰地听出了梁子然语气中的愤怒。

“人在屋檐下，不得不低头。我承认是我故意把设计方案献给黄志明的。”周亚宁没有完全说出自己此番行为的意图。荣升宏景集团副总的事已是镜花水月。这些年来，他委屈自己的灵魂跟在黄志明屁股后面成了一个伪商人，他以为万事开头难，走着走着就像样了。妻子坚持不出国的决心就像一面镜子，让他认清了自己，也有一种误入歧途的后悔，有了这种意识后，越往前走，他就越讨厌自己。

梁子然的电话让周亚宁看出了自己的卑劣。出于某种心理，周亚宁去找了陆琨，他向自己的老师，说明了把设计作品送给黄志明的原委。他看着陆琨，眼神本身就是一种无声的请求。

陆琨坐在那儿，平静地注视着自己的学生，但没有做出任何答复。他问："黄小米有错吗？"

出乎意料，周亚宁有一种强烈的冲动，想逃离这个屋子。可他知道老师是怎么想的，他还想为自己辩护。

"我只是想为自己努力一把。"

"亚宁，如果你真有什么宏图大志的话，你不可能允许自己有这样的念头，这些事，也许别人可以做，可你不同，那是你的事业。"陆琨声音放低了说，"你只是一时糊涂，所以就由着性子做了不应该的事。"

周亚宁冷笑一声，什么也没说。

"终究会出事的。"陆琨说。

送走周亚宁，陆琨站在办公室窗前，想了许久。当他在次日上午敲响黄志明办公室的门时，他还在思考，还是左右为难，可他觉得自己应当去说些什么。

黄志明在里面说："请进！"

陆琨开了门，微笑着说："黄总，恭喜。小米这次选送的参赛方案创意独特啊。"原本是真心祝福的话，可落在地上像是一块坚硬的石头。

"人还是要走出去的。"黄志明意味深长地说。

黄志明不停地看表，陆琨意识到对方正在下逐客令。他一脸尴尬，可他并没有马上离开。出于谨慎，他来这里之前，仔细对比了两个方案，一个是黄小米获奖的设计方案，一个是周亚宁发给他的，内容极其相似，尤其重要数据，一个也不差。

陆琨有一种不祥的预感，他张了张口，欲言又止。恰巧办公桌上的座机响了，黄志明拿起听筒背过身去，他还有意把身子藏进那张宽阔的老板椅里，只留给陆琨一个一丝不苟的后脑勺。

陆琨摇了摇头，黯然告退。

4

黄志明知道陆琨的来意。可他急于要找到杨素，并非他的病有这么着急，他只是想证实一个猜想。他匆匆开车往中医院赶时，一些尘封的往事，正在出其不意地浮出水面。找到杨素时，她正低着头往一男患者的下体塞药。

“杨主任，我在哪里检查?”

“黄老板，你先躺到二号床上作准备。”杨素没有抬头看他。

“像他们那样?”黄志明指了指侧身躺在病床上的患者。

杨素没有回答他。

“可以办住院吗?”黄志明说。

风吹动布帘，眼前蜷缩的雄性与那边曲卷的雌性，成了裸露、赤诚的世界，羞耻被各种疼痛雪藏起来。

特权享受惯了的后遗症，这话几乎要从杨素嘴里滑出来了:“可以。下次你再去办手续吧。”

“今天就办吧!”

“我们有空病房，你去找护士长说明你的需求。”杨素忍住内心的愤懑。她生气自己不能得罪黄志明的理由竟然是为了周亚宁。虽然其间也掺杂私心，院里正在对她进行考察，不出意外，下周一会正式任命科室主任。她不想在这个节骨眼上惹是生非。她在心里反复提醒自己，不要逞一时之气，没必要为了一件小事，让黄志明对周亚宁产生任何不好的看法。

杨素提醒黄志明躺到床上去。房间里只有两个人，面对黄志明，杨素心情总是异常复杂，甚至怀有不为人知的龌龊，她想让他感到痛苦。往下体插入导药管，除了刚接触时有些让人难受，其他并不会给患者带来痛苦。可黄志明心思在别处，痛也就来得更加突兀了。“哎哟哎哟，我的崽呀！”叫声诡异。他反手向杨素抓来，手没有抓住，却触到她俯下的前胸。杨素慌了，愤怒了，伴随糟糕的情绪，手也不听使唤了，导药管滑到床边，黑色的药汁浸染雪白的床单形成一团突兀的黑色。她从没有在灌肠这一没有任何技术含量的环节上失过手。杨素心里陡然一沉，可她控制情绪让一切顺利进行下去。

当温热的汤药缓缓流入黄志明的体内，他浑身有一种从未有过的舒坦，黄志明赶紧把身子夹紧了。

“杨主任，你是哪里人啊？”

“客界人。”

“那是一个好地方。”

“黄老板去过那地方？”

“何止去过。我还在那里生活过几年。”黄志明兴奋起来，“你父亲叫什么？”

“杨楚。”杨素犹豫了一下说。

“杨楚？”黄志明重复这两个字时，眼前浮现一个身影，树墩那般，又矮又壮。

他觉得蹊跷，回忆那天王荆花和他对视的刹那，她的眼里全是慌张。那是他熟悉的眼神。王荆花一定是认出我了的。那她为什么不当场表明呢？莫非她根本就不想说出是我？他记得她左眼角有朵萝卜花，那天他留意了，也看见了那朵萝卜花。

他还想打听更多，却看出杨素的回避，只好作罢。因为想快点结束复查，快点逃离这双打探的眼睛，杨素的动作显得匆促、潦草，幸好没有旁观者，否则这种敷衍会成为新的口舌。

肖莉进来了，黄志明没想到她会来。他想起身数落她，不好好上班，跑这来干什么。可下身还插着灌肠的管子。碍于面子，他只好忍着。

"黄老板，我还有手术。我安排护士过来照顾你。"杨素见识过肖莉和王荆花之间的战争，虽然这个女人并非王荆花的对手，可她知道，这个女人看不起王荆花，也看不起她。杨素不想招惹她。

黄志明本想当着杨素的面打发肖莉回家。可回头一看，妻子一脸紧张，神情里全是提防。他一时又有些可怜她，想她当初也是万千宠爱集于一身，如今美人迟暮，却又时常不觉，甚至以为自己还站在舞台中央，还是男人眼里的主角。过去，也因此放任她胡来，见闹得过分时，也会说上她几句。看着杨素推门出去了，黄志明指着自己赤裸的下身，撒娇似的说："病生在那地方，不脱裤子怎么看病啊。"为了彻底消除妻子心头的猜忌，他又故意责怪她："找这个女人看病可是你亲自打的电话啊。"

"那是给她面子！"肖莉忘记了她当初求杨素时的迫切，"一个女人干什么不好，偏要给男人瞧屁眼。"就在刚才，她推门看见黄志明的下身完全裸露在杨素面前时，一种原本就压在心底的愤怒爆发出来。

肖莉对黄志明的防备之心是一点一点积累起来的，从来没有减少，却是一天天地增长，直到现在草木皆兵。在她眼里，杨素不再是医生，只是姿色不凡的女人。事实上，这样的女人并没有具象，但凡和黄志明有交集的面容姣好的女人，都是她的敌人。

夫妻两人的对话从门缝里钻出来，又传入杨素的耳朵。杨素觉得肖莉可怜，想她死要面子活受罪，到底也只是个可怜人。虽然肖莉说出的话句句带刺，可她看出了肖莉的焦虑，这个人是惹不起的，和她争吵只会丢了科室的颜面。杨素快步走到护士站，通知护士长安排肥妹过去照顾黄志明。

黄志明见肖莉情绪稳定下来了，又装成非常依赖她的样子求她去办住院手续。肖莉脸上浮现出一丝得意：我才是黄志明的老婆。带着这份顿悟，她趾高气扬地走出了病房。

确定肖莉走了，黄志明拨通了纪鹰的电话。

“老纪，到了客界后，一定抽时间去看看杨楚，就是那个会唱对子歌的摆渡工。他是杨素的父亲，王荆花是杨楚的妻子。”黄志明说得很急，像个躲在暗处匆匆传递情报的联络员。

这并不是一个令人兴奋的好消息。那个又矮又壮的老实男人，一个摆渡工，他怎么可能是貌美如花的杨素的父亲呢？纪鹰感觉到黄志明已经窥探出什么了。

5

爬过前面那个长坡，便是客界了。

一连几日大雨，把正在修建的毛坯公路冲出大泥坑。车子打滑，上不了坡。不远处，几个老乡正挑些石头倒进泥潭。汽车在这里停了下来。司机小谢想下车找几个老乡过来帮把手，下车时才发现，都已经四月了，这里却还像冬天一样冷。

纪鹰熟悉这里的一切，他望向窗外，远处的客界笼罩在水雾里，白茫茫一片。

杨素是杨楚的女儿？纪鹰觉得有些蹊跷。这个女孩与他心中的那个女人有着太多的相似。除此之外，他又有些欣慰。可到底发生了什么呢？她怎么可能是王荆花和杨楚的女儿？

小谢走到埋头干活的老乡身旁："老乡，车陷泥坑里，上不了坡，烦劳大家帮忙推一把。"

"你没见我们正忙着，没得空闲。"说话的人是工头。小谢想说，你们怎么能这样对待纪市长，可他什么也没说，脸上露出尴尬的表情。

"老乡，大家辛苦了，赏脸抽根烟。"纪鹰来了。

"这活干了有多久了？"纪鹰站在黄泥中跟他们闲扯。

"一个多月了。天天下雨，不好干活。"杨兴是工头，他接过烟，口气明显缓和了。

纪鹰看着远处山峰上升腾的云雾："这儿风景如画，把路修通了，老乡们日子就更好过了。"

"那倒是，不用泥一脚水一脚了。"老乡们抽着烟，脸露笑容，满眼憧憬。

"这边在规划旅游开发，老乡听说了吗？"

"我们客界人穷了一辈子，苦了一辈子，一听说开发后人人有工作，家家不愁钱，个个兴奋得像三声杜鹃。"杨兴说着竟然唱起了对子歌。

"是祸是福，难说。"说话的男人走路有些跛。

这个男人身材消瘦，两鬓花白，满脸风霜，一道黑疤蜈蚣样爬在左脸，唯独那眼神，纪鹰一看就认出他是杨楚。

"杨楚。"纪鹰走到这个男人身旁，叫得很轻，声音里透出不确定，却又能听出惊喜。

杨楚望着纪鹰，一脸茫然，好像又突然想起了什么。杨楚突然咳得厉害，夹在手里的烟也掉到了泥地上。杨楚伸手去捡，被纪鹰拦住，重新抽出一根递了过去。

“是熟人啊！”杨兴看出两人关系非同寻常，赶紧换上笑脸，吆喝大家推车去。

小轿车很快从泥泞里爬了出来。纪鹰和大家一起推车，原本一尘不染的衣裤，在推车的吆喝声中，在肩并肩、头靠头的攒力当中，沾了不少黄泥。他学着杨楚在衣服的下摆处擦了擦手上的黄泥。

小谢走过来凑在纪鹰耳根上，低声说些什么。纪鹰看了下手表，连忙向杨楚打招呼：“老哥，我先走一步。晚上去你家喝烧酒啊。”

“楚哥，他是谁啊？瞧那气派，不像一般人啊。”

杨楚双肩耸起，吸了一口咽，接着吐出一串长长的白雾。“这背时的雨什么时候才能停啊？”说完就干活去了。

杨楚是个闷罐子，连王荆花都不知道他的威风，她前脚进城，他后脚就解决问题去了。他找到那些捏造是非说他和小寡妇有下作名堂的人家，顶起下胯，朝着他们的堂屋神龛喊道：老子人一个，卵一条。要死卵朝天，不死好过年。

此刻，他一脸从容，与平素没有两样，仿佛谁也没来过，又仿佛刚刚遇着的只是一个毫不相关的人。他不想对这里的人说出任何与纪鹰有关的事情，可纪鹰的到来如同往他心里扔了颗炸弹，炸得他魂飞魄散。难道纪鹰知道什么了？家里的平静早已被打破。自打刘翠莲在中医院看见墨兰那天起，王荆花的魂就散了，别人看不出，杨楚可是心知肚明。不应该啊，从没有透过一丝风的事。虽说早些年，后山的麻婆说过杨素这闺女太像墨兰了，可现在麻婆也死了。杨楚越想越害怕，咳嗽也紧密了。

杨兴看出端倪，可他不敢去招惹。只在天黑收工后，骑着单车沿着泥巴马路滑滑溜溜回家时，他才扯开嗓子唱道：

妹子出去十多天，哥哥在家不得眠。

昨夜三更得一梦，妹子与我花枕眠，醒来却是假团圆。

杨楚从口袋里扯出两团卫生纸，揉成团，塞进耳朵。他做了一辈子傀儡，有名无实的悲苦让他无法再承受失去的痛苦。他提心吊胆走进村子，发现自家门前并没有停车，立即觉得如释重负，同时也感到失望。

“老哥，我可是等你一刻钟了啊。”杨楚刚支好单车，堂屋里就传来声音。

“你怎么进来了？”杨楚心里一慌，单车倒在他那只残腿上。

“这得问师傅了。”纪鹰赶紧上去帮杨楚扶起单车，“用一根带钩的长木棍，从靠近堂屋大门一旁的窗口伸进去，一掏，门闩就掏出来了，门自然也就开了。”

杨楚惊讶万分。他没有想到，几十年过去了，纪鹰竟然没有忘记当初他教的开堂屋门的法子。

“老哥，你这院子里其他三户都搬出去住新楼了，你怎么还住在这老房子里？”

“这么好的房子，不住多可惜。你瞧，那房梁都是雕龙刻风的，现在这样的老宅你到哪寻去啊。”说到老房子，杨楚话就多了，“我家素儿也一直说要保存这座老屋。去年我将这栋院子里其他三户也都买了下来。他们都在村前建了新房，房子空在这，也是一天不如一天了。”

“素儿是谁？”纪鹰问。

杨楚没有接话，只是问：“吃了吗？”

“还能吃到当年的红薯饭吗？”

“时隔这么多年了，还好那口。”杨楚脸上露出浅笑，绷着的神经自然放松了些。人家兴许只是恰巧来客界办事。他觉得自己过于紧张了。

“真是好时光啊。”纪鹰感叹一声，“一到秋闲，村里就热闹了，尤其夜里，我们坐在村口古樟树下，唱山歌，拉二胡。就在眼前似的。可眼下，你我都是花甲老人了。”

窗外，风穿过竹林发出哗哗的声响。纪鹰一时恍惚，仿佛依旧有人在竹林等他，他正要赶去那儿。

“回不去了。”杨楚看着眼前的纪鹰和自己，感觉世事多变，可他并无半点委屈，反而生出瞬间的甜蜜。

“走过这么多地方，吃过好多砂锅红薯饭，还是你煮的最好吃。”

杨楚讪讪地说：“我这笨手笨脚的，做出的都是粗活。”

屋外，夜色笼罩一切。屋里，两个男人，几大碗烧酒下肚，变得放肆起来。于是掏心掏肺，称兄道弟，气氛让人陶醉。尤其杨楚，兴奋得流出眼泪；而他的痛苦也显而易见，他能感觉出一双手正从对面那个男人身上伸出来，像是要把自己深藏的秘密给掏出来。

“老哥，当年我回来找墨兰，你们都说她死了，她肚子里的孩子呢，也死了吗?”

“这事，你得去问墨兰!”杨楚说完就咳嗽了，比以往任何时候都要猛烈，犹如巨浪排山倒海。

“我看你这咳嗽不像是一天两天的事了。”

“老毛病了。找到墨兰比什么都重要!”杨楚很少说得这样大声。

杨楚一喝醉就像匹诺曹患者，你问什么他就答什么，这是客界尽人皆知的事实。纪鹰没有忘记。

端碗前，杨楚在心里反复告诫自己，不能多喝，千万不能喝醉!可纪鹰总和他说过去，过去太美好，他无法不去回忆。婚后的日子一直沉闷苦涩，几时有过今日的放纵，王荆花是他的心尖肉，也是他的如来佛。窗外传来发情的男子扯着喉咙喊出的山歌:

隔河望见妹穿青，人无言来水无声。
打个石头试深浅，唱个山歌试妹心。

都过去了。陈年往事从两个喝酒人的嘴里滚落出来，跌到地上，有些入了土，有些滚来滚去，长成刺手的荆棘。杨楚说得不多，却能感觉出他也在这种氛围里，也在回忆，刺也扎在他身上让他痛。偶尔，他还能听到哭声——只有他知道，王荆花时常在夜里哭。可他着实喝多了，说出的话像打碎的瓦片，一句不接一句;却又是清醒的，别人问什么，他就答什么。

“墨兰在哪儿?”纪鹰像个逮住时机的猎手。

“听刘翠莲说在潭州中医院看见过墨兰。”

沉默。两个人都哑了似的不再说什么，过了一会，杨楚趴在桌上睡着了。他又咳了，一阵紧接一阵。

窗外漆黑一片，村舍的灯光如同海上屹立的灯塔，给回家的人带来希望与温暖。过去那么多年，纪鹰常有无以名状的茫然，他感觉到心头的亮光，即使这光依然如海市蜃楼般遥不可及，可总算看到了希望。

纪鹰靠近杨楚，仔细地打量他：一脸干瘦，满手粗茧……当他抱起杨楚放在床上时，心里陡然一惊。杨楚干瘦的身子如一截枯木。他记得杨楚当年可是村里最壮实的小伙。他帮杨楚盖好被子，关好堂屋的门。门轴声听上去像年岁已高的老人发出的咳嗽声。

离去时，他又听到杨楚断断续续地咳着。

小车绕出坝子，上了新修的石桥，一艘小木船泊在远处的浅滩上。他要小谢停车。他下了车，走近那船，船上全是落叶。纪鹰仿佛看见对面有个女子在对他招手。过去，他往来坝子都得经过这个渡口，而墨兰总是会在河对岸焦急地盼他归来。他用神一看，却只看见迎风招摇的泡桐树和飘飘荡荡的叶子，其他什么也没有。

6

你要当心的不是村里那些老人，而是那些走出去的故人。你必须时刻提防他们出现在你眼前，孩子亲生母亲的感受你也不能不去想。她会对你恨之入骨，这是再自然不过的。试着设身处地为她着想。虽然你并非有意如此。总有一天，大家会知道，你们都是受过苦的女人。说到这里，杨楚的声音戛然而止，眼神跃出屋檐，投向更遥远的天空，那里有一线白雾拖长滑向天际。

王荆花听到一些议论，是她周遭的人共同发出的声音。这些人并非真实存在，可传来的声音却很清晰，仿佛他们随时在她左右。

女儿是实打实在你身边的，杨楚又重新开口。他向她看去时，脸上呈现出乞丐般低三下四、战战兢兢的表情，这是他一向乞求和解的方式。

一切都在你的掌握之中，他说着看向自己的双手。那双手里什么也没有，空空如也。

王荆花总是在不知不觉中进入一些场景。杨楚明明远在客界，可她感觉他就在眼前，声音就在耳边。王荆花的害怕原本是藏着的，而杨素就像那个揭露真相的人，她的脸、眼睛、鼻子，都是证据。尤其她因为医术精湛而收获的名誉汇集成一股新的力量。村里人容易犯红眼病，红眼病就是嫉妒，嫉妒是会生出毒液的，会让他们失去最初的同情与理智。王荆花觉得正是离开客界的好时机，绝对不能让人翻出老皇历。杨素曾要求王荆花和杨楚搬到城里和她住，但杨楚不依。这次不同，王荆花不管杨楚来不来，她都要来。

楼下有开门的声音，是杨素回来了。进门时悄无声息，好像她需要刻意回避什么。王荆花赶紧下楼。

“今天我要加夜班。”杨素吃过晚饭起身离去。王荆花着急地追着她喊：“还有汤啊。”

“不喝了。”杨素只顾往外走，没有回头。

王荆花满腹心事，没有像平时一样殷勤地送女儿到门口。杨素没有注意到这些细节，她并非刻意怠慢王荆花，她以为自己给了娘富足的生活，以为自己是娘的靠山，以为王荆花需要的她都给得起。她按自己的方式和娘交谈，和娘相处。连她自己都没有意识到，她开始在意一些场景：那个站在桥下为人理发的退休老人，不顾风雨，那张收费五元的纸板插在他身旁的单车上，自在悠然的样子；那对站在小区前坪卖煎饼的夫妻，无论天寒地冻还是盛夏酷暑，都是一脸满足幸福的样子；街边那个鞋匠，十多年了，天天坐在一张小板凳上，手里总是忙活一双鞋，有时也兼修雨伞、炊具；那个踩着三轮车收破烂的小区老人，那个一年三百六十天不关店门的干洗店妇人……她都看在眼里，却不知道自己在寻找什么。

走进住院部七楼大厅，杨素看见墨兰正在拖地，老人的背愈发沉了，像压着磐石。

看到杨素，墨兰眼里流露出惊喜。这份惊喜并非因为杨素的出现，她们平时并不经常打招呼，有时甚至看见了与没看见一样。墨兰的惊喜源于杨素发型的变化，半披发变成了盘发。她有意走到杨素身旁问候她。她挨近杨素，看见杨素的左耳垂内侧有一块不规则的红色胎记，样子像极了蝴蝶。她的心一下慌了，身子发软，仿佛突然遭遇某种不幸。她反复看，咬住嘴唇不让泪流出来。

“你怎么了?”杨素看到墨兰的脸色突然惨白。

“没什么，我血糖低，一会就好了。”墨兰不敢再看杨素，身子像是突然被一股巨大的磁力吸走了筋骨，浑身没有任何可以支撑的力量。她弯下身子，装作清除地上的顽固污渍，她的手撑在地上，好让自己不至于倒下。

“你是不是没有吃早饭?”

“干完这活，我就去吃。”

“就去吃啊。”杨素说着走了。墨兰再站起来时，没有像过去那样追着杨素看，甚至哪里也不敢看。突然，她扔下拖把，跑进堆放工具的小杂屋。她扑倒在漆黑的墙角，掩面痛哭。

新上任的工头来检查卫生了，以“懈工”的名义站在大厅中央大声呵斥。若是换了往日，墨兰一定无地自容。可今天，她所有的神经都集中在一个人身上，其他所有人的任何行为都伤害不了她。为了摆脱工头的监视，她咬住嘴唇不让眼泪流出来，又用尽浑身的力气来拖地。她哪里也不看，来来回回地拖着。那天的七楼大厅比以往都要显得亮堂。工头满意地走了。

墨兰的工作区除了七楼大厅，还有七楼所有的过道。她像以往一样拖到杨素办公室门前，可身子不听使唤了，总是抖动，她只能借助于拖地的摇摆来遮掩此刻的异常。从门缝看进去，杨素正伏在办公桌上写字。墨兰的眼里噙满了泪，她多想冲进去，抱着杨素说，孩子，你是我的孩子，你一定不知道我是你娘吧？想到这一点，墨兰没忍住，眼泪掉了一地。她真想知道女儿是否也怀疑过自己的身世，是否寻找过她。

夜里人少，拖过的地板，待水分一干，到处也就清爽了。墨兰躲到离杨素办公室较远的过道里，那里有长条凳，她坐在长条凳上，倚着墙，暗自流泪。下班前，她又把大厅和过道清理了一遍。经过杨素办公室时，又仔细把她办公室门前的那块地多拖了几遍。这一次，泪水好像流尽了，只觉得眼中酸楚着。整夜她都睡不着，女儿还活着，明明是大喜事，可她不想告诉任何人，甚至觉得这是奇耻大辱，是背叛，是更多的痛苦加在她身上。

7

值夜班是件磨人的事，杨素不喜欢自己邋里邋遢的样子，常常会在次日上班前回家洗个澡，算上来回路程，她一般选择在凌晨五点左右离开医院，这是个让人能放心的时间。

王荆花并不知道这些。杨素到家时，她正披头散发地跪在客厅，擦拭地板。这样的行为并非第一次，她上床后睡不着就会再次起来。杨素却是第一次遇见，看着老奴般匍匐在地上的老娘，她有一种不祥的预感。

“娘，出什么事了?”

“人老了，经不起事了。”王荆花没有抬头，“素儿，要是哪一天你知道娘犯了错误，你会原谅娘吗?”

这让毫无准备的杨素措手不及。错误?原谅?两个关键词如同打开的门和走向的通道。她不想走进去，总觉得那将通向没有尽头的洞穴。可她却想到了一个病人，一个患有焦虑症的女病人。那个女人说杨素给她留下了丑陋的疤痕，她老公不喜欢她了，日夜打电话骂杨素，骂到高潮时，甚至说杨素因为嫉妒她漂亮动了邪念，在她身上做了手脚。今天，这个神经质女病人又打来电话。杨素有一种被人追杀的感觉，她从小就熟悉的感觉。王荆花时常“追杀”杨楚，仿佛某个魔咒施降，杨素脱口而出:“难道还有比你虐待我爹更大的罪?”王荆花的背驼得更低了，仿佛一件突然坠落的重物压在背上，让她不得不如此。

“告诉娘，你会原谅娘吗?”王荆花趴在地上，像个虔诚的佛教徒。

杨素告诫自己别节外生枝。她走到王荆花身旁，蹲下去，轻轻揽住她的双肩："起来吧，地上凉。"

"娘养大你不容易，你以后会知道娘的苦。"王荆花说得很轻很柔。这是杨素陌生的腔调，王荆花之前的语气总显得愤怒或质疑，甚至刻薄。虽然她对杨素的态度有别于所有人，小心翼翼，近乎讨好。可今天不同，像有什么神秘事情要交代似的，却又觉着不到时候。杨素想追问下去，可问什么呢？她站在王荆花身后，有一种咫尺天涯的惆怅，心一下就空了，揽住她肩的手慢慢滑了下来。

王荆花突然爬了起来，并没有看杨素，像是在躲闪什么，兀自拖着双腿上楼去了。她不敢回头，心里打满了问号和叹号，前者与那个女人相关，后者是与自己相关。走进卧房，躺在那一尘不染的藏青色棉布床单上，她解开自己的衣扣，用布满皱纹的双手抚摸双乳，它们也老了。有些事迟早会来，这人间就是一个大轮回，受苦和享福是轮着来的，此时得彼时可能就失去了。慌慌张张几十年，她时刻担心失去，也时刻准备着失去。思绪由不得她不去想这慌张的来处，想也暗暗地想，既不能大张旗鼓地逢人哭诉，也不能在左邻右舍面前数落清楚，所有与之相关的一切都得藏着。而这藏着背后，一半是辛酸，一半是怨恨。

算来是三十多年前的事情了。那时候，一个黄花大闺女有了身孕，是要人命的。未婚先孕的是墨兰，她不仅怀上了，还生了。一时，这孩子有来处没了去处。王荆花和杨楚结婚一年，肚子不见动静。可真要说假装怀孕或是生下个孩子，也是说得过去的。山里人并不喜欢搬弄是非，有人说天黑了大家就认定天黑了，有人说夜里有鬼大家也笃信不疑。正是如花的年纪，谁不爱那男欢女爱的销魂。王荆花她娘有心，夜里听过几回墙角，听出名堂来，却不好明说，也无法确定到底是谁的身子有问题。可眼下的孩子是实打实的，她煽动女儿先领养了这个孩子。王荆花并不真心喜欢别人的孩子，可这孩子是墨兰的，由不得她进退，除非她不管孩子的生死。好歹是条人命啊，王荆花想好了，先把孩子带活，总有一天这孩子还是墨兰的。

悲剧是如何产生的，找不到原因的人就会归结于自己命不好。记忆中，王荆花从没真正享受过男女之事，且羞于启齿，仿佛说出就是耻辱。但双方都没放弃努力。岳母说酒壮色胆，杨楚就时常喝醉，可来自身体的疲软对比欲望的难耐更让人悲伤。在杨楚身上，每个白日都是新的期待，而夜晚又是旧的折磨，这种要而不得的痛苦，只有身在其中的人才能感同身受。山里人没有离婚这个词，除非死，哪个人的婚姻都是从头至尾的。杨楚也因绝望喝过农药，可活过来时的羞愧比之前更加强烈，他看不起自己；可经此一难，反倒想透了，他就是王荆花的奴，她要与不要，他都是。

所有往事构筑成记忆的城墙，慢慢地，这城墙越砌越高。

王荆花常在深夜走进墙内，那些她害怕失去或永远不想再见的人，也在那一边，她时常想独自拥有这墙内的世界。我到底是该驱赶他们还是挽留他们？她和一些人高声争吵，甚至号啕大哭。醒来时却发现是在梦里，她也愈发惶恐。昼夜交替之间，她觉得自己一直在梦的舞台上。她想回到真实的世界，成为一个真实的人。

这绝不是独幕剧。舞台也不是唯一的——

在客界招待所里，纪鹰梦见自己终于找到了墨兰；杨楚在自家的木板床上梦见自己终于当了回男人，鲜红的花朵盛开，一簇又一簇；在潭州市的一间小平房里，墨兰梦见有人站在客界山顶叫她娘，她看不清对方，声音不时回荡在山谷，她就满山满山地找，山越走越深，最后看见的，除了山还是山。

杨素原本只想在床上打个盹，却做了一个噩梦。在梦里，周亚宁戴着脚镣手铐，披头散发，独自向前走着。无论她怎么叫，他就是不肯回头。

“亚宁，亚宁……”

杨素醒来时，满头大汗。王荆花站在她床边，一脸惊慌，眼里全是恐惧。

8

早饭是鸡蛋、包子加金瓜粥，粥上撒了一层黑色的芝麻，杨素吃到中途猛然想起一件事。她几乎把这事忘得干干净净。看来人们真是说对了，婚姻一旦出现问题，无论是谁导致的，都会让另一方恍惚。但此刻又回到了她记忆中，一时间让她手忙脚乱。

王荆花躲在厨房哭泣。虽然她有意压抑自己，可杨素听得真切。这已经不是第一次了。自从她进城后，每个夜晚，她几乎都要哭上一场。她尽量压低声音，尽力在女儿面前保持一副平和的样子。杨素常常不知所措，压抑却又身不由己。也因此，她选择了开车离去，逃离这种让人难受的处境。

站在门口看女儿开车离去，王荆花念念有词：大慈大悲救苦救难南无观世音菩萨，大慈大悲救苦救难南无观世音菩萨……她不知道为什么要说这句话，也不知道观世音菩萨这几个字怎么写，但这句话念起来顺口入耳，用它就好了。她想到女儿梦里喊出的声音，想着要给周亚宁打电话问他是否平安，却又在心里打算，赶紧去小区外面的地下通道，找那个瞎眼老倌算一卦。

周亚宁接通电话，没有出声，像是在等待什么。

“素儿昨夜怕是做噩梦了，早上醒来吓出一身冷汗。”王荆花藏了后半句——口里还一直喊你的名字。

“我今天回家去。”周亚宁看着窗外叽叽喳喳欢叫的麻雀，心里生出新的盼头。今天是他和妻子的结婚纪念日。换作往年，他早折腾去了。订花，订蛋糕，订酒店……可今天，应该是从昨夜起，他就一直不知所措，直到王荆花打来电话。

王荆花以为周亚宁会说些暖心的话，等了一会，什么声音也没有。她生气了。这孩子，怎么这么软弱，说让你走你就走，说不让你回你就真不回啊。杨楚也是个软弱的人，一想到这里，王荆花便没有了好脾性。她粗声粗气地说：

“你怎么还住外面啊？”

“妈，我能回来吗？素儿天天要拿手术刀，我住家里，她要是休息不好，那不是害了她？”

“也是的。可夫妻两个，床头打架床尾和呀。”王荆花说这话时，心里异常慌乱。电话那头沉默下来，王荆花在心里碎碎念叨着，我娘是寡妇，我是活寡妇，那杨素呢？王荆花一拍大腿，差点喊出大事不妙。

两个人都没有继续往下说。周亚宁听见楼下传来鞭炮声，是东边那户人家嫁女，电话里无语是不想让人知道心思的悲凉，窗户外面的热闹是恨不得要昭告全世界的兴奋，无声和有声，对比出心底的悲伤。周亚宁先挂了电话。他有心想要对妻子好，可一切都成了刻意。他觉得妻子不理解他，有意把事情推向复杂的境地。他离开她，也是身不由己。接那个项目，明明是奔着美好生活去的，结果却落得这个下场。眼下的一切都不是之前的设想了，心想再计划也是枉然，索性也不为今天计划了，横竖是走到哪算到哪。

这是煎熬的一天。

杨素想给周亚宁打电话，又觉得有失尊严。她把电话铃声调到最大，担心错过的心思加剧了这股委屈。电话响时，她心跳骤然加快。

打电话的是凡凡的班主任。史老师说凡凡在学校打伤一个男生。杨素以为自己听错了，反复确认，待对方说出更难听的话，她才羞愧地连连说对不起。

等电梯的耐心也没有了，杨素从七楼走楼梯，一级一级，下到一楼。这种匆促与慌乱，在她心里竟一刻也没有消停过，自从周亚宁没有帮史老师的儿子读上潭州大学，史老师的态度就变了。她开始怀念周亚宁在家的时光。可她恨他，正当她习惯于他下班后像个全职保姆照顾她和凡凡的生活后，他辞职去了宏景集团；即便成了设计院的首席设计师，他依旧一日三餐照顾她们母女。可他逃离她们去了C国。谁都没有正面意识到这一点——周亚宁在出国前拆洗了家里所有的被子，窗帘也送到干洗店，还叫来地板公司的售后人员给地板打蜡，厨房全部更换，用了最新最好的排油烟设备。

每当听到女人哭诉自己的婚姻不幸时，杨素并不会怎么在意，因为那都是别人的婚姻，干缺德事的也是她们的丈夫。那些男人没有一个是她认识的。报纸网络上的消息对于她来说不过是别人的噩梦。多可恨，杨素会说。那些男人确实可恨，但可恨的同时她又觉得他们同样有可怜之处。这样的情况无处不在，可她一直认为，他人的事情都在她的生活之外，与她没有一丝一毫的关系。

周亚宁学的是建筑设计，也真心热爱厨艺。白天在设计院做设计师，晚上在自家厨房里实践从外面学来的菜品，有时也自创菜品，自得其乐。他是陕西人，为了照顾杨素的口味，自学了不少湘菜，煎炒烹炸样样不缺。他说湘菜是世上最有人情味的菜，颜色的浓淡、辣椒的厚薄，能让人看出主人与来客之间的交情。他时常感叹过去的蹉跎岁月，甚至觉得自己在公司设计出那些毫无新意的作品都是可有可无的，而厨房这一亩三分地才是见证他才华的地方。那些时常在他内心显露的空洞与虚无也被这一亩三分地填满和充实。

下厨是我的爱好，周亚宁总是这样说。杨素喜欢听他这样说。周亚宁一刻没有放弃过创造，他仍旧渴望让人见证自己的设计才华。顿悟到这点是不便公开的，时间是某个黄昏，地点在黄小米身上。周亚宁仿佛为自己的背叛找到了出路，他告诫自己：我已厌倦那种一成不变的沉闷生活。他回忆过去时这种感觉更加强烈，他厌倦妻子每天拖着疲乏的身子回家，他无法忘记，当妻子匀称沉绵的鼾声成了起伏在她身上的伴奏曲后，心灵深处滋生的无法排遣的孤独。他不敢告诉妻子，他选择出国更多的是想找到一个出口。

杨素的顿悟来得晚些。家里的洗衣机罢工了，煤气、水电要续费了，她这才意识到，丈夫在过去帮她处理了太多的琐碎，她已经成了他的负担。乳房又痛了，从腋窝深处蔓延开来。

9

从安全通道口出来，杨素看见纪鹰正步入大厅。纪鹰是来找杨素的。从客界回来的路上，纪鹰心里诚惶诚恐，想再看个仔细。他不想因为自己一时恍惚而错过了什么。

看见纪鹰只会加剧内心的焦虑，也会因为各种不周到而加重自身的负荷，可杨素无法逃避。纪鹰已经看见她了，正微笑着迎面走来，距离越来越近。杨素在心里怪纪鹰不应该在这个时候出现，并感觉出有些异常，纪鹰明明是看向她的，可她在他的眼中看不到自己的存在。不能让他看出我心里的软弱，杨素在心里说，然后看了一眼手表，脸上露出不得已的表情。

“纪市长，我家女儿在学校出了点状况，老师在等我，我得先去处理一下。对不起了。”

纪鹰站在那，目光并不追随，可杨素离去的样子让他牵挂。他本是谨慎的人，自觉地和年轻女性保持安全距离，对于那种刻意献媚的女人，他不会露丝毫嫌弃，却也从不多看一眼。可杨素不同，她是特别的，她是他寻找多年的希望。他这样定定地站着，很平静，仿佛不经意的遇见，而心里却是波涛汹涌，看向哪里哪里都是杨素的影子。这么多年过来，看上去他的婚姻幸福美满，可甘苦自知；他经常能看见自己从心底漏出的光，而这光与客界有关。那年返城，也自此经历了社会大变革，一晃眼几十年过去，如鱼得水的仕途让他感觉所有的都在转瞬之间。而回想岁月，却不能不感叹它的漫长，他想得到的人，他寻找的人，一直没有音讯。他时刻都在寻找，从来没有放弃，任何的可能都被他当成过天大的希望捧着。慢慢地，所有一切都退隐到内心，潜伏成一个疤，这是谁也不能看谁也不能碰的一块伤疤。可这次，他打定主意要亲手揭开这道疤痕。然而，他万万没有想到，他想念的人和寻找的人恰在眼前，一个刚走，一个刚来。

墨兰正从电梯走出来，手里提着清洁工具，身穿绿色工装，映衬着她灰白的头发，看起来让人感觉很舒服。她原本负责七楼大厅和过道卫生，后勤看她干活扎实，又长得慈眉善目，特意把她调到一楼，负责住院大楼的形象工程。今天下雨，纪鹰从山上回来，鞋底沾了泥，走过的地方留下黄色的污渍。墨兰小心翼翼，生怕把拖把上的污水甩到纪鹰身上。她干活时从不看谁，即便不得已让人躲开时，也是低着头，一副谦卑的样子。

“同志，麻烦你让一下。”

“对不起。”

纪鹰说出这三个字时，像个机器人，他的心思全在离去的那个女人身上。他并不经常这么失礼。这个苍老的声音与他记忆中的那个人相差十万八千里，他挪开脚，出于礼貌，只是看了墨兰一眼。

对不起，有人和我说对不起？墨兰以为自己听错了，她刻意环顾四周，那些行色匆匆的人不在乎这三个字吗？怎么没有一个人停下来，是对我说的吗？墨兰一时有些感动，她想看清说这话的人长什么样子。于是顺着泥渍延伸的方向望去，只是看了那么一眼，她的身子就僵了。是他！怀着满腔复杂的情绪，她望着他依然挺直的后背，以及那头夹杂着灰白的头发。纪鹰像是感觉到了什么，他的头向旁边一偏，或许只是甩开遮在前额的头发。墨兰赶紧别过身子，继续低头拖地。等她再抬起头时，纪鹰早已不知去向。

躲进贮藏室，墨兰蹲在这片她能暂时拥有的空间里默默流泪。“我是一个死人。大家都当我死了。没有人希望我是活着的。”这样想时，耳边响起一个男人的声音，在经历日复一日年复一年的遗忘后，即便是从遥远的过去传来，对她来说也是沉重的打击。他站在她对面，侧身站着，仿佛急于转身离去的样子。他眼里有泪水，她过去倒不曾注意到。

“把孩子处理掉吧。”他说。

“你什么意思?”墨兰绝望了，“你不要我可以，怎么可以连自己的亲生骨肉都不要?”

“这次我再不返城，就没机会了。”纪鹰摇晃着她，“你知道我不是那样的人，可留下孩子，你就完了，我也完了。”

“全完了……”墨兰的声音沉入泥土，又仿佛看见自己的身影渐渐消失在无边的黑暗中。

“我一定会回来接你进城的。”纪鹰说得很小声，他是说给自己听的，他知道决定权在自己手里，而做出抉择的也是他。

纪鹰走了，墨兰没有送别，他有一种失落和凄凉的感觉。这种感觉在反复告诉他，你错过了一个机会，这一切终将无法弥补。

纪鹰走后，墨兰把自己锁在房里，明明是盛夏，她却浑身发冷，心里空荡荡的。

男人只是一头野兽。墨兰的继父说，他们只要一样东西。除此以外，别无他求。为了自己的将来，你必须看开点。

事情远没有这么简单，墨兰不知道继父已把她作为赌资输给了邻村的二癞子。二癞子家境殷实，除了好吃懒做，还爱嫖赌。交人的前一天，继父有意讨好墨兰，还主动说带她去城里找纪鹰。出村走了半里路，继父突然神色慌张，心怀鬼胎的样子。墨兰好像看出了什么，撒谎说忘了拴牛栏门，怕牛会跑丢要回家一趟。而继父唯一的值钱货只有墨兰和牛，墨兰已经不归他了，他不想连牛也丢了。几乎是确定的，墨兰朝坝子最南端那间老屋跑去。王荆花家老屋在山上，单门独户，这屋的女主人，也就是王荆花她娘，因与外来的货郎勾搭让村里男人丢了面子，村里女人自然是看不起她的，她也懒得跟村里人往来。这倒成全了墨兰，没有人看见她进了王荆花家。

夜里，继父和二癞子带领一群人冲进了王荆花家。村长也来了，他得了二癞子的好处。何况他还有私心。村长好色贪杯却也有些心计，当年还是屠夫时，就天天往乡里跑，他巴结的领导爱吃什么，他就送什么，年年如是，天天如是，就这样坐实了村长的位置。因为喝酒贪色他婆娘和他没少吵架，甚至会打起来，彼此寸步不让，都想一拳置对方于死地。鼻青脸肿着出现在村里时，有人故意问起，村长说是夜里喝醉摔伤的。他婆娘生性固执，又自恃读了几年书，挨了打就跑到乡里去告状，告也没用，常常怎么去怎么回。村里没有离婚的先例，村长自然也不好带这个头。后来，他婆娘执意要和他分家，一个住东面，一个住西面。他婆娘一副解脱的样子，对村里人说，他爱上谁就上谁去，我是懒得伺候他了。真是色胆包天啊，村里不少的小媳妇大姑娘他都想搞到手，搞不到手的，他就想方设法为难她的家人，有些人也因此改变心意。也有女人因为窥视村长的财富主动送上门。墨兰不同，她是死活都不会让他得手的，为此自然吃了不少苦头。村长一直伺机对墨兰下手，这次他自然是不会放过她的。

他们赶来时，杨楚正蹲在地上帮王荆花洗脚。他们进门搜寻，把桌子椅子推倒，橱柜、衣柜门拍得山响。很多年前，就在这个村里，他们可以用猪笼将活生生的女人浸入池塘，直至死亡。或许这是一个来不及成年的女人，还没有体验出什么是婚姻生活，就终止了生命。贱，还没结婚就干那种事。那种事，村里人说到男女之事时，就会使用这个字眼。村长有监督男女越轨的绝对权力，他常说苍蝇不会叮无缝的鸡蛋，那种事不会发生在良家姑娘身上。可他忘了，墨兰曾经因为拒绝他，差点用剪刀剪下他的命根子。

“给我搜！”二癞子说这话时看向村长。是鼓励的目光。二癞子一时觉得自己拥有了特权。

杨楚并不想惹事，可这事非同小可，二癞子站在眼前，一副狗眼看人低的样子。换了过去，杨楚会选择忍气吞声，这次他早有准备。“谁再动老子家的东西，老子让他吃这个。”杨楚从裤带上抽出柴刀。挥刀时，单臂划弧。别以为这事对杨楚来说就轻而易举，他咬紧牙齿才让自己不至于发抖。

二癞子退到三米远外，样子依旧嚣张，他跳起来骂杨楚，冇用的家伙，你闲得卵疼。要是让我发现是你藏了我的女人，我铁定砍断你的脚筋。

怀疑也没用，王荆花说没见过墨兰，杨楚说她早跑了。他们并不相信这两人的话，可也不敢闹出人命来。他们从不主动道歉，走时和来时一样嚣张。

二癞子不甘心，先是骂骂咧咧，不得已离开时，又指天画地地说，这事不可能就这样了了。后山有老鸹在叫，声音嘶哑像在哭泣。谁都没有说话，房间里安静得可怕。

墨兰是万万不能有孩子的，王荆花她娘在心里暗下决定。她上猪栏扒开稻草时，墨兰已经不省人事，下身全是血。早产！她凭经验得出这个结论。而村里唯一的接生婆是村长的侄媳妇，她只好硬着头皮帮墨兰剪断了脐带。因为失血过多，墨兰生完孩子后一直处于昏迷之中。

杨楚的舅舅是客界方圆最好的老郎中，王荆花她娘和他本是没有来往的，可这次她决定亲自去请舅老太爷来救墨兰。老郎中胆小怕事，尤其不愿意为了一个不相干的女人和村长作对。王荆花她娘附在他耳边说了不少细话，还说你外甥夫妇正值年轻气盛，为何一直没有怀孕的迹象？这话是软着说的，可实质是威胁，郎中自然晓得其中含义，荆花如花似玉，若是她狠心改嫁，杨楚这辈子怕是也完了。

老郎中一进屋就和王荆花她娘嘀嘀咕咕，两人暧昧的样子让王荆花感到害臊。她赌气摔门而去，而杨楚看出端倪，送舅舅回去的路上，舅舅又点醒他，有些事自己要懂得拿捏。回来后，王荆花她娘对杨楚说，孩子早产，断气了，你一个人悄悄去埋在后山，说着又把他拉在一旁交代了几句。刚刚还哭出了声，怎么说没有就没有了呢？王荆花半信半疑，她希望杨楚能给她些暗示，可杨楚有意看向了别处。

我的孩子呢？墨兰在意识昏迷中喊着。过去，她从没真正了解过自己的身体，也从没想过那些疯狂的欢乐会带来怎样的后果。孩子呢？她反复询问周围的人。他们望着她，谁也没说话。总得有人说点什么吧，王荆花骗她说孩子睡了，还说她身子太虚弱，过两天再看孩子。过了两三天，实在瞒不住了，王荆花索性说，孩子没了。没了？墨兰浑身发抖，她跳下床扑向王荆花，发疯般吼道，你说没了就没了。不行，我活要见人，死要见尸。

你一个黄花大姑娘，难道还想敲锣打鼓去村里找孩子啊？

村长和二癞子谁都想置你于死地！他们一旦知情，就会立即回到这里……王荆花的声音压得很低，却自含不可抗拒的力量。

墨兰脸上湿漉漉的，不知是泪水还是汗水。我的孩子，怎么说没就没了呢？墨兰只说了这句话，就再没有发出任何声音了。她躺在那里，感觉身子像被掏空了，看什么都不得劲，吃什么都没有滋味。眼前是铺天盖地的大水，孩子、爱人、她，全卷在洪水里，无论她怎么叫，他们都不应不看，只是越漂越远。

墨兰决定离开，她在浓密的夜色中奔跑着，穿过蕨丛，穿过田野，穿过树林……

手机铃声惊醒了墨兰，接着是一个男人粗鲁的声音在门外响起。她这才发现，自己正跪在工具房的地板上。她赶紧从地上站起身来，用衣袖擦干眼泪。她并不想走出这间房子，可她又不得不走出房间，走进过道，从七楼下来，走出电梯。

大厅的地面上又多了好多的黄泥印。

第五章

1

走进史老师办公室，杨素将手中的水果像往常一样递过去。史老师往后退着，分明是在拒绝。

“伤者的妈妈都等你半天了，你快看看男生头上的伤口吧。”

杨素心里一惊。她把东西放在地上，赶紧走到男生身旁，细心查看男孩头上的伤口。

说是伤口，有点言过其实，顶多也就是一个擦伤。但不管怎么样，凡凡打了人，这种行为总归是不对的。

“对不起。对不起。”杨素连连说。

“对不起管什么用啊，我家孩子都伤成这样了。”男孩妈妈说。

杨素看向史老师，希望她能给孩子一个公正的评判，可史老师压根没有看她。

“史老师，那我们家凡凡要承担什么责任?”杨素说。

“这事还得你们家长双方共同协商。”史老师一副公事公办的样子，完全没了从前的殷勤。杨素记得清楚，上次她帮史老师的儿子谭雷做手术时，史老师亲热地对她说，你就当谭雷是你儿子。这话过去还不到半年，声音还在耳边。

“这位家长，您说该怎么办？”杨素说。

“孩子总归是不懂事，可是我们大人得讲道理才行。”男孩妈妈翘起右手无名指，有意无意摆弄着那颗抢眼的钻戒。

“的确是这样的。”杨素也看向自己的右手，无名指上留有深深的戒痕，她后悔当时的冲动让自己失去此刻的颜面。

“这是我们上午带孩子去市人民医院做的检查，费用都开了收据的，你看看。”男孩妈妈把发票放在桌上。

“我想看看所有检查的单据。”杨素心想，八百元？不就是一个擦伤吗？一个碘酒棉球就可解决的事，他们竟然能整出这么多钱来。

“有些结果要后天才能取。”对方仍旧理直气壮。

“快六点了，晚上我还要上晚自习，你们尽快协商解决吧。”史老师不耐烦了。

“我想问问凡凡和那个男孩，当时到底是怎样的情况？”杨素直视史老师，语气冷静。

“情况我都调查过，事因就是男孩说凡凡也快成‘夹花生’了，凡凡把男孩推到了地上，摔伤了头。”史老师讲这话时，还在看作业，仿佛谈的就是一件无关紧要的事。

“夹花生？”杨素一脸诧异。

“班上的孩子称父母离异的孩子为‘夹花生’。”

她们注视着杨素，注视她的眼睛，她的手，每一处地方，每个细微的动作都不想放过。

杨素意识到了眼下自己的处境。身为一个骄傲的女人，难道就让她们这样长时间审视般地看着，让她们在心中猜想她接下来会有何举动，让她们随着她的变化而对她评头论足：她男人出轨了还是她红杏出墙了？

“胡扯！”杨素摇了摇不经意间跷起的二郎腿。

“你家的情况我们也不了解。凡凡动手总归是不对的。”史老师说。

“好。我给钱。”杨素心里打定了主意，一定给凡凡转学。她扯开手提袋，利索地从真皮钱包里掏出八张百元大钞。微笑着，尽管她感觉嘴唇在抖动，还是平静地把钱摆在男孩家长的眼皮底下。

不管怎么说，这短暂的几分钟里，杨素心里有过挣扎。她知道自己不能失态，那样就坐实了结论：她的婚姻真的出现问题了。原本还担心她和周亚宁之间存在的某些不确定因素会殃及凡凡，可今天这样的情形，凡凡注定受伤了。在这之前，无论是因为个性的固执，还是骄傲的内心，又或是顾及颜面，总之她不想接受丈夫出轨的事实，她不想妥协。可凡凡变了，她打人了。她甚至想，只要丈夫今晚表现良好，她就给他台阶下。

史老师清了清喉咙，她习惯用这个动作来引起大家的注意。以她之见，这次“谈判”该结束了。虽然她没说什么，但已经象征着完结。她站起身，杨素和那个家长也站起身，“谈判”就这样解散了。

2

从学校回到家里后，杨素做了以下这些事情：

走进浴室，脱掉衣服，用水冲刷自己，仿佛在冲刷一段历史。她擦干身子，换上新裙。

在化妆台上找到那瓶香水。上次忘记拧紧瓶盖，香水挥发得很快。她把香水洒到头发上，擦到耳垂，直到被皮肤完全吸收。她并不经常用香水，可每回收到周亚宁寄回的香水，她都会心血来潮并坚持用一段时间。她仍旧记得，有些特别的时光，她丈夫总会带给她惊喜。比如结婚纪念日。此刻回想那些细节，以为那是另外一个自己。像是某种惯性，她仍旧在准备，在等待。她不停地看手机，确定是否有信号，还一次又一次地确认座机是否连通。

王荆花像往常那样高声叫女儿吃饭。杨素没有回应，她还在等待。等丈夫打电话约她出去享受烛光晚餐。虽然许多事已经无法回到从前，可她依然记得过去的时光。

今天是她和他的结婚纪念日。杨素用了他，不加名带姓。她以为这样，就等于把她和他的现实世界隔离起来，便减少了痛苦和不必要的期待，谁知道他们回到过去的机会能有多少。因此，她坚持只说他。他，好像是一条神秘的通道，他可以是一个不确定的人。他可以是无数个对象。眼下她很期待，她想对他说。她会当作他听到了她的声音。可是无济于事，因为她知道他无法听见。

“素儿，吃饭了。”王荆花还在叫，声音比上一次更加响亮。

已是晚上七点，杨素反复查看手机，没有未接电话，没有短信。她陷入沉思，自己一直如信徒般忠诚于婚姻，又如猎犬般忠诚于职业。可她发现，无论是为婚姻还是为事业，无论承担了多少，贪婪的人性总是期待她能给予得更多。

时间一分一秒，过得飞快。杨素左右不是，她反复问自己：一个人犯了错误，是否就真的不能给他改正的机会了？我为什么不能主动打电话给他呢？还想保持矜持，或是继续巩固内心的骄傲。可那个女人从黑暗里走出来，嘲笑她，对她说出讥讽的话，还推搡她，说她是个虚伪得让人恶心的女人。杨素再也等不下去了，拨通周亚宁的电话时，心里打鼓似的“怦怦”乱跳，仿佛等待的是一场命运的宣判。

“对不起，您拨打的用户暂时无法接通，请稍后再拨。”

连续拨了十次，听了十遍自动语音回复。杨素像个被抛弃的小丑，垂头丧气。她不甘心命运如此，下楼驱车朝着某个方向狂飙而去。

“素儿，你去哪儿?”王荆花在后面追着喊叫。

来到周亚宁的公寓门口，她没有犹豫，用力将门窗拍得咚咚作响。门紧闭着，窗也是。反倒隔壁的门响动了，一个男人从门缝里探出脸，没有任何表情，淡淡地说：“你找周总吧？上午省检察院来了人，找周总谈话去了。”

“检察院找他谈话?”杨素希望他说出更多，可那个男人很快关紧了门，再无半点声息，连灯也关了。

“对不起，您拨打的电话无法接通。”杨素不甘心，一次又一次地拨打周亚宁的电话。

杨素站在楼道里，感觉这楼是孤寂的，没有一丝人间冷暖。偶尔能听到小孩的哭闹，倒也是平添了这里的生机。她走进电梯，觉出身子失重了般往下沉坠。她索性坐在地上，任由电梯往下。走出电梯时，一阵风刮得她身子摇晃，她本来就瘦，这几日折腾下来，也是愈发清瘦了。她突然发出冷笑，白日里单位同事表面上不问她为何突然这般清瘦，可背地里早已对一个中年女人的生活状态一清二楚。杨素想到一个细节：周亚宁回国当晚，他在午夜摸黑闯进她的房间，要求她尽一个做妻子的责任。她从头至尾像具僵尸躺在那，任他爬上爬下，但是并不成功，他和她在黑暗里吵了一架。为了避免吵醒王荆花，他们把声音裹在棉被里。他哭了，说自己是一个正常的男人，有正常的生理需要。继续找你的情人去啊！她毫不留情。事情都过去了，你还不依不饶。他几乎要跪下了。你能用盛过屎的饭碗吃饭？她冷笑一声。他无话可说，身子一阵阵地发抖，牙齿咬得咯咯作响。她仿佛什么也没发生，照常睡下，他掀开她的被子，双手掐住她的脖子低声咆哮，你是这个世界上最冷血的女人。

杨素从小就沉默，即便偶尔不得不在一些场景面前表现出热闹，可她的心里完全没有他人眼里的热闹。她时常找不到方法排遣内心的孤独，也不知如何轻松与他人相处。而今，听到单位里的同事议论她高冷时，她竟然能听出他们包含在这两个字里的心思并非只有无礼，仿佛更多的是羡慕。杨素突然很想见到周亚宁。她开着车，一条街一条街去寻找。眼前正是闻名全市的跳蚤街，那些勾肩搭背的小情侣们，三三两两，鱼贯般穿梭在她的眼前。

杨素不知道要联系谁来打听周亚宁的事。找梁子然啊！是菲儿提醒了她。之前，周亚宁有心撮合这两个人，可菲儿有火眼金睛，一见梁子然就说，你们就别糟蹋我了。

“出什么事了？”杨素打电话问梁子然。

“没出什么事啊？”梁子然支支吾吾，“你怎么这么问？”

“到底发生什么了？”杨素说得并不重，可她拖长的尾音能听出她的愤怒与焦虑。

“A 项目工地上发生了塌方事故，死了一名中国务工人员。”

“这和他有什么关系？”

“这次塌方，是因为使用了伪劣材料造成的。而这材料是由周亚宁拍板购买的。”

梁子然又说：“检察院找他谈话只不过是了解一下情况而已。”

“走过场，那为什么不找你，不找蒋磊？”杨素脱口而出。

对方沉默了一会：“也会找的。”

杨素开车去了江边，临水抱膝独坐。安若打来电话，说墨兰大妈下午一直没去上班。别出什么意外了。安若这样说时，杨素心里咯噔一下，仿佛意外这个词是含在心里由不得人来说破的。

不远处悬在江边广场上空的风筝像一条长相怪异的长龙，那随风飘荡的龙爪，像在觅食。安若又说了许多，杨素一个字也没听清。可她告诉安若，她会去墨兰的住处看看。

来到墨兰租住的平房前，杨素敲响门窗，不见回应。连续叫了几声，还是没有半点动静。

“你是哪个？”旁边房里走出一个七旬老人。

“大爷，我是墨兰的侄女，请问我姑去哪了？”杨素没想到自己会这样说。

“这老嫂子下午就收拾行李走了。说是家里有急事，房租交了三个月。才住了两个半月，还差十五天到期。她倒是留了句话给我，说是若有一个叫杨素的姑娘来找她，就说给她添麻烦了。她回老家了，以后不再来了。唉，看样子是个老实人。”大爷说完就进屋，厚重的咳嗽声从门缝里挤出来。

出于职业习惯，杨素想提醒大爷上医院去拍个胸片。可眼下，她也是多一事不如少一事了。

杨素没有心思再去打探墨兰为什么突然走了。仿佛一场缘分的终结。

深夜十一点了，杨素开车回家的这条路，春风吹过，夏雨淋过，秋叶拂过，冬雪飘过，她和丈夫一起走过。电台里正播放着肖邦的华尔兹舞曲，杨素的情感像岩浆喷涌而出。车内没有一丝空气的流动，音乐就这样肆意地流淌着，宛如来自天堂的指令。莫名的感觉，就像上帝的指令。那种感觉，不言而喻，她哭了。因为她想到周亚宁。这个时候，她不确定自己是恨他还是爱他。自从他搬回公寓独住后，她和他，谁也没有主动来提及那些事，可有些感觉又的的确确存在于他俩的默契当中，以及那艰辛迈过的一个又一个的坎当中，就如沙中之水。这时，她才重新发现，在这深夜静谧的音乐声中，她再一次看到了自己真实的灵魂，她并不想失去他。

回到家时，已是筋疲力尽。王荆花正在厨房，她自言自语，都去哪里了？周亚宁呢？他怎么还不回来？杨素悄无声息地上楼梯，又蹑手蹑脚地走进自己的房间。她没有开灯，和衣躺在床上，像她熟悉的尸体那样。

她感觉自己走进了一条隧道，一种纵深的幻觉，通过窗外的光影将不同时间不同地点的事件排列在一起。她需要光，否则她会感觉自己跌进了没有尽头的黑暗。光也不知从何处来的，像是一个移动的测光点，向左向右，向下向上，向前向后，谁在控制这个光点，她不想知道。可她清楚，若没有这条隧道，她就只能活在现时现刻。而眼下的时刻恰恰是她不愿驻足的。

但这正是她的所在，逃避不了。

时光如同陷阱，她深陷其中。她努力回忆和周亚宁相关的一切。想到那年暑假，她跟随他回到陕西老家。他在那里再也没有亲人。她跟着他踏进那口几近废弃的窑洞，在她眼前，只有摆在炕边的那口水缸，炕上破旧的草席，以及席子上那床无法辨识花色的被褥。她捂住鼻子，依然可以闻到室内沉积的腐沤。他花了四个小时，先是从别处弄来一缸水，又清理土灶，最后点燃枯枝荒草，为心爱的女人烧了一锅热水。当他将她抱进撒满枣花的缸里时，她发出尖叫，她看见了，他的双亲的遗照正摆在炕上。他抱紧她说，今天咱俩结婚。

这份珍贵，那时她并不真正懂得。直到亲眼看见村里人用淘米水来洗菜，再用洗菜水来洗头，接着用洗头水来洗袜子、洗鞋子，然后再将那浓稠如淤泥状的水倒进菜地滋润那棵在干裂的尘土中低垂的番茄树，她知道了，那夜她是他的女皇，他用当地最珍贵的方式送给她一缸水。

那些飘荡在黄土高坡上的嘹亮的民歌，村里四溢的枣香，都齐刷刷涌上杨素的心头。

她做了决定。她要去帮助周亚宁。王荆花在门外听见女儿隐隐的哭泣声时，她愈发恐惧。

风扬起窗帘发出沙沙的声音，卷帘拍打在墙上，一下一下。正是凌晨两点，人大都睡了，高楼上亮着的灯盏，如同黑色的天穹上失眠的眼睛。一切都安静了，却又似乎都醒着。比如这风这树，它们沉默的样子，和它们发出的声音，你难以辨别，谁睡了，谁是醒着的。

3

没有周亚宁的消息，杨素竭力隐藏着一切心思，可她还是自己暴露了自己。肛肠科所有人都注意到了这点。大家都在猜疑，即将上任的事实为何没能让主任精神焕发。护士站的几个八卦大师各显神通，而肥妹一句“官场得意，情场失意”统一了大家的思想。大家一致认为，主任已遭遇了婚变。

不远处的教堂传来钟声，杨素心里的钟声也在敲响：我是这个科室的主任，是所有医护人员和患者想倚靠的人，所以一定要保持镇定。

雨下了一宿，中医院开得正灿的樱花被雨砸落一地。她看着满地残败的花瓣，发出一声同病相怜的叹息。李铄正被一群二十岁左右的白衣姑娘簇拥着，走过铺满粉色花瓣的潮湿小径。又到了实习生如潮的时候，昨天已经安排好了，李铄负责带新来的实习医生先来熟悉环境。

杨素回忆着她初到时中医院的样子，那时还不叫肛肠科，叫痔漏科，带领她的是当时科室唯一的医生张建。一个既是主任也是科室人员的中年男人。张建不喜欢杨素是有原因的，从报到的第一天起，杨素就做好了随时离开的准备。虽然并没有确定的去处，可她怎么也不愿意将自己的人生和这里联系在一起。是什么让她这样心高气傲，是她以为的专业水平，还是她对现实看得太过清楚？总之，她从没有将讨好的笑容挂在脸上，也不叫张建老师。胡颖是和杨素同一年分来的，她和杨素不同，她来时欢天喜地的样子让张建感到一种从没有过的满足，左一声师父右一声老师，叫得张建心里舒坦。报到那天，三个人关系就比较微妙，杨素自己一边，胡颖和张建是一边的，她并不在乎这些，甚至有意用一种藐视的态度，将自己和张建，以及胡颖对立起来。今天是张建主任正式退休的日子，医院决定在潭州大酒店为他举行一场隆重的欢送仪式。按规矩院里会在本周正式任命杨素为肛肠科主任。

作为肛肠科新一任掌门人，杨素必须在欢送会上发言。她并不喜欢这样抛头露面，可安若说，你既当了主任，又何惧场面活呢？这话是开玩笑说的，听起来却也在理。杨素呆坐在书房，半日光阴耗尽，发言稿仍是一片空白。窗外有麻雀立在枝头，叽叽喳喳，它们的欢喜与自在着实令她羡慕，自然也牵惹出一些悲伤的思绪。她从来没有像现在这样牵挂周亚宁，这个真相让她感到心酸。

王荆花没完没了地唠叨，一时指责杨素，一时又指责周亚宁。在这座房子里，她什么也写不出来，有些东西明明想压抑在心里，却又铆足劲撺掇她生出愤怒，这愤怒并不具体针对某个人，似乎只是一团光影，所有相关的人都在里面。

来办公室是想寻得一份清静，可这里同样嘈杂。护士长传递指令，护士之间，护士与患者之间，医生与护士之间……，各种声音交织在一起。

“人家就是命好啊。就算张主任再怎么提携胡医生，也敌不过人家有院长撑腰。更何况现在又成了市长身边的红人……”

“别瞎嚼舌头。人家杨主任在创办肛肠科时可是立下了汗马功劳的。”

她们在背后议论着杨素，以为她听不见，就肆无忌惮地什么都敢说出来。杨素熟悉她们在她面前的恭敬，也就更能感受到此刻的凉薄。客界人是最口无遮拦的，也习惯于由着性子说出心思。常常三五个女人凑一起说长道短，明明发毒誓不得外传，可转身就传到了另一张嘴里，不久便传遍全村。杨素打小就习惯了这样的流言，自然也就不放在心里，她放轻步子，若无其事地悄悄从厕所里出来。

换个地方还是不称心，她感觉自己在生气。那些人呢，那些甜蜜蜜叫你亲爱的，一直把你当摇钱树的人呢，他们都去哪里了？这些人是有明确指向的，可她不愿意说出他们的名字。她安慰自己，你才是他周亚宁的亲人，你不应该觉得委屈。她又想起他的好，她愿意把他往好处想，可打听不到他的任何消息，杨素有些心灰意冷。像是在寻找什么，她去了医生站，去了病房，神色匆匆地走来走去。不管有没有人，总是有些声音在她的耳边响着。

“请问杨主任在吗?”匆匆爬上 7 楼的患者在主任室门口打探，又去了护士站。

“杨主任上手术去了。”护士答。

“那我等她。”病人说得肯定。

“杨医生不来了吗?”病人又问，有些着急了。

“杨医生去哪了?”是另外一个病人在问。见没有人回答，病人就掏出了电话：“胡颖医生，你在吗?”

“噢，我不在。你们找杨主任。”这是电话里传出来的声音。

这些声音不知从哪里飘来，越来越近，越来越稠密，围绕在杨素四周。而她眼前，忽然浮现一个男患者的身影，是那日去江县民族医院出诊时看到的。男患者蜷缩在手术台上，摊开的双手和身体摆成十字架的模样，仿佛在等待人救赎。

这些声音，是杨素从前不想听到的，而今天却听出些非同寻常的味道。她回到办公室，发言稿一气呵成。

4

李铄领着实习护士上楼来时，杨素正准备写下周的工作计划。她听到李铄在对她们说，你们现在没有具体的办公室……她想到自己的办公室，钉在门上的牌子，写在科主任前面的“张建”很快会换成“杨素”。她突然感觉一种无以言状的情绪交集在胸口，失去与得到，在这一刻竟显得异常复杂。肛肠科没有人知道杨素过去真正经历过什么，这一直是个秘密，可她知道，自己从小就不是一个真正意义上的好孩子。

十岁的时候，她用小刀把一棵碗口粗的桂花树拦腰剥掉一圈树皮，树的主人是个鳏夫，他一直骂她家是“绝代户”，一个月后，看着鳏夫抱着悄然死去的桂花树号啕大哭时，她躲在被窝里发出狂笑。十二岁时，她将自家的农药倒入池塘，池塘是隔壁那个斗鸡眼男人的，次日池塘里浮起一层死鱼，她看着他脱下裤子，跺着脚在池塘边撕心裂肺大骂，她却希望在他下面那根形如香蕉的器具上涂上一层蜂蜜，然后引来蚂蚁啃噬他。十五岁那年，她收到一封情书，是班上最聪明的男孩写的，她故意将它放在语文老师的备课本里，那个男孩因此一蹶不振，直至被迫转学，她心中竟无丝毫内疚。

杨素心里慌了，明明在写下周的工作计划，笔却着了魔，变成了画笔。周亚宁的头像盘踞在纸上，眼镜扔在一旁，眼珠子几乎要掉出来，一副惊恐万分的模样。她不知道为什么会画成这样，周亚宁很英俊，不只是她这么认为，可是有时候正是他的这副好皮囊令她十分烦恼，她深信这加剧了他的傲慢自大，也加剧了他令人妒忌的自信。他们走到一起，从某种意义上说是“异性相吸”的结果：杨素身材高挑，皮肤白皙，头发和眼睛乌黑；而周亚宁呢，也是人见人爱的。周亚宁没有出国前，杨素没有觉得外表潜伏在他俩身上的风险有多大，直到接到陌生女人电话，收到陌生电话号码发来的照片时，她就再也无法心安理得享用别人的赞誉了。什么郎才女貌，美好生活不同样背离她而去了？

“李铄，李医生，去看看 15 床病人。”杨素听见护士在喊叫。

杨素站起身，又坐下。她提醒自己，李铄已经能够独当一面。

李铄是肛肠科为数不多的毕业于潭州医大的研究生，可他本科就读于潭州大学法学院。杨素记得，她的伤寒论老师曾经说过这样一段话：对患者病情的精准诊断并不只是靠经验就能达到一定的高度，此外还需要天赋，这种天赋等同于我们对某些在艺术上有所成就的人们的肯定，他们是具备独特天赋的人。在医学诊断方面，除了经验与学术的积累，同样需要拥有某种独特的天赋。李铄是否具有“某种独特的天赋”，杨素还不确定，或者说他还需要经历时间的考验。

李铄是跑进病室的，15 床老人喉咙发出的声音令他恐慌，仿佛老人随时都会断气。“李医生，我父亲从九点钟开始一直高热，恶心。”说话的男人四十来岁，衣扣散开，露出浓密的胸毛。出于职业习惯，李铄扫了一眼手表，九点三十分。

“还有其他什么反应吗？”李铄感觉不妙。

“刚才还吐了。一直叫痛，没精神，只想睡觉。”

“扶你父亲去检查室，我帮他检查一下创口。”

李铄没有直接去检查室，而是转道去了主任办公室。见主任在，他暗自庆幸。

“杨老师，15 床精神状态有点反常。”李铄说话的语气像个做错事情的孩子。

“把他的辅助检查结果给我看看。”

所有的指标都存在异常。杨素想说李铄你胆子也太大了，看出李铄额头已冒出细汗时，又担心话太重让他紧张过度。他们一同来到检查室，她亲自检查了 15 床的患处，又重新审阅患者的检查结果。

“脓毒血症。”十分钟后，杨素说出了她的诊断结果。

“什么是脓毒血症？”胸毛男一边双手交叉挽袖，一边气势汹汹地说，“医生，你给解释解释！”

杨素没有理会他，只顾对李铄说：“去通知胡主任，立即组织会诊。”杨素的表情比平时更冷静，这是信号，李铄预感到会有不好的事情要发生。胡颖赶来时，一身臭鳜鱼的味道。

“从刚才检查的情况来看，我认为患者已不是一般的肛周脓肿，而是脓毒血症。”杨素说。

“血象高，血小板低，现在又发热，呕吐，头痛，嗜睡。”胡颖看检查结果时读出了声，“我同意杨主任的诊断。”她还说：“尤其要考虑患者年岁已高。”

“事不宜迟，15 床需要及时予以切开排脓，以防止脓毒血症扩散引发感染性休克，加重病情……”杨素的话还没有说完，她的手机响了。她按了拒接，又接着讲。这样重复三次。她才接通了电话。

“素儿，刚才学校打电话来，说凡凡不见了，通知我们赶快去找凡凡。”王荆花急得在电话那端又跺脚又发毒誓。为什么要发毒誓，是老人觉得有些事开始灵验了。她把过去的事和眼下的事混在了一起，分不清了。

王荆花进城没几日，摆在露台上的那些坛坛罐罐里的花草，不管死了的还是活着的全部拔光，种上青葱、紫苏、黄瓜、辣椒……唯一幸存的是一株三角梅，枝正茂，花正灿。王荆花看着它们，自然想到了自己的十八岁。花瓣上的那些红仿佛当年挂在她脸上的红，可有时却又生出恨，她心中期待的那抹鲜红——原本应该盛开在她身下的那朵红花——被别人抢去了似的。昨夜一场大雨，花瓣落了一地，早上清扫时，她没头没脑地咒了句“花无百日红”。她诚惶诚恐，以为是嘴贱招了祸。

凡凡不见了？杨素望着窗外，看不见天空飞过的白鸽，却看见那个驾着一台破旧的摩托车奔走在祖国广袤而荒凉的土地上寻找儿子的农民，那个在上学路上遭遇喝醉的老男人糟蹋的韩国小女孩。她努力维持表面的冷静，轻声安慰她娘：“不会有事的。”

杨素固然性格坚强，仍不禁为近来接二连三发生在自己身上的事感到沮丧。此刻，她感觉如此孤单，却又不得不强装镇定。“这个手术由你主刀，李铄协助你。”杨素看向胡颖，胡颖没有回避她的目光，两人不再像从前那样即便对话也从不看彼此。

“马上去安排 15 床检查，验血，照个 CT，结果出来后，找家属在手术单上签字。记住，强调患者年岁已高，手术时可能会出现的风险要向家属交代清楚。”杨素单独交代李铄，最后还强调了一句，“这可是你的第一例手术。”

注射麻药前，15 床还算平静，针扎进他的身体时，像拔开了瓶塞，咳嗽撕心裂肺。肛肠科并不多见生死攸关，可在场的人都在害怕，仿佛他们所有为 15 床实施的行为只会令他更加痛苦。他会因此而死去吗？胡颖感觉手里正捏着些易碎的东西，赶紧询问：

“大爷，还受得起吗？”

“还受得起。”15 床一直咳嗽着，他点点头让人看出他想表达的意思。

胡颖示意李铄：“给予双氧水冲洗。”随后，她又在切口处放置三黄纱条引流。

15 床并没有呻吟，可他的呼吸声让人感到恐慌，如同一个拼命向前奔跑的人。他到底要跑去哪里，人们轻易就能想到答案。

胡颖总感觉鼻根飘荡着陈腐味，即便在这消毒水味浓烈的手术间依然清晰可辨。她打小生活在南方的筒子楼里，一到三月，只要连续下几天雨，楼道里经久不散的就是这股味道。

十年前，正是三月淫雨时节，筒子楼里一个邻居，七十岁了，瘫痪近十年，大家叫她徐大娘。徐大娘肛周脓肿，又臭又难受。徐大娘的家人送老人去了医院，医院都不接，又来求她为老人做手术。她原本死活不接，可徐大娘的儿子说，不做是生不如死，做了也顶多是死，要她不要怕，还写下字据说决不找医院和她的麻烦。最后，大娘还是死在了手术台上。徐大娘的儿子一点都不难过，还说感谢她帮他娘解脱了。可从此以后，胡颖只要在手术室面对高龄患者，就会不由自主地闻到相似的陈腐气息。

今天，胡颖又闻到这样的气味。这么多年过去，她依旧无法从曾经的阴影里解脱出来。可见，她在害怕，她怕做手术时老人突然死去。如果那样，无论如何都是脱不了干系的。看着护士将 15 床用推车送往病房去了，她才如释重负。可她依旧能听见老人从喉间发出的呼吸声，那么混浊，感觉像有人掐紧了他的脖子，让他喘不过气来。

5

见到史老师后，杨素的担心才愈发明显。

史老师说出的每一个字都具有明显的指向性——凡凡独自离校的责任完全归咎于家长。杨素十分苦恼，她怀疑自己的教育方法是否有效，她并没有归咎于自己过于繁忙的工作，以及对凡凡近乎敷衍的陪伴，而是怪罪于某种她说不清的东西——“如今的孩子不比从前了。”王荆花时常就是这样抱怨的，杨素想为此刻找到借口，她突然觉得挂在王荆花口头的这种说法存在某种合理性。

不远处传来紧急的刹车声，杨素心里一沉，满心满脑，浮现出人车俱毁的场景。等走上前去才看清，是一辆豪车冲入路旁的花坛，司机倒在驾驶座上不省人事。她没有像以往一样扒开围观的人群冲上去充当天使，而是自言自语，我得赶紧去找我的孩子。

正是下午放学的时间，到处都是孩子。可凡凡去了哪里？

杨素想到了一个地方。

周亚宁出国后，凡凡时常央求妈妈带她去潭州大学。校园内有一面专门用来介绍优秀校友的荣誉墙，凡凡总是非常自豪地指着周亚宁的相片对过往的人说，这是我爸爸。

曾经的风光仿佛还在眼前。

那时，周亚宁设计的作品获了大奖，奖金不菲，他就用这笔钱买了别墅。“老佛爷，这是微臣的一点心意，望您笑纳。”周亚宁把别墅的钥匙交到杨素手上时说。可他们住进别墅不到一年，周亚宁就出国了。虽然周亚宁身处异国两地分居，可她自视彼此感情依旧，家里摆设也是他出国前的样子，一点没动过。

可变化来得突然，如同刚才的车祸，所有的风光都有可能被瞬间摧毁。有时想着，不知道前面等着自己的到底是什么。杨素忘了刚才的车祸，像个逃生者仓皇穿梭于车辆之间。有人咒骂“赶去投胎呀”，她全然不顾，依然疯了般往前开车，只顾向前。可真正走到那面熟悉的墙前，她又无法接受眼前的事实：原先挂周亚宁照片的地方空了出来，左右照片里的人依旧春风得意。她看着过往的人，没有人为此驻足，只有三两麻雀散落在墙根，跳来跳去。

杨素再次打电话回家，仍旧无人接通。她感到一片茫然，眼前人来人往，车流不息，她却不知道要去哪里。周亚宁目前的处境是不确定的，她和他的婚姻是不确定的，凡凡未来是否能有一个幸福完整的家也是不确定的……

杨素听得见自己呼吸和心跳的声音。不要怕，相信自己，你一定可以找到回家路，她在心里和凡凡对话。当回到小区时，小区保安好心问候她，你的脸色苍白得像张纸。这正是她此时的感觉——苍白，精神颓废，四肢无力。她看见凡凡正可怜巴巴地蹲在家门口，头埋在双膝间，而身旁那个几乎要将她淹没的大书包是周亚宁从国外寄回来的。杨素再也控制不住，她哭喊着扑了过去，双手铁环般箍紧了凡凡。凡凡感觉自己几乎要窒息了。凡凡挣脱了妈妈的怀抱说：

“他们为什么不挂爸爸的照片了，妈妈，你知道吗？”

杨素猜想，可能是周亚宁出事后，学校就不再挂他的照片了。但说出来的却是：“因为墙壁不够用了，别的叔叔阿姨也要得到表扬啊。”听上去是平常的语气，可心里却是泪流满面了。

凡凡没有像以往那样不停地追问。凡凡是个敏感的孩子，几次从学校回家，不仅没有见到爸爸，妈妈和外婆竟然也从不提及。她不敢问，也不知道怎么问。杨素看着凡凡，凡凡也看着她，孩子的眼神里有一种让人泪下的失落。由着性子逼周亚宁离家出走时的决然，让她在此刻生出深深的悔意。杨素在单位时常常会顾及大局，亦懂得彼此成全。她看出自己的固执，也看出自己身为女人的狭隘与胆怯，她有了新的打算。她看着家门口的桃树，那是周亚宁种下的，虽然有些枝叶已经残败，不及邻居家的海棠那样茂盛，但主干依然是鲜活的青色。只要周亚宁平安回家，我一定不再恨他，我会做出某些努力来恢复合法妻子的权利。她在心里做出了决定。

可她忘记了王荆花。

王荆花哭哭啼啼围着小区周围的街道绕了三圈。第一圈，她被那个一边接电话一边开电摩托车的年轻男子撞倒在那个没有封盖的下水井旁，她趴在下水井上看着那些漂浮在水上的污物，身子一颤，面色如灰，仿佛凡凡已经跌进井里，漂浮在污物里了。

第二圈，她和一个扫马路的女人破口对骂。那个女人因为王荆花踩乱她扫成一堆的落叶，有意将路旁的污物朝她身上扫去。当围观她们对骂的人堵死人行道，招来城管，要处罚她俩每人五十元时，扫马路的女人瘫坐在地上哭诉，王荆花趁机溜走了。

第三圈，王荆花追着一个女孩，一前一后，走过一条马路，绕过一个圆形花坛，又穿过一条马路。女孩突然回头停在王荆花面前说：阿姨，你认识我吗？看着她唇红齿白，王荆花试图用长满老茧的手抚平自己脸上的丘壑。只是背影像凡凡了。她长叹一声，转身离去。

王荆花并不知道自己一直在原地绕弯，一路上，她喊魂般在嘴里碎念：我的孙儿啊，你可要回来啊。明明感觉累了，可她坚持往前走。至于怎么回到小区的，她永远也解释不清楚。

开门看到凡凡和杨素，她身子一软，几乎要瘫倒。杨素扶她进房，安顿她洗澡。王荆花躲在浴室里一直流泪，那天在女儿办公室门口碰到的那个男人就是黄志明，所有她害怕见到的人正在慢慢向她聚拢。没有风，她站在半开的窗户前，撩起窗帘，这时外面已经看不见人影，可她总觉得有双眼睛躲在暗处偷偷打量她。

杨素正想承诺以后要多陪伴她们，李铄打来了电话。她听出来了，这个年轻人正在恐慌之中，她一向冷静，却也感到工作和家庭交织带来的疲惫。

6

半小时不到，杨素就赶到了病房，她走进病房，靠近 15 床患者时，留意了一下手表，18:31。刚刚赶来会诊的心内科、呼吸内科专家立刻和她一起参与对 15 床患者的抢救工作。坚持了不到十分钟，李铄在一旁说：

“患者意识已丧失。”

“呼吸停止，心跳也停止了。”

杨素不甘心，大声喊叫：“赶紧进行胸外心脏按压，高流量面罩吸氧。”

18:36，15 床患者心电图呈一直线，全心停搏。

30 分钟后，杨素说：“通知家属。宣告死亡。”

“手术前他儿子突然不见了。”李铄说。

“病人家属签字了吗？”

“左右联系不上家属。患者又神志昏迷。我本想术后再补签的。”李铄语气慢慢低下去了。

“我走之前怎么强调的。”杨素心里咯噔一下，“去把家属找来。”

杨素并不害怕，她冷静回想，死者生前已经得到了科室最大可能的救助。可她总感觉心里装了块石头似的。

“我爹是被你们误治死的，你们休想推卸责任。”“胸毛男”不知从哪里冒了出来，他挥舞手臂击向杨素。李铄冲上来挡在前面，拳头落在了李铄身上。

没有家属签字，没有医院领导、部门领导签字。铁定了算医疗事故，这是杨素在非常理智的情况下得出的结论。她希望能得到患者家属的理解，毕竟科室尽了救人的最大努力。可此时，“胸毛男”已经变得疯狂，和他理论只会令他越发暴躁，甚至失控。杨素并不怕他。她见过他在 15 床患者前大口喝酒大块啃肉，见过他在医院楼道和一个穿着暴露的女人搂搂抱抱，也撞见过他扶着父亲如厕时一脸嫌恶的表情。可真正需要他的时候却失踪了。她担心“替父亲讨回公道”成了他别有用心的幌子。

保安赶来了，他们把这个男人团团围住，用集体的力量隔离他。

不断有人拥向大厅围观，这让“胸毛男”愈发兴奋。“医院治死了人，就得承担责任。”他像个获胜者，表情得意，似乎在说，你们敢拿我怎么样？

与此同时，李铄的手正无法控制地抖动。他跑到洗手间，缩在墙角，把头埋进双臂，掩面痛哭。

杨素留意到了李铄的异常，尾随他进了男洗手间。“保持镇定，你未来的路还很长，该谁来担责任，怎么担，自会有人评判，但你也不能先给自己扣上帽子。”他的手还在抖，被杨素紧紧地握住，“生死交替一瞬间，救死扶伤是我们医生的天职。只是有时天意难为。”

李铄整个人看上去吓破了胆似的，听杨素这么一说，他赶紧擦干眼泪。

“你知道有致命伤吗？你们的家属签字呢？你们是未经家属同意做的手术吗？”杨素不希望他觉得自己是无辜的。

“左右联系不上家属。紧急情况紧急处理，救人是第一位的。我本想术后再补签的。”李铄不服气。

“急诊可以本人签字。如果本人是文盲或是神志不清，又确定需要急诊手术的，可以报医务科和卫生主管部门审批，这样才可以在没有家属签字的情况下手术。”

“我以为家属一会就来了。也没有想到他会死。”

“幼稚！”杨素本想说出更多的批评，她的电话响了，是李院长打来的：“小杨，这都几点了，怎么还没来啊。”杨素支支吾吾：“院长，科里出了点状况，耽搁了……”

“马上出发。”李院长不容她解释。

“真是来不了了。”

“你别告诉我你们肛肠科死人了啊。”

“还真是这么回事。”纸是包不住火的。

“属于医疗事故?”

“值班医生有一定的责任。”

“值班医生是谁?”

“是……”杨素的舌头像打了结，吐不出“李铄”两个字。

“是李铄。对吧?”李院长意识到了什么。

“我也有责任。”

“家属反应激烈吗?”

“有点难缠。”

“那你先稳住现场，我很快就过来。”李院长是一个非常聪明的人，所以他十分清楚，杨素一定会拼了命去保护科室和医院。他把胡颖拉到一边，告诉了她杨素之所以没来的原因。胡颖脸色一下变得惨白，她清楚这件事与她脱不了干系。可此刻，没有人因此来指责她，她讨厌的杨素正在医院里被一群失去理智的患者家属责难。她回到张建身边，在一种特定的力量的驱使下，用更大的热情去参与这场欢送。但是有那么一会儿，她根本无法进入这种欢愉的氛围，并想逃离这里，骗大家说是家里出了急事。可她还是坚持了下来，自始至终，在张主任的欢送仪式上没有透露任何不好的信息，整个欢送过程看起来如刚才一样和谐欢乐。张建感动得几次眼角湿润，他庆幸有这么一个好徒弟，却偶尔也往门口张望。胡颖知道师父在盼着谁来，她不想因为杨素没有到场，而让师父心里感觉出人走茶凉的失落。她像个独幕剧演员，为师父唱歌，致声情并茂的感谢辞。所有在场的人都夸张建有福气，有一个这么好的徒弟。

胡颖不清楚，或者也不想知道，自己这火一般的热情到底在图什么。一些曾经想过却一直回避的问题在心灵深处浮荡。她曾经多次人前人后说杨素的不是，有些是真实的感受，有些是捕风捉影后的夸张之词。实际上，她意识到自己说出的那个人与她认识的杨素完全不是一个人，可她只有那样去编派，才觉得心里好受，才觉得自己并不比她差，甚至觉得自己因此而显得比她干净。胡颖知道周亚宁出轨了。她之所以不说这件事，是因为这样才能使杨素更难受，杨素必须竭力维持自己在科室幸福妻子的形象，也因此会消耗更多。她总觉得，科室主任的位置，她还抱有一线希望。她对比自己和杨素，如果换做自己，她是不是会像她这般冷静，是不是对她胡颖毫无指责。她无法确定自己可以做到这一点，也因此第一次生出愧疚，甚至心里有些害怕，觉得自己因一己私欲背离了选择行医的初衷。

杨素发短信给李院长，要他在六楼下电梯，然后走安全通道上到七楼。看见李院长从七楼安全通道口走出来时，杨素走近他低声说："申请医疗事故鉴定吧，责任我来担。"

"患者家属稳住了？"李院长一脸凝重。

杨素并不回答，只是点了点头。

"先安排我和患者家属见面谈谈。"李院长径直朝杨素的办公室走去。

事情很快了结。三天后的中医院医疗纠纷调解办公室，没完没了的争吵与讨价还价。二十万！死者家属一口咬定这个价。杨素有些愤怒，但明白此刻不能拒绝。医院需要她的合作。而肛肠科也不能因为这起纠纷而陷入没完没了的纷争之中。

真是太过分了！这件事压在肛肠科所有人身上，除了沉默，工作上也心不在焉。唯独杨素表现得异常积极。杨素心里藏着一个秘密。

一个失眠的夜晚，杨素在肛肠科的大检查室恍惚看见已故的15床，正侧身躺在检查床上，一把不知从哪里冒出来的小刀正慢慢划开他的创口，那些自肛周流出的脓血清晰可见。她不打算把这些告诉他人，却在两天后收到李铄的请假条，李铄说想休假一周。问他为什么，他却吞吞吐吐，道出真相时，杨素也感到害怕。李铄说，他也在病房见过已故的15床。他向李铄伸出枯瘦的双手，喉咙里咕噜的声音像拉响的破损的风箱，可李铄还是清晰地听见了那两个字：救我！

李铄休假后，杨素在私密日记中就这次医疗事故进行了反思和自我批评：

1. 值班医师未落实首诊负责制，心电图等重要理化检验资料未完善；

2. 入院后对病情的复杂性和严重性认识不足，值班医师未下病危通知，未给I级护理；

3. 患者收院后，未请示上一级医师指导诊治；

4. 诊断为脓毒血症，未加强抗感染，患者存在多器官功能不全，手术前未请相关科室协助诊治；

5. 未对明显异常的理化检验结果进行评估分析；

6. 未对手术的必要性和风险性进行充分告知；

7. 各项理化检验明显异常，沟通不及时，告知不到位。

在日记的最后，杨素用红笔写下这样一段话：与我同一年执刀手术的胡颖，为何在这例手术过程中，没有任何预见性措施？抑或她过分信任于我？难道她和李铄一样都因为急于救人而忘记了术前要走签字流程？

为什么要这样猜测对方？杨素曾经听科室的人背后叫过她“闷猪”，这个称呼特指不喜欢说话的人。她突然发现因为自己不喜欢沟通，造成了许多误会。实际上，她和胡颖的问题并没有多严重，她们见证彼此最好的年华，她们在同样的岗位共事这么多年，没有什么不能说开的。有了这番认定后，杨素觉得心里既踏实又敞亮。她当即给胡颖发了一条微信：我们谈谈。

好！胡颖很快回复了她。

7

周亚宁从人间蒸发了。杨素四处打听，一无所获，没有任何音讯。她不知道他犯了什么事。一定发生了什么事情，否则的话，他们干吗关着他。他一定知道什么他们想要知道的东西，她想象不出他到底还有什么事情没有交代清楚。

杨素手里捏着一张小纸片，上面写着一个地址。按照路牌的指向，她来到一座庭院前。一座古色古香的南方小院，青砖红瓦白墙。小院正门地面铺的是六角形青石板，石板上有高低不一的凹纹，每一寸石面都泛着丝绸般的光泽。门口保存完整的拴马石验证了她的猜测，这是一座隐没在江枫山丛林之中的古宅。

已经迟到十分钟，杨素自觉失礼，犹豫着要不要改天再来。她倚着院门前的枫树，看叶子一片一片被风吹落。抬手敲门，没有人回应，门虚掩着，她径自推开门走了进去。

悠远清脆的古筝声伴着荷香，如淡墨般慢慢浸染了庭院的每个角落。环池而立的几株垂柳，如婀娜多姿的少女随风扬起轻曼的身姿。一线青流，从荷池边的小风车上缓缓流出，细细的流水声听起来格外清爽。盘旋在亭台楼阁中的青石板路上长出一层细细的青苔，一丛碎碎的小蘑菇淘气地立在青苔上发出诱人的光泽。石宅西南角有一条鹅卵石小径，颜色新鲜，没有磨损的痕迹，应该是新铺不久的小路。此刻，在进入这院子时，她发现自己的焦虑与痛苦早被抛到了九霄云外。她摆脱不掉被请进纪鹰家中的敬畏感。

纪鹰躲在院子一角，打量杨素，也因此显得神秘。她穿着青花瓷图案的旗袍，曲线分明，一头栗色的直发在夕阳下发出珍珠般的光泽。他知道自己不应该有非分的冲动，她只是看上去像墨兰，并非某个他能确定的身份。他在期待，如果是那样的话，他至少可以抱紧她，亲抚她的头发。

他继续看着她。杨素面容苍白，神情疲倦，眼神中透着几分不安。他几乎可以笃信，甚至无须熟人证实或医学鉴定，眼前的女人并非陌生人，他早就认识了她，他们血脉相通。他的胸膛像是被什么划开了，一面窒息得难受，一面又有一种突然释放的轻松，他需要给自己一些时间来平息这股即将把他淹没的洪流。可他又是多么渴望一场洪流来冲击他，甚至裹挟而去。

昨夜，他寻出所有当年寄给墨兰的信。当年，一次次写信，一次次被退回，去旧地寻找，也是无果。他一个人生活得太久了，渴望有个家。不，这不是他背叛她的理由。后来他娶了卓凡，进洞房的前夜他还在忏悔：难道她和孩子离开了人世？我有罪。他时常在心里愧疚不已。

而此刻，他悲喜交加。茫茫人海，就这么和自己不曾谋面的骨肉相遇了，但情绪里又有几分茫然，这孩子怎么就成了王荆花的孩子？墨兰又经历了怎样的苦难？纪鹰压制自己不去想更多。

今天并不是个特别的日子，可他心有期待，穿在身上的米白色休闲服，包括微笑，全是欢迎的样子。对杨素来说也不同于以往，过去，她一直是对他敬而远之，因他的身份而有所距离，可是现在，他的眼神里分明透露出几分熟悉与亲切。

"纪市长。"

纪鹰摆摆手："在这，叫叔叔吧。"

杨素的脚步停顿了一下。"叔叔"两个字就像一道闸门，打开了记忆的洪流：无数个为俗事愤懑不平的夜晚，无数被某些见不得人的勾当牵扯的时刻，无数孤独无助的分分秒秒，是他，是那个在雪夜搭救她的叔叔，向她伸出了温暖之手。他是她的阳光，是春天的风，是把希望洒进她心灵的人。苦难有时来得有些突然，可她已经慢慢拥有了某种力量，与世俗对抗，与孤独对抗。她时常想，或许自己是幸运的。

跟随纪鹰的步伐，穿过小池，绕过回廊，在一张形如雄鹰展翅的根雕茶桌旁，他们先后落座。纪鹰从一字排开的几把小壶中拎出一把珍藏多年的老壶，用烧开的水润泽壶身。他已经想好，撕开裹在自己身上的盔甲，告诉眼前这个女人更多真相，可最底的那层，也是至关重要的那层——她和他的关系，他还没有想好如何面对。甚至一想到这些的时候，他的双手就不由自主地抖动，仿佛患上了帕金森病。在慌乱中，他打翻了茶杯，脸上的肌肉牵动唇角，可他什么也没说。杨素目睹着这一切，有些诧异，却依然保持沉默，看他重新将茶杯续满。

“旗袍不错。”纪鹰说。

纪鹰的夸赞让她心生悔意。杨素原本准备穿西装套裙来的，鬼使神差，出了门又折回去换上这身旗袍。眼下，她觉得自己过于隆重，却又不得不装出轻描淡写的样子。

“从前，我认识一个女子，她没有旗袍穿。”纪鹰突然换了口气，像在回忆，“她总把头发绾在脑后，村里人常说，只有她才梳得出这样好看的发型。后来才知道，那个发型叫美人髻，真是让人记忆深刻。”杨素料想他把她和曾经的心上人相比了。她也想由着心意说出多年来埋在心里的念想，说她之所以能走到今天的力量来处。

“四十年了，我再也没有见过她。不知道她现在身在何处，活得怎么样。”纪鹰苦笑了一声后突然读起诗来，“独自莫凭栏，无限江山，别时容易见时难。流水落花春去也，天上人间。”

杨素听出他声音里的苦衷与焦愁，再看他，头发比上次见他白了许多，不由得心生痛惜。她按捺住心中的万千愁容，却又不忍长叹一声，说，人生若只如初见，何事秋风悲画扇。纪鹰不觉入情，又说，我这一生，是错付他人，是愧疚的一生。之前虽是千寻万找不得，却也是我背弃她在先，而她是最无辜的了。他说着说着，眼睛有些要湿的样子。这是纪鹰的肺腑之言，轻易不吐，这会儿是说给杨素听，也是说给他自己听。

两人都装了一肚子的话。纪鹰想，若是说出真相，她会不会因此生恨，会不会从此与他反目成仇。杨素想告诉他，这么多年来，他一直是她心中的灯塔，是她心中最重要的人，却又觉得还不到坦露的地步。两人坐在原地，一时无语。风吹动树枝发出沙沙声，林子深处传来乌鸦的叫声，这些声音平时并不格外在意，此刻却感觉它们在代人说话。

纪鹰做好了准备，他想把一切都挑明。可他知道，他做不到那么坦诚。他对杨素说出的话，是既要招惹又要躲闪。当纪鹰说认识王荆花时，杨素被惊到了。可一切都跟着感觉，随着气氛的带动，说到哪算到哪。

纪鹰并不在意杨素的表情，说出想和她聊聊客界时，倒是看了她一眼。纪鹰的语气中包含着某个深思熟虑之后的决定，可两个人都没有觉得奇怪，说的人自然，听的人也自自然然地听着。

“我年轻的时候，在你们客界生活过几年。”停顿了一下，纪鹰接着说，“你父亲杨楚还是我的老相识呢。”

“父亲很少和我说他的过去。”杨素感觉一个神秘却又原本存在的真相在向她靠近。

“你父亲是个老实人，活得自在简单，你母亲王荆花是客界的三朵金花之一。”

“三朵金花？”杨素感觉新鲜，却又因一直被置身事外而有些失落。

“一个叫墨兰，一个叫刘翠莲。”

“墨兰，哪个墨兰？我有个患者也叫墨兰。”杨素的话有些多了，她想控制自己，可还是说，“她性格真好，她头上那个美人髻，现在很少能见到了。

“她现在在哪儿？”纪鹰很明显着急的样子。

“她住在杂坪村。”杨素说。

“难怪找不到了。”

“你认识她？”

“她是我曾经的爱人。”纪鹰没有犹豫。

纪鹰努力装得很平静，就像一个讲故事的人说出“一切都过去了”之后的那种淡然。院子里有棵千年古树，树上有两个鸟窝，一个是自然的，一个是纪鹰用木板造出来的。纪鹰看着杨素，心想，真是奇迹啊，仿佛冥冥中有一双手，将她牵引到自己身边。雪夜里的那声“叔叔”，那张似曾相识的申请助学金时的照片，乃至后来成为她的病人……这一切莫非都是天定？

可他没有勇气即刻告诉她更多线索。注定，这个真相得由她自己去发现。他也不敢更多去想今后会发生什么。

“爱人？”杨素被某种情绪撩拨，兴奋让她丧失了辨识力，而夕阳的温婉让她生出奇异的感觉。

“多年前去客界寻找，那里的人都说她死了。遇到你的那个雪夜，我也是在找她。”

“这么说，他们早就认识墨兰了。”杨素像是在自言自语。她寻思着，娘居然从未提起过这些，为什么从不见她在村里炫耀这些，她不是一贯大嘴巴吗？爹竟然也守口如瓶。他们这样刻意，到底要隐瞒什么？杨素不知所措，心里空荡荡的，感到有些失落，可这失落在此刻出现似乎又有另一层无法说穿的含意。原来他们老早就是知根知底的熟人，只有她是局外人。越想越经不起推敲，总觉得哪里不对劲。

“上周五我去医院找过你，我去客界考察时碰到了你父亲，他告诉我墨兰来你这里看过病。”

“上周五？”杨素回忆那天，墨兰的突然离去一定与纪鹰有关。

“对。上午十一点。”

“墨兰大妈一定看见你了。她上周五突然辞工走了。”

“辞工?”

“墨兰大妈家里条件不太好，她在我们医院找了份保洁工作，干得也挺好，大家都很喜欢她。”

“没想到……她的生活还这么艰难……”纪鹰脸色凝重。

杨素想要跟纪鹰提及周亚宁的事，可新的话题将她带入另一片混沌，深陷于茫然与失落，仿佛背叛她的不只周亚宁和王荆花，甚至还有她一直深信不疑的人。

从小院走出来，杨素想打电话问王荆花，你到底对我隐瞒了什么?其实问也是多余的，娘是刻意隐瞒她的，杨素已经能确信这点。她挣扎着，才把车开回了家。

“娘，你猜我今天见到谁了?”杨素的焦虑和疲倦一样明显。她从来没有像今天这样直接。

“谁?”王荆花问得很急促。

“纪市长。”

“你一个女人家，别有事没事去见什么大领导，省得别人戳你脊梁骨。”王荆花暗自松了一口气。

“纪鹰说他在客界生活过几年。”杨素几乎要说出真相了。

“领导来来往往，我们小老百姓哪管那些。”王荆花撇了撇嘴，这是她自嘲时的习惯动作。

“听说客界有三朵金花?”

王荆花背对着杨素，杨素猜想她有意躲避她；也因此，她看不见她眼里的惶恐，以及脸上失态的表情。

“什么金花银花的。”王荆花突然勾着背向前走去。

“娘，你早就认识纪市长和墨兰大妈?”

“娘累了，想上楼歇会儿去。”王荆花爬楼梯的样子呈现出突然的老态。

娘在逃避。她不知道娘要隐瞒什么。她为此刻的不正常寻找对应，想到了过去的一些事情。

高二那年暑假，她帮娘将发霉的衣柜抬到院里晾晒，一块蜡染花布从柜顶滚落下来。起初，她并没在意，但王荆花救火般扑上去的样子反倒让她多看了两眼。左看右看也没看出什么门道。可娘的迅速与不顾一切成了一种暗示：这里面一定隐藏了什么。杨素后来再也没见过那块蜡染花布。不久前，杨素见过一块同样的花布，出现在一个背着婴儿的女患者身上。此刻，她才恍然大悟，娘捡拾的是一块用来包裹婴儿的背布。

回忆与分辨这些，使杨素变得更为紧张，愈发多疑，她回忆起更多的细节，猜测到更多的可能，如此，她的手指不再柔软，颤抖中碰倒了水杯。换了往日，王荆花早就迎上来嘘寒问暖。但此刻，她佝偻着背，一直默默沿着梯级向二楼爬去。

要命的人终于找上门来了。王荆花听见自己的骨头吱呀作响，仿佛每个关节的力量都收到了指令。不过，在这之前，她得好好睡上一觉。

杨素却是一夜无眠，天快亮时，她找出了所有的房产证，除了目前正住着的房子，周亚宁置的其他几处房子，她都想卖了，越快越好。

第六章

1

已是晚上 12 点了，街道安静，路灯依旧明亮。酒吧却才开始热闹。

黄志明和肖莉说起女儿，说她评副高级工程师的事。肖光明打来电话，黄志明接了，并没开口说话，脸色由红变白。挂了电话后，他赶紧起身换衣服。

“这么晚了，还要去哪?”肖莉扯着他的衣袖。

“这刀都架在脖子上，再不出去，就等着检察院来收拾我了。”

“我看这检察院是得好好管管你……”肖莉追着黄志明喊。她追下楼，想要拦住他。可黄志明仿佛可以遁形，很快就消失了。

这是一个用磨砂玻璃隔出的单间，肖光明已经到了。黄志明赶紧叫来服务员，点了最好的酒，还要了一些小吃。肖光明没有像以往那样心安理得享受黄志明的侍候，也没有端着架子。他脸上的神态让黄志明感到有些陌生。

“肖行长，您放心，情况调查清楚了，不是我们设计出了问题，而是材料的问题。”黄志明像是要努力挽回些什么。

“我这有另一个版本。”肖光明不动声色地从包里掏出一份文件。

“陷害。这纯粹是陷害！”看完那份文件，黄志明几乎失控。

“谁陷害谁啊。这购买材料的章可是千真万确的。”肖光明一拳擂在文件上，桌上盘盘碟碟里的小吃像一群受到惊吓的小鬼，四处乱窜。

黄志明坚持说一切都在可控的范围之内，可他不得不面对这份文件，逐行看，发现文件里面不仅有大量A项目出事的现场照片，还直指设计院购买伪劣建材，以次充好。为了更有说服力，报告中就正规建材和伪劣建材在承重等相关方面还进行了细致的对比。

一切都是蓄意而为。能接触到设计院公章的人只有那么几个人，周亚宁不可能自己陷害自己。这人似乎有了样子，却又不敢肯定，他为什么要这样做？一时揣摩不出对方的目的。想当初明明窥见这个人的人品，也了解他和周亚宁之间的矛盾，却逞一时脸面让他顶替了周亚宁。黄志明很是懊恼，可一时覆水难收。所幸自己并未直接介入此事，可无论如何，他们都是他公司的人，他也脱不了干系。这出戏越来越可怕了，黄志明有一种无法驾驭的恐慌。他想马上见到纪鹰。

凌晨一点半，这是让人煎熬的时刻。黄志明犹豫着要不要等到天明再打纪鹰的电话，可眼前危机四伏，他不想失去最后的求救机会。

“老纪，明天在不在市里？”

“在。”

“方便碰个头吗？”

“下午五点以后你上山来找我。”

黄志明回到家里，一时心绪难平。肖莉已经睡沉，她睡觉时常悄无声息，让人怀疑是否停止了呼吸，又或是她会突然醒来。他坐在书房，陷入沉思。蒋磊为什么要冒着把自己也推上悬崖的风险？

他又仔细分析带回来的文件，凭他对周亚宁的了解，他不可能犯这种低级错误。眼前白纸黑字，那么问题到底出在哪里？他猛然起身，像是突然想起了什么。黄小米两天前带回一本杂志，上面有她最近发表的论文。他走进书房，找到那本杂志。天啦！这就是活证据。论文以 A 工程第三期工程的设计方案为例，不仅作了详细的分析与论证，还对提供的建材标注了数量和品牌。铁证如山，公司出了内鬼，可恶。黄志明在心里诅咒，他很快意识到，黄小米剽窃他人论文的事实也会马上浮出水面。

黄志明左右为难，他走到窗前，天地漆黑，窗玻璃映出人像，看着那个又矮又胖的男人，他自我感觉蠢极了。湿疹又发作了，痒得难受。不只是这样，浑身都难受。陆琨早就提醒他，不要圈那么多地，建房人也不能丢了民生大计的根本，如果一切都以赢利为目的，那这个社会就真的太可悲了。他在书房踱来踱去，像热锅上爬上爬下的蚂蚁，直到再也走不动了，他瘫坐在地板上。

“明天一早就去找陆琨。”他借此安慰自己。

杨素四处托关系打听周亚宁的情况，听李铄说他爸有个同学在检察院工作。杨素赶紧去求李院长帮忙。李院长一听说这事，二话没说就给同学打去电话。同学说，只要找到证据证明那个章不是周亚宁本人盖的就好办了。可到哪去找证据？杨素打电话给梁子然。

“主意倒有一个，就看你肯不肯用？”梁子然告诉她。

“什么主意？”

“两天前，黄小米在专业学术杂志上发表了一篇论文，只要证明那篇论文是周亚宁写的，一切就真相大白了。”

“让我去求那贱人？”杨素一口拒绝，“不可能！”

“亚宁能不能清清白白出来，就看你的了。”

“事情没这么简单。公章归周亚宁管，究竟是谁盖的章，这个人不找到，再多努力也白费。”

“至少可以争取时间。”梁子然推说有人正找他谈事，匆匆挂了电话。

相关的人都在为这事操心。杨素又打电话给二手房中介，问看房的人几时来。

黄志明站在陆琨的办公室前，想要敲门的手抬起又放下，放下又抬起，心里的羞愧在这一刻生成。早些年竞争潭州大学建筑系主任时，两人由同学变成了对手。对手之间必然有战争有流血有胜利者有失败者。黄志明急功近利，使了不少“盘外招”，硬生生把陆琨挤了下去。可黄志明终究也没有珍惜这个位子，没干几年就下海开公司去了。至于陆琨后来为什么又心甘情愿出来帮黄志明担任利达建筑设计院的老总，自然有同学情分，也是黄志明攻心有术。

陆琨已从梁子然那掌握了所有情况，看到黄志明站在他办公室门口，心里便知晓几分。

“我犯傻了，糊涂了。”

陆琨的脸上抽搐了一下。周亚宁、梁子然、蒋磊，这三个人都是他任教建筑设计专业时的学生，他有心想挽回些什么。

“遇到迈不过去的坎了。”

“过不去了。”

“真要我说?”陆琨掏出一根烟，黄志明立马掏出火机帮他点火。

“真想听你说。”黄志明双手垂在身体的两侧，像个小学生般站在陆琨面前。

“你相信那是你家小米写的论文吗，她有那能力吗?”陆琨回忆那天找黄志明时的情景，语气愤怒。

“是我一时糊涂。”黄志明丢弃了所有的面具。

“要小米在媒体面前主动声明，承认那文章不是她写的。如果不声明，小米更难，她不仅要为剽窃行为负责，A 项目坍塌一事也和她脱不了干系。”陆琨说得太急，一时有些呼吸困难。他停了几秒，接着说，“周亚宁这么好的专业人才，你就忍心毁了他?!”

“事情的严重程度远不只是你和黄小米的声誉问题，而是关乎一个公司的发展与存亡，这个责任该谁担当就得谁担当。”声音被刻意压低，陆琨走近黄志明，指着自己的脑袋说：“蒋磊这里有了问题。”

黄志明头上在冒冷汗，身上也是。他几乎是逃回办公室的。

“小米，你赶紧来我办公室一趟。”

黄小米飞快来了，神采飞扬：“我赶时间，记者等会儿要来采访我。”

“采什么访?”

“我曾是A项目的参与者，媒体想让我发表些看法。”

“你糊涂吧，现在A项目出了那么大的事，你还敢当着媒体说那是你的论文？”

“生米不是煮成熟饭了吗？”

黄小米还在使小性子，可黄志明已经彻底清醒。他意识到眼前的状况如海啸形成的巨浪，正铺天盖地砸向他的女儿，而她却浑然无知。

“记者来后，你在镜头前公开承认那是周亚宁的论文。”黄志明几乎是吼出来的。

“什么？我可丢不起那脸。”

“你是聋了还是瞎了。”黄志明气急败坏，反手甩了女儿一记耳光。不等她做出激烈反应，又果断地说：“丢不起也得丢。”

“承认也顶不了卵用，盖章的人不揪出来，这罪就落在周亚宁头上了。”黄小米哭着跑了出去，接到一个陌生号码打来的电话。她本来按了拒接，可电话一直在响。

“哪位？”

杨素犹豫了一下。

“哪位？”黄小米又问了一声。

“我是周亚宁的妻子。”

“怎么，你也想来指责我？我告诉你，我一没偷，二没抢，是你家男人觍着脸送给我的。听明白了吗？他贱！”黄小米“咣当”挂了电话。

杨素站在原地，只觉得眼前一黑，什么也看不清了。

2

黄志明离开办公室，一种茫然若失的感觉牵扯着他，起初像是饥饿，然后才有了清晰的具象。去见纪鹰的路上，他感觉自己就像遇难船只上的幸存者，正奋力游向不远处的灯光。

正是黄昏，他拖着身子走向纪鹰在山上的老宅。进去的时候，他在纪鹰的脸上没有发现任何异常。

“连续开了几天会，忙得要死。但是老朋友要见我，怎么也得抽空啊。”纪鹰给黄志明倒了茶，“说吧，怎么回事?”

“A 项目的施工现场发生塌方，从现在掌握的资料来看，与技术负责人周亚宁有相当大的关系。银行在盯着我……”黄志明叹了声气，忍了忍，没有说出让纪鹰帮忙跟银行打个招呼的话来。此刻他才意识到，向纪鹰求助并不是件容易的事。纪鹰对他来说，已经今非昔比。过去，他总是觉得自己拥有纪鹰无法企及的财富而在心理上占了上风，可是现在一切都改变了。虽然黄志明依然要强，特别是此刻如临深渊的时候，这里面开始掺杂了对纪鹰的嫉妒。但我怎么可以去嫉妒一个明显能帮助到我的人呢？人们只会在别人拥有而自己求之不得时产生嫉妒心理，这便是问题之所在。之前，黄志明一直以为墨兰死了，杨素的身份使一切变得错综复杂起来。他甚至看见了自己心理上的阴暗，他想象纪鹰知道一切真相后的表现，甚至想暗示他：你想把你的过去都忘掉吗?

但与此同时，他觉得自己成了一个闯入者，私自闯入了杨素的领地。他这样好奇地暗中打听杨素的家事，却像正在偷走属于杨素的一些东西，比如美好的回忆，比如宁静的生活。从最初普通患者的身份到后来刻意去就诊，他觉得自己正干着某些偷摸的勾当。尽管杨素对此还一无所知，可这终究是别人的东西，别人的领地。

除此之外，他还想继续对周亚宁拥有某种权利。周亚宁会成为他的一张好牌，纪鹰一定会知晓周亚宁是杨素的爱人，他感到胜券在握。

可他投向纪鹰的眼神，却伪装出让人同情的软弱。

“你先写个延期还款的报告。”纪鹰心想，杨素这孩子，怎么上次见我也没透露半点消息？他依然不动声色地看着黄志明，“你尽快把报告送到银行。我找个机会和他们说说。”

黄志明那双锐利的小眼，很快就捕捉到了一些有利于他的信息，他的目的达到了。

另一方面，黄小米主动在媒体面前承认了她获奖的方案是周亚宁设计的。黄志明并没有看电视，是秘书告诉他的。他想打电话安慰女儿一番，可这时还能说些什么呢？于是黯然放下电话。他推掉所有应酬，关掉手机，开车来到江枫山西北角。这是一片几乎无人问津的树林，这里藏有独属于他的美好时光，也是他偶尔逃避现实的避难所。他向山顶爬去，在沿途看见许多白色的橘子花，灿若繁星，灯笼似的挂在枝上的刺莓，红的、黄的，晶莹剔透；光洁的金樱子花高高挂在枝上，惹人怜爱。四年前的一个秋天，他无意中走进这里，从那天开始，这片寂静的树林就为他而敞开。他第一次如此仔细地观察身旁这些细微的事物，突然发现自己丢失的不只生活原本的真实，还有更多的源自灵魂的东西。下山后他直接回家了，肖莉对他的早归并不领情，甚至冷嘲热讽。黄志明没有生气，反倒殷勤地对她说：“劝小米回家来住吧。”

“她会听我的吗？”肖莉正贴着黑色面膜躺在沙发上。上次月经来后，一直没有走，差不多二十来天了。多年来，她一直和一个中医保持密切的联系，把老中医当成了万能的神，一年四季服用各种汤药。老中医告诉她，可能要绝经了。肖莉看着自己依旧光洁的肌体，不愿接受即将枯萎的事实。她看着家门口那棵在风中萧瑟的梧桐，抚摸着自己的头发、体毛，一切都还在，都泛着隐隐的光泽，并非枯枝败叶。她计算了一下，在老中医这花了她年收入的三分之一，可能还不止，她请他按摩洗脚吃饭的钱不在这里面。虽说这钱不是从她口袋里掏出来的，可花在了他身上。老中医窥视她的美貌，也曾在她身上动过心思，她便用更多的金钱断了他的念头。当听到“绝经”两字时，肖莉决定去医院注射黄体酮。

黄志明不敢告诉她更多事实，只是不动声色地说：“听不听是她的事，说不说是我们的事。”

“明天是她外婆的生日，看她愿意一起去吃晚饭吗？”不待黄志明反应，肖莉已经拨出了电话。她怕手机碰坏脸上的面膜，摁了免提。接通，里面传出激烈的摇滚乐。

“你这是在哪？”肖莉问。

“我能在哪？”

“又去喝酒，你不记得你是怎么离的婚了？”

“离婚怎么了？离婚就不能喝酒？”

“一个女人动不动就去酒吧买醉，你还想不想嫁人啊？”

“我不嫁人可以吧，我一辈子单身可以吧？”

“只晓得出去鬼混。”

“你不要以为你和黄志明的感情就那么纯洁，一样有见不得人的地方。”黄小米在电话里大吼大叫。

“我还是她亲娘吗?”肖莉把手机摔到黄志明身上，不管不顾，大哭起来，黑色的面膜被泪水冲刷成数条黑色的沟痕。

黄志明捡起手机，关闭免提，走进书房压低声音问：“小米，你在哪儿，我来接你回家。”

“我不回家。我没有家。”黄小米咆哮着。

“喂，小米……”黄志明对着电话大喊大叫，可黄小米已经挂了电话。再打过去，已经关机。

黄志明决定出门寻找女儿。上楼换衣时，发现肖莉站在黄小米的衣柜前，双手像土拨鼠的爪子，扔在地板上的衣服都是她扒出来的土。这样还不解气，又改用脚踩踏，一下一下，仿佛丢在地上的不是衣服。黄志明突然有些力不从心，这个家庭潜伏在幸福表象之下的各种苍凉令人恐惧，就像他所目睹的一切：事业像座岌岌可危的高楼，女儿成了天下人的笑柄，妻子像个疯子在他眼前摇晃，无视周遭的一切。他告诉自己，现在什么都不重要，重要的是天亮以后，他得找到女儿。他得回到办公室处理蒋磊捅出的娄子。肖莉的主治医生警告过他，不要忽略肖莉任何过激的情绪变化。他总是安慰自己，一切都还没那么糟糕。

所有熟悉的酒吧都找过了，还是不见黄小米的身影。黄志明快急疯了，直到凌晨两点，才在城北一家新开的小酒吧里找到喝醉了的黄小米，烂泥般瘫倒在酒吧昏暗的角落。他半抱半拖将她扶上车，开车回家。到家后，他将女儿背进屋里，身子快要散架了，他希望妻子能迎上来扶他一把，可客厅里漆黑一片，隐隐约约，只听到外面有狗叫的声音传来。

那晚，黄志明彻底失眠了，为何上帝总是捉弄他唯一的女儿？她几乎成了人们传说中的灾星——

大学毕业五年，月老似乎遗忘了她，既无婚配也无姻缘。一提起她的婚姻大事，不是拒谈，就是谎称自己有心上人了，可一直以来，别说男人，就连女人也没见黄小米领进过家门。到了 30 岁那年，她像换了个人似的，匆匆嫁给了潭州大学一个大她十岁的“海归”。刚开始，肖莉连打哈欠的气息都是香甜的。在她眼中，黄小米幸运不亚于《贫民窟里的百万富翁》中的男主角，她如他一样历经磨难，终于从一个婚姻的乞丐变成了百万富翁。

谁也没有想到，“海归”是抑郁症患者。真相揭露的那天，谁都能说出一些细节，有些说他眼神不对，有些说他面相太阴，还有的说早就看出他神经不正常了。肖莉忍气吞声，暗自发挥她掘地三尺的本领。

“原来是个红漆马桶。”

“海归”在美国时，因为妻子红杏出墙变得脾气暴躁，也因此失去了工作，在美国实在待不下去了，才打道回府。“亏我还当捡到了稀世珍宝一样到处显摆。”肖莉连肠子都悔青了，可为了面子还是想打掉牙往肚里咽。黄志明没有让肖莉继续糊涂下去，他站在女儿一边，坚决支持离婚。

即便那样，也没有今天这般艰难。黄志明坐在客厅沙发里抽烟，一根接着一根，烟头在黑夜中发出诡异的火光。肖莉睡着了，不会出来念叨他乱弹烟灰弄脏了地板、沙发。这段时间，发生了太多事情。黄小米毁了黄志明的商业计划，周亚宁虽然表面臣服于他，可仍觉得他对自己怀有戒心。蒋磊因为患有偏执性人格障碍，走上了疯狂的报复之路。黄志明感觉自己被裹挟着走得太快，迎合太多，乃至于灵魂已经跟不上脚步，时常有一种从云端下坠的空虚。此刻，他又暗自庆幸着，在这个蝇营狗苟的尘世，当他人皆在追名逐利之时，他还能停下急速前行的脚步，稍作沉淀。作为集团公司老板，他越来越感觉到工作难以开展，各种各样的压力，如涨潮的巨浪，一层一层向他扑来。可有些事就如裹挟在洪流中的泥沙，进退都身不由己。

吸完最后一支烟，黄志明有了主意。前几天集团开会讨论公派两名建筑设计师去韩国交流学习，为期一年，这是救赎女儿的最后那根稻草。他想，兴许回来时，就都风平浪静了。他打开电视，回看了女儿接受媒体采访时的新闻，看到最后，忍不住流了泪水。

3

王荆花也看到了这则新闻。

王荆花并不爱看电视节目，尤其不看新闻。可她已经无法安宁了，改变她的人是杨素，杨素对她说起纪鹰和墨兰，将一些让她害怕的因子注入了她的体内。她每天早早就坐在客厅电视机前，专门等着看潭州市新闻，仿佛有心在等待什么事情发生。

也是凌晨两点左右的时候，王荆花翻来覆去睡不着，不得不从床上起来，先是坐在客厅里，不开灯也不发声，就这样无声无息地坐在那。她小心翼翼地上楼，走到女儿房前，站在那，屏住呼吸，不见任何动静。她下楼打开了电视，潭州市电视台正在重播当天的晚间新闻，引起她注意的是周亚宁的名字。她没有犹豫，跑去女儿房间，擂响房门。

杨素喝醉了，瘫在地毯上，像堆烂泥，但意识并未糊涂，甚至比任何时候都清醒。她听见王荆花下楼的声音，电视机里传出来的声音。那个遥远的声音从她身体里钻了出来，趴在她耳边与她对话。她静静地躺在地板上，房间里黑漆漆的，比那个遥远的冬夜还黑；但她的眼前是明亮的，甚至不用睁开眼，就能看到一些清晰的过往。

“素儿，你怎么了?”王荆花推门进来，看着那些乱七八糟摊在女儿身旁的啤酒瓶子，吓得声音都变了，使劲摇晃杨素。杨素惺忪着眼睛，心里像有一张绷得过紧的弦，她有许多话想对她娘说，可一个字也没有说出口。

“电视里有个女的说她的文章是我们家亚宁的，还说对不起。”

那么，这就是证明周亚宁主观上清白的有力证据了。杨素从地上弹起来，抱着王荆花，什么也没有说，只是紧紧地抱着。

第二天，安若来办公室找杨素，说若不是看电视，还不知道她家里出了这么大的事。全天下人都发现周亚宁出轨了，将会有更多的人以关心的名义打来电话。想到这点，杨素心里很难受，却还要表现出感谢友人关心的姿态。她想岔开话题，说些和今天手术相关的事，可安若说，这事你怎么不去找找纪市长呢?不知怎么的，两个人突然都有些不自在，沉默了下来。

过了一会儿，安若又说，你不会真的见死不救吧?这话里有作为女人的试探，也有身为朋友的担心。没想到却碰触到杨素的痛处。她一下变了脸，冷笑一声说，我还真想见死不救，我这样算什么，舍不得原配的地位?还是害怕因为姿色已老，再也没有下家了?杨素说完望向天花板，那里什么也没有，她的心里也感觉空落落的。她不想去打扰纪鹰，她甚至害怕听见他的声音。这时的她，比任何时候都需要安慰。可她不想看见纪鹰，她为自己的软弱而害怕。

安若见杨素真生气了，一时有些下不来台，可一想到杨素的现状，倒也是什么都能体谅了。恰巧护士长找杨素汇报工作，她也就趁机走了。

没过两天，杨素就接到纪鹰的电话。“小杨，不出意外，明天上午你可以去接周亚宁回家。”纪鹰给杨素打这通电话时，他忘记了自己的身份，言语中透露出兴奋。这次纪鹰倒不是有意要讨好杨素，是黄志明找了他。纪鹰才打听了周亚宁的情况，知道他是杨素的丈夫。

纪鹰的电话像一根救命的绳索，将杨素从泥沼里解救出来。在杨素心里，这个人是她时光里的灯塔，是她从不拿出来炫耀的私心，也是她最后的守护。

杨素哭了。

啊，她多想把她走过的路看清楚些，她这个从来不懂得表达真心的女人。或许她想把这些收藏在瓦罐里，像她小时候在客界河边寻到的通体晶莹的卵石——尽管那些卵石一个个离她远去。或许也像年少无知的她，面对少年郎的初心，她出卖了他的心意，却看着他痛苦的样子没有丝毫内疚，反而发出冷笑。天啦，她曾做了多少不知珍惜的事情。或许现在就应该打通电话，告诉他，你一直是我的灯塔，是支撑我前行的精神支柱。

这兴许只是错付的深情罢了，希望与绝望交替出现，就像外面的天空，一时墨云滚滚，一时又晴空万里。杨素睡着了，做了一个梦。在梦里她遇见了纪鹰，他一直走在前面，可杨素怎么也追不上；明明看见他在招手，可就是不愿意停下来等她。

后来，杨素才渐渐明白，他不是没有等她，而是在另一个位置守候多时。

4

这是一起诬陷事件。得出这个结论之前，公司的人都认定周亚宁这次完了，设计师证被吊销不说，还必须离开宏景集团，四十多岁的人了，一切又得从头开始。

在探视室里，周亚宁和陆琨相对而坐。

“老了老了，也不让我安生，你这一出事，我这不得不出山。”

“对不起，老师，给您添麻烦了。您身体也不太好，还有糖尿病。我这事没让您累着吧？”

“哎呀，累不累我也得站出来啊。你说你。”陆琨注视着周亚宁，“还是大意了。我常跟你讲，小心驶得万年船。”

“您不是也常跟我说另一句吗，身正不怕影子歪。”

“还嘴硬，我看你怎么证明你身子是正的。现在蒋磊这盆脏水泼到你身上，我想捞你都困难。知道吗？”

周亚宁无奈地连连点头说：“我明白，是我自己太大意。”

“你也别丧气，律师正在给你办取保候审。再撑几天，撑几天就出来了。”

“谢谢！陆老师，谢谢您，还大老远跑这破地方来看我。”

“亚宁，你是我一手带出来的，发生了这种事我心里也很难受，但集团这时候只能和你划清界限了。”

“我理解，我也赞成断尾求生的做法。这个雷我来扛。”

“亚宁，你放心，等过了这阵风，你还是宏景集团的设计总监，这个位子老板会给你留着，集团会补偿你的。”

“老师，但有句话我得说在前头，我是宏景的人，这个雷我扛我愿意，但我绝不替蒋磊背这个黑锅。他这盆脏水只要没有把我淹死，我周亚宁就一定要证明自己的清白。”

“亚宁，你要知道，蒋磊和宏景集团是绑在一起的。不管谁的雷，要是炸了都得死。你一定要想清楚这其中的利害。”陆琨又说，“我找专家鉴定了。合同上的章是真的，不是伪造的。”

“陆老师，我知道他们是怎么动的手脚。”

陆琨点了点头，什么也没说。

“子然他可以证明我的清白。”

“子然能拿出直接证据来证明你的清白吗？现在摆在我们面前的是那批伪劣建材是你签字批准购买的，白纸黑字，合同上有你的印章。光靠子然的一面之词，能翻得了案吗？”

周亚宁的头低至胸口，陆琨深深叹了口气。两个人一筹莫展，陷入沉默之中。

“那份安全事故报告，对你很不利。”陆琨看了周亚宁一眼，又用力叮嘱他，“你要有最坏的打算。”

周亚宁点了点头，说：“是祸躲不过。但我相信，黑的就是黑的，白的就是白的。这个世界总还有黑白之分吧。”

陆琨一脸凝重，重重地点了点头，说：“放心，关键时刻我会支持你的。”

周亚宁眉头舒展，露出放心的微笑。他想，没有什么比人身自由更重要了。这是他体验过失去自由之后得出的结论。

5

周亚宁从看守所出来时，看见杨素站在那，一时悲喜交加。他不敢奢望妻子来接他。他并没打算让妻子知道他和黄小米的事，可黄小米有了更多的期待，打破了他原以为只做露水夫妻的幻想。

妻子能来接我！这事非同小可，仿佛一缕光照射进灵魂深处，让他感到更深的审视与洗礼。这样的时刻又是难得的奖赏，就像他在人生中遇到波折时出现的转机。妻子对我，真是一片真心啊。周亚宁顿时心里一热，眼角湿润。这点早就有过验证，当年妻子跟着他踏进那口几近废弃的窑洞时，家里什么也没有，只有摆在门口的那只大水缸，和那床摊在土炕上已经碾压得破烂不堪的草席。可就在这样一张散发霉味的土炕上，妻子做了他的女人。他似乎还能闻到当时妻子身上的体香，还能听到她在最后时刻真正到来时发出的呻吟。

周亚宁一个箭步冲上来，抱紧了妻子。像是受到某种鼓励，杨素也抱紧了他。

杨素想与天底下所有普通的女人一样对丈夫说，永远别放开我，回到我身边来，抱紧我，用力。但是，她不能、也不知道如何说出口，仿佛某个时刻已经失去了表达能力。我是个经历过风浪的人，曾经，杨素在闺密面前这样调侃自己。一语双关，没有人能听懂她指的是什么。这是她一人独享的幽默。自从被表哥侵犯那天开始，她的世界就变了。那不是她心甘情愿的选择，但是事情就是这般无奈。人生本是一个从无到无的过程，何必那么在乎过程呢？她常这样安慰自己。自然没有一个人了解她内心深处的伤痛，可那件事，如此真实，如此残酷。杨素一直拒绝与陌生人接触或成为好朋友，她并不是真正地想把人拒之于门外，甚至，她希望自己能够喜欢每一个人。但她知道，她永远也办不到。

周亚宁松开手。

“回家吧。”杨素说。

一路上，他们并没有说太多话，车内安静得让人窒息。杨素试图说些什么，但欲言又止，刚才的拥抱仿佛只是一种仪式。周亚宁坐在副驾驶位上，他在上车后抚摸过她的头发，现在正安静地把手抱在胸前，一副闭目养神的样子。周亚宁的心在流泪。从结婚那天起，他觉得他身为孤儿的那种无依无靠完全结束了。他一直不敢轻易走进婚姻，这既与他一贫如洗的家境相关，又与他英俊的长相和令人叹服的学识才华有关，这是矛盾的两端，让人自卑又自傲。他始终认为，如果没有爱，没有美，他宁愿终身不娶。欣慰的是，他找到了对的人，一个爱与美兼而有之的女子。他也曾为妻子所从事的行业而懊恼，甚至多次劝她改行；而他选择出国，也是为了获得更多。可从眼下的生活看来，无论他还是妻子，都过于在意自己，把过多的精力倾注于职场，以为财富、名利可以俘虏一切，甚至包括爱情，以为只要足够努力，婚姻就会幸福。事实表明，他们都可能错了。对物欲的追求，让他几乎失去了一切。

杨素猜想，周亚宁需要时间来整理思绪。可面对眼下的沉默，她突然清醒了，知道一切并没有走远。

为了迎接周亚宁回家，王荆花下了些功夫。作为祝福，她在门口摆放了燃烧的火盆，说周亚宁跨过这火盆就一切平安了。王荆花心有期待地早早睡了，这对夫妻也早早地躲进了卧室。仿佛是为了证明什么，他们紧紧地搂在一起，周亚宁的手在杨素身上游弋。一切都过去了，今天我是你的仆人，他贴着她耳朵说。但杨素心里却一片空白，她甚至想直接告诉周亚宁，我一点感觉也没有。杨素一直保持警惕的神经提醒了自己，使她意识到，他们正在试图忘却真实发生过的一切，试图用身体伪装出来的渴望欺骗彼此。

我做不到，我实在无法忘记那些事情。杨素躺在周亚宁的身体下面，想为眼下的尴尬找到退路。

王荆花的期待，他们都心领神会，而并未愈合的裂痕却让人更难受了。

月光从窗外投射进来，照在他们身上，恍若银河的两岸。周亚宁觉得对不起妻子，试图用别的方式满足她。杨素一脚踢开他，周亚宁“啪嗒”一声掉在地上。

谁也没有意识到，美好的时光在这里已经分岔了。

6

周亚宁要去落实一个决定。实际上，在看守所门口看见妻子时，他就在心里做出了这个决定：辞职。踏进黄志明的办公室，还没来得及张口，黄志明就赶紧起身招呼他，仿佛那椅子上装了弹簧。黄志明伸出他的两只手，同时紧握住周亚宁的手。这可是前所未有的殷勤。眼前这个人有事求我。周亚宁有点好奇，并没有立即说出“我要辞职”的话来。

像往常一样，黄志明控制着谈话，提到周亚宁的工作安排时，黄志明称他为“战友”。周亚宁尽量不让自己生气，断定这是黄志明故意设的幌子。他在心里冷笑：还在玩两年前的把戏。可是他看黄志明前倾着身子对他说话的神态，仿佛他是他最贴心的朋友或是最可靠的盟友。要是没有黄小米这一出该多好啊。他跟黄志明在一起的这几十分钟，既像在天堂又像在地狱。

黄志明殷勤地帮周亚宁倒茶，还主动问他孩子转学的事是否办妥，两人并排坐在沙发上，黄志明一直微笑着，几乎带着几分讨好的神情。对比他从前的霸道，令人无法相信眼前的事实。可内心又是多么享受，仿佛时光一下子回到了从前。直到梁子然打来电话，黄志明才重新坐回他的老板椅。脸上依旧带着微笑，但声音变了。“嗯。嗯。”他只是这样简单地应承对方。突然，他脸上又变得凝重了起来。

“蒋磊自杀了!”黄志明说出这句话时，周亚宁一时无法适应，甚至有些不知所措。他想亲自问梁子然，这是真的吗？蒋磊真死了吗？黄志明不知什么时候站了起来，左手扶着桌沿，右手握着电话，像个木桩般站在原地。两个人都陷入无法把控的局面。

黄志明很快意识到了危机。活着的蒋磊，没人怕，也没人在意；可死了，性质就变了。这里面牵涉的关系也一层又一层。最外一层是公司与政府之间，里一层是公司与公司之间，再深一层是公司和员工之间，最后一层是个人与个人的，关乎最隐秘的私心，也关乎最直接的利益。蒋磊是走进这一层的人。黄志明引诱他走进这一层，也在这个层面上导致了让他走向死亡的事实。知道蒋磊患有偏执性人格障碍时，黄志明还在心里发笑，这算什么病？此刻想起，他吓出一身冷汗，真是忽略了蒋磊当时的状态。一直以来，他和许多人许多事周旋，防里防外，感觉自己是上了发条的机器，每时每刻都不能放松。

这几年，他看上去下放了手中的职权，管理也让人觉出松懈，其实是更加严格了，他站在更远的地方审视每个员工，也从中挑选谋士。

有秘书进来汇报，说收到传真。C 国时间凌晨两点，宏景集团工地上发生高空坠人事件，造成死亡一人，经核实，死者系宏景集团的蒋磊，坠落原因待查。

黄志明的肛周又痒了。他患了肛门湿疹，发作时患处奇痒无比。眼下是最不该受到干扰的，需要全心面对突发事件。他顾不上周亚宁还在办公室，也顾不上他身为董事长的形象，躲进洗手间，把手从后面伸进了裤裆。“诸痛痒疮，皆属于心火。”这话是杨素对他说的，只是医者的平常心，在此刻想起，也牵出万般感叹和满腹的无奈。

自杀，死亡，这两个词，一直盘旋在周亚宁的头上。追根溯源，他深感自己也有不妥，尤其这种不妥迫使一个人走向死亡时，他觉得自己有罪——若是当初他没有站出来揭穿蒋磊的设计方案是抄袭的，或是他事先能找蒋磊谈谈，让他主动说出真相，是否一切不至于此？可是，一切已成定局，每个人因为冲动做出的决定或造成的后果都是自己因果中的一环。周亚宁感觉身体出现反常，仿佛一下失去了什么。或是命中注定的劫数，又或是对他人的爱。他突然觉得“爱”这个词有些陌生，似乎它从来就没有在他的生命体验中存在过，而他之前所坚持的爱，又是多么狭隘与肤浅啊。

大多数人都在议论蒋磊，报复心那么强，原来得了那种病。黄志明看得明白，把蒋磊推向死亡的是一股合力，而他黄志明正是这股合力中最重要的部分。他们的谈话就是证据——

“黄总啊，我一直是在您手底下干活的。您不救我谁救我。”

“谁叫你去陷害人？”黄志明说，“你肯定得进去。这我可救不了你。我就想不明白，你年轻有为，前途一片大好，为何偏走这歪门邪道？”

“这我……”蒋磊说话吞吞吐吐。

“你为什么要陷害周亚宁？”黄志明想骂你是神经病吧。

蒋磊着急地说：“他先陷害我的。”

“他陷害你？你是法盲吗？这个合同上虽然盖的是周亚宁的章，可你脱得了干系吗？集团的损失有多大，你赔得起吗？”黄志明一脸苦相。

“证据，法律讲究的是证据。只要证据确凿，周亚宁不认也得认。”蒋磊仍旧执迷不悟。

“他没法认。你忘了，那个章不是周亚宁盖的，虽然你处理得好，将文件上的时间改成了周亚宁在位期间，还盖了他的章。可这一切都是你精心设计的，是你一厢情愿。你说他怎么能认。”

蒋磊不服。

“去自首吧，这样还能争取个宽大处理。”黄志明点了根烟。

“好吧！”蒋磊突然说，声音沉重却显得异常肯定。

“你怎么会这么糊涂？”黄志明的语气像在指责不争气的孽障子孙。他万万没有想到，这话牵出了一个真相。

蒋磊说：“今年我投资惨败，手里的资金全变了水。有人找来，问我愿不愿意赚些零花钱，我一时昏了头，加上恰好想报复周亚宁，就自作主张设了这个套。”

“你还是去死吧，这样谁都干净了。”黄志明分明说的是气头话，可真要论起来，也是可以论罪的。

周亚宁不知道这些，揣度蒋磊的死因时生出恐惧，因此愈发决心要离开宏景集团。

夜里躺在床上，他对杨素说：“去旅游的事恐怕得泡汤了。”

“都好几年没有陪凡凡出去旅游了。”杨素一把打掉他在她胸脯上摩挲的手，想由着性子说，再摸也没用。可她忍住了。

“蒋磊自杀了。”

“他蒋磊自杀，难道我们还得为他守丧?”

杨素并不是刻薄之人。她明知出了那么大的事，相关人员谁也不可能置身事外，却又不想让他走。看着周亚宁为难，她心里的委屈不减反增。说出这话她就觉得自己过分了，可覆水难收。她黯然转过了头。

“事关重大，蒋磊自杀事件不处理好，会对宏景的声誉造成极其恶劣的影响。我是相关事件的主要责任人，不去现场不行。”周亚宁坐起来，努力将杨素揽进怀里。

杨素的身子像一截漏气的软管，再怎么抱紧，她都觉得力量不够。造成这种感觉的是她心里对某件事的在意程度。事实上，周亚宁才是那截漏气的软管，他在她身上无法产生力量了。这是他和她都无法说出口的一个事实。杨素想努力反省自己的过往是非，好以此来弱化自己因为在意这件事所造成的不良情绪。可过去全在回忆里，当她想到黄小米时，所有的反省又都失去了意义。

杨素站起身，猛然推开门，王荆花被她撞翻在地。王荆花踮着脚尖趴在门上偷听，已不是第一次了。这样的行为对谁来说更不堪忍受？杨素，周亚宁，还是王荆花？

“以后能不能别干这偷鸡摸狗的事啊。”杨素话中有话，指桑骂槐。

“么子鸡啊狗的。”王荆花不放心，又追着她下楼，说，“你不能这样啊。”

“我不能哪样啊？”杨素说得理直气壮。

“你这孩子，声音小点啊。我是说亚宁回来没住几天，你不能动不动就生气，一生气两口子的身子也就凉了。凉久了，心也就散了。”王荆花还想说出更多，比如自打周亚宁回国后，就没听到你们两口子“摇晃”床板了。

“散了好。省得烦。”

杨素爬上阁楼储物间，躺在杂物堆里。在黑暗中，她发现自己竟然穿了一件毫无美感的睡衣，更令人沮丧的是，她在睡衣的左胸发现了一个破洞。她有新买的蕾丝小睡衣，可它正躺在衣柜里。杨素这才意识到，她对周亚宁的心思也不像从前了。她想到曾经那日把自己脱个精光，缓缓地，一点点把身体浸入浴缸……这样的心思从前是心甘情愿花在周亚宁身上的，如今却不是了，并非刻意拒绝，只是想不到也就做不出了，就连明明准备好的东西也给忘记了。有了这番认定，反而安定了，杨素转身就睡着了。

周亚宁没有追出来安抚杨素。身体的不如意令他惆怅。杨素再期待，再努力，在他这里都是一场空了。她有多少期待，就会有多少失落。有些事由不得你努不努力，不行就是不行。尽管他舍不得放弃这个家，可眼下，他赖着和她们一起生活，也只不过向前多走几步罢了。

杨素从杂物堆里醒来时，已是凌晨五点。她不知道如何面对周亚宁，早早就去了单位。出门时，四周一片安静，王荆花一贯早起，今天难得睡过了头，杨素听见了自母亲房里传出来的鼾声，像是婴儿无辜的哭泣。

而周亚宁并没有陷入一个绵长混沌的春梦，他一直醒着躺到天明。他不能肯定，眼下发生的是否就是他的未来。他又一次想到了因果报应，他辗转反侧，几个小时的黑暗却漫长得让人痛苦。最后才断断续续睡了一会儿，他梦到了双亲，梦到狂风巨浪的大海，而他的家，渺小一如飘摇的小舟，几乎要被海浪吞没。

第七章

1

墨兰正勾着头拖地，拉锯般来来回回，仿佛那里结了千层痂。看见杨素时，她惊喜地冲上来。可走近了，又只是看着她，嘴巴张了张，一个字也没有吐出来。

杨素看了她一眼，陌生人似的，匆匆走了。不是明明说了再不回来了吗？她并没有多看墨兰一眼，也不想打听她为何反反复复。墨兰头一低，泪水砸到了地上，她低声骂自己越老越没用了。她不是舍不得离开这里，可走有走的原因，而来也有不得已再次回来的原因。强子一时鬼迷心窍，进了赌场，钱输得精光不说，人也被打得半死扔在路上。一家人要穿衣吃饭，她是不得不来了。墨兰这时又后悔自己来去都显得草率。

杨素想打电话告诉纪鹰，墨兰又回来上班了。可她拨不出那串数字，似乎有双手在拽着她，让她不能依照心意去行动，又好像一股潜伏的力量，在指引她做出与眼下心绪相背离的举措。她甚至感觉自己跌入了一团迷雾之中，隐隐约约，一些人朝着她扑来。原来是梦，杨素竟然趴在办公桌上睡着了，护士长推醒她，说黄志明来了。她一时羞愧，随口说：

“我怎么打起瞌睡了。”

“不会是有喜了吧？”护士长嬉笑着说。

“老成妖怪了。”她自嘲地撇撇嘴，匆匆走了。

黄志明这次来，明显不同于从前，除了肛周部位的症状愈发严重，脸色也差了。可他走路依旧。他从不低头走路，由于个子矮，他走路时会有意将背挺直，头向后微仰，他的视线从来不会落在一个低头干活的勤杂工身上。墨兰也没有认出这个男人是黄志明。她怎么可能认得出来？当初那个又黑又瘦的小个子青年和眼前这个油头粉面、西装革履的胖男人，已是判若两人。尤其那副架在鼻梁上的金边眼镜，细碎的阳光透过窗玻璃洒在镜片上，折射出耀眼的光芒。黄志明掉了收据在地上，墨兰提醒他，和对其他陌生人说话的语气一样。她极少与陌生人对视，她情愿没有人认识她。

电梯上到七楼，黄志明犹豫了一下，又按了一楼的键。返回一楼，他盯着那个低头拖地的保洁员，左看右看。嗯，人变矮了，尤其瘦得厉害，虽然她原来就瘦，可现在愈发瘦得只剩下一身骨架了，脸上起了不少褶子，头发也白了不少，还是原来的发型，得幸她还梳着美人髻，否则他是万万不会想到是她的，也万万想不到她现在过的是这般日子。他想冲上前去叫她，可心里又有了别的打算。在这里遇见过王荆花，现在又遇见了墨兰，如此机缘巧合，黄志明总觉着会有什么事发生。于是，他赶紧给纪鹰发了条短信。

此一时，彼一时，当再次见到杨素时，黄志明变得很小心，也不敢像上次那样要求单间治疗。他挑了一张靠墙的床位，躺上去，把脸埋向墙壁窝里，缓缓解开裤扣，犹豫了一会，才将裤子从腰间退到屁股下面。能看出他的紧张。

“开始了吗?”他连连问。

杨素刚把器械伸进他的身体，他就痛得“啊哟啊哟”反手去抓杨素的手。

“黄老板，这是正常检查，得忍耐。”

“这是要人命啊。”黄志明的手依然紧紧地抓住杨素的手不放。

肖莉来了。她站在检查室门口，一脸阴沉。

“你怎么来了?”黄志明赶紧松开杨素的手。

“我不能来吗?”肖莉说。

“你还检查吗?”杨素一脸平静，仿佛所有的声音都无法进入她的耳朵。

“检查!”

杨素继续把检查器械插进黄志明的患处。为了快点结束，黄志明有意把屁股拱高些，不料，他的身体因此暴露得更加彻底了。

“我说为什么男人都喜欢挂你的号，原来有这福利。”肖莉说出的话成了一种羞辱，场面也就愈发难堪了。

“请你离开检查室，不要妨碍我工作。”杨素说得不卑不亢。

“妨碍你工作?我看是你心虚了吧。倚着自己长着一双招人魂的眼睛，还专瞧男人的私处。”

杨素不想让她得逞，转身往门外走去。“你不要走啊，你不要走啊。”肖莉一把扯住杨素的白大褂。一粒扣子没经得住肖莉的撕扯，“嘣”的一声，刚好滚落在她的脚边。肖莉抬起高跟鞋，重重地踩在扣子上，又以扣子为着力点扭动后跟。似乎还不解气，又说：“我踩碎的不仅仅是一粒扣子。”

人要脸，树要皮。明明知道黄小米和周亚宁有染，身为黄小米的父母，他们不仅利用周亚宁来求我为他们治病，还往我身上泼脏水。想到这里，杨素突然异常愤怒，她大声骂：“不要脸。”然后脱掉身上的白大褂，用力摔在肖莉脸上。

“你说谁不要脸？”肖莉的声音从白大褂里钻出来。她甩掉白大褂冲了上去，一副要打人的样子。

隔壁的患者闻声迅速围拢过来，其他病房的患者也陆续来了，医生护士也有人跑了过来。人群里突然冲出一个人，像堵墙般拼命地撞向肖莉。

竟然是墨兰。她一向沉默无语，在村里连三岁小孩都不曾得罪，任何人任何时候看她都是一脸淡然，不喜不悲的样子。围观的人好像也看出异常，有些人露出有好戏看的兴奋劲儿。两个女人扭打在一起，互不相让，护士们好不容易才拉扯开。

墨兰抬起头来，脸上有带血的抓痕，像留在泥沟里的车辙那般明显。有人发出夸张的惊呼，几个上了年纪的男病人，骂骂咧咧，急得团团转。也有人唉声叹气地走了，而更多的人站在那里，什么也没敢说。

黄志明见肖莉闹成这样，怪自己平时对她过于放纵，今天也没及时制止，心里很是着急，又有一种难以控制局面的慌张。他跳下床想去做些弥补，嘴里却在大声埋怨医生护士袖手旁观。他看向门口时，脸上露出了惊愕，声音也没了刚才的力量。纪鹰正站在门口。纪鹰看向他，却并不和他说话，只是静静地站在原地。直到保卫科的人来了，纪鹰才转身离去。

墨兰脸上的抓伤，像面声讨的旗帜，挂在众人面前，让杨素无法回避。

“大家来说说，这是谁的错?”肥妹冲到杨素面前，摇晃手指，显得义愤填膺。

“她的错。当然是她的错。”围观的人一齐把手指向了肖莉。

保卫科的人冲上来时，杨素清醒了——我是科室的第一责任人，我不能由着性子让事情变得更糟糕。于是，她趴在肥妹耳边说了几句，又赶紧招呼围观的人回到自己的岗位或者病床上。

“黄老板，你夫人必须道歉。”杨素说得很果断，没有一点回旋的余地。

“我没事。”墨兰看着杨素，恨不能抱着她哭一场。她虽没有读过书，可母子连心啊，孩子痛在哪母亲自然也痛在哪。没有人知道她在护犊子。不，有人明白，就是那个悄无声息出现在门口的纪鹰。墨兰的冲动，让他更坚定了自己的猜测：杨素就是他和墨兰的女儿。他想冲上去，将两个女人护在羽翼下不受任何伤害；可他离开了，无声无息，除了黄志明，甚至没人察觉到他来过。

“让我向她道歉，除非我死了。”肖莉从来自恃高贵而拒绝一切委屈。

黄志明气得想当即掴肖莉一记耳光。场面全乱了，围观的人在保安的推搡下显得更加混乱，那些幸灾乐祸的声音像是在鼓励他惩罚肖莉。黄志明清醒了，他和肖莉不是敌我。他用力将肖莉推进旁边闲置的病房，咬着她的耳朵说，在这里出丑，让我颜面尽失，对你有什么好处?肖莉一把捂住嘴巴，仿佛她想捂住刚才说过的话。可她又说，现在要逼我去道歉，我就从七楼跳下去。声音低到黄志明刚能听见。他想到她身上的病，刚才还僵硬如钢铁的双手，也松软无力地垂了下来。

黄志明觍着脸走到杨素身旁，本想借自己是周亚宁上司的名头来为妻子讨条退路，可他看出杨素个性刚烈，先不说妻子今天羞辱了她，光论女儿破坏她婚姻的事，她能不记恨吗？倘若自己再说错点什么，这事就愈发难办了。黄志明索性说，杨主任，我代肖莉向您道歉。他指了指自己的脑袋表明妻子这里有问题。又说，您多担待。双手却死死拽住肖莉。杨素并不接话，她心想，走吧，走吧，快点结束这混乱的局面。接着，黄志明拖着肖莉灰溜溜地走了。

2

杨素带墨兰走进护士站，机灵的肥妹赶紧迎上来帮老人处理脸上的伤痕。

过了一天，安若来找杨素，主动问起这桩事，还说看不出墨兰这样重情重义。言谈之间全是羡慕。杨素心里有事，这番交谈其实也是安若一个人唱独角戏。安若没有意识到杨素脸色的变化，她沉浸在莫名的兴奋中。杨素依旧没有说什么。她在恐惧，她的胃里一直在翻腾。安若又说，其实我早就想说了，你们俩看上去太像了，搞不好是失散多年的亲人。别乱说！杨素声音不高，却表示出不想再继续这话题。安若脸色讪讪。杨素想对安若说，别多想。可她也在怀疑，自己为什么在这件事上如此在意，几乎乱了方寸。

安若的猜测绝非空穴来风。

回想那天和纪鹰的对话，杨素浑身不安，不仅仅是出于某些不确定的甚至难以启齿的原因。她压抑心中的不安，仿佛想拖延一切。她万万没有想到她和纪鹰与墨兰之间有着如此特别的关系，做出这个判断，是因为夜里听见了王荆花的哭诉。平日里，王荆花拜玉皇大帝财神爷药王孙思邈，也敬如来佛祖观世音菩萨，她天天上香烧钱纸照香油灯，总是祈求他们保佑，也时常磕头乞求他们大人大量，不记小人之过。她在杨素家的北面阳台上摆了个神龛，她哭诉的内容是那么详细，那么密集，仿佛在念经。又像是为了得到某种宽恕，她常在深夜说出隐藏多年的真相。

并非杨素多疑，那天她突然回家。王荆花哭诉得那么投入，全然没有听见开门的声音。听是从后面听的，有头无尾的样子，不承想听出一个天大的秘密，她并不知晓内里，有心想当面对质，却突然害怕。心想，王荆花隐瞒几十年，一定有她不得已的苦衷。杨素站在那里，浑身发抖，觉得世间一切都是不完整的，不是这里缺一块，就是那里缺一块。再想自己，心里有缺，身上也有缺，一时泪流满面。可她强忍住一切，保持依旧圆满的假象。

接下来的日子，杨素成了侦探，她先后查看了墨兰和纪鹰的血型。她熟知自己的血型，出于职业敏感，她在心中有了最基础的判断。

那是杨素生命中最长的一周。她尽量让自己忙于各种具体的事情，她的手术台数甚至要超过以往任何时候。可是，没有什么能够让她忽略以后可能发生的事情。

我是谁？一个弃儿？她时常陷入这样的猜想，却又不敢往下想。未来的事本没有定数，而眼前总有一股力量挟持她，让她站在所有的真相面前，接近更大的真相；也因为不确定，未来显得愈发渺茫。窗外，那些挂在秃树枝上的枯叶，正被风吹得七零八落。在杨素看来，所有的人与物，都是镜子，照出她的眼睛、四肢，甚至流血的心脏和无数交错的神经，而突至的狂风，将所有神经吹散，她自此成了一个失神的人。

纪鹰坐在书房，一动不动，眼睛直直地盯着前方。想象出来的痛苦是没有力量的，而当看见墨兰那样袒护杨素时，才知墨兰心里深藏的痛苦；同样，看见肖莉肆意欺侮墨兰，因无法挺身而出，这种痛苦也才更为具体而真实。

纪鹰几次想给杨素打电话，又觉着不妥。他有心等待黄志明能给他打来电话，可也杳无音信。直到华灯初上，黄志明终于来了电话，他原本是要道歉的，可啰啰唆唆说了许多，一直在说肖莉，说他妻子神经有问题了。因为目睹了肖莉的目中无人，纪鹰才愈发厌恶黄志明此刻的说辞。纪鹰没有表态，他看上去像往常一样，可内心是欺骗不了自己的。你沉默得太久了，他在心里自嘲，接着还是拨通了杨素的电话。

"纪市长，您是想打听墨兰的情况吧。你为什么不亲自去找她？她住在小寺街 81 号的小杂屋里，去找她啊，去看看你当年心爱的女人现在苍老又落魄的样子啊。居庙堂之高的你，能受得了这样的现实吗？是你的爱人又怎么样，是你的孩子又怎么样，你关心过她们吗？这几十年的生活里，有你一丝的影子吗？"

这些都是杨素借着酒劲说出的话，是真心也有委屈。她真心实意的过去，却是因为别人的错误改写的人生，她甚至不愿意相信这是真的。可千真万确，在她的办公室的抽屉里，躺着一份 DNA 检测报告，白纸黑字。

菲儿抢过杨素的手机，说声"抱歉"，赶紧挂了。一股力量支配菲儿想说出某个真相。她逼视着杨素说，一切你以为的最坏的样子，都有可能出现你意想不到的转机！

菲儿心里藏了秘密。几个月前，她去市教育局帮学校申报贫困生资助名单，接待她的竟然是高中语文老师易老师，易老师说他进市教育局多年了。不知从哪里开始的，两人自然就聊起了杨素。办公桌上摆着当天的报纸，上面有篇报道，名为《情系大山》，写的是纪鹰考察客界时亲自深入群众和大家聊开发家乡的诸多细节问题。其中有两张照片，一张是小车陷入泥泞，市长亲自和大家一起推车的情景；另一张是纪鹰和杨楚坐在小板凳上扯家常的照片。菲儿与易老师都知道杨楚是谁，估计易老师早就了解了一些事情。他绕弯拐角说了许多，菲儿才听懂了，当年资助杨素上完大学的好心人就是纪鹰。

杨素不知道这些，身世带来的痛苦消耗了她的体力、信心与希望。她说："小时候我盼着长大，以为长大了就好了；进大学后我盼着毕业，以为自己毕业可以赚钱了就好了；工作后我不怕苦不怕累不怕脏，心想干出点名堂，以洗刷我毕业时的耻辱就好了；现在我有房有车，有婚姻有孩子有事业，可我仍然不好，我不幸福。"杨素开始哭泣。"我到底是谁，我到底要多努力才配拥有幸福？"杨素突然瘫倒在地上，如癫痫病患者，浑身抽搐。

"你会有幸福的！"菲儿伏下身子抱紧杨素。

直到今天晚上，纪鹰才看出自己的软弱，面对墨兰与杨素的无助，他陷入了进退两难的困境。坐在书房那把小木椅上，被苦闷无奈的情绪煎熬着。卓凡从窗户一角看到了一切，纪鹰坐立不安，他又开始抽烟了，烟灰缸里的烟头堆成小山。而五年前纪鹰就戒烟了。我该怎么办？卓凡想，我是否应该直接推门进去，问他到底发生了什么？然而，她感到爱人正在躲着她。她有一种不祥的预感，纪鹰变了。有时明明看出他想和她说点什么，而纪鹰却只是望着她，什么也没有说。

3

黄志明的头发忽然白了许多，熟悉他的人都注意到了。

黄志明的运气相比他先前那般得意时要差些，可蒋磊到底死了，他还活着。这样的念头只是一晃而过，眼下，他像个猎人，想要找到下一个猎物。想到周亚宁，他觉得之前的算计真是昏了头，搬起石头砸自己的脚。宏景集团陷入困境，银行的债务压得他透不过气来，几次投标也没有结果。黄志明不甘心就这样让宏景陷入困境，他是个聪明人，不会轻易善罢甘休，新近又成立了文化发展公司。

黄志明知道，纪鹰每到月底就会去江枫山上住一天，他算好日子，提前约纪鹰上山喝茶。

有些日子没来了，小院的门锁有了积尘。踏进院里，到处是落叶杂草，显得一片荒芜。

“岳父病后，就将这里交给我了，院子也就遭罪了。”纪鹰说。

“你没交代人按时打理这小院？”黄志明还是去年来过这里。那是春天，小院百花盛开，枝头绿叶正浓，好一派生机盎然。

“这本是岳父家祖业。我若请人打理，说闲话的人也就多了。”纪鹰苦笑着对黄志明摆摆手，接着说，“这活累不倒我，权当健身。只是经常不得闲，可怜了这一院花草。”

“知道你一贯怜香惜玉。”黄志明有意招惹那些沉睡多年的旧事。

“你啊!”纪鹰果然想到了墨兰年轻时的样子，可杨素那晚的咆哮让他完全没了追忆的兴致。他随手丢给黄志明一把扫帚，两人当起了清洁工。打扫完后，不待纪鹰提及，黄志明主动将茶具移至院外小亭，又掏出自己带来的古茶。纪鹰没说什么，看着眼前树叶清晰透明的脉络，似乎看出了坐在对面的黄志明此行的目的。

“老纪，上次去客界，有没有去梯田那边走走?”黄志明像一个偷窥者，小心翼翼，却又迫不及待地将焦点转向关乎自己利益的话题。

“太美了，从山脚到山顶的梯田依然保存得非常完整。眼下稻谷丰收在即，梯田就像橙黄的金塔。”

“见着老朋友了?”

“还真是巧了，刚到客界就见到了杨楚。”

“当年，他唱对子歌绝对是一副好嗓子。”黄志明还有意唱了两句：栀子花，叶子青，情哥上山戴斗笠。斗笠遮脸不遮心，眼睛只瞟心上人。

“这老哥活得比我们自在。”这时，纪鹰语调突然一沉，“老哥的身体可真是垮了。”他仿佛又听到了他撕心裂肺的咳嗽声。

“我们都是劳心劳力的命。”黄志明并不真心关心杨楚，可他说，“一张憨厚的脸，身形结实如牛，这我还记得。但他是否抽烟，喝不喝酒，现在没有印象了。”

纪鹰走到一棵枫树前，风吹过来，枯叶落在身上，黄志明走过去，殷勤地帮他扫去身上的叶子。“A 项目那事办妥了吧?”纪鹰说。

“蒋磊折腾得我脱了一层皮，总算办妥了。不过我的口袋也空了，正想在你这讨点活路啊。”黄志明忍了忍没抱怨周亚宁。

“先喝口茶吧。”纪鹰径直走进小亭。

黄志明跟着走过去。茶具是事先就摆好了的，黄志明主动烧了水，泡了茶。两人先是聊茶，后来聊到了旅游。

“我成立了一个文化发展公司，老弟我以后的粮袋就指望老哥接济了。”黄志明说。

“所有旅游开发项目都会面对社会招标，你积极参加就是了。”

纪鹰透过黄志明殷切的眼神，看向他身后那随风飘落的树叶，心里有些没着没落。他发现自己与某些事某些人渐行渐远，于友人黄志明他不能轻易承诺，于墨兰他背弃了承诺，对女儿他从没有承诺。而卓凡呢……

黄志明起身，微微弯腰，给纪鹰的杯子续满茶。

纪鹰的电话响了，他草草说了两句就挂了。

“嫂子查岗?”黄志明极力想表现得俏皮些，可话刚一出口，他就后悔了。

“老夫老妻了，没那么多名堂。”

“我家肖莉现在可是完全变了个人，一天到晚疑神疑鬼，比那小夫妻还看得严。”

黄志明已经察觉到，肖莉越来越怪异。肖莉剪断过家里的电话线，她说她时常听到墙壁里钻出声音。黄志明半夜起来解手，她有意坐在客厅沙发里，灯也不开。她时刻处于不安之中，只有黄志明一直在她的视线范围内，她才能放心。

“带她去看看心理医生吧。”纪鹰看着被风刮得遍地都是的落叶，刚刚打扫干净的院子，又铺了一层。他不由自主地拍了拍黄志明的肩膀说：“放心吧，我心里有数。今天先散了吧，卓凡约我去医院陪陪岳父大人。”

“老爷子还好吧？”黄志明总算吃了颗定心丸。

“估计也是不久的事了。”

两人相继开车下山。

接下来的日子，黄志明变得异常沉默，给人一种跌入低谷的表象。其实，他每分每秒都在谋划，每天都在悄悄准备着。

4

周亚宁也在为自己做着准备，他终于把憋在心里多日的话袒露给了陆琨。

“我想到外面去寻活。”

“井往深里挖才能见水，你这一走，等于前功尽弃。”

同门相煎令陆琨痛心不已，蒋磊的死紧接着又给了他沉重的打击。他对周亚宁现在的选择倒是生出几分欣慰，认为他不失为一个血性男儿，可周亚宁走，他总归是不舍的。

“我想了许久了。”

“和小杨谈过了？”

“谈与不谈都是这结论。”周亚宁一想到妻子那张永远上纲上线的脸，突然觉得索然无味。

“那可不好，你的决定不只关乎你个人，牵动的可是全家人的命运。”

从陆琨那出来，周亚宁接到梁子然打来的电话。梁子然不想回国，可集团在C国的项目彻底黄了。他一回来，又开始折腾周亚宁，周亚宁本来有些烦他了，可眼下他也觉得有些空虚。

梁子然说："今晚约了潭州大学的部分校友，在山庄小聚。"周亚宁没心思去凑这个热闹，可张秘书怂恿梁子然务必把他拽去。

酒备得很充足，大家都喝了不少，张秘书喝得更得意，他眯着醉眼，趴在周亚宁的肩头，神秘地说："亚宁，给你出个脑筋急转弯，你知道煮熟的鸭子还会飞吗？"

"笨蛋，当然飞不起来了啊。"周亚宁手举酒杯，满面通红，身子摇晃，他指着张秘书的鼻子哈哈大笑。

"飞不起，不代表一定得放在你这盘子里啊。"张秘书笑得差点背不气来。

"你什么意思？"周亚宁的脸色涨成了酱紫色。

"哥们，我什么意思，你以为杨素还是你盘子里那只煮熟的鸭子吗？只怕别人的手早伸过来了，鸭子跑了，连你这盘子也会打了。"张秘书笑了，在场的许多人都听出他话里的酸劲，并根据他从前的表现在心里揣摸他说出这话的动机。在场的人都心照不宣地笑了，似乎在这样的场合大家都需要些这样的笑料。

"说清楚点，谁他妈的敢伸这手。"周亚宁感觉到一种久违的轻松，能这样无所顾忌地骂出来让他感到非常痛快。他憋屈得太久了。某些时刻，他回到妻子身旁，他以为能够再次完整拥有，能和妻子一起回到当初所带来的极致体验；但当他匍匐在妻子身上时，却劳而无功，会瞬间陷入懊恼之中。一切都回不去了，他意识到了这一点。他想，妻子如此聪明，她也一定意识到了什么。

“谁叫你家杨素是中医院一枝花。”张秘书在有意挑衅。围观的同学看出端倪，却又好奇，兴奋。可碍着同学这层面子，大家手忙脚乱，赶紧把两人架开，才免除了一场搏斗。

周亚宁回到家时，已是凌晨两点。在王荆花看来，酒气冲天的周亚宁此时就是一颗定时炸弹。经过主卧时，周亚宁扳着门把手，大声喊：“老婆，我回来了。”他想说出更多，可身子在发软。“走错了。”王荆花怕他发酒疯吵醒杨素引发更加激烈的争吵。她一边低声数落，一边费力地将他往凡凡的睡房推去。王荆花不敢离去，她一直守在门口，直到房间里传出鼾声。

好端端的一个家，怎么就落到这个地步了。王荆花自言自语。她又走到杨素的卧室前，轻声嘀咕了一声，睡吧，没事了。

杨素什么都听见了。

应该是从那天起，在电话里对纪鹰咆哮那天起，她的心里就一直在等待，等待一场更加猛烈的风暴向她扑来。也是从那天起，她回到家再不开口说话，时常径直走进卧室。王荆花几次想开口问杨素，可话到嘴边，又生生吞咽下去，她总感觉背后有双眼睛在盯着她。杨素看出了王荆花的惶恐，心想她一定有不得已的苦衷，可又因“自作孽不可活”而对她心怀怨恨。王荆花的害怕也因此愈发强烈，她害怕一切都会离她而去，她甚至想跪在女儿的面前，告诉她所有真相。可王荆花不敢。客界人都看出来了，王荆花怕杨素。王荆花现在尤其害怕，这个用她一生幸福换来的孩子，若知道了身世的真相，会如何鄙视她。我到底是谁的孩子？杨素想看着王荆花的眼睛问她。可王荆花总是有意回避，这恰恰不同于以往她总是喜欢把女儿控制在视线之内。

一种从未有过的恐惧向杨素扑来。在此刻，在凌晨，让她感到尤其深刻。

房间里呈现出死一般的沉寂。

5

不知从哪天起，周亚宁不能再睡到自然醒了。王荆花天天叫他起床，并非真心关心他的起居，是眼浅。她看女儿每天起早贪黑，忙得天旋地转，而他像个获得某种特权的人，过着随心所欲的生活。王荆花不知道，女婿正陷入焦虑之中，只是故作轻松，以此欺瞒家人和朋友。可王荆花还是发现女婿变了，他不再关心一家人的生活，也不再像从前那样把凡凡放在最重要的位置。

岳母的喊叫撕心裂肺，我的劫数到了。周亚宁意识到这点时，做出一些反常的事。小区门前地下通道有个瞎眼算命大爷，以前经过那儿时，周亚宁连看都不看一眼，昨天他竟然去找他占卜。大爷说你今年犯冲，还说，往西走，必能改运。

周亚宁不想去上班，其实也不知要去哪里。他不敢在王荆花面前晃荡，出门时，心情和天空一样乌云翻滚，一路所见之人都在静默疾走，像在奔赴一场告别。他来到公司，见一些同事正在议论援疆计划。他打开公司网站，也只是匆匆看了一眼。

他坐在办公室里，不停地翻看手机，期待有人联系他。但是没有。他感觉出来了，在这间房子，在整个公司，他在与不在已经没有任何人在乎。索性，早退回家。

回到家也是无聊。恰巧黄小米发来微信，说有事想请教他，还说最好在电脑上登录微信，这样便于传输文件。他不想理睬她，总觉得现在的状况都是她造成的。他们已不再联系很久，可对方一再请求，说有重要事情请教于他。周亚宁本不想再和她有什么牵绊，可想起上次蒋磊诬陷他的事，多亏她及时出手才洗刷掉身上的冤屈。眼下的生活真是乏味呀！他心里苦涩，不觉回忆起两人在一起的时光。真没想到，身体竟然有了异样的感觉。他一时兴奋，手不由自主地伸向那儿。如同得到验证，他在心里感叹，以至于想哭出声来。像是身体找到了突破口，那些与黄小米相关的日子，海藻般摇摆，撩拨他颇不宁静的心神。

杨素打来电话时，周亚宁正坐在电脑前和黄小米聊得火热。他很好地掩饰了一切，让妻子以为一切风平浪静。

“凡凡今天期末考试，下午三点半考完，你记得接她回家。”

“是啊，是啊，我已经在路上了。”周亚宁一边回答一边起身。挂掉电话一看时间，四点整。“糟了！”他大叫一声，急匆匆往外走，差点撞倒了王荆花。

“出什么事了？”王荆花的惊慌是一直压在心里的，只要有人撩起，自然就表现出来了。

周亚宁不敢告诉王荆花实情，嗯啊两声，逃之夭夭。校门口一个人也没有，地上干干净净的，仿佛刚经历过一场飓风，一切迹象都消失了。

“史老师，我家凡凡呢，她跟谁走了吗？”

接到周亚宁的电话时，史老师正躺在家里的沙发上享受惬意的周末时光，她漫不经心地说："不是你们家长领走了吗？"

史老师又不是傻子，她之前对凡凡的热情与某些期待相关，期待没了，热情自然就消失了。放学后在校门口排队时，她有意把凡凡安排到实习生孙老师那一组，她不想再见到凡凡的家长，一想到凡凡妈妈的那双手，联想到身体的某些部位，她的心里就作呕。

"不好意思，因为单位有事耽搁了，我才赶到学校。"

"今天是实习老师值日，我先问问她啊。"史老师的语气依旧漫不经心。

尽管此刻并没明确发生了什么，周亚宁却开始感觉不安，他的眼睛一刻也不敢离开手机。史老师打电话来了，他希望她能带来好消息。

"凡凡爸爸，你往家打电话了没，凡凡是不是已经到家了？"史老师还是那语气。

"我才打过电话，凡凡没有回家！"周亚宁不停地用手抓挠鼻子。

"孙老师说，凡凡可能是趁她和别的家长谈话时一个人偷偷走了。别慌，我们大家一起找找。"史老师并没有刻意责怪谁，却让人轻易就能分辨出她指责的对象是凡凡。

周亚宁开始暴躁，他责怪史老师不负责任，还说每年交这么贵的学费还不如一所普通学校。而史老师的语气也刻薄起来，你有这工夫在这抱怨，还不如赶紧去找凡凡。周亚宁先挂了电话，他想到妻子还不知情，有心独自承担，可也不敢太粗心大意，于是赶紧拨打妻子的手机。没接通。他又接着拨打家里的座机。王荆花与小区的大妈们打牌正在兴头上，按惯例，要到五点散场才回家做晚饭。

学校四围，沿途的六山角、下水街、花园街，以及熟悉的公园、自家小区，都找遍了。眼前风吹起的落叶，时而腾空，时而坠落。天慢慢黑了，他再次拨打妻子的手机，手一直在发抖。看着从他身旁经过的孩子，他每次都会迎上去，看到底是不是凡凡。

“凡凡上你那没有？”周亚宁说。

“凡凡上我这？你这是什么意思？”

“凡凡不见了。”

不是第一次发生这种事了，杨素不再像当初那样惊慌。可她的手无端发软，那支珍爱多年的老式派克笔，从手中滑落。杨素捡起笔，发现笔尖已经扭曲变形。一定会有不好的事情发生，她心里一惊。

杨素赶紧打电话给王荆花。王荆花刚回到家，她今天手气不好，输了钱。她怪那个站在她后面看牌的人多嘴，害她出错牌，又和牌友拌了几句嘴，正闷闷不乐。

“娘，凡凡回家了吗？”

“没有啊，你们没去接凡凡啊？”王荆花心不在焉。

“周亚宁去接的，鬼晓得他怎么回事，把孩子都弄丢了。”

“丢了？我的天啊，不会被人贩子拐走了吧。”王荆花顿时慌了手脚。

“你莫慌，我家凡凡不是那种冒失鬼，她丢不了的。”杨素说得很平静，可心里比王荆花还慌得厉害。

“你是不见棺材不掉泪。”

王荆花刚放下电话，就看见墨兰哭天喊地向她扑来。明明知道是幻觉，她还是打了个寒战。换作过去，她会大骂几声来壮胆，可近来她越发胆小了，总觉得报应迟早会到来。王荆花没有犹豫，扑通跪在地上，伏地求饶，口中还念念有词：老天爷你要报应就报应我这糟老婆子，千万不要为难素儿一家人啊。她一边扯围裙一边说，我要出去，我要去寻孩子。

“凡凡，我的崽，你在哪？”王荆花边走边用方言四处呼喊，路人停下来看她，那眼神和看一个疯子没有两样。

老天像是有意要惩罚谁，突然下起了倾盆大雨，路上的行人，他们很快找到了自己的庇护，有的躲在伞下或是屋檐下，有的躲进了商场。只有王荆花，一直在雨中行走。她一直很孤独，仿佛整个战场都属于她，所有的战斗都由她独自完成。很快，衣裳被雨水淋透了，她打了一个冷战，来自身体的不适让她走路有些力不从心。不能再失去什么了，她这样想的时候步子跨得更大，走得更急；可她真的累了，双腿发软，身子越来越沉。

疯狂，只能用这个词来形容此刻的杨素了。她的喊叫声回荡在潭州市的大街小巷，夜色愈来愈浓，焦虑愈来愈强烈，车速也愈来愈快。所有能找的地方都找过了，她又从车上下来，走进一些凡凡平时可能经过的小巷，一些躲在黑暗中无法辨识的身影慢慢向她聚拢，她的身子沉重到了寸步难行的地步。她坐在雨里，任由泥水溅在身上。

直到晚上八点，杨素接到小区保安打来的电话，说凡凡在家门口睡着了。保安是个好心人，他像对待自己的孩子一样，抱着凡凡蹲在屋檐下。凡凡已经浑身湿透，却睡得昏沉，仿佛不愿意再醒来。杨素忘记谢过保安，背起女儿就走，她只想快些给她换上干爽的衣裳，叫醒她，看她像以往一样，叽叽喳喳说个不停。

杨素忘记了其他人，仿佛世间原本就只有她和凡凡，或是她已经习惯了她的生活中只有她和女儿。客厅里异常安静，杨素没有开灯，就这样坐在黑暗里，希望自己也能很快睡去。可脑子里有些声音在干扰、吵闹，神经更像是被人拽着。突然，她发觉哪里不对劲，楼上楼下，一间间房去寻找，没有看到王荆花。她去哪了？她是个路痴，一直只会走两条既定的路线，一条是去菜市场，一条是去女儿单位。除此之外，她都会迷路。

“我娘出去找凡凡还没回家，你赶紧去找她。”杨素拨通周亚宁的电话，说出的话像是命令。

“妈平常都去哪儿啊……”

杨素没有听周亚宁说完，她还有很多电话要打，一个接一个。

街心公园门口，金菊花在雨水中低垂，人行道上的积水没过周亚宁的脚踝，他用踩高跷的姿势，跳过一个又一个的小水潭。前面有人围观，他无心停留，可又怕错过了什么，于是试着挤进了人群。眼前的场景让他的心脏几乎停止了跳动，千真万确，躺在雨水中的老人正是他的岳母王荆花。

一天一夜过去了，王荆花昏睡在病床上，叫不应，推不醒。杨素第一次以患者家属的身份感受到等待的焦灼，以及对未来无法预测的惶恐。

“陈医生，我妈能醒过来吗？”

“从 CT 来看，大妈颅内有淤血，导致失血性休克。我们先观察两天，兴许大妈就醒来了。”

6

村卫生站的人去工地找杨楚，杨楚正在挖水渠，一身泥水。

“杨素刚才打电话回来，说你家婆娘昏倒了。”

“娘卖乖的，说了要她别去，就是不听。”

“冇事吧？”杨兴等人迅速围拢过来。还有人插嘴：“那婆娘，她也有示弱的时候？”

杨楚没有搭理他们，一把扔掉手中的锄头，鞋也没来得及穿，一弹一跳往前走，跨过泥坑时绊倒在地。杨兴去拉他，他甩掉他的手，没看见似的，挣扎着爬起来，跳上单车逃命般往前蹬去。只听到他断断续续的咳嗽声越来越远。

杨楚来得匆忙，虽然脚上穿的是崭新的胶鞋，可卷起的裤管下露出了一截黄泥，很是扎眼。杨素没有去提醒他这些，却在心里流泪，仿佛突然发现了某个真相。

王荆花躺在病床上，像个死人。你怎么成这样了……杨楚声音哽咽，左脸颊上那道黑色的伤疤因为痛苦使他显得愈发惶恐。

“都是我的错。”杨素看向父亲。可杨楚并不看她，却说：“你回去休息吧，这里有我。”

“要不要再请个护工？”杨素问。

“不要，不要。”杨楚连连说，还是没有抬头。

回肛肠科的途中，杨素看见了墨兰，她正在住院部一楼大厅拖地。从墨兰身旁走过时，两人分明对视了一下，而杨素装作什么也没看见。墨兰起了疑心，她没敢尾随杨素进电梯，而是从安全通道爬楼梯上了七楼。走出楼梯，墨兰听到护士站的人在问，阿姨醒了吗？

阿姨醒了吗？这问的是谁？墨兰恨不得把耳朵竖起来。可她不敢靠得太近，远远地看着杨素走进办公室，她这才靠近护士站。

“肖护士，要倒垃圾吗？”

不待肖护士回应，墨兰已经清空了护士站前台的垃圾桶，趁着套新垃圾袋的时候，她又试探着打听。

“肖护士，杨大夫她家怎么了？”

“杨主任她妈摔伤了，正躺在我们医院心血管科昏迷不醒。”

墨兰没了干活的心思，径直去了心血管科。

王荆花住在哪间病房，墨兰不知道，她只能一间一间地打探。从 12 病室走出来一个男人，墨兰一眼就认出他是杨楚。虽然来时已经做好最坏的打算，但当真正面对时，墨兰还是没有勇气直面眼前的一切。她赶紧弯下身子，装作整理鞋带。

墨兰悄悄尾随杨楚，见他进了电梯，又赶紧折了回来。她太着急了，走进 12 病室时，差点崴脚。一张床空着，一张床上躺着人。躺着的是王荆花，虽然昏迷不醒，她还是一眼就认了出来。她不知怎么了，双膝一软，用力支撑着床沿才走到王荆花身旁。她站在窗前，抹了一把泪水，用乡音低号：荆花，你咋了？你把孩子培养得这么好，一定吃了不少苦吧。现在孩子大了，有出息了，你也该享福了。我不怪你，真的不怪你，那会儿事情太突然，那帮人若是抓到了我，我和孩子只怕早见阎王去了，是你救了我们。你不用躲着我，孩子是你的。都说养育之恩大于天，我不会和你抢，你也不要和我说穿这件事，只要你们大家都好好的，我也就安心了。墨兰停顿了一会，又说，明明死了的孩子，怎么还活着，你为什么要瞒着我？她双眼迷离，神情恍惚，好似变了个人，声音也变得异常陌生。

王荆花的手指轻轻地晃动了一下，眼角窝着泪水，墨兰赶紧跑去医生站叫人。当她随同医生再回来时，看见杨楚正站在病室门口。她不敢往前走了，也不敢再回到王荆花身旁。

“出什么事了？”杨楚小心翼翼地问医生。

“刚才有位大妈去医生站叫我们，说阿姨流泪了。”

杨楚把手挨到王荆花眼角，惊喜地说：“真的，真的有泪水！”

“从目前情况来看，阿姨有好转的迹象，可能刚才有什么事情刺激到了她。”

“能完全好起来吧？”

“和她聊天，继续刺激她。最好是让刚才那位大妈和病人多聊天。”

杨素很快就赶来了，她比杨楚敏感，能肯定那位大妈就是墨兰！可她不想在此刻说出，她用平常的语气问：“爹，你看见那个人了吗？”

“没碰着，像是成心躲着我。”杨楚躲闪着女儿的眼睛，像以往一样，却又有所不同。王荆花躺在那里，双目紧闭，她已经监督不了任何人。杨楚可以说出他一直想而不敢说出的话，甚至可以直截了当地把所有事情告诉女儿，包括女儿的身世。可他还是犹豫了，仿佛很多人的眼光在逼视着他，这些人中包含王荆花，还有村里那些死去的知情的老人。他觉得老天已经在惩罚王荆花了，他显得更加胆怯，仿佛这个时候背着王荆花做出的任何决定都是对她的背叛。杨楚低叹一声，倚着床边慢慢蹲下，掏出烟放在鼻子底下嗅了嗅，咳嗽来了，又收进了口袋。

窗外，枫树的叶子飘落，堆积在树根周围，彼此倚靠，彼此温暖。看着满地落叶，杨素突然很想大声告诉杨楚和王荆花：我是你们的女儿啊，从前是，现在是，以后也是。可她能说吗？这层纸再薄总归还是能遮掩些什么。杨素想到自己和周亚宁的婚姻，似乎也只剩下一层薄纸了，心底一时悲凉无比。就这样，两个人陪坐在王荆花的病床两侧，谁也没有再说话。直到周亚宁带着凡凡赶来，才打破了这令人窒息的沉默。

“外公，外公。”凡凡一进病房就先叫响杨楚，这多少让杨素心里有些安慰。

“爹，你待会儿跟着他们回家洗个澡，睡一觉，明天再来。”杨素看了一眼窗外，秋雨打在窗上，让人生出悲凉。

“那不行。你们都要上班。”杨楚说得斩钉截铁。

“爹，明天是周末，我们都不用上班。再说你这都熬好几天了，就算是铁打的身子也经不起这样消耗啊。”

“我反正也是闲着。”杨楚还想坚持，可是又咳嗽了起来。

“爹，你就听杨素的吧。”周亚宁本想说他来医院守夜，可自己终究不是太方便。

杨素见杨楚如此坚持，反倒很不自在，阴着脸，语气也不好了：“也让我这个做女儿的好歹为她尽些心意！”杨楚隐隐约约听出这番话里有着不同于平时的味道，心想这孩子只怕是知道些什么了。迟早是要面对的。他又想，他和孩子其实都是天涯同命人，虽然两个人什么也不说，可说与不说都是无可奈何，都是听天由命。

杨楚面呈愧色，答应随同周亚宁回家去休息。

看着他们离去，杨素心里有些恍惚，好像什么都散了似的。她想起这几个月接二连三发生的事来：等周亚宁吧，只盼回个水中月；遇见那个一直寻找的人，又是另外的身份；而一直视她如生命的父母，却把她的身世隐瞒了几十年。

7

病房里只剩下她和王荆花了，时间从来没有像此刻这般清澈，或安宁。杨素关了房灯，帮王荆花掖了掖被子，搬把椅子贴着床沿坐下。她从被窝里掏出王荆花的手，抓在手心，才慢慢地，细细地，在脑海中展开了她和她的时光轴。

杨素选择在这个时候讲述这个故事，并非刻意为之，而是有一股未知的力量把所有的过往都向她推来，就像有人突然在她眼前铺开了一本已经构思完毕却尚未落笔的书。把这个故事当作是由我讲述的吧，她这样想；况且，假设这是一个单纯由她讲述的故事，她便可以自由把握结尾或结局。故事也就画上一个完美的句号。那些她不希望出现的情节，她可以随性删除，而其间中断的美好，她便可以重新接续。

既然是故事，就不可能只讲给自己听，总会有别的听众。

躺在病床上昏迷不醒的人，现在成了唯一的听众。

她愿意讲述她的童年。那个女孩或她——她会这样来称呼自己，仿佛这样，就等于把她和现实世界隔离开来，她由此而变成了一个旁观者的身份。而王荆花她会说成是你，她会把昏迷着的王荆花当作听到了她的声音。

…………

“你爹不行了。你赶紧回吧。”叶大伯来学校送信给那个女孩，那年她才十三岁，说完就走了。

越过学校围墙，女孩看见稻田里的晚稻已经收割，只剩下高低不一的稻茬在慢慢枯萎。起风的时候，会有黄叶从路边的梧桐树上飘下来，落在已经枯竭的小河里，仿佛搁浅的小舟。那是她第一次逃学，回家路上，她沿着马路跑，沿着河堤跑，河堤那边有堆正在燃烧的杂草，黑烟像条长蜈蚣向天空攀爬。她脚上的凉鞋襻子，一左一右，拖拉在鞋跟后面，仿佛极力要挣脱某种桎梏。她往前奔跑时，凉鞋襻子的抽地声让她脑子一片空白，她突然清醒地意识到，她家的天要塌了。

她爹除了会在村口摇摆小木船，还是离家二十里远的小煤窑里的矿工。他脸上一直有黑色的煤尘，有时鼻孔、耳洞里也会有。而真正的标签，是那道黑色的伤疤，就在左脸颊上。女孩不知道她爹被什么砸伤了，但她清楚地记得那天的情景：是夜里九点多，她刚躺下，就听到她家后屋的门被擂响了，响声异常急促，让人恐慌。爹是被两个人架进屋里的，脸上全是鲜血。不，是黑色的血。你哭号的时候，她以为她爹要死了。架着她爹的两个男人中的一个说："嫂子，哥还活着。快去叫老七来。"老七是村卫生所的赤脚医生。那个男人不敢说出更多，出事前，她爹在矿里对他说过，夜里老梦见一个女人站在他床前哭着说还我孩子。伤好后，她爹的左脸上留了道长长的疤痕，像条黑色的蚯蚓趴在那。

在村口时，那个女孩遇见了一群人，他们表情各异，她却能分辨出来他们表情下一定隐藏着什么，并与她有关。那些婶婶大伯们平时见了她都会热情地喊她，今天却一个个像防瘟疫似的，一边远远地躲着她，一边分明又在瞥向她。

那个女孩在人群里找你，你不在。村里没有出现鞭炮声、锣鼓声。她暗自松了口气，走进厅屋她看见了你。你像堆枯草，瘫坐在神龛前。听见有人像条狗那般喘气的声响后，你弹簧般跳起，一把甩掉那挂在鼻尖荡秋千的亮闪闪的液体，扑上来，边哭边说："你可回来了，娘只要听你句真心话。娘就算是死了也安心。"

你的双手如铁钳般掐着女孩的双臂，令她有一种快要窒息的疼痛，她用尽浑身力气从喉咙里挤出一丝声音："娘，出什么事了？"

你的手乏了，你松开女孩，瘫坐在地上，一把鼻涕一把眼泪数落道："没良心的，我就说他是占着茅坑不拉屎的窝囊废，他就抱着农药瓶子寻死去了。"

"爹上哪家医院去了？"

"镇中心医院。"

你的手乏了，你的身子顺着她那条被尘土包裹的裤腿瘫坐在地上，亮闪闪的液体从鼻孔里、从眼眶里汹涌而出。

那个女孩丢下你，甩开双手，向着来时相反的方向跑去。泪水不知何时流了出来，如同天空不知何时下起了细雨，觉得这一切都是你造成的，她对你生出的恨让她跑得更快了。

这是条晴天尘土飞扬，雨天泥水扑身的土坯路，却是唯一通往外界的道路。秋收后，除了像她这样到村外去上中学的几个孩子，村里几乎没有人会在这样的阴雨天踏上这条路。细雨打湿的路面，黏黏糊糊，泥泞难行。她像个蹩脚的舞者，摇摆在这泥泞里。

医院门口墙根边蹲着她认得的村里的叔伯。

"我爹怎么样了？"那个女孩哭着说。

"死不了。出村口时，有人用手在你爹喉咙里捅了一把，呕出了好多秽物，估计农药也吐得差不多了。”

爹出院后，腿就瘸了。

杨素泣不成声。杨素并没有停下来，她说出了那个秘密，表哥的形象已经模糊，可有些声音依旧清晰，他撞击在她身上的力量还在。像是在忏悔，她说出了许多细节，仿佛这样也是一种救赎。

窗外有风吹动的声音，她突然停止讲述，依旧在哭泣，她压抑着，让这里听上去再没有别的声音了。

王荆花的手指微微抖动了一下，两下，三下……接着身子也在微微颤抖。王荆花醒了。准确地说，是哭醒的。她躺在那里，号啕大哭，整个医院都在颤抖似的。

不对，怎么有两种哭的声音。杨素疯了般扑过去拉开病房的门，她看到了一个穿着医院清洁工服的背影。难道是墨兰？不，那就是墨兰。她想叫住她，张了张嘴，却发不出任何声音。

8

杨素感觉不对劲，王荆花虽然醒了，看她的眼神却是陌生的。王荆花问杨素是谁，杨素说我是素儿。

“素儿？素儿是谁？”王荆花皱起眉头，努力思考的样子。忽然，她站起来大叫：“你走，你快走，她是我的孩子……”她挥舞双手驱赶着杨素。

天边还未泛出晨色，杨楚就醒了。他站在周亚宁的卧室门口，听出里面还有鼾声，就独自去了医院。杨楚站在病室门口，听见王荆花惊恐的叫声，看着杨素跑离的身影也像没有看见一样，似乎只有惊喜。

“荆花，你醒了！这就好。这就好。”

王荆花抓住杨楚的手：“楚拐子，快带我回家。”

“好，回家。”杨楚抓紧王荆花的手安抚她。他只知身为丈夫要悉心照顾妻子，却不知妻子犯病因何而起，也没有看出妻子的异常，反而问：“素儿刚才和你说了什么？”

“谁是素儿？”

“你睡糊涂了吧，连女儿都不记得了。”

“我有女儿？”

杨楚这才发觉异常，他盯着王荆花，脸上那道黑的伤疤因恐慌更显得可怕。眼前的人看上去还是他认识的王荆花，可眼神变了，说出的话也变了。

他什么也没问，任由王荆花在那里胡言乱语。他帮她洗了脸，擦干净手，喂她吃了早饭，又陪着她说了好些话，哄她再次入睡后，这才走出来找杨素。

“你娘这是怎么了？”他着急地问。

“小声点。”杨素说，“她失忆了。从目前来看应该是患了选择性失忆症。”

“这是个什么病？”

“就是一个人受到外部刺激或者脑部受到碰撞后，遗忘了一些自己不愿意记起的人或事情。”

“是不是像叶三他娘那样的傻子？”

“那不一样。叶大娘是老年痴呆症。”杨素看着过道尽头投射进来的那缕晨阳，“爹，你先别着急，哪天娘的心结解了，病也就好了。”

“你娘啊……心思重着呢。”杨楚欲言又止，借着咳嗽不再说话。

“一切都会好起来的。”杨素说这话时心是散的。她想，爹不想说出的那些话会不会就是她想要寻找的答案？

“你娘可以出院了吗？”

“过两天就可以出院了。”

“兴许回乡下，好得还快些。”杨楚喃喃自语。

“爹，那你就别上工地做事了，一心在家陪娘养病，钱的事你不用操心。”

“要得，爹听你的。”杨楚看着女儿眼里的血丝，催促她说，“赶紧回去打个盹，今天千万别拿刀子了。”

“楚拐子，你死哪去了？”

王荆花又醒了，杨素跟着杨楚走进病房。王荆花看向她的眼神里有明显的嫌弃。一时，杨素心里的委屈又加了一层，可她比谁都清楚她娘的情况，除了顺应，什么也不能说，什么也不能做。

杨素含住泪。她觉得是时候去面对一些人了，也到了揭露真相的时候。但她不想从这里开始，她觉得墨兰更应该受到谴责。在杨素看来，人世间最大的悲哀莫过于自己真心相对的人却是伤害自己最深的人。杨楚看着女儿，他有心安慰两句，却又自知无能为力。杨素自然能看出爹的不知所措，心想，原来他们父女一样，都是可怜人。

去寻找墨兰的路上，杨素心想，对于她来说，墨兰已经不同于以往，过去她只是单纯地想帮她，希望通过自己的努力帮她走出困境；而此刻，她对她却只怀有怨恨。她由着此刻的冲动，只想找到墨兰，去责问她到底怎么回事。

墨兰来时，杨素正好下楼。出于谨慎，墨兰刻意戴着大口罩，她们从不同的电梯出进，几乎是擦肩而过。

偷听了杨素对王荆花说的那个故事后，墨兰再也无法安心干活。无论走到哪里，王荆花都在她的眼前晃动，甚至能听到一个声音：是我的孩子，那是我的孩子，她只管我叫娘。墨兰并不想和她去争夺什么，可她总觉得事情并非这么简单，毕竟她也受了怀胎十月之苦。孩子死了，这话是王荆花对她说的，杨楚肯定了这一点。想到他们夫妻合伙骗她，她恨不得指着他们的鼻子骂，你们的良心被狗吃了。突然又出了冷汗，怀疑纪鹰也是他们的同伙。她只想快点去问王荆花，问杨楚，为什么，为什么要这样对我？

院里的清洁是由同一家保洁公司承包的，服装相同，墨兰不用伪装，大家也会习惯性把她当成上早班的清洁工。墨兰算过了，这个时间该是清洁工清理房间的时候。心血管科在九楼，九楼算起来一共有四十间病房，12 房虽说靠前，可清洁工们再赶活，这会估计也只能做到 3 号房。

“家属把摊在床上的东西整理一下。”墨兰故意装作冷漠的样子说道。

“凶什么凶，不就是一个扫地的。”王荆花一脸鄙夷。

杨楚看着自己的婆娘，和平常没有两样，他在心里琢磨，这选择性失忆还真是个奇怪的事。

“扫地怎么了，我不偷不抢不丢人。”墨兰希望自己说出更过分的话，刺激王荆花，或是直接说出我的孩子还活着。她感觉一场战争就在不远处等着。

“大姐，她是病人，你就少说两句吧。”杨楚生怕墨兰的话刺激到王荆花，赶紧出来圆场。

“臭扫地的，你说清楚。谁偷什么，抢什么了？”王荆花像个疯子般挥舞双手。

“偷什么了，你清楚。”

杨楚盯着墨兰看，眼前的人是谁？她为什么会这样说？他似乎感觉到了什么。“我倒要问问这里的医生，病人被搞卫生的欺侮了怎么办？”杨楚按响了床头的呼叫器。

“你们永远是上帝。”墨兰这样说时，愤愤的，并不去看杨楚，只顾往外走去。

墨兰没有等电梯，她走进了消防通道，一级一级往下走时腿脚有些不得力，她隐约感到杨楚已经认出了她。

“大叔，怎么了？”负责该楼层的清洁工来了。

“没事。咦，刚才不是有人来做过卫生吗？怎么又来做啊？”

“不会吧，我们是一间病房一间病房轮着做过来。”

杨楚觉得这事蹊跷，赶紧躲进厕所，打电话把刚才发生的事告诉了杨素。

9

寻到墨兰时，她正躲在工具房里抽泣，灰白的头发散乱地搭在前额上，这让她看起来愈发苍老、憔悴。她的身子几乎跪到了地上，仿佛遭到突然的打击，整个人都要垮了。看见杨素来了，她呆呆地看向她，一动不动，什么也不说，面如死灰，眼神里没有了一点光。也因此，杨素失去了来时的力量与勇气，她慢慢地蹲下身子，头几乎贴到了地板上。她害怕自己因为怨恨而忽略了世界上最简单的情感，墨兰也是一个母亲，她所经受的痛苦应该不亚于世上的任何一个人。想到这点，杨素因此生出愧疚，她又真正了解什么呢，所谓的真相到底是什么，是她所猜测的自己被无辜抛弃？还是墨兰一直在寻找女儿而不得呢？杨素突然什么也不想问了。她甚至希望所有人再也不要去打探，或是揭露一切真相，包括周亚宁为什么会喜欢别的女人，而她为什么成了被遗弃的私生子。

“你怎么了？”墨兰慌得赶紧去扶她。

“不用担心，王荆花明天就回乡下了。”杨素推开墨兰的手，心里明明想说的话一个字也说不出来，说出的却是另外一层意思，让人听上去像全心全意站在王荆花一边，而实际上她和墨兰已经有了某种默契，正在谈论的也是心知肚明的事情。

“回乡下？她的病治好了？”

“好了。”杨素不想告诉她王荆花患了选择性失忆症，仿佛这样做也是对她的惩罚。

“好了就好，好了就好。”墨兰自顾自地说了一遍又一遍。

杨素发现自己快要控制不住了。她想拉住墨兰，大声质问，为什么抛弃我，为什么我会是别人的孩子！可她只是轻轻地扬了扬手，说：“我还有事，我先走了。”

“再坐会儿吧。你太累了。”墨兰伸手想留住杨素，杨素躲闪时身子自然往一边侧去，墨兰看见了杨素左耳垂内侧的不规则红色胎记，像是突然遭到了重击，她的手立马缩了回去。就在那一刻，杨素清楚地看见墨兰眼里闪过的神色，痛苦而无奈。

“我干活去了。”墨兰抓起拖把往外走去。

“我得干活去了。”她又重复了一遍。她走得太急，身子又太沉重，眼看就要倒下了似的。杨素走上去想拉她一把，可墨兰愈发走得急了。

从工具房出来后，杨素觉得心里异常空落，身子如浮萍一般没了根脚。轻飘飘的她，不知道自己要到哪里去，茫然地挪动双脚，却又被什么指引似的，走着走着，又来到了新住院大楼。

杨楚不仅是知情人，更是某个阴谋的参与者。谁也不可以再骗我，我要知道一切真相，杨素决心要去当面质问杨楚。打定了这主意，她反而觉得步子没有刚才那么沉重。

正是电梯运行的高峰期，看着眼前黑压压的人群，杨素失去了等待的耐性。她迫切地想要知道事情的真相，一口气爬到五楼；慢慢地，她走不动了，步子沉重起来，心里像压着一块大石头。她把身子贴在掉漆的木质楼梯上，挣扎着爬到十楼。恍惚中，她看见每级台阶上都留有她拖曳走过的血迹，她的脚不见了，拖在身后的是一条带血的鱼尾。

杨楚蹲在安全通道口，他的样子像过去虔诚地守候在渡口的木船上。

“你娘才吃了药。说是犯困，我还没唠叨几句，她就睡了。”他说。

“不能睡得太多。要多和她说话，这样有利于恢复记忆。”

“唉，难得糊涂啊。”

“爹，娘是失忆了，你老人家应该还没有吧？”

“唉，人老了，记性不行了。”

杨素不由得多看了杨楚一眼，他低着头，像是要躲闪什么。

“我是被抛弃的私生女吗？”杨素感觉自己正将老父亲推下楼梯，不，应该是推向更加陡峭的悬崖。她甚至做好了生死同命的准备。

“那不是。绝对不……不是。”杨楚的脸色一时煞白。

沉默。两个人都哑了似的不再说话。过了一会，杨楚咳嗽不止。他有意把声音压得很低，反而憋得更难受，咳得愈发猛烈。

“我是谁的孩子？”杨素不想失去这个机会，她问杨楚。杨楚连连后退，直至杨素将他逼至王荆花的病房门口。

“什么是什么？”王荆花一脸惊恐，“你怎么又在这里？楚拐子，这女人怎么又来了？”

“娘，我是素儿，我是你的女儿啊！”杨素失控了，疯狂地向前扑去。

“你要干什么？”杨楚发出惊叫。

“我能干什么？”她压抑着哭声，跪倒在王荆花床边。

那首她深夜常听的钢琴曲——《海上孤舟》，此刻在耳边响起，如咒语，令她头痛欲裂。她绝望了，亲娘不能相认，养母对她形同路人，爱人和她貌合神离。她感觉自己成了一条失群的鱼，眼前出现幻象，在夜色正浓的海面惊慌失措地寻找指引她前行的曙光，她像往日那般深情呼唤，在岛礁之间，在心灵深处，在云层，在天边寻找，却找不到心中的那轮红日。她迷失了航向，她心中等待的那个男人，他又去了哪儿？

“这位姑娘，这可不能乱说，我从来都没有女儿，不信你问我老伴。”王荆花说。

“对，姑娘，你认错人了吧。”杨楚将女儿往门外推，装模作样。到了门口，他又低声哀求，“别问了，再问要出人命了。”

“楚拐子，你在那嘀咕什么啊，是不是想隔壁的小寡妇了？”

王荆花的记忆只与杨楚相关，她选择了放弃女儿，甚至和女儿相关的人和事，她都放弃了。杨素怕自己情绪失控激化王荆花的病情，她咬住嘴唇，离去时又看了杨楚一眼。杨楚看着她，眼睛发红。

出来后她径直回家了。开车进小区门禁时，周亚宁正开着车往外出，她在入口，他在出口，他们看见了彼此，谁也没有叫谁，仿佛一开口就会加剧此刻的尴尬。杨素看见坐在后排的凡凡，一脸不高兴的样子，眼睛红肿，一定才哭过。

并没有约定，可他们一起快速驶离了门禁。

杨素将车停在自家门前，眼前这栋房子的所有空间都属于她了，所有她讨厌的人和声音都消失了。她走进去，关上门窗，拧开所有的水龙头，最后扑倒在马桶上肆意大哭。

我是私生女，一个被抛弃的私生女。杨素感觉身上的鱼鳞在片片掉落。她甚至觉得黎明到来之前，从地平线上升起的那缕晨光，会让她化成一摊泡沫，最后消失在无边无际的深海之中。

我为什么没有兄弟姐妹？杨素一直不敢问王荆花，也不想问杨楚。而王荆花把她像鸡雏般裹藏在自己的羽翼下，更是无法去问别人。只是随着邻居们越来越喜欢在她面前摆出奇奇怪怪的神情交谈时，她才隐隐约约感觉到有一团迷雾笼罩在自己身上。

那年，杨楚喝了农药，从医院出来后，腿就软了，不能依靠自身的力量站立了。医生说是伤了神经，得慢慢养。医生还说让杨楚喝些用鹿角泡的烧酒，通筋活血，会好得快些。烤烧酒那天，王荆花嫌杨素和杨楚围在柴火边碍手碍脚，她招呼杨楚去取些纱条来压住麻锅四周，免得漏气失了酒的纯度；而杨素却被她赶进屋去，洗一口用来装酒糟的大瓦缸。

门外传来女人的咒骂。前两天，杨楚不知从哪里给杨素弄来一双胶鞋，除了左脚大拇指处破了个洞，其他地方完好无损。听出来了，外面的人因这双鞋而咒骂。杨素把鞋子脱下来，放在杨楚脚旁，什么也没说。杨楚抱紧她，一言不发，她在他的眼里，看到过去从未出现过的神色——愤怒！

一直没有听见王荆花的声音。王荆花为什么不站出来和这个女人对骂，杨素有些纳闷。

咒骂声越来越大。杨楚交代杨素待在房里不要出去，他抓住倚在门后的铁锹，紧紧攥着，仿佛就要冲出去与对手同归于尽。杨素没有听她爹的，跟了出去。

“这鞋分明是你们丢了的。我在河滩边那堆破烂上捡来的，你们为什么要诬陷我！”杨楚说这话时，额头上青筋暴起，眼珠都快要鼓出来了，杨素感觉他就要一铁锹把那个来势汹汹的女人拍在麻锅上。

“你们家有什么不敢偷的？”女人说这话时，并不看着杨楚，也不看王荆花。

王荆花蹲在柴火边，一脸漠然，像个沉默的帮凶，任凭她羞辱。

“进屋去！”杨楚竟然将铁锹挥向了杨素。

待到屋外没有一丝声响时，杨素才敢出来。王荆花瘫坐在灶屋柴火边，暗自抹泪。杨素咬住嘴唇没有哭，她看见杨楚的嘴唇在发抖，他眼里的神色和刚才一样。

所有这些都是梦。奔跑与哭声也是梦里的。杨素听见房子外面有保安在驱赶拾荒的人。可她的手动不了，浑身被一股无形的力量捆绑了，记起得越多，捆绑的力量也就越大。什么时候醒过来的，她不记得了。她跑得太久，浑身湿透，身上没有了一点力气。

可她看清了眼前的一切，她趴在马桶上，地上是她呕吐出来的污物。

第八章

1

杨素像从一口让她无法呼吸的深井中逃离出来，逃离了熟悉的中医院肛肠科，逃离了那些和她生命息息相关却又残酷伤害她的人。她要赶往离潭州五十公里的一家乡镇医院，那里有四台手术等着她，她的学长也在等着她。出诊，下面的医院先要发函到中医院，经院方同意，才能出诊。出诊可以透气、观光、吃地方特色菜，有些客气的病人家属还会送土鸡水鸭作为特别的酬谢。对杨素来说，这是呼吸新鲜空气的方式之一。

是深秋的黄昏，杨素在潭州市河坝镇的一家乡镇医院做完四台肛肠手术，搭乘一辆破旧的士赶回潭州。的士司机是她第四台手术患者的弟弟，看上去三十岁上下，干瘦干瘦的。他见了杨素先问吃了没。杨素哈了口气，他闻到了空气中的酒味，露出羡慕的眼神说："还抿了两盅吧。"

杨素没有回答他，却想到她的第四个患者，也就是他的哥哥，临出手术前，他倒不怕痛了，挣扎着抬起头，追着她喊，杨主任，你要来我家吃饭，我陪你钓鱼哈。一定来啦！有那么一瞬间，她终于明白了，被需要，是一股多么强大多么温暖的力量啊。可王荆花不需要她了，她的男人也不需要她了。

从下午两点进手术室，平均一小时一台。手术间隔她不过喝口水，做做深呼吸，略解疲劳。所以现在两腿酸痛，双手僵直，手脚有被捆绑的感觉。杨素想趁此打个盹儿，可司机聊兴正浓，他一边开车一边问："你下午做了几台手术？"

她懒得用言语答他，伸出左手，竖起四根手指。

"我哥说他比进城做手术少花不少钱呢。就是这样，在镇卫生院，也得花四五千，你得分掉其中一多半吧？你是外请的高手，主刀的，肯定拿大头！"他用右掌拍了一下方向盘，像法官在宣判时落下法槌，一锤定音。

杨素含糊地"哦——"了一声，算是回答。

他"咳"了一声，说："技术跟技术的命真不一样啊，握手术刀的，就比我这握方向盘的带劲！你割屁眼儿，五六千块钱到手了吧？我起早贪黑地干，活儿好的话，大半个月才能挣这么多哇。"

杨素不缺钱，应邀外出做这类手术，是她减压的一种途径。但她毕竟是肛肠科主任，司机称她为"割屁眼儿的"，让她不痛快。

割屁眼儿的。周亚宁也这样称呼过她。他给她写过这样的邮件：素儿，你是个女人，可你成天围着别人的屁眼转，你有没有考虑过我的感受。我也曾经试图说服我自己，那是工作。但是我做不到。素儿，我不是那种要求你天天在家为我洗衣做饭的男人，但是你也应该考虑一下我的感受，每次当你抚摸我的时候，我立刻想到的是你的手每天要去接触那些男患者的屁眼，自然他们的私处也会暴露在你的眼皮底下。我连作为男人的一点点起码的欲望都要消失殆尽了。我没法这样生活下去了。所以我才选择来了C国，我以为你会给自己一次重新选择生活的机会。可是如今看来，你天天把工作当饭吃，你以为自己有多了不起。其实说白了，你不就是一个割屁眼儿的吗？

杨素将头放在座椅靠背上，闭上双眼，不再搭理司机。他只能长叹一声，专心开车了。

可她睡不着，此刻，她担心学长比担心自己要多些，约她出诊的是她大学的学长，他在省级医院出了医疗事故被“流放”到此，学长现在是这家乡镇医院的全科医生。他留杨素吃了晚饭再走，原本不胜酒力，她还是端起了酒杯，学长也醉眼蒙眬，给她讲起了值夜班的故事。不，并非故事，是真实的生活。被群殴闹事的人用刀逼着，为伤者缝针；吸毒者像驱散不了的幽灵，一到午夜便游荡到医生身旁，威逼他售卖杜冷丁。卖，是犯罪，不卖，是冒险。

“犯罪”两个字还徘徊在杨素脑海里，李院长通知她去市看守所出急诊。她刚下的士，弯月已经悬在淡蓝的天空，可她必须去完成这桩特殊的使命。

来到看守所，看守所医生与干警，一前一后，陪同她前往就诊处。

挂着18号牌子的男子低着头，她看见他脸上异于常人的灰暗和没有一丝血色的双唇。

病人刚把患处呈现出来，杨素就闻到一股极其难闻的恶臭。

他的患处已化脓，器械刚触上去，他就发出凄厉的喊叫，身子就像受到攻击的千足虫，迅速蜷缩成一团。

杨素心里一慌，器械险些从手中跌落。她轻声对18号说：

“同志，请配合。”

器械抽出来时，上面沾满了鲜血。她胃里一阵难受。

检查完后，病人被带走。

杨素问：“他犯了什么罪？”她感觉自己的双眼像失去信号的黑白电视，最后定格在记忆里的只有18号的眼神。

“等审后才能定罪。”看守所医生对杨素做了一个抱歉的手势。

这里是看守所。不能打听病人的身份，连就诊都会被记录全程。杨素迅速做了个封口的动作。

2

回到市里，街上人车稀少，月亮朝着地平线的方向洒下银色的光辉。杨素叫的士司机送她去中医院。

神经内科12房15病床上躺着的不是王荆花。杨素以为自己看错了房号，赶紧退出来，仔细看了看门号。没错，这就是10楼12房15病床。

“护士！”杨素失声惊叫。

“杨主任，大妈吵着要出院，杨大爷带她出院了。”过来的是护士长，“我们打过您的电话，可一直打不通。杨大爷说出院手续等您来办。”

没有我的同意，你怎么可以让老人出院呢？杨素想指责护士长几句，可她完全不想这样做了，因为父亲选择了不需要她同意，他们抛弃了她。杨素在意的是这一点，能让她受到伤害的也是这一点。杨主任，你的脸好苍白，身体没事吧？护士长突然又说。这正是杨素现在的感觉：苍白，颓废，无力。她觉得自己透明得就像一张纸，所有的人一眼就能看穿，电梯口站满了等待的人，真希望他们都不存在，电梯的空间只属于她。杨素拖着一阵风就能刮散的身子，走进楼道，沿着台阶一级一级往下走。她走得很慢，脑子却转得很快，过去又集结在她眼前，像是她有心保存的胶片，她有选择看这一段还是下一段的权利。

那年是1994年。村里的年轻人陆续去了南方打工，杨素在心里打算，暑假帮家里搞完“双抢”，就跟着叶大伯的儿子去南方打工。

“哪里也不能去，你就得上学。”王荆花絮絮叨叨说了一长串，“邻居叶山家女儿上大学参加工作后，房子由土坯房换成了三进三出的砖瓦楼房；周家坳周世平家的儿子考上了大学，把两老接到城里享福去了；后院的三妹子考上大学后去了南方，按月往家里寄钱；前坡的桂娃子考上大学后，在县城当了领导，村长都敬他几分，这次村里重新分田，他家分到的全是坝口不愁收成的好水田。”

“我不上！”杨素昂起脖颈，一副绝不妥协的样子。

“你敢！”王荆花反手甩过来。

杨素的左颊上立刻浮出五个鲜红的指印。王荆花想到自己在后山一拳打死的山鸡，田垄里掐死过的竹叶青，见过世面的山里人说打头可致脑震荡，她一时又急又悔，一把抱住杨素。杨素在她怀里，像块岩石。王荆花将哭声闷在喉咙里，她望着女儿身后田垄上升腾起的烟火，火光中跳跃着一个男人和一个女人，他们的手从火光中伸出：还我孩子，还我孩子。

村里人都说王荆花把杨素看得太重了，也有人说王荆花怕杨素。

选择性回忆起这些，是因为杨素能从中感觉出复杂性。王荆花若是只想把她留在身边，最好的办法就是让女儿目不识丁啊。

“我今天值夜班，带凡凡住单位去了。”这是周亚宁留给她的纸条。留纸条，发短信，打电话，他们已经习惯了这样的交流，仿佛这样更能证明他们是夫妻。

老家打来电话。电话里沉默着，哪个也不想先开口。

杨素想说话时，杨楚在电话那端咳嗽起来，他叫了声素儿，又停顿下来，过了几秒才说：“素儿，今天在医院门口碰见了纪市长，他执意要送我们回客界。茶水没喝一口又赶回去了，这会儿估计还在回潭州市的路上，你有空打个电话帮我们感谢一下人家。”杨楚几次想咳嗽，都被他忍住了。因为过于压抑，他几乎要窒息。拿下按住胸口的手，他发现手上、腿上全是自己咳出的血。

杨素明明在听杨楚讲话，却感觉周亚宁就站在她面前，说个不停；可周亚宁真要出现在她面前时，她又无法一心面对。“你们为什么不听我的？”杨素反复说这句话。杨楚并不接茬，只是自顾自地说些客气话。“就这样吧。”杨素先挂了电话。她起身从客厅走到卧室，每走一步，都是钻心的痛，她身后的地板上铺着从看不见的尾鳍上掉落的鱼鳞，越来越多……

走到电脑旁，她想上网搜些关于“选择性失忆症”的资料。这是周亚宁的电脑，她平时并不使用。他们因为工作原因经常使用电脑，但各用各的，独立的空间或是隐私也因此而产生。周亚宁和谁聊天，给谁发过邮件，杨素并不关注这些；并非漠不关心，她就是打心里信任他。那是从前。电脑是开着的，电脑屏幕右下角有微信头像在跳动，她想和往常一样视而不见，可心里有个魔鬼在撺掇她。看看吧，看看吧。

杨素前前后后仔细看完了聊天记录，一遍又一遍。最后，她一把掀翻了电脑。

这是杨素最难熬的一晚。她不能肯定眼前的不幸都是周亚宁牵扯出来的，她对他留在电脑上的聊天记录进行了反复的思考。显然，周亚宁并不是像在她面前发过诅咒他是被引诱的那样，他也有主动的嫌疑。

夜的漫长令她更加痛苦，仿佛有人再一次将她打入地狱。杨素告诫自己明天还有手术。她在这样的强迫中昏昏睡去。又做梦了。她梦到了王荆花，梦到家门前的河，那清澈的河流儿时变得浑浊不堪，阴阳河的水消失般没了踪影，而杨楚那艘漂浮在河面的小船，也不见了，杨素慌里慌张地沿岸寻找，身后总是有急速的划桨声，转身却什么也没有看到。

醒来时，她仍在抽泣，脸上全是泪痕，不知在梦里哭了多久。天际已经泛白，挂在卧室墙上的全家福，像面魔镜，照出她内心深处的痛楚。

这是一个千篇一律的故事，喜新厌旧，旧情复燃，都是为这个故事作铺垫的。不管怎么说，他们好过，并非你不情我不愿，而是一拍即合的。肛肠科每天出出进进的都是饮食男女，他们说出的多是食色，性也。有人说，大部分人的婚姻生活都是这样过的；也有人说，人们已经习惯了背叛或是被背叛。听的人并不反对，他们一副见怪不怪的样子。多么可怕啊，此刻，杨素的心里分裂出两个自己，一个哭喊着说绝不可以；另一个却垂头丧气地说，就这样吧，像是刚刚经历过一次漫长的跋涉。

杨素决定去找菲儿。菲儿住在湘府文化公园旁边的小区。

自从加入“不婚族”后，她就给自己定了严格的作息、饮食和健身计划。她总是五点半起床，六点至七点晨练，七点半吃早餐，晚上十点半准时入睡，定期去医院体检。她在担忧什么，杨素自然知道。菲儿正从公园跑步回来，此时此地看见杨素，料定她有急事。附近有间24小时营业的书店，她们走了进去。

“你看上去好像没睡好？”菲儿说。

杨素看着菲儿，什么也没说。

“怎么回事？”菲儿伸出手搭在杨素手上，“你一定要告诉我。”

“周亚宁回不来了。”

“What?”

“是这个。”杨素把打印出来的聊天记录放在菲儿手里。

“贱人！”菲儿的恼怒更多是针对黄小米的。

“阿姨现在情况怎么样？”菲儿又问。

杨素没有接腔，她低头划开手机。早上的时间很珍贵，路上的行人多了起来，都在匆匆赶路。两人也有些赶时间。菲儿继续说与这件事相关的感受，也说些与她自身相关的苦楚。菲儿的推心置腹让杨素有些感动。她本来想说我已经证实他们不是我的亲生父母，可说出口的却是：“他们不想连累我，回老家休养去了。”杨素心里想，他们那么急促离开，像是要刻意和她划清界限，就情不自禁流了眼泪。菲儿也跟着落泪，两个人都觉得心里有一种无可挽回的难过。眼泪把她们手里的纸巾都浸湿了，可是谁也没有再多说话。伤心是刻骨铭心的，有一种和她们俩都相关的东西似乎永远失去了。书店外面是一条宽阔的马路，来往的车辆开始多了起来。这条路和这座城市的其他干道一样，见多了南来北往，也时常面对人世间的悲欢离合。她们互相安慰说，不管别人吧，自己一定要好好爱惜自己。两个人的眼睛都红了，她们起身走出书店，杨素独自走向停车场。菲儿看着她的背影，眼睛有些酸胀，阳光刺得她睁不开眼。她突然追上去，说："那凡凡先跟着我吧。今天下班后，你让周亚宁送凡凡过来。"菲儿这句话令人温暖，杨素眼里又有了眼泪。

告别菲儿，杨素开车往中医院驶去。在医院门口，杨素看见安若站在那儿，左顾右盼，像是在等谁。她把车开到安若身旁，按了一下喇叭。安若惊得一跳，看见开车的人是杨素时，就走了上来。

"墨兰大妈不见了。"安若担心地说，"这一次她可是什么话也没留下。"

"走了好。谁也不要留下。"杨素感觉这话是喊出来的。墨兰离去的真相，她自然明白，可她什么也不想透露，只是用力踩下油门，飞速驶向停车场，车轮擦地的声音仿佛要碾碎些什么。安若怔在那里，心想杨素变成这样全是周亚宁害的。

3

眼看到了中秋，纪鹰正和妻子感叹岳父能否熬过这个节日，中医院就打来电话通知老人已经病危。虽然时刻都在为这一天准备，临到眼前，卓凡还是无法接受这个事实，她穿着拖鞋，不要命地往外跑去。

司机已经回家，再打电话也来不及了。纪鹰开车追上卓凡，赶到中医院时，老人已经快不行了，两瓣嘴唇一直张开着，呼吸是直接从喉咙里发出来的。见有人进来，他的眼神发生了变化，像是着急要表达什么，紧紧盯着纪鹰，一动也不动，眼角有泪水涌出，纪鹰俯下身子，靠在他的耳边。

“弟……弟……”一个字老人重复了两遍，声音怪异，仿佛一股巨大的力量从身体里挤压出来的声音。

纪鹰琢磨着，老人可能是想最后见儿子一面。他不由得握紧岳父的手，似乎是想以此知会老人，他会想办法的。

“说什么了，说什么了吗？”卓凡在一旁连连问他。

纪鹰说出岳父最后的想法，卓凡拒绝的态度冷酷无情，说什么也不让那些人再见到父亲。她说出这话时的表情让人以为那些人正站在她面前，态度和语调都是纪鹰陌生的。卓凡深知自己不想让那些人见到父亲的理由是跟过去的经历有关，有母亲对她本人的伤害，更关联那个噩梦——母亲对另一个女孩所造成的伤害，这让她感到耻辱、绝望，甚至憎恨。她宁愿自己不知道所有的事情，并把这一切埋葬得天衣无缝，永远不要去揭开。十多年过去了，她独自背负，却又因母亲而心怀憎恨，无法呼吸。她看出自己灵魂上的不洁，而时常心生忏悔，至少在那个女孩向她求助时，她或许应该伸出手拉她一把，而不是任由她摔下悬崖。

她回忆起那天，回忆起和那个女孩在一起的场景。

“想不想听个故事？”女孩并不是在征求卓凡的意见，她自顾自地说了许久。卓凡坐在那，没有开口说出一个字。她看向女孩的眼神，如同烟火燃尽，一丝光亮也没有。女孩的语调轻柔，神态平静，仿佛在讲别人的故事。故事讲完的那一刻，她突然放声大笑，之后又压低声音说：“你母亲利诱我成为她的贩毒同伙，而我俘虏了卓尔。你说，谁是螳螂，谁是黄雀？”

“卓尔在哪里？”卓凡并不是真正关心卓尔，而是在害怕，害怕他们任何一个人的出现。

“卓尔已经回国很多天了，在看守所里。”

“为什么要回国?”卓凡本是自言自语，却让人听出了嫌弃之意。

女孩一改刚才的口气，大声斥责卓凡只顾自己，是个冷酷无情的女人。可她心里又十分懊恼，今天，她明明是来求援的，求她帮帮卓尔。可她受不了眼前这个女人看她的眼神和她冷漠的声音。

她只是个吸毒鬼。卓凡又这样暗示自己。

“什么都失去了。”女孩突然压低声音说，仿佛害怕有人在她背后偷听，“你爱过你的弟弟吗?”

卓凡站了起来，什么也没有说。她的沉默像是拒绝又像是默认。她努力回忆，却想象不出弟弟最初的样子。

“你母亲经常在卓尔面前提起你，还说，只要你开口，她愿意给你一切她能给的。你给她打电话吧，求她放过我，还我自由。”女孩这样说时声音诡异，像个被幽灵附身的女巫。

“母亲?”卓凡重复这两个字。

“那个女人总会死的。她死了，你就自由了。”卓凡这样说时，语气俨然一个与此事毫不相关的人。

“自由，我还会有自由吗?”女孩绝望地仰天长笑，“就算我没有来过。”说完就走了。

卓凡继续坐在那里，四周极其安静，除了风吹窗帘的窸窣声，再没有其他声响。

所有这些都是纪鹰曾经了解的痛苦，也正因如此，他和卓凡之间才多了几分体谅与同情。内弟是妻子的血亲，垂死的岳父想再见儿子一面，这是天经地义的事。一周前，他请律师去看守所会见了卓尔，申请了取保候审。

回忆像是沿着曾经的路再走一遭，时间总会洗涤人的灵魂，回过头来再看再想，必定多了一些冷静，也因此有了忏悔之意。卓凡没有立马表现出想促成这事的热情，纪鹰告诉她已和卓尔约好了和父亲见面的时间，她没有拒绝。她不再像之前生气时心里满满当当，反倒觉出些空洞，需要有些东西来填充——而那只能是亲情。她这才察觉出自己对亲情的向往。

卓尔很快来了，走进中医院大门时，他已经虚脱得脸色发白，嘴唇发青，眼睛无神，身体瘦得让人怀疑一阵风就能吹走他。可见到他的人都以为悲伤过度所致，没有人意识到，死神在掠夺他父亲生命的同时，也在悄悄迫近他。

踏进老人的病房，卓尔表情是麻木的，他已经对所有人感到陌生。父亲在他记忆中是年轻的样子，直到老人伸出颤巍的手，用微弱的声音最后喊了一声他的小名。

“爸！”卓尔哭倒在老人的怀里，半天没有起来。老人已经归西，可卓尔安静得有点久了。

卓尔到来之前，卓凡在心里准备过说辞，全是针对弟弟的，有对他真心的试探，也有伤人心的话。可此刻，她一个字也说不出口，反倒泪流满面。她在心里忏悔：如果不是她固执地将对母亲的怨恨迁怒在弟弟身上，父亲又何至临死才见上弟弟一面。她走到弟弟身边，陪同他一起跪倒在父亲的床前，头低到了地面。

“你怎么了？”卓凡突然发现卓尔屁股后面的裤子染红一片。她摇晃他，他趴在那一动不动，脸色白得瘆人。

“卓尔患了严重的肛瘘。在看守所的时候已经请中医院的杨素主任给他诊断过了。本来是想过几天给他安排手术的。”

纪鹰见卓尔昏过去了，赶紧道出了实情。

“快！送肛肠科！”卓凡吼了起来，突然找回了亲情。

4

从电梯里走出来时，杨素并没有在意他人，她心里有事，看不见其他任何人。纪鹰却一把拉住她。“杨主任，科室来了重症患者。”他的声音有些嘶哑。

“我没有接到急救通知。”杨素话音刚落，就听见李铄在安全通道口高声叫她。

返回七楼，走进大厅，这里突然人来人往。李院长也赶来了。他一见到杨素就大声喊她快抢救病人。

患者意识已经模糊，杨素认出了他，是看守所里诊治的患者。

没有人敢护理他，护士长也在退缩。杨素没有指责任何人，看着他裸露的肛周，她几乎落下泪来。她不知道自己怎么变成了这样，他们不是一直称我为“白色屠夫”或是“冷面杀手”吗？我的冷漠去哪儿了，我的无情呢，还是我真的变得脆弱了，复杂的身份与太多要面对的无情让我变得愈发渴望真情？在场的医务人员，像是在看一场与自己无关却又着实亲自见证的血腥，他们用不同程度的声音表达着自己的恐惧。

杨素全身心投入这场抢救工作，忘记了菲儿打过电话给她。菲儿赶着要去参加民宿沙龙活动，把凡凡一个人丢在沉寂的暮色里。凡凡的目光追随天空一闪而过的白鸽，仿佛飞走的鸽群里有她的爸爸与妈妈，她心里的委屈随着等待的拉长而爬上眉毛嘴角：爸爸妈妈不要我了吗？安若下班出来，看见凡凡站在那儿，灰头土脸，她才醒悟，杨素和周亚宁的问题远比她想象的还要严重。

“凡凡，你怎么一个人在这啊？”安若有意说得很轻松。

“我在等妈妈。”

“那怎么不上楼去找妈妈？”

“菲儿阿姨说了，我只能站在原地等妈妈，哪儿也不能去。”

安若看着凡凡被风吹散的头发，怜爱地帮她拢了拢。“跟阿姨回家，愿意吗？”

“愿意！”凡凡呜咽着答应。

凡凡总算睡着了，可她脸上的表情并没有因入睡而舒展，仿佛正在做一场与痛苦相关的梦。眼下发生在她父母之间的一切是否会给她幼小的心灵留下难以抚平的伤疤呢？安若实在无法释怀。杨素和周亚宁，这对人人夸赞的金童玉女，他们的婚姻为何也走到了这般境地。夫妻之间到底有多少事是应该坦诚相待，又有多少事应该闭口不谈，或不愿、不打算说出来的？安若从来不敢直面自己的婚姻，她和老公两地分居多年，她对这种无法改变又不得不面对的婚姻保持沉默。起初，她就是这样的。结婚之后紧随而来的不适和对婚姻危机的预感，她一直保持沉默。这样的感觉持续了好多年，现在已经减弱了许多，或许在未来的某一天它们会彻底消失。所有的问题压着她，异常沉重，让她窒息，她第一次因此流泪。关于她的婚姻，她在杨素和菲儿面前一直保持沉默。可此刻她有些话想说出来，于是拨通了杨素的电话。

“凡凡在我家。”

“凡凡？”杨素才想起似的，“我来接她。”

“你瞧瞧，都几点了？明天再说吧。”安若忍不住又说了两句，“不是我多嘴，你们家周亚宁怎么了，一个大闲人，怎么连孩子都带不好？”

杨素听见了窗外传来野猫的叫声，她咬着牙说：“他的心不在这个家了。”

“过些日子就好了。”安若以为一切还在把握之中。

“我明天一早来接凡凡。”杨素说。

“医院规定不能带小孩上班，你堂堂科室主任，还想带头示范如何违规？”安若试图用调侃的语气来减弱两个女人心头的沉重。

“我准备给我家二毛报名参加研学班，为期二十天，给你家凡凡也报一个吧，这样两人也算有个伴。”安若的语调不同于刚才，仿佛一切早已决定。

杨素嗯了一声，好像为了争取时间来告诉对方，她有更好的办法把孩子安置妥当，可李铄打来电话，她只好赶紧说：“听你的。”接通李铄的电话时，对方的语调不同于平时。“杨主任，下午手术的患者，现在全身痉挛……”李铄说得很急。

是看守所的患者！杨素的胃正难受。她刚刚回到家，本想煮碗小米粥喝，可她不得不马上赶回医院。沿着白线往前开车时，杨素琢磨着他的病情。术前仔细看了他的各项指标，一切正常，照理不应该出现这样的状态。杨素回忆他的样子：面色青灰，眼神无力，身子骨瘦如柴。难道他？她立即想到了两个字。

她没有把判断告诉李铄，还刻意交代李铄先不要将患者的症状告诉其他人。卓尔是那个人送来的——她还不想称纪鹰为父亲，她害怕任何可能伤害到那个人的人或事出现。杨素心情复杂，不只是恨这么简单，一些无法描述的情感支配她，她甚至想冲进那个人的怀里，让他抱紧她，大哭一场。那个人在她心里装了多年，她该把他忘了还是把他珍藏？而如今的纪鹰，她又该以怎样的身份、怎样的心情来看待他？太多的思绪缠绕，可杨素知道，她不想在这时候见到纪鹰。

杨素又仔细查看了看守所患者的各项检查指标，以及前后两次帮他就诊的记录，接着又查阅了大量资料来论证自己的结论，直到凌晨，她才肯定了自己的判断。

这个结论令她不安。另一种复杂的情绪浮了上来，与幸灾乐祸相关，却又不那么彻底，甚至夹杂着仇恨。杨素累了，躺在办公室那张沙发上，她梦到读高中时那个无助的雪夜，那个温暖的背影，那句永远也无法忘记的叮嘱——帮助需要你帮助的人，以及一些虚无缥缈的东西。那些东西仿佛就在眼前，可怎么也看不清，追上去，却似乎离得更远了。

5

醒来后，东边已经泛白，一些隐约的红光淡淡地浮在天空，杨素拨通了纪鹰的电话。

“您方便吗?”

“我在江枫山上。”

杨素即刻驱车前往江枫山。

山上湿气重，小院笼罩在晨雾里，雾气在树叶上凝成了水滴。杨素站在院门前潮湿的六角青石板上，脑海里不可理喻地再现诸多生活片段，感叹一年一年的韶华逝去。她突然意识到一个真相：阻隔自己接纳任何好意的心理障碍是害怕。

杨素理了理散乱在额前的头发，又顺便整理了下装束。今天不是来认亲的，院里的男人只是有恩于她的叔叔。

院门虚掩着，轻轻一推，门就开了。眼前一片萧条，枯荷萎了一池，黄色的银杏叶铺展在树下，遭到雨打的秋菊东倒西歪。

第一次来时，杨素穿的是精心挑选的青花瓷旗袍。她看重他，他是她的精神领袖、她的灯塔。一想到这，她愈发痛不欲生。在获知身世那天，她就把旗袍烧了。谁能想到，她一直等待的那个男人竟然是她的生父。为了快点结束这次令人揪心的约定，杨素迎着纪鹰径直走去，走近他，逼视着他。

“昨天送去医院的患者是您什么人？”

“我内弟，叫卓尔。”

杨素看清了，才一夜，纪鹰两鬓的头发全白了，胡茬横生，身子也明显佝偻了。空气一时凝结，让她和他成了两面对立的墙。她感觉自己来错了。卓尔是那个抢走她父亲的女人的弟弟。那么墨兰呢？她在哪？她去了哪里？有谁在乎了？

“卓尔现在情况怎么样？”纪鹰说。

“他有吸毒史。昨晚已经发作过一次。”杨素说得很轻，可她听见了从心里发出的冷笑，她想把她所有的力气都在此刻使出来，她想看到眼前这个男人害怕，甚至打量他被无情的现实冲垮后的绝望。可他一动不动，脸色依旧。

“李铄和我在现场，李铄是李院长的儿子。”杨素继续说，没有一点表情，语调就像在说一件与自己没有任何关联的事。

“李院长，我是纪鹰。拜托你亲自参与卓尔的治疗，卓尔的保外就医手续我即刻就去申请。”纪鹰没有躲进角落，所有对话杨素都听见了，他按了免提。

杨素觉出失望。可她很快明白，眼前的人，她的生父，他和那些在梦里反复出现的声音一样，在召唤她。她想和上次一样冲到他的怀里，但到底还是站在原地，一动没动。她忍住想大哭一场的冲动，隐忍着一切。

“不久的将来，会有结果的。”他说。

这个声音很轻，却钻进了心底。杨素忽然哭出了声。

晨起的山鸟，悦耳的声音渐渐融化了两人之间的僵硬。他将她轻轻揽在怀里。“你受罪了。”他的声音也哽咽着。

“一切都回不去了。我什么都没有了。”杨素挣脱纪鹰的双手，跑出了小院。她依旧在心里抵触，并且有人站在她身旁，鼓励她逃离——王荆花、杨楚、墨兰，怎么还有杨素？另一个杨素站在对面审视她，她已经分裂成了两个自己。

推门出来的时候，杨素感觉门口有个身影闪了一下，可细看什么也没有，她以为自己看花了眼。而纪鹰还在后面追着，想要挽留她，她不顾一切地跑到车上，逃命般急驶而去。

纪鹰站在门口，车扬起一地的落叶。让人意外的是，小院正中央那棵挂满黄叶的银杏树，忽然间掉光了所有叶子。

6

没人发现，周亚宁进校园时，身上湿漉漉的，鞋子上还沾着新鲜的黄泥。一些迹象表明，他有了新的打算。

“子然，你昨晚和我说的事当真？”

“千真万确！”梁子然兴奋地说。

“行，来我办公室细聊。”

在周亚宁的办公桌抽屉里，有一份文件，是援疆申请书。

他犹豫了一下，可很快又从抽屉里取出来，撕碎，丢进了纸篓。

一小时后，梁子然来到周亚宁办公室，详细说出了整个计划。

站在周亚宁办公室窗口，能远远看见那栋青色楼上的黑瓦，那是医学院的实验楼，里面有一间标本存放室，梁子然和周亚宁去过那，见过那些浸在福尔马林溶液里的人体器官标本。有很小很小的孩子，有像猴头菇罐头那样苍白的小半边脑……他问过周亚宁，这儿为什么要保存一块坏掉的脑？因为那个人的记忆还在里面，周亚宁说。未来有一天，人们是不是可以从这块脑子里，读出这个人经历过的事情？梁子然问。应该可以，周亚宁说。

梁子然摸了摸自己的脑袋，眼光从黑瓦上收回落在周亚宁身上，一种复杂的情绪让他的身体膨胀般空虚，仿佛窗外呼呼的秋风全灌了进去。和黄志明密谋、算计周亚宁的内幕，一直留在他的记忆里，梁子然几次想全盘说出，可另一种更为迫切的东西却阻止他这样。那日，黄志明把他叫到办公室，半是威胁半是诱惑地说，你在A项目上也是负有很大责任的，毕竟公章是在你手里出的纰漏。虽然你并无主观上的故意，可因为你的不谨慎，给别人制造了偷盖公章的机会，按规定，公司应该给你处分。现在，我给你一个戴罪立功的机会，劝说周亚宁加入新成立的宏景文旅集团，我可以让他当执行董事。

梁子然将目光从周亚宁身上移到办公桌上的一张合影上，那是周亚宁的全家福。他改了主意，说出的话自然含有另外一层意思。

“亚宁，现在不是任性的时候，你我现在正是缺钱、缺地位的时候。你想想，杨素都是肛肠科主任了，院长也指日可待，你再不努力一把，就真的什么都没有了。”梁子然忘记了泡在福尔马林溶液里的小半边脑带给他的恐惧。

“人倒霉时，喝口凉水都塞牙!”周亚宁倒在沙发上，整个人蔫了。

“哥们，今朝有酒今朝醉。”梁子然把带来的资料放到周亚宁的办公桌上，“你尽快把这些资料给纪市长送去。”

“什么？你说什么？你叫我去找纪市长？”周亚宁气愤地说，“那不行，我还是个男人吗？”

“你怎么不是男人了？”梁子然本想说，你都是他老人家的乘龙快婿了；可黄志明交代过他，现在千万不能说出实情，否则周亚宁会甩脱他们单干。梁子然早就连肠子都悔青了。可黄志明太狡猾了，在他知道真相之前就和他签订了合作合同。倘若现在反悔，光违约金就可以让他失去一切。梁子然习惯了花天酒地，他受不了一无所有的凄苦。可他心里时常不安，他仔细回忆自己的工作历程，发现自己一直蜷缩在周亚宁的羽翼下过着安心踏实的日子，是残酷的现实、回国后的窘境，迫使他做出了有悖于友谊的选择。

周亚宁看出梁子然不同于从前了，可他什么也没有说，却想到草原上失去过冬食物的狼，会去吃人。他们都在改变，某些时机的出现，让他们变成了另一个自己。

午夜那些疯狂飙车的年轻人，此刻正通过油门将他们的狂热与激情抛洒在城市的上空，周亚宁不再诅咒他们，甚至希望自己也能成为其中的一员，他憧憬急速带来的快感让自己忘记一切烦恼，并发泄出积压的愤懑。

次日，梁子然睡到日上三竿才醒来，突然收到外国女友的微信：我感染了艾滋病！她有……梁子然吓得魂飞魄散。这种风险他不是第一次被告知。失去工作，失去情人，失去朋友……所有已经发生、即将发生或可能发生的一切让他变得愈发胆小，仿佛死神已经向他走来。直到周亚宁打来电话。

周亚宁说：“子然，一切顺利。”

“什么？”梁子然渴望听到好消息。

“我把资料送到纪市长手里了。”

“后来呢？”梁子然着急地问。

“什么后来？后来我就回家了。”

“你没和他说你是他……不，你没和他说你是谁？”

“我是谁重要吗？”周亚宁觉得梁子然今天说话奇奇怪怪。

梁子然想随口说出更多，可他很快挂了电话，他得赶紧给黄志明打电话汇报。梁子然忘记了刚才的恐惧。

“黄院长，亚宁把资料送到纪市长手里了。”

“好！有了周亚宁的参与，自然就会有人为我们保驾护航了。”黄志明压低声音故作神秘地说，“子然，这个项目的核心人物只有你和我，就这一点，你一定要有高度的认识。”

7

李院长到来时，杨素正在思考卓尔的治疗方案。

李院长并不轻易来肛肠科，这也是受人之托。此刻，他又将同样的信任嘱托给杨素。

卓尔成了嘱托的中心。

杨素感觉出这份嘱托不只是一个肛肠科主任应该担当的责任了，还有其他。她的身份应该只有杨楚、王荆花、墨兰、纪鹰知道。李院长的嘱托与她在心里对自己的嘱托是不一样的。可她能嘱托谁，她的亲人？杨素仿佛看见自己被绑在四匹马上，四分五裂或是合而为一。她和周亚宁的婚姻呢，又能嘱托谁？而她心里的某些渴求呢，又能嘱托谁？

李院长的叮嘱，本是冲着别人来的，却从另外的角度在杨素身上切割出她的真实。一些潜伏在杨素身上，她从来不曾在意而又的确存在的细微的感觉浮现出来。是卓尔。不知何时起，她在心里在意了他，可她什么也不能说，什么也不能做。

杨素回到办公室，站在镜前，端详自己。这是她不能控制的，她的脸因为多变的人生而发生了变化。从外表看，仿佛她的内心被冰给冻结了，她的确也存在这样的感觉。杨素回想当初尹婷带给她的伤痛，心脏依然会像当年一样怦怦乱跳，她当时躺在学校山坡上，喝了很多白酒，耳朵里嗡嗡作响，身子不住地发抖。我怎么跟父母交代呢？我将被开除。杨素努力想逃离的人世纷争一样一样都回来了，似乎不曾真正离开她。世界是不真实的，它总是会在不经意间给你制造一些虚幻的瞬间，然后又残忍抹去。杨素甚至回忆不出卓尔的面相。一团蜷缩的身体，一摊从身体后面流出的血，渗入白色床单，散发出难闻的气息。他怎么成了犯罪嫌疑人？杨素漠然地坐在沙发上，过了一会儿，她看自己的脸时变得客观起来，然后又看到了卓尔的脸。

她忽然快活地微笑了，是那种为回忆而萌生的幸福的欢笑。她想到纪鹰，觉得心里开始有了“父亲”这个词。她甚至突然有些激动。她掏出电话，给他发了一条短信：请放心。虽然只有三个字，可在她看来，这是新的开始。

收到短信的人，同样也在心里微笑。这就是幸福，这就是一个人处在某种幸福里的感觉，纪鹰心想。可他又害怕因自己的介入而让老友惶恐，这是他不想要的结局。

他正朝着老友家的方向接近。在市里开完论证会，按行程次日由他带队去客界考察。纪鹰出于别的考虑，连夜前往客界，抵达已是深夜。他叫司机送他去了一个地方，车停在一里路外，他独自走了过去。

纪鹰来到杨楚家，站在老屋前。老屋东边是厢房，两位老人就睡在里面。杨楚的咳嗽声跟屋外山风穿过山谷一样轰轰作响。偶尔会有哽咽，是王荆花的声音，像是在梦呓。

纪鹰多想当初没有做出那样的选择，可他不知道自己留下来，墨兰会不会比今天更幸福。人要是能在知道答案后再做选择该有多好。他的父母没有给他选择的权利，就永远离开了他；那场运动没让他选择，就让他离开了学校；最后回城的机会是唯一的，没有选择。啊，天哪，我到底失去了多少，又做了多少错误的选择。

也许我应该敲开他们的房门，对他们说，还给我女儿，不要再隐瞒了。再过五小时，天就要亮了。离去时，他回头再看他曾经借宿过的房子，仿佛生平第一次看见。黑色的瓦，赭色的墙，房子低矮，木结构的墙体，隐在山谷深处，冬暖夏凉。

他眺望远处，黑夜压着一切，让他感到一阵孤独。这样的风景也是他有生以来第一次去在意：三两闪烁的灯火，嵌在群山之中，如同藏在他心底的那双眼睛。村子深处传来鸡鸣，格外响亮，仿佛在提醒他做出选择。

回到客房，横竖睡不着，纪鹰干脆下了床，悄悄走到屋外，在客房旁边的一条石凳上坐下，等着晨曦的来临。这时候是秋天，但山里的空气已经寒得刺骨，虽然他刚才随手拿起了外衣披在身上。不过，他一直沉浸在思维之中，等他意识到冷的时候，天上几乎没有了星星，一片光亮从地平线上蔓延开来，昏暗中传来第一声鸡鸣。

他缓缓站起来，后悔在外面待得太久。他身体健康，但上次感冒拖了挺长时间才恢复，他可不想再次感冒。现在，他能感受到寒气侵入了腰部，不过转身进屋时，心情明显舒畅起来：因为几件在记忆中躲藏了很久的事情，今天晚上他终于想起来了。而且，他觉得某个重大的决定，一个推迟得太久的决定就要在脑子里成型了，所以心里颇为兴奋，却又因为不能与妻子分享而感到失落。

天色亮了起来，四周层峦叠嶂，轮廓分明。而晨曦将光彩堆积在山脊，与原本的墨色交织在一起。再看与山相接的天空，已被染成浅蓝，似乎要将刚才这变幻的色彩吞没。他觉得即将要吞没的还有他。突然，红日穿过云层跃出，如同他内心的某个角落正在云开雾散。

8

白天的工作顺利而充实，吃过晚饭，他又朝着昨天停留过的老屋走去。夜幕下的客界，浪漫而又宁静。一条贯穿整个村庄的青石板路，一座座依山而建的木房子，一株株种在房子周围的花花草草，一群穿着彩色衣裳的女人在半山上的一个晒谷场里跳着属于她们的舞蹈，朴实而不失纯美。山上传来的老鸹的叫声，与村里此起彼伏的犬吠和小娃的哭声交织在一起，客界在此刻，又多了几分别样的生动。对于那些在闹市中沉浮，或心怀创伤的人，这里无疑是个休养疗愈的好地方。这里的人日出而作，日落而息，天道循环，不需要立下村规，也无需治安管理，他们是山野之子，他们向自然学习，效法并顺应自然。人啊，为什么总以为自己是万物的主宰，殊不知还有顶在头上的天道，随时都会来惩罚人类的贪婪、无知和狂妄。

应是知道纪鹰会来，杨楚将喝茶的方桌和靠背凳搬到了堂屋前坪。表面上，看不出他有任何的异常，而在心里，他做好了准备，也觉得是时候说些真心话了。

“荆花记忆恢复得怎么样？”纪鹰问。

“忘了好，忘了干净。”杨楚说。

没等杨楚客气，纪鹰给自己添了茶。或许是他太把这里当成自己的家了，毕竟这杯子，这茶，这老房子和这房里所有的深情，都是属于杨楚的。在杨楚面前，这是他第一次这样，唇舌被锁住了，一个字也说不出来。

“为什么用这个？”纪鹰指着杨楚压在胸口的盐水瓶子。

“人老了，经脉不通，用热水敷一敷，舒服些。”杨楚说。

“有什么事千万别瞒着大家。”纪鹰说。

黄志明打来电话，表面上问候纪鹰，也问候杨楚，可纪鹰了解他，真正找他喝茶的时光还是从前年轻的时候，也是在这客界。如今找他都是怀揣心思的。这通电话看上去是不打紧的问候，实际上是迫在眉睫的，指不定已经在赶往杨楚家的路上了，于是索性直截了当地说：“我在杨楚老哥家喝茶，你过来吧。”挂了电话，他端起茶碗，一口喝尽，又接连喝了几杯，只觉得浑身有股通透感。

纪鹰的猜测是正确的，黄志明一行已经抵达。在离杨楚家不到五百米的拐弯处，他们坐在车上，谁也没有说话，却没有一个人好心情。黄志明面对周亚宁和梁子然，说：

“子然，你开车累了，先在车上打个盹。亚宁，你和子然搭伴。”

周亚宁觉得别扭，不远处那幢闪着黄色灯光的老院是他岳父家。曾经多少个夏夜，他陪妻子坐在老院数天上的星星。也是这样的月色下，周亚宁陪着准岳父喝光两可乐瓶苞谷酒。趁着酒劲，他跪在双亲面前立誓：今生今世一定好好珍惜杨素。

“我闺女是天上的织女星下凡，方圆几十里都没见过这么好看的女娃。她生性好学上进，是客界第一个女大学生，你若有异心，我打烂你的脑壳喂狗。”

誓言与告诫都近在耳旁，可人心却不复存在了。无论是他，还是妻子，都变了。他岳父获知真实内情后会打烂他的脑壳喂狗吗?

黄志明来时，杨楚正在抹眼泪，黄志明预感到两个老友已经撇开他交过心了，眼下正沉浸在一种无法表达的伤痛之中。乃至于他坐下时，谁也没有和他说话，黄志明一时尴尬不已。

杨楚抬头看见黄志明，一时没有认出来。纪鹰赶紧说：“志明来了。”杨楚像是才醒过来，赶紧起身给他取来茶碗。

“像客界这样的好地方真是不多了。”黄志明起了个头。

“有些老东西还是值得我们珍惜的。”纪鹰往黄志明茶碗里倒满了茶，“所以省里对这次的开发格外谨慎。所有的项目都对社会公开招标，唯贤是用。像老杨家这样的老宅，我们更要视为瑰宝，不可贪图一时利益而毁掉了我们的传统文化。”声音有些颤抖，像秋风吹响了窗格。

来客界前，纪鹰翻阅周亚宁送来的资料。他们竟然没有对客界的生态、人文、历史等资源进行详细的数据分析。黄志明竟然会以这种态度来对待他即将参与竞争的项目。纪鹰生气了。不，是愤怒。他在心里谴责他们，甚至想立刻取消他们的竞标机会。可他没有这样做，一些不得已的原因让他甚至想成全周亚宁——他是杨素的爱人，是他想补偿的家人。

黄志明以为一切都在掌握之中。自打上次从江枫山上下来后，他心里就踏实了。他习惯性约梁子然和周亚宁去酒吧开会，上酒吧二楼时撞见肖光明正搂着一个二十出头的女孩下楼。肖光明连楼梯扶手都抓不稳了，黄志明冲过去想扶他一下。肖光明看着黄志明，像是在脑海深处寻找些什么。他打着酒嗝，泛着酸臭的气味扑出来，再钻进人的鼻孔，让人想呕吐。他趴在黄志明身上说，纪鹰已带队去客界考察，随行的还有两家文旅发展公司的老板，他还强调这两位老板全是他的大客户。说到这里，肖光明夸张地大笑两声，他推开黄志明，又搂着那个女孩继续下楼。黄志明追着肖光明想再打听些相关的细节，却发现他的爪子正在女学生的屁股上摩挲，这是他之前经常喜欢要的小动作，此刻在别人身上看到，他感到一阵恶心。他不知道自己怎么会这样，甚至这种变化何时来的，他也不知道，只是愈发恐惧。

一般性会议变成了紧急会议。

“得赶紧去客界，等他们回来后，只怕项目早揣进那两家公司的口袋了。”黄志明说。

“要去你们去，我可不去。”周亚宁总觉得心里窝着火。

“去。必须去！”对金钱的欲望让梁子然充满干劲。

“马上出发。”黄志明说着就起身。一行三人直接驱车前往客界。

要说黄志明愚蠢，他却不自知。见纪鹰亲口说出会给他机会，周亚宁又肯合作，便以为一切都是囊中之物了。有一点窃喜，可心里又总是不踏实。再说如今周亚宁不比从前了，从前的他总是谦逊，曲意逢迎的样子。他晓得没有回头路了，不行也得行。眼下，他是真坐不住了，手里的杯子也端不稳了，脸上火辣辣的。那只从屋前穿过的野猫正朝着黑暗深处狂奔过去，像是逮到了属于它的猎物。黄志明说累了，他没有等其他人说什么，就起身朝着来的方向走去，走进黑暗笼罩的田垄。

9

从客界回来后，纪鹰就住进了书房。虽然过去也常有这样的事，可这次不同，与杨楚在星夜下的交心让他看到了自己的渺小，那个体形瘦小却心阔如海的大山汉子替他担了一辈子，是他留给他们苦难，是他将灾难留给了墨兰。如今，命运将他、墨兰、王荆花、杨楚又重新捆绑到了一起，他要怎样做才能弥补而不至于再次给他们带来伤害？杨素，这颗无辜的种子——他的骨血，或许他可以给她所有，包括他一生所获的钱财，而杨素是否能坦然承受？又或许，他应该把所有已知或未曾见到的痛楚都藏在心里，那么她是否会记恨他一辈子？

纪鹰多想有一个知心人来疏解他心中的苦闷，让他获得精神上的解脱。他想找到卓凡。

卓凡正坐在书房，她哭得很小声，像是不想让人听见，因此，后背起伏得厉害。她手里拿着一本日记，一本泛黄的日记。

“你还好吗？”纪鹰料想妻子正遭受巨大的情感冲击。

“老纪，”卓凡喊了一声，“抱紧我。”她只想抱紧他。她因为意识到自己过于偏激而感到害怕。

“之前，阻碍父亲见到弟弟的人一直是我。”卓凡哭出了声，她有想大哭一场的冲动。“几十年来，我一直被怨恨捆绑。”卓凡从纪鹰怀里钻出来，看着他说：“其实恨与爱一直并存在我身上，我恨他们，是因为我从头至尾都在骨子里对他们怀有原生的爱，也因太想得到母爱而驱使我做出相反的行为。”

原来，卓凡整理父亲的遗物时，发现一摞藏在柜子深处的日记本，长达三十万字的日记，是父亲对自己人生的一个诠释，更是给了她一条通往母亲的通道。她一个字一个字去读，去回味，去思考，这些字，变成了精灵，钻进她的身体，那些曾经如岩石般凝固在身体里的怨恨，被这些精灵一点一点拨开，慢慢松软。她能感觉得出，她的身子在变软，她的神经慢慢松弛，她对弟弟油然而生一种从未有过的血肉之情。她安静地读完日记，心里波涛起伏。她突然有了新的认识：每个人做出的选择都是一定历史条件下的产物，她没有参与那个时代，也无从见证，更无权站在区别于那个时代的另一种情境下，对当时所发生的事做出判定，因为任何的判定都是不公正的，都有悖于当时的客观事实。谁让她怀着怨恨生活，她不知道，而这显然不是所有爱她的人期待的。万事万物，皆有其生存之道。譬如人与自然、人与社会，虽在前进的道路上以不同姿态存在或发展，但殊途同归，最后总会在一个合适的时刻得到和解。卓凡此刻更是深刻地理解到了这一点。她反复对自己说，必须放下了，放下。

“这本日记一定是父亲特意留给我的，他活着的时候，我们很少谈及母亲。他只要提及母亲我就会异常暴躁，他只好用这样的行为来解救我。”卓凡又抱紧了纪鹰，可她不再害怕，“父亲总是对我说，不要怀着怨恨去生活。”

“你终于解脱出来了。”纪鹰抚摸妻子的头发。他想到墨兰、杨素，觉得自己也还有机会。

“所有人都应该得到这样的机会。”卓凡抬起头看着纪鹰说。

“我想去中医院看看卓尔。”卓凡在纪鹰的眼睛里，觉察出他的异常。她看着他，含着眼泪：“别让我担心。”

他们之间是有感情的。纪鹰将卓凡搂进怀里，用疼爱的目光注视着她的泪眼，但是她挥了挥手，示意他快去快回。

10

黄志明的湿疹愈发严重。他躲进卫生间脱下裤子，内裤上全是血。客界旅游项目的事，银行还贷的事……一件件像伸出的手，正意图掐住他的脖子，而他的钱财正从天上如落雪飘下……他一下失了神，骤然晕倒在地。肖莉着急出门，想要黄志明载她一程。她拍着洗手间的门大声催促，里面没有任何动静，肖莉赶紧找出钥匙打开门。黄志明正躺倒在地，肖莉吓得哇哇乱叫，当她回过神来打 120 时，黄志明已经不省人事。

黄志明是经过抢救后从急诊室转入肛肠科的，科室安排的主治医生是胡颖。肖莉大声嚷嚷着说要找杨主任，杨素正在卓尔的病房里向纪鹰汇报情况。纪鹰听出了肖莉的声音，卓凡正在旁边，她撇撇嘴，什么也没有说。护士长慌里慌张跑过来叫杨素。

“纪市长，我先去看看外面的情况。”杨素趁机扫了一眼卓凡。

那张脸依然那么优雅，即便丧父之痛仍残存于眉间。岁月似乎从未在她脸上留下一丝苍老的痕迹……杨素想到墨兰，那长满皱纹的脸，瘦如干柴的手，满头的灰白，顿时心如刀割。没有人能看出她的变化，即便这里有她的生父，也只看见了她眼里的平静。

“一起去。”纪鹰后悔说这句话了。他看着卓凡，她微笑着鼓励他。

“去吧，肖莉太不注意影响了。”

见到纪鹰，肖莉更得势了，她故意扯着嗓子大声喊：“纪市长。”

“带我去看看志明。”纪鹰并没有看她。

“老纪啊，你可得救救我家志明啊。”肖莉随手把鼻涕甩在一旁。楼道里一尘不染，墙壁上白得像是重新刷过。

来中医院的路上，黄志明就醒了，他高声叫嚷：我不想去医院。坐在他身旁的医护人员仿佛没有听见，一脸木然。救护车太狭小了，那些等着他解决的事飘浮在车内，像飘荡在阴曹地府的幽魂，来来回回，晃荡得他焦躁，更多的却是恐惧。护士说，心跳加快异常。肖莉在一旁哭着喊着，他在自觉的意识里闭上了双眼。

见到黄志明，纪鹰提醒他先安心治病。工作上的事可安排人临时代理几天。这话本是以朋友的身份说的，在肖莉听来，似有弦外之音，她慌得立马站起来，连连说：

“我家志明过几天就出院了。”

“出去！”

黄志明大声呵斥，看都没看肖莉。肖莉嘟囔一声，悻悻离去。

黄志明像往常一样和纪鹰交谈，他没有提及自己为什么突然晕倒。在这样的时候，说话人和听话人都是谨慎的。纪鹰有心说，黄志明也是有心听。黄志明对妻子对同事从来都是任性和专断，唯独对纪鹰，每每毕恭毕敬。纪鹰有时也同情他，觉得他过于在意他的看法，以为他纪鹰什么都办得到，什么都能帮他实现。纪鹰觉得是时候提醒他几句了，甚至想直接劝他放弃客界旅游开发项目的竞标。可黄志明一心只想往前，说的都是关于未来开发客界的宏图大略。纪鹰看他还在病床上，心里又不忍泼他冷水。可现实总归是残酷的。眼下两人虽然身在咫尺，却心各一方，说话自然就没有了从前的默契。

离开医院后，纪鹰先拨打卓凡的手机，交代她在医院小心行事，尽量不要让肖莉看到，然后又打通了杨素的电话。

杨素没有说话。

“你辛苦了!”纪鹰停顿了一下，又说，“会越来越好的。”

挂掉电话不久，纪鹰接到一个神秘的电话。打发司机走后，纪鹰没有犹豫，一个人驱车前往北郊敬老院。这个地方，他曾来调研过，这里的院长应该还会记得他。他不想惊动任何人。

北郊敬老院的楼道里有个女人，个子很高，五官精致。她头发灰白，轻盈地从额头往后梳，细心盘起，用一枚银钗绾在脑后。她的眼睛依然黑白分明，如同此刻的天空，泾渭分明。她的年龄不好判断，光看外表，五十到七十都有可能。她身着蓝色对襟上衣，拦腰围着一条白底五彩绣花围裙，脚上穿的是一双浅口雨鞋。他从楼梯走进楼道时，她正在晾晒一堆毛巾。那个人正是墨兰。

见到有人来时，墨兰眼神里只是盛着些柔和的讶异。当她认出是谁后，双眼闪耀出不加掩饰的恨意，但这种恨意马上消退下去，转变成克制的不动声色。她已经晾晒好毛巾，接着去给一个痴呆老男人喂饭。她蹲在地上，喂一勺，帮病人擦一下嘴周。他想流泪，甚至巴不得那个男人就是他自己。

墨兰去隔壁洗碗时，纪鹰跟了过去。

“你还好吗？”纪鹰说。

“我不认识你！”墨兰的眼神依旧，可她的手拧不紧水龙头了。纪鹰上前一步，把手放在她手上。墨兰像碰到瘟神般迅速抽出被纪鹰压在下面的手，连看都没看，就扭头走了。

“咱孩子苦啊。”纪鹰并不追她，他看向墨兰，却并没有真正在看她。他越过她，看着远处。想起周亚宁那天给他送资料的时候，有意无意把杨素挂在嘴边。并非赞美，而是杨素成了他的筹码。他想当场刮他一嘴巴。他没有忘记杨素那天为了周亚宁打给他电话时的哭声。纪鹰忍着心中的怒火，直到周亚宁离开办公室，才暗暗骂了声畜生。

墨兰像是走不动了，可她仍旧冷冷地说：“杨大夫她爹叫杨楚，她娘叫王荆花。”

“血浓于水，你躲到天边也改变不了这个事实。”

“事实！什么是事实？这社会还有多少事实埋在泥堆里，你都管吗？”多年过去，墨兰仍旧无法不去诅咒那群逼她走投无路的人。她抬起头，直视纪鹰，泪流满面。

“孩子是无辜的。”纪鹰站在原地，他感觉身子要生生从膝盖处断了般难受，“孩子已经知道真相，逃避只会带给她更多的伤害。”

“我……”墨兰哽住了，说不出话来。接着，她看见有人朝这边走来，她想把自己藏起来。她恨自己，即便此刻，她还在担心自己会不会影响眼前这个人。

第九章

1

杨素回到家里，推开房门，房间里一切如故，却愈发冷清了。王荆花走后，仿佛把一切都带走了。从早到晚只听见卧室计时器发出的声音，一下一下，她一时苦闷，把计时器摔得粉碎。

杨素比任何时候都热爱工作，甚至恨不能日夜停留在科室。那些时常呼唤她的人，如今也成了她的期待。

正在这时，医院打来电话，说卓尔又在用头撞墙。她担心卓尔，只好又赶往医院。

走进卓尔的病房，她问："今天感觉怎么样？"

卓尔并不回应，他将目光投向窗外，一群鸽子自医院对面小区的屋顶飞出，一闪一闪，点缀着蓝色天空，银色的羽毛与黑色的肚皮同样闪耀。而最令他羡慕的是此刻属于它们的自由，他也想拥有这样的自由，哪怕一天也好。

杨素朝着他看的方向看去，看见了那群鸽子。

"一切都会好起来的。"

她说这句话时，心里隐隐作痛，她不知道她说的“一切”是否包含拥有幸福的婚姻。周亚宁再次搬去单身公寓也有一段时间了。没人要求他这样，这是他的选择，他和她在各自拥有的空间或避难所里疗伤，这种分开却给人遥遥无期的感觉。谁也没有主动和好的意思，他们都变得心不在焉。

卓尔悄悄收回的目光，落在杨素身上。这个藏在白大褂下的女人，为什么要帮我？或者帮我只是她一贯的常态？他无法把握的太多，不能相信的也太多，母亲是毒贩子，妻子引诱他染上了毒瘾，他疯了般想要逃离这两个女人的魔爪。而眼前这个女人，她站在那，说话特别温和，他记得在看守所见到她时，她的表情庄重、警觉。而他在医院遇见她时，她的表情变得喜悦、柔和，那画面让他心动，同时又让他害怕。一个陌生人，还是个有潜在危险的陌生人，因为需要她，她就欣然前往，对世界充满信任。这种想法让他不安，他一时冲动，想用手轻轻抚摸她的肩头。他又将目光投向窗外，那群鸽子又飞回来了，一闪一闪的，他想到了那个在沙滩上自由奔跑的少年，赤脚踩在海浪打湿的沙滩上，头顶，象牙色的海鸥回旋嘶鸣，它们在纯澈的阳光和被洗净的清新空气中闪耀。那是他人生中唯一想记住的一段时光。他知道，自己已经信任了这个叫杨素的女人。他不敢相信，自己还能信任女人。

“等一下护士会来给你抽血。”杨素说。

“为什么？”

“你那天的手术是临时的决定，好多检查都没来得及做。”

护士长已经告诉她，卓尔为了抵抗毒瘾，叫她买来绳索。他了解自己，知道自己什么时候会发作，在这之前，他会叫护士长帮忙把他捆在床上。

杨素在心里落泪，她转动的目光落在摆在床头柜的那盆植物上。

“这植物叫什么名字？”

“棘花。”卓尔告诉她。

“棘花？”杨素似乎从没有听过这种植物，却又似曾相识。

“这边的山里到处都是，它坚忍、多刺，朴实却又执着地灿烂在山谷深处。你老家一定也有。”

“朴实却又执着地灿烂在山谷深处。”杨素重复这句话。

卓凡来了。杨素想出去，卓凡示意杨素留下。“杨主任，我弟弟还要几天才能出院？”

“弟弟？”黄志明耳朵贴在门上，听见这三个字时，他回头看了看过道，没有行人。

虽然卓凡戴着墨镜和口罩，黄志明还是一眼就认出了她。他借着有病号服做掩护，佯装去打开水。他悄悄跟在卓凡后面，直到看见她进了 VIP 室。

怕被人发现，黄志明听了几句就赶紧走了。回到病房，他把空热水瓶放在桌上，躺在床上想休息会，刚躺下，又坐了起来。他掏出手机，从通话记录里翻到周亚宁的电话，按下了绿色的拨出键。

“亚宁，你现在去找纪市长汇报情况，就说无论如何我们公司要参与竞标。”

周亚宁未曾料到自己会堕落成为一个说客，他没好气地说：“黄老板，我去了管用吗？”

“管用！若是你能找到机会说杨素在挽救卓尔的时候是如何卖命的，保管更有用。”黄志明的语气近乎讨好。

“卓尔是谁？”周亚宁问。

“一句两句我跟你讲不清。”黄志明没打算在此刻说出真相。

周亚宁懒得细究黄志明的心思。他琢磨着要不要给妻子打个电话，犹豫之间，他划开了手机屏幕，如往常一样，屏幕的背景依然是他和妻子多年前外出度假时拍的合影。那时的甜蜜仿佛就在眼前，可他不想再住到家里，不想睡在他和妻子曾经睡过的床上，不想再拥抱妻子。他不想回忆那个凌晨，是的，他看见了，看见妻子主动送上门，投在一个老男人的怀抱里。十分钟后，他拨通了妻子的电话，没接，再打，关机。他决定了，仿佛是妻子的拒绝帮他做出了这个决定。

“纪市长，黄总委托我送份文件给您。”周亚宁发了条短信给纪鹰。

“我在江枫山，你来吧。”

是时候说出真相了，纪鹰决定不再隐瞒。上山前他还特意给卓凡打了电话，说今晚住山上。他想好了，给卓凡写一封长信，告诉她一切。

2

一路上，周亚宁把车开得飞快。路边的落叶枯蝶般盘旋在车轮两侧，眼前交织着三张面孔：愤怒的妻子、昏睡的王荆花、高高在上的纪鹰。

他也在愤怒，却又有些茫然。妻子去检察院接他时眼里的期盼还在。回到家那晚，妻子趴在他身旁时的兴奋还在。可岳母失忆后，妻子就不再理他。他的世界自此成了灰色，如同城市上空吹不散的雾霾。他后悔没有去医院找妻子或者回家一趟，他应该当面问问她。他觉得自己搞砸了一切。可另一些声音，关门的声音，启动车的声音，说再见的声音，甚至更多别的声音，立即覆盖掉了所有刚才的一切，除了愤怒依旧，他抱定了鱼死网破的决心。

来到江枫山上，周亚宁眼前总是晃荡着妻子的身影，走到庭院大门前，有个身影忽地闪进门里。他仔细看了一眼，门关得严严实实的。正准备敲门，电话响了。梁子然打来的，他赶紧退到一旁接通。

“亚宁，你快回来，我病了，不行了。”梁子然发疯了般在电话里吼叫，“我完了，彻底完了。”

“到底出什么事了？”周亚宁语气恼怒，他想说你不要来烦我。可他办不到，梁子然无亲无故，与他一样是孤儿。虽然一个贪图虚荣，一个追求功利，无论前者还是后者，他都无法置之不问。他们是两缕彼此寻求温暖的孤魂。想到这点，他的心就软了。

“纪市长，不好意思，我这边突然有急事来不了了，改天再来拜访您。”周亚宁打电话给纪鹰。

“杨素没事吧？”

“她没事，是我的朋友突然病重，我去看看。”

“那要注意安全，慢些开车。”

他不仅关心杨素，还有我？周亚宁怔住了。眼前那棵银杏树上，有几只麻雀落在枝上欢叫，叽叽喳喳，风一吹，叶子便纷纷落下。明年树上又会长满绿叶，落在枝上歌唱的麻雀，兴许还是这几只，兴许又是另外的几只，而银杏还是那棵银杏。

难道有什么是我不知道的？周亚宁加快了车速。

“亚宁，快救救我。”梁子然缩在床上，眼里全是恐惧。

“我送你去医院?”周亚宁看着梁子然，想到自己，突然觉得一切都好恐怖。

“快带我去找杨素。”梁子然哀求他。

“到底什么病?”周亚宁摇晃着梁子然的身子。

“我完了。我染上艾滋病了。”梁子然说完这句话就放声大哭起来。

那天他去医院向黄志明汇报，刚从电梯口出来，就撞见一个在酒吧认识的女人，瘦得像一具干尸。他忍不住问她，发生什么了？哈哈，小心艾滋病噢。她对他狂笑，像个疯子。梁子然顿时吓得脸色苍白，双腿哆嗦。

“怎么，你认识这个女人?”黄志明像个看客。

“一面之缘。”

“没有其他关系吧?”

梁子然当然知道黄志明说的其他关系是什么，他连连说：“没有，那没有。”

“那就好。这女人瘦成那样，说不定真有艾滋病。”

梁子然心里愈发紧张起来。陪黄志明坐了一会，他待不住了。出来后，就直接开车去了南城人民医院。

回忆这一切加剧了梁子然此刻的痛苦，像堆烂泥散在床上。

“艾滋？为什么去找杨素?”周亚宁问。

“我只信任她。”梁子然“扑通”一声跪在周亚宁面前，“兄弟，我对不起你。纪鹰是杨素的生父。”

“什么?”周亚宁看着梁子然，双目圆鼓，他狠命摇晃着梁子然，“你怎么知道的?”

“黄志明告诉我的。”

周亚宁感到周身瘫软，他倚着梁子然坐在地上。我是副市长的女婿，黄志明一直仰息的那个人是我岳父。想到这些，他身上生出难得的痛快。但是，与此同时，他有一种相反的感觉，一种包含着胆怯、孤独、骄傲、自尊的混乱的情绪。周亚宁望着前方，他像个患了选择性失忆症的人，所有近前的一切都消失不见。他看到了当他第一次将妻子作为筹码要挟纪鹰时，纪鹰眼里无法掩藏的愤怒；看到了纪鹰打听妻子的情况时慈父般的眼神。周亚宁这才发现，在杨素面前，他既是小人，又是背叛者。他顿时一阵羞愧，身子也失去了力气，却又不得不赶紧背着梁子然下楼去。

路上，梁子然一直哭丧着诉说，他把一切都告诉了周亚宁，百般乞求他原谅。他说，我已经卖给了黄志明，如果违约，就真的一无所有了。梁子然求周亚宁，无论如何也要把客界旅游开发项目竞标进行到底。周亚宁恨梁子然竟然和黄志明狼狈为奸耍弄他，他在恨这两个人的同时又生出孤独，感觉身边所有人都不可信。可另一个事实又让他如获至宝，妻子仍旧忠诚于他。

周亚宁扶着梁子然走进中医院住院部七楼大厅时，黄志明正从换药室出来，他叉开双腿蹒跚着走到他们身旁，低声喝问：“你们怎么在这？”

周亚宁伸出一根手指，指了指身旁面若死灰的梁子然，并不说话。黄志明双手拽住周亚宁的胳膊：“怎么了？出什么事了？”

周亚宁甩开黄志明的手：“人都快要死了。”

“他死什么死，我才是真的快要死了。”黄志明感觉出了周亚宁对他的怠慢。其实周亚宁早就对他不恭了，可今天格外明显。黄志明是个务实的人，他想到欠银行的钱，想到他还需要眼前这个人为他四处张罗，还是忍住了。

你也有今天。周亚宁心里正得意，他想由着性子说出这句话，可他很快转移了目标，妻子正朝着他的方向走来。他看见了，妻子的白大褂有些泛黄，领口松垮，袖口处有明显的磨损，一些不明污渍散在下衣摆处。

碰上周亚宁的目光时，杨素双眼流露出不加掩饰的嫌弃，但这种神色很快消失了，转而成为平静的淡漠。

“杨主任。”黄志明抢先向杨素打招呼。她点了点头，没有出声，径直走向办公室。

周亚宁拖着梁子然追着妻子进了办公室。

“子然病了。”他期待妻子能像从前一样对他在乎的人和事表现出极大的关切。

“去急诊挂号吧。”杨素冷冷地说。她累极了。可开会、学习、手术、查房……所有这些都不及周亚宁带给她的伤痛让她疲惫。她无法不去回忆卓尔对她说的话。他说，我不知道我现在能为你做什么，我不知道怎么才能帮到你。卓尔只是我的病人，可他想要帮我。想到这点，杨素把眼前的两个人推出了办公室。离开时，她甚至都不愿多看他们一眼。

3

走进地下停车场，走向自己的车，杨素隐约看到自己的车子旁边蹲着一个人。是她？墨兰搓着双手，惶恐不安。杨素怕周亚宁追上来，赶紧拉开车后门。“上车吧。”

车子驶出地下停车场不久，墨兰先问：“你什么都知道了吧?”她一个人坐在后面，身子紧靠着车窗。

“我娘出事后不久我就知道了。”杨素看着车窗外昏沉的马路，感到心里空落落的。她分明想说些别的，比这贴心些，可问题是，说什么好呢?从起初的怀疑，到如今的心知肚明，她和她之间不仅没有追回反而失去了一些东西。

“你受苦了。”墨兰停顿了片刻。她看向杨素，仿佛是头一次看见，“你瘦了。都怨我。”

“说说你和纪鹰的事吧。”

“我记得，他来村里的时候，我总跟着他，不过总有些羞怯，不敢靠太近。有时候他在村里悠闲地逛着，和这个说说话，跟那个聊聊天，好像要打发时光似的。有时候他会看我，脸上带着微笑。但我那时候胆子太小，他一回头，我就只想躲藏起来。”声音到这打住了。

车灯投射的前方，一条流浪狗从车前飞奔而过。杨素本来想问为什么抛弃我，却没说出，她看向后视镜，墨兰坐在那里，身子稍向前倾，像只受伤的鸟。

两个人再没有说话。

车子在夜色中前行，车头灯寻觅着那条隐隐约约的白线，似乎想拖着杨素和墨兰向着某个未知的深处驶去。杨素感觉自己只顾追随，追进无边的黑暗。

半小时后，杨素拨通纪鹰的电话。

“我们在庭院前。”

“我来给你们开门。”

庭院里，银杏叶落了一地。那些金黄的叶片铺就的景致，让人欣喜，又无端生出生命无常的感叹。

纪鹰把杨素和墨兰引至庭院深处的小书房。房里只亮了一盏橘色的落地灯，书桌靠近窗户倚着浅蓝色的窗帘，落地灯旁边的黑红色木茶几上摆着一盆君子兰。进门左手边是一排书柜，右边放着陈旧的物件，散乱堆积，像是刚刚有人才翻弄过。与书柜相对的是一张黑红色的书桌，桌上有来不及合上的笔记本，摊开的信纸，没有套上笔套的钢笔，和杨素那支笔一模一样。

眼前的纪鹰，虽然有些憔悴，可站在满头灰发的墨兰面前，他的优越感显而易见。没有人召唤，卓凡那张精致无比的脸出现了，就在杨素眼前，用优雅的语气，轻轻地说，只有我才能配得上纪鹰。像是耳语。

“为什么，为什么？”像积蓄已久的火山，像被狂风吹得枝叶四散的树，杨素抖动的手打翻了纪鹰递过来的茶杯。

墨兰走过来试图抱住杨素，她疯了般一把推开她。墨兰的身子往前扑了过去，她试图挺住，终究还是摔了下去，头砸在黑红色木茶几的尖角上，左眼角被戳伤，血流了出来。

“你怎么能这样？”像风从峡谷深处穿过时的声音，“她是你亲娘。”

纪鹰想看看墨兰的伤口。她推开他：“我流的血何止这些?!”

无论她多么想隐瞒或遗忘过去，过去就候在某处，机会来了，立即跳出来指证她和他的罪——

客界：村长，猪栏，早产……因为流血过多，生完孩子，她就晕死了。这是他的孩子，他消失了，杳无音信。孩子，是他留给她的唯一念想，可现在孩子没了，她想离开这，去死还是去活，她无法分辨，她只想快点逃离客界。她留下纸条，荆花，杨楚，你们就当我死了，我墨兰永不回客界。客界四周都是高山，墨兰一出村口就不要命地往山那边跑。跑过那座山，过了两座桥，又跑过数不清的田野和山丘，后来又跑进了一片竹海，出竹海时，不小心被竹墩绊了脚，流了好多血，她挣扎着爬起来，看见了水库，她沿着水库一直往前走……

墨兰太累了，无法再继续往下回忆。她看向黑夜，像一只老鸦那样发出声音："老天爷，你能告诉我，这么多年我到底流了多少血？"

月色下沉，西面山脚的老鸹发出有节奏的叫唤，让人恐惧。站在月色下的周亚宁循声望去，只见在夜色中起伏的山野。他是跟踪妻子来的。他听到了一些内里，也想知道更多真相，这样的念头生出时，他想到了岳父母。他悄悄走出庭院大门，开车下山的路上，车灯寻找的那条白线在拖着他向前向上。他突然觉得妻子也是深不可测，她竟然一直没对他说过任何有关自己身世的事情。他没有去别的地方，连夜驱车赶往客界去了。

4

周亚宁开车赶到客界，急匆匆进村。他来到岳父家使劲拍打大门，无人应答。他靠着墙，反复地长时间地拍打着。岳母生病了，她应该不会出去的。他围着房子绕了一圈，不肯轻易放弃，特意走到更远的地方，抬头看楼上。所有的窗户没有一丝灯光。

他站在那儿，一直抬头看妻子家的那几扇窗户，突然生出一种极不舒服的孤苦之感，仿佛与妻子相关的一切都在拒绝他。然后，他想起偷听的谈话中提及的祠堂。难道他们在那里？准是去了那里，他想。该死！他大声骂了一声，然后迅速朝着哄吵声传来的方向走去。

好像是村庄的广场。广场中央燃烧着明亮的篝火，在火光的映衬下，能看到周围站了许多人。有老有少，还有父母怀里抱着的婴儿。周亚宁首先想到的是，他闯进了某种仪式的现场。但是，他仔细看了看，发现人们的注意力没有集中点。他能看到的那些人表情严肃，也许是心里有所敬畏。人们三三两两站成一堆，可说话的声音都压得很低，人群中弥漫着一种焦虑的气氛。一条狗冲着周亚宁叫了几声，随即被黑暗中的人赶走了。有些人注意到了他，眼神空洞地看了一会，然后就不再理会了。

他看见一个高高的牌楼，记起那就是祠堂了。他这时才注意到，黑暗中还有更多的人。

在祠堂入口的上方，吊着一只光秃秃的电灯泡，闪烁着一团刺眼的白光，灯光越过黑暗的门槛，照亮了从屋檐上流下的一线雨丝，那雨丝像一根亮闪闪的银针，是那样纤细而光滑，周亚宁古怪地想到了那种把长长的针扎在纸人脑门上的故事。入口附近，几个好奇的年轻人漠不关心地站在雨里，还有几个上了年纪的女人围在一起。祠堂的大门敞开着。光线暗淡的街沿上挤满了人，他们根本挤不进已经围得水泄不通的祠堂。他趴在窗垣上往里看去。

“我没犯错，荆花也没犯错，那孩子太小了，不好好照顾会死掉。”周亚宁听见老岳父在喊叫。浓浓的夜色里，一盆炭火在寒风中燃烧，火光照耀下，一群情绪激动的人，他们咒骂，挥舞拳脚。

而王荆花正手舞足蹈，她扯着杨楚，指着远方说：“墨兰，你看，二癞子来了，快跑。否则，他会将你装进麻袋，扛回家关进柴房，用铁链锁住你的手脚，永远不让你出门。”

杨楚双手箍住王荆花的腰身，村里人围在他俩四周，一个个唾沫飞溅。嘶哑的声音里传出尖利的欢呼声和掌声，街沿上的人喘着粗气。

周亚宁沿着墙壁滑下就这样倚在窗边，他掏出电话。他想把看到的一切通通告诉杨素。

“杨素，快来客界，家里出事了。”周亚宁还没来得及说更多，一阵崩裂自窗垣传来，他本能地抱住头，结果还是被一块飞溅而来的玻璃碎片扎伤了鼻翼。

周亚宁传来的消息没有让杨素恐慌，她反倒暗自惊喜，觉得父母必定需要她。他们或许正遭受身体或心灵的磨难，或许是一些让人无可奈何的争吵，不管是什么，她不再想逃离，反而觉得有股力量吸引她不顾一切，奋然向前。仿佛之前被他们关紧的一扇门终于露出了门缝，透过这门缝，也许她能够看清他们的来路，她自己的来路。

不知出于什么目的，杨素坚持说纪鹰不能去。纪鹰答应了杨素，停顿了一会，他又说，路上注意安全。他希望女儿能叫墨兰一起去，他希望她能想到这一点。

这算不算心灵相通？他们并没有刻意去提醒或讨论这件事，墨兰坐在杨素的车上，她们自然地朝着那个地方开去。她没有要求回到自己工作的地方，杨素什么也没有说。所有埋在各自身体里的或珍贵或苦涩的一切都不再是秘密。

杨素和墨兰回到客界，已是次日清晨。村里异常安静，杨素总觉得哪里不对劲。家家户户堂屋门大开着，却看不见一个人影。有些声音从村子最深处的祠堂传来。村里现任村长和老村长，分别坐在客界各位列祖列宗面前。王荆花和杨楚站在祠堂中间，王荆花已经神志不清，围观的村民，看戏般站在祠堂的四周。

“楚拐子，你不会还是处男吧?”不知哪个轻佻的男人先开了口。

“听说他是‘见花斜’。”从祠堂左侧发出的声音，异常尖细。

“王荆花不会是石女吧?”一阵猥琐的起哄，有人说出了令人更加难堪的话，仿佛一条不小心跌进污水的狗，爬起身时，摇晃着身子，将污水甩向四面八方。“绝代户”三个字是从某个墙角发出来的，具体哪个，谁也认不清了，仿佛一种环绕声，一时在东，一时在西，起先有些轻，有人听清楚了，有人没听清，伴随此起彼伏的咳嗽，这三个字似藏在人群的弹珠，跳起来，钻进所有人的耳朵里。

杨楚松开箍着王荆花的手，从裤袋里掏出一颗棒棒糖，扒下糖纸，塞在她嘴里，说，村长走了，没事了。他面对供在祠堂上的灵牌，深鞠三躬，大声连喊“祖宗，得罪了”。他转身迎着所有直视他的呆直的目光，扯下裤头，掏出家伙，跳起来大叫：我操你娘!

照纪鹰给的方子，抓了二十四服药，吃完第二十二服后，一股从来没有过的力量在杨楚体内奔腾。此时他在祠堂里跳起来骂出的一切也起了作用，就像将那颗埋进身体的钉子拔了出来。最原始的雄性的力量在他身上恢复，勃起，不是为了取悦某个心仪的女人，而成了他捍卫家，捍卫妻子和孩子的旗帜。

像是被一场大雪覆盖，又像是所有的都沉到了水底，除了祠堂横梁上穿梭的老鼠发出尖叫，所有别的声音都消失了。往墙角退缩的人群，身上的异味积攒在一起，如同垃圾车上跑出来的气流，停滞在祠堂上空，令人作呕。挨着墙角的那个人发现自己的头上悬着一张倒挂下来的蜘蛛网，慢慢地，他的人在缩小，网却越来越大，最后网住了这里所有的人。他害怕了，最初那声“绝代户”是他喊出来的。他还只有二十岁，只是想试试这三个字到底有多大的威力。他从人群里缩到墙边，把身子贴紧在墙上。他只想快点离开这里，可他不想让人看出他的胆怯，也因此只能慢慢地往门口移动。

老村长的头也蔫了，他依旧记得，当所有人都找不出墨兰的时候，一致咬定问题出在王荆花身上，赔了夫人又折兵的二癞子生了恨心，他塞了几张票子在他们的衣袖里，唆使他们合计对付杨楚。他们扒光他的身子，将他的头按进水缸，耻辱在那一刻生成，他的身子自此落下病根。

“谁说杨楚是绝代户？”那声音说，简洁而严肃，随后又轻声不自觉地说，“杨素可是你们看着长大的。”两句话都说得不重却又自含力量，而且说话人为这种突然出现的方式抱以了谦卑的笑，“这么多年过去了，可我依然无法克制自己。我希望大家对我这种人人皆有的出于本能的愤怒不要感到奇怪。显然，你们今天集合在这里，不是在欢迎我，而是一场新的审判，正是这个你们坚持的审判原则使得我今天有机会来到这里，带着谦恭为它辩护。”

大家刷刷地将目光投向声音传来的方向。杨素来了，正无所畏惧地看向这里的所有人。迎着她的目光，一些人低下头，一些人流出了眼泪。尤其是找她看过病的大老爷们，羞得恨不能地上有个洞好钻进去。

都是利益惹的祸。纪鹰带队去村里考察过后，村里所有保存完整的老房子均被纳入重点开发项目。那栋立在村口、面积最大、气势非凡的老房子是杨楚家的，村里传得沸沸扬扬，说他家会得到一笔数目可观的补偿金。论根上，这栋老房子并不完全属于杨楚家，杨楚家只占了四分之一，其他四分之三是前两年买来的。村里这样议论时，观点明显偏向于那些失去财产的人，仿佛这样说能为他们谋得一份钱财。那三户卖主不仅得了“红眼病”，还起了歪心。这起祸，就是他们搅出来的。

聚拢的人群像是被风吹散的芦苇，中间自然留出一条通道。在通道的尽头，杨素看见了王荆花。瘦得皮包骨了。杨素一阵心酸，冲上去试图抱住她，可她躲闪着，藏到杨楚的身后，双手盖在脸上，用恐惧的声音说，墨兰回来了，墨兰回来了。

杨素站在那，身子像表面平实的陷阱。她的下肢自足尖处开始裹上鱼鳞，眼前有一潭清波荡漾，引领她往前游的是王荆花，像以往那样，想将她拢在只属于她的世界里。但这一切只是表象，她在王荆花的眼里成了陌生人。

“王荆花偷了孩子，这就是最大的罪。”老村长突然又说。他僵坐在首位，像个木乃伊，他参与当年那场声势浩大的搜寻，他是活着的最年长的当事人，仿佛被程序控制的机器，冰冷、陈腐、固执。

人群又掀起骚动。

“我能证明墨兰是在王荆花家生产的。”刘翠莲的心被狗吃了吗？竟然在这时候站出来煽风点火。她不敢看王荆花，也躲避着杨楚的眼神。别怕，她在心里鼓励自己。而围观者的眼神，多数在鼓励她说出更多真相，只有少数人有了离去的想法。不知谁推了她，让她险些摔倒。她声称看见过这一幕。她的话就像一个证据，让人们抛弃理性的禁忌，人群如潮水般涌向这个人，就连那几个刚刚还深陷忏悔的大老爷们也抱着打听出更多内幕的心态，围住了刘翠莲。

“谁敢说荆花偷了孩子！”

那声音就像一股浪潮，充满了力量。所有祠堂里的人，他们张着嘴，也许并没有听清那声音说了些什么内容，他们只是听到了力量，汹涌的力量。人群就像被浪潮冲开的海藻，他们不由自主地跟随着声音的方向。

“活生生的人突然消失了，这还不够堵住你们的嘴！”那声音又说。所有人的目光寻向声音的来处。千真万确，站在祠堂门口的女人，虽然头发白了，满脸褶子，可身形在，眼神没变，尤其绾在脑后的美人髻，老人都认得，只有墨兰才梳得出这样好看的发型。

“鬼！”有人发出惊恐的叫声。

“我一直活着！”

闪在墨兰眼角的泪花，像珍珠般耀眼。她在敬老院护理的几位老人，全是高级知识分子。她给他们洗澡，喂饭，当她用手指帮一位八旬大妈解决便秘问题时，她赢得了这里所有人的心。她感觉到前所未有的充实与快乐。不知是怎么开始的，她给他们讲了一个故事，故事里有她的爱人、她的女儿……

“荆花！”墨兰冲上去抱住王荆花，泪流不尽。有些人开始往祠堂外走去，还有些人陪在一旁抹眼泪，一直以来的克制与隐忍，或是猜忌与诅咒，只是加重了所有参与其中的人的痛苦。一切都在改变，就连那个以为自己又重新掌握了一切的老村长也垂下身子，头埋至胸口。

王荆花从墨兰的怀里挣脱出来，用惊讶的眼神看着她，一副完全不相识的样子。

“你们离开这里吧。”杨楚走近墨兰小声说，声音里透出一股凶劲。

墨兰转向他，仿佛此刻她才慢慢地从无意识状态当中摆脱出来。她知道自己是在设法理解王荆花和杨楚隐瞒真相的苦楚。她小声说：“好吧，我出去。”

祠堂外的天空，拂晓的红光照亮了天边，墨兰愈发清醒了，是她将荆花逼上了绝境，荆花啥都没有了！来的路上，杨素告诉墨兰，她没有兄弟姐妹。王荆花为什么没有生育过？墨兰像是突然想明白了什么。失去的不只是她，王荆花也是那个失去的人。

5

这是一个约定。自从墨兰去敬老院做事后，方同和她每周五上午八点通电话。

敬老院前台只有一台座机，有时打不通，他会再打，直到打通为止；有时打通没人接，可过不了两分钟，他去了趟茅厕，正摇晃着想甩下尿液，电话却又打了回来。真是折腾人，他往往也因此埋怨墨兰不守时。

昨夜，他打过去电话，铃声响了很久，没人接通。凌晨两点时，他倚在床边打盹；凌晨四点醒来时，他决定保持清醒，他怕自己睡得太沉又错过了墨兰的电话。床边木柜上的瓦罐里有没有熄灭的烟头，木柜和床沿下的地面上撒满了一如幼虫般的棕色烟丝和白色的烟灰。

“你看看你，弄得到处是烟灰。”方同仿佛看见墨兰正站在黝黑的墙边衣柜前对他说话。房间里太混乱了，自从墨兰进城后，这里就开始混乱。方同觉得自己的日子越过越不是滋味，他一直想维持的生活已经被打破。

“救火，快来救火！”有喊声从对面山里传来，充满了惊恐，方同走到院子里，想看清火到底是从哪里起的。客界的男人大都外出赚钱去了，剩下的不是老弱，就是病残。他提着水桶往山里赶去时，心里也是火烧火燎般难受。他只想立刻联系上墨兰，叫她回来，哪里也不去了。可他没有其他可以联系墨兰的方式，他后悔当初没有记下杨大夫的电话。他决定明天去一趟中医院。

次日，方同来到中医院，向护士打听杨大夫。因为多问了两句，护士有些不耐烦，杨主任去哪里了我怎么知道。他一脸失望，走也不是留也不是。

“老哥，你找杨大夫啊？”

说话的是黄志明，他正倚在护士站旁的休息椅上。他也想打听杨大夫去哪里了。他瞧着碰了一鼻子灰的方同，主动走过来搭讪。

“我想问问杨大夫，有没有看见我家的老婆子。”方同很高兴有人和他说话。

“你家老婆子叫什么名字？”

“墨兰。”

“你是墨兰的丈夫？”

“你认识我家老婆子？”方同眼里的神色忽地亮了许多。

“我给你一个地址，那家的人认得她。”

黄志明从护士站讨来笔和纸，他把纪鹰家的地址写给了方同，又交代了他几句。目送这个陌生的男人离去的背影，黄志明心里怅然若失。

眼前都是些和他一样穿着病服的人，看他们来来回回走动，感觉这里成了一个囚禁之地。权势、金钱、健康，都不在他的掌控之内，一种怅然若失的心理，让他生出复杂的情绪，似乎刚才的行为还不够力量。

他回到病房，躺在床上，看着雪白的天花板，却感觉出空虚。时间仍旧单调地过去，有时候他觉得自己好像才被“囚禁”几天，但有的时候，他又感觉自己是一个在牢里待了多年的老囚犯。他想到在这里度过的每一个夜晚，每当这时他就会想起妻子，想起她在等待中有可能无法入眠。在睡着的时候，他偶尔也会梦到自己的妻子，在梦里他亲吻妻子的脸，仿佛一切回到了从前。

难道一切真的就要离我而去了，过去的辉煌真的将不复存在？他甚至在想，如果当初没有去国外承包工程，是否一切都不会发生了，蒋磊不会死，周亚宁一定不会进看守所，而黄小米和周亚宁的关系也就没有机会进一步发展了。想到纪鹰，他感觉自己的胸腔有一束由无数焦躁集合的怒火，一种与这个世界无法和解的怨怒，一股试图和这个世界以及对自己命运不甘的对抗的情绪，翻滚在他的内心深处，他不再信任纪鹰的感觉，如同叛逆的种子一样扎根于土，并且很快钻出嫩苗。

护士进来问他，可以理疗了吗？所谓理疗，就是用艾叶熏烤肛门四周。他摆出 OK 的手势。很快，艾叶的草香迷漫了房间，他不由自主地发出轻微的呻吟。

理疗还没有结束，黄志明就有了明显的尿意，他走进卫生间，可憋足了劲也只挤出几滴液体。梁子然打来电话，告诉他周亚宁不见了，电话也打不通。这不是好兆头。黄志明一着急，又有了尿意。

客界旅游开发论证大会，定于明天上午九点在江枫宾馆举行。公司所有参与论证的文件都交由周亚宁管理，如果明天九点之前他还不能把论证资料送到，组织方就会视他们公司自动弃权。

黄志明四处看了看，总感觉有人在暗处盯着他打量。他听见有人说：志明啊，这次的旅游开发项目你没有做足功课啊；志明，上面又给我施压了，你这钱得尽快还啊；你又去哪？外面有女人了吧；还不给我卡上打钱……

他怀疑周亚宁和梁子然背着他有了新的谋划。周亚宁陪梁子然来医院看病那天起，他就不再信任梁子然了。可他不能没有亲信。他召回黄小米，让她代替自己去拜访这次论证大会的相关专家。所有的努力都摆在那，该做的不该做的都做了。尿意又来了，他以为随着眼下的激动会有一股洪流冲出，结果也只滴下了几滴。黄志明想亲自去客界，可他每挪动一步似乎都会耗尽固守生命的元气，他不甘心到手的果实成为他人的盘中餐。在一种复杂情绪的支配下，他拨通了女儿的电话。

黄小米找到梁子然，要他陪她一起去客界。梁子然并不知道去客界干什么，黄小米什么也不说，她只是需要一个同伴。梁子然口袋里有一张市中心医院的单子，上面的 HIV 呈阴性；他又跑到潭州最好的南湘医院做了检查，结果是急性肠炎。管他急性肠炎还是急性胃炎，只要不是艾滋病就好了。梁子然正处于劫后余生的庆幸之中，于是欣然应邀前往。

方同千恩万谢离去时，把那张纸条攥紧在手心。可走着走着，心里又有些茫然，那是个陌生的地址，是一个陌生人写给他的。

一路上，无论是行走还是坐车，他总在心里默念：墨兰从不做出格的事。

眼前的房子一看就不是普通人住的，方同突然感觉不安，起身准备离去。正好赶上卓凡回来了，他们打量彼此，同样在心里猜测。

“眼前这个穿着寒酸的老头，不会是我家保姆的亲戚吧？”

“这个女人会不会是这家的女主人呢？”

看着她走到刚刚敲过的那扇门前，方同赶紧追上去问：“大妹子，请问这是纪鹰家吗？”

“请问您是哪位？”

“我是？”方同一下被卓凡问住了。他不知道如何介绍自己，突然想到黄志明提醒他的，如果碰到的是女主人就说找纪鹰。他像突然找到答案的小学生，兴奋地回答：“我找纪鹰！”

“你是他什么人？”卓凡警觉起来。这不像是纪鹰家的亲戚，不会是上访者吧。

“我不是他什么人。我要找我婆娘墨兰。”方同着急了。

“那你认识这个人吗？”卓凡从手机里翻出纪鹰的照片。

“不认识。”方同回答得很快。可他心里有犹豫，总觉得在哪里见过。

“那你为什么要找纪鹰？”卓凡觉得这人来得蹊跷。

方同突然意识到照片中的男人就是当初在客界碰到过的那个男人。这么说来，刚才那个告诉他纪鹰家地址的人一定知道墨兰和纪鹰的关系。他俩一定见过了。墨兰和纪鹰的关系藏不住了，兴许不久就会被好事者传到他们村里。他拍着大腿大喊：“出大事了，出大事了。”声音尖锐，惊恐。

“出什么大事了？”卓凡问。

方同没有理她，只顾转身逃命般向汽车站的方向跑去。一直以来，方同对客界心怀戒备，他从不在墨兰面前提及，听人说起这两个字时也总是有意回避，可眼下，他只想赶往那里去。他有一种被人摆布的苦闷，却又无可奈何。

赶到客界时，天快黑了，方同逐户打听墨兰的消息。

刚刚发生在这个山村的一切，让村里人知晓一个事实，墨兰还活着，她是杨素的亲娘。也因此，大家都告诉他去哪里可以找墨兰。他并没有费多少周折就寻到了杨楚家。打量这里的一切，既熟悉又陌生。这座老木房似乎在他的梦里出现过。他希望墨兰能从这房子里走出来。这样他就可以大声呵斥她，指责她总是对他隐瞒一切。他还想由着性子说出更多，比如村里人早年的议论，有些若隐若现的内幕——说她一定是犯了大事逃出来的——令他难堪，虽然有些捕风捉影，可在当时他却一直声色俱厉地抵制所有一切，他甚至威胁那些捕风捉影者，再肆意散布流言，他就与他们同归于尽。尽管后来，在他和她的人生中，她所表现出来的忠诚让人不再怀疑，可他一直是诚惶诚恐。

方同还没来得及开口打听墨兰的去向，梁子然和黄小米也来到了。这里已经发生了什么或正在发生什么？方同和刚来的人心情一样迫切，却又明显不同。前者小心翼翼，明明有要找的人却支支吾吾，一副藏着掖着的样子；后者却表现得直接，他们一下车就慌里慌张四处打探，他们虽然主动问候杨素的父母，却明显让人看出怠慢。两个人都只顾不停拨打电话，杨楚想告诉他们，这儿一直收不到任何信号。可看着这两个年轻人傲慢的样子，他什么也不想说，一脸寡淡地坐在那，好像眼前没有任何人。

王荆花倚着老屋那扇半开的木门，站在夕阳下，失神地望着远方，说，都走了。不像是说给别人听的。杨楚没有问所来何人，直接扶着王荆花进屋了。

梁子然正欲转身离去。方同着急地问他：

“小伙子，你回南城？”

“是的，大爷。”

方同一脸着急，想说什么又不好意思开口的样子。梁子然大概也猜出了他的意图。

“大爷想搭趟顺风车？”

天色已晚，方同心想横竖是没脸没皮了，就重重地点了点头。

一路上，黄小米都在向梁子然打听周亚宁的事，其间也谈到杨素，当讲到她给男人做手术的情景时，黄小米发出轻蔑的笑声。

方同听出来了，这个女人是当今时兴的“小三”。他气得当即就怒喝：“停车。”

“怎么了？大爷，这可是高速公路，不可能随便停车的。”梁子然心想，我都不嫌弃你这一脸苦大仇深的样子，你咋还倚老卖老起来了呢？他有些不高兴了。

“我不和小偷一起坐车。”方同吐了一口唾沫。

“喂，老头，你怎么在我的车上吐痰。再说谁是小偷了，我们看上去会偷你的东西吗？”黄小米一开始就不同意捎方同上路，这下更是怪死了梁子然。

“偷人算偷吗？”方同这样说也是因为墨兰。他晓得这个杨大夫和墨兰的缘分不浅。

证据存在于一些细节上：墨兰送给杨素鞋垫，还有她夜里做梦时喊叫过杨素的名字。

“你是?”梁子然猜不出他的身份。

方同什么也不透露，只顾吵着闹着要下车。梁子然只好将车开进不远处的服务站。方同刚下车，梁子然就觉得肚子痛得异常。其实早就隐隐作痛了，他没当回事，可眼下握着方向盘的手越来越软，他想坚持着再往前开些路，紧接着，豆大的汗珠从他额头上滚落下来。黄小米赶紧叫他停车。黄小米吓坏了，她下车大声招呼方同。

“老头，快来帮把手。”

黄小米一边开车一边不停地拨打周亚宁的电话，好不容易打通后，她张口就骂：“你还有责任感吗?”

“出什么事了?”周亚宁漫不经心地说。

“梁子然快要死了。”

“死不了，所有资料我都完成了，等一下我就送到专家组去。”

“真的出事了，需要急救。梁子然说要去你夫人那医院，我大概二十分钟可以赶到医院门口。”

黄小米挂掉电话后就将油门踩到了底，车子眼看就要飞起来了。方同吓得缩作一团，生怕成了这两个不要命的年轻人的陪葬品。

站在急诊室门口等候的除了参与急救的医务人员，还有杨素和周亚宁，墨兰也在那里。杨素的目光只停留在病人身上，其他的人都从她眼前消失了似的。而墨兰一看见方同，眼睛就红了，她只喊了一声“老倌子”，就什么话也说不出来了。方同一听到这声“老倌子”，心里顿时舒坦了，一直紧绷的那根弦也松了下来。

6

卓尔一直低烧。对于有吸毒史的人来说，“低烧”是一个信号，杨素心里有不好的预测。她像平常一样帮他检查创口，嘴上说恢复很好，没有任何感染，可心里总是不安，她抽取他的血液亲自送去化验室。

三天后才能取结果。她交代化验室，化验结果一出来就给她打电话。

等待的这三天，她惴惴不安。化验室打电话给她，并没有直接说出结果，只说一定要快点联系上病人。不必再问，她知道是什么。可她还是去了化验室，出来时，化验单紧紧攥在手心，反正都知道结果了，她觉得没必要再看。可走到僻静无人处时，她还是忍不住打开了。阳性！她看得清清楚楚。可她感觉眼前总是模糊，仿佛自己身处浓雾之中；又似乎她的眼疾又犯了，可她心里清楚，只是她不愿意承认这个事实罢了。

杨素不知道该如何告诉卓尔。她想到了卓凡，打电话约她下班后一起吃饭。刚好纪鹰出差了，卓凡当即就应承了，还说想凡凡了，一定要带孩子一起出来。凡凡现在白天上学，早上杨素去送，下午接送她的任务落到了菲儿身上，菲儿倒是乐得接受这个差事，还主动承担了做晚饭的任务。

本来也想约菲儿一起吃晚饭，可菲儿报了民宿经营培训班，一周两次，恰巧今晚有课。有什么秘密杨素时常和菲儿说，可今天这件事，她暂时还只想说给卓凡听。

吃饭的时候，卓凡心情一直不错，凡凡也欢喜得不得了。杨素不忍心开口，饭吃完了，她还是开不了口，索性就不说了。她给纪鹰发短信，说了化验结果。对方很快回复：明日去找你。

纪鹰来肛肠科时，衣服上还沾着露水，不知从哪里匆匆赶来。杨素还不习惯作为女儿的身份见他，她躲闪着不正面和他对视。

"只能面对现实。"杨素平静地说。

"这个可怜的孩子。"纪鹰低声叹息一声，又担忧地问，"卓凡知道这事吗?"

"暂且还不知道。"

纪鹰打电话通知卓凡来中医院一趟。

看杨素和自己的姐姐姐夫一同走进他的病房，卓尔心里就有数了。自己低烧一直不退，起先以为感冒，可他也在怀疑，也因此上网查询，他大致晓得自己得了什么病。可他不愿意去相信，甚至抱着侥幸的心理以为自己只是感冒了。他背对着他们，独自站在窗前。杨素感觉卓尔已经知道自己的情况。那一刻四个人都没有说话，房间里一时沉默得让人难受。

"我是不是感染了 HIV?"卓尔觉得还是得由他来说话。

"卓尔，你听我说……"杨素不想直接回答。

卓尔不需要杨素的回答。他从她过于克制的眼神中获得了答案：那是事实。

"我出去一趟，很快就回来。"说着他当着他们的面换上了自己的衣服。他往外走时，卓凡想阻拦他，纪鹰摆手，示意妻子不要干蠢事。三个人眼睁睁看着他走出了病房。

走出中医院，卓尔没有叫车，他依旧往前走，起先走得很慢，后来越走越快，甚至跑起来了。他跑得极快，想要抛弃一切的样子。在狂奔中，他的眼前不断闪过和妻子初遇时的场景，那个眼神清澈、心地善良的姑娘去哪儿了。鬼使神差，卓尔给前妻发出微信视频通话，告诉她自己感染了 HIV。妻子看着这个世上唯一真正爱过她的男人，一直沉默着，偶尔冷笑两声。

“为什么会这样？”卓尔知道他和妻子之间一直有用避孕套。他不知道问题出在哪儿。

“你有伤口。我是通过帮你护理伤口时让你感染的。”

“为什么要这样对我？”

“去问你娘啊，是她害了你。”妻子说完就关闭了视频。无论卓尔再怎么请求，她再也不接了。

没有人知道卓尔去了哪里。他回肛肠科时，像平常一样和护士站的人打着招呼。面对杨素，他显得异常冷静，像平常一样和她聊天，也不说他的病，却坦言自己对人生有了新的打算。

就这样过了两天，杨素正想着劝卓尔转院治疗。护士长来找杨素，脸色不好看。护士站不知谁起的头，说：“多帅啊，爱什么不好偏要爱上那东西。”

“他好上那口，那往后真是生不如死了啊。”

护士长知道他们在说谁。她呵斥他们，有这工夫磨嘴皮子，还不如去病房多走动两遍。再说病人有隐私权，瞎猜瞎传，这个月的绩效奖不想要了？

让他走吧，护士长想直接这样对杨素说。可她还有些犹豫，毕竟杨素和她单独说过，说他是特殊病例，要特殊对待。可他让她害怕了。就在刚才，卓尔毒瘾又犯了，其间还掀翻了病房的病床。虽然是她亲自护理这个特殊病例，可护士们哪一个不是心细耳尖的，哪个病人平素吃什么，为什么哭，说了什么梦话，哪个女病人男朋友多，走马灯似的，上午来张三，下午来李四。唉，烦死了，反正他一天不走，我就一天不得安宁。护士长铁了心要找杨素谈谈。她走到杨素的办公室门口，手按在胸脯上深呼吸了一口气，走进去时，她感觉自己背叛了杨素。

“他又犯那瘾了，还掀翻了病房的病床。”护士长走到杨素身旁，小声说，“再这样下去，迟早会出事。”

快要下班了，杨素正在整理资料。她听到这话，起先还是埋头继续干活，后来抬起头，用奇怪的眼光看着护士长。她似乎想说什么，然后改变了主意。她走到窗前去看窗外，有意看向教堂的方向，她看见了青灰色的石墙，以及刺入天空的十字架。她说：

“之前我以为我是在帮他。如今看来，留他在这里就是对其他患者的不负责。这儿的病人根本不知道自己每天经过的地方住着这样一个人。不过，既然我们都敞开了，说到这个份上了，我要为我之前肤浅的认识向你道歉。我是说，我不应该怀疑是你把他吸毒的事扩散出去的。”杨素说完匆匆往外走去，明明想走得更快点，可双脚灌了铅般走得异常艰难。

见到卓尔，杨素直接说：“你必须去戒毒中心。”声音果断，像是宣布一个不可更改的决定。

“不，我哪里也不去，我就在这治病。”卓尔将身子卷进被窝，惊恐的样子如同将要被抛弃的孩子。

“可你失去理智时会伤人。”杨素不想妥协。

卓尔认真收集来自她的任何信息，包括她的表情和语气。虽然她看他的眼神像朋友，可跟他说话时的口气还是大夫。作为她的病人，他认识到向她表白爱的梦想到底不过是梦想罢了，他不可能越过身份上的障碍；可他想留在这里，成为她的病人。

“谁也不会伤到。”卓尔挽起长袖，“你看，你看！”

他将手臂伸到杨素面前，很清晰，很扎眼，一道道刻痕，深浅不一，有些还在渗血。护士长惊叫着往后缩。杨素将护士长拉到她身后，她直视卓尔。

“自残会让人害怕接近你。”

“我哪也不去！之前，我去过许多地方，我只想找个地方躺下来，做做美梦，但现在我到了这儿，我觉得这地方对我来说很安全。”

卓尔把带血的手臂举到杨素面前，在她眼里，他没有看到妥协及渴望中的温暖。他的身子在发抖。他想扛下去，可他突然害怕自己就这样死了。他不想失去她，这对他来说非同寻常，他应该怎样去把握杨素这个女人呢？她与他在旅途中遇到的任何女人都不一样。他在太多的女人身上看到了无聊与寂寞，她们费尽心思嫁给有钱人，得到她们渴望的地位。她们的地位的确提高了，却漂流在没有友谊的社交空洞里。以前，对于这样的女人，他乐于去满足她们。可杨素不一样。她是一颗有着天然光泽，散发独特魅力的珍珠。

是什么让他有了这般心思？应该是那天，她给他讲客界的故事，有关一条河的故事。那条河三十米宽，河水像从中间剖开了般，一半清，一半浊，村里人称它为阴阳河，河底住着一公一母两个水怪。两个水怪后来相爱了，可他们属于不同的种族，他们不能结合为夫妻……

两个水怪都可以冲破阻力相爱，我为什么不敢追求我的爱情？卓尔在心里轻视自己，可越是这样想，他越发胆小。“我不应该那么着急。”他暗自告诫自己。他害怕自己给不了杨素真正的幸福而带给她更大的打击，他的身体里有两股力量在博弈，情绪因此异常难受。

窗外，太阳如昨日一样在空中运行，护士们照常八卦，周围的一切都如平常一样，写在人们脸上的欢喜或悲伤也是平常的。卓尔没有再说话，他望向窗外，什么也看不见，唯独看见杨素的身影，格外清晰。他突然发现自己不再是患者对医生的感受。就在这时，一股力量占了上风，卓尔再也控制不住，他从身后抱住杨素。“你很痛苦，因为没有人理解你的需要。”杨素的身子一直在猛烈颤抖。“哭吧，别压着。”他说着，扳过杨素的身子，将她揽进怀里。杨素任由他抱紧，任由眼泪打湿他的胸脯。

此刻，卓尔的眼神让杨素害怕。如果说她曾因为别的男人对她的窥视而感到恶心，那么卓尔的眼光就完全不同，他愿意对她袒露心扉，这种心理和精神上的袒露，比肉体的袒露产生的温情，要更加令人担心和害怕。

杨素的电话响了，肥妹慌慌张张地说：“杨主任，13 床情况异常。”

杨素这才回过神来，她看了卓尔一眼，像是安慰，又像是失望的叹息。

7

13 床是梁子然。

杨素进到病房时，黄小米正蹲在地板上擦拭污物，显然是梁子然刚刚吐出来的。黄小米看了杨素一眼，她们互相没有搭理。

杨素不想看见这些，她宁愿看见满脸跋扈地向她声讨的黄小米。可黄小米一脸平静，没有人看出她的内心正在经历什么。

黄志明住院那天，肖莉回家帮他取住院必需品。一个和黄小米年龄相仿的女人站在她家门口，看见肖莉，她并不躲闪，还得意地把弄手指上的戒指。

“叫黄志明出来。”她不屑于问眼前的女人到底是谁。

“怎么了？”肖莉打量这个女人，在心里猜测她的身份。

“打他电话也不接，想躲我到什么时候啊？”

“他不在家。”

“那我就在这里等，省得我孩子出来后不知道自己的父亲在哪儿。”

肖莉直直地盯着女人，恶狠狠地说：“你信不信我报警。”

“你报啊。警察来了我会知无不言，言无不尽。”

仿佛蛇被逮到七寸。肖莉四处望了望，路边除了修剪齐整的杜鹃、红叶石楠、红花檵木、金森女贞、绿篱，还有随风飘落的枯叶。

“黄志明出差了，下周回来。”肖莉说这句话时，感觉自己只想扑过去撕烂这个女人的嘴。可她把手伸进自己的皮包，里面有一个信封，信封里装着五千元钱。

女人接过信封，朝里看了一眼，又捏了捏信封的厚薄。“下周我再来。”说完扭身走了。

我怎么落到这般田地？肖莉一进屋，就扑倒在客厅大理石地板上。她哭了，很大声，不再像从前那样遮遮掩掩，也不担心有人是否会听见，直到哭得一滴泪也没有了，挂钟不走了，冰箱不响了，花园里鸟儿也不叫了，满屋的沉寂好像要吞噬周围的一切。她脑子里却一直回响着“父亲”“孩子”这两个词。

一直以来，肖莉坚决不离婚。她努力想要撑住门面，可现实冲垮了一切。她想要幸福的婚姻，她想看着女儿拥有幸福的婚姻，可一切都像在故意逃离她们娘俩。她想好了，即便死也要和黄志明死在一个屋檐下。她知道他每天回家前都会清理手机上的已接来电、未接来电、拨出的电话甚至短信。因为其他女人的来电，她摔碎过他的手机，歇斯底里和他扭成一团。他再也不敢让手机发出声响，而是让它贴着肉在口袋里颤抖。若是她在身旁，还要装出若无其事的样子，或者装成尿急躲进洗手间。

没有人知道肖莉的苦。几十年的风雨人生，她依然没有博得黄家人对她的好感。黄家原本书香世家，黄志明也非现在的蝇营狗苟。不知从哪天开始，黄家人总是说，那个男人，曾经是多么的自由。可现在，在一个女人的操纵下，成了金钱和虚荣的奴隶。大家有意无意冷落肖莉，仿佛她只是一个过客，而她依然要在惶恐中接受黄志明不忠的事实。

肖莉躺在地板上，屋里所有窗帘都拉上了，漆黑一团。客厅里的座机响了许久，她想由着它空响，可心里又害怕。听出电话里是女儿的声音时，她哭着说：

“小米，快回家帮帮妈，快!”像是抓到了救命稻草，她喊得很大声很急切。

“妈，你又怎么了?”黄小米很不耐烦，“是不是更年期狂躁症又犯了?”

“你小妈找上门来了。”肖莉的声音反而低了。关于那个女人，关于黄志明，她说出更多的细节。她的声音越说越低，像是一个濒临死亡的人发出的声音。

黄小米一下懵了，电话从她手中滑落。她从来都认为爱了就要大胆去爱，父亲也是一个男人，一个有权有钱有地位的男人，同样会有女人为他着迷。但是如何来捍卫母亲的婚姻呢？黄小米其实特别想反问肖莉，你想怎么处理？但同时，她又怕母亲会因此而更加痛苦，以为女儿并不真心想帮她。于是她什么也没有再说，却在心里开始谋划。

肖莉见女儿没说一句宽慰她的话就挂了电话，又哭了起来，哭声与刚才无异，可哭的指向发生了变化。她从不找女儿诉苦，她觉得女儿和她隔着心，她甚至怀疑生女儿时，是护士弄错了，把别人的孩子抱给了她。可遇上这样的事，我除了去求女儿，还能求谁呢？她躺在那儿，地板越来越凉。她看着从天花板上垂吊下来的那盏灯，原本黄志明喜欢中式风格的复古实木灯，只因为她喜欢欧式宫廷风格就选了这盏。后来，黄志明索性让她做主装修这个房子，她也因此窃喜，觉得黄志明心里还有她。乔迁那天，黄志明家里来了不少人，都对房子的装修赞不绝口，自然，他们习惯性地认为他们看上的东西一定不是她的格调所能达到的。她有意无意提及这房子是她主持装修的，他们虽然什么也不说，但她能看出他们脸上的别扭。

黄小米找到那个女人。来的路上，黄小米还有些好奇，能让父亲喜欢的女人会长什么样，还想着怎样拿捏用词才不至于伤害一颗年轻又单纯的心。可见到本人后，她改变了主意，她看上去很漂亮，但脸色有些苍白，说话的语气和用词无知而傲慢。那真是个不要脸的女人，她竟然敢在黄小米面前称黄志明为“老公”。黄小米哪有那样的耐性，她掏出一把照片甩在她脸上。照片上有在餐厅、地铁上、街边各种场合的镜头，女人正和一个年纪相仿的男人亲热。不用问，这才是她真正的恋人，而我的老父亲，不过是他们享受美好生活的取款机。想到这点，黄小米更加愤怒。可愤怒背后她又隐隐感到一丝悲凉。这悲凉是由不得往深里想的，一想就会由根子上牵绊出许多悲伤，因为这根子连着她和周亚宁。她在这丝悲凉里发现她和眼前这个女人有着一个共同点，她们都插足了别人的婚姻。可她很快否定了这种对比，我和她不同，她只是贪图我父亲的钱财，我是真正爱周亚宁的。当初她执意要和周亚宁一起去C国，父亲对此百般阻拦。这事过去两年多了，现在回过头来看，感觉出异常，难道父亲早就知道她和周亚宁的关系了，越想越肯定，甚至那本不翼而飞的日记，她几乎敢肯定父亲一定看过了，而且销毁了它。可他什么也没说，包括他轻易就答应让周亚宁回国。

“不知把这照片交给警察后，你的行为是破坏别人婚姻，还是利用美色诈骗钱财呢？”黄小米双手抱在胸前。她的眼睛，那双冰冷的眼睛停在女人身上。

女人并不是第一次经历这样的事。她还想周旋，可黄小米掏出电话，按下了110，说：“你自己看着办，这电话是打还是不打。我父亲现在躺在医院，生死未卜，估计也是顾不上你了。”

“我真怀孕了。”女人说。

她不这样说还好，这么一说黄小米显得更是痛苦。孩子，我也有过周亚宁的孩子。可这样的孩子是不会被珍惜的，因为没有人期待他的到来。

“你敢确定是我父亲的？”黄小米走到女人面前，盯着女人的眼睛看，女人扭头看向别处。黄小米又想作弄她一下，“你想要多少钱？”

“老黄承诺过送我一套两居室房子的。”她说这话时眼里竟然还有憧憬。

但是现实和承诺往往背道而驰。黄小米想这样说，可她意识到了，这个女人生性贪婪，不会就此罢休，如果今天不做个彻底了断，今后她还会继续去纠缠父亲，这种伤害就还会持续。

“你一定说过很爱很爱我父亲的话吧，可你不照样背叛他。”黄小米看着那些照片，觉得它们真是个讽刺，“你们谁又能对谁的承诺负责任呢？”

“今天我不是给你送钱来的，我只是告诉你，你若还对我父亲抱有幻想，那你将来要面对的，不是我母亲，也不是我父亲，而是我。”黄小米说得很轻，很慢，吐词也很清晰。可她突然冲到女人面前：“我是一个疯子，你知道吗？你若不怕，就尽管来找我吧。”声音嘶哑，像是从喉咙里挤出来的。

“你走吧。不要再来找我。”女人说完不再作声，只抱膝蹲在了地上。

黄小米看着她那㞞样，一下更瞧不起她来。可黄小米转念又想，难道父亲真的承诺过她什么？她鄙夷地哼了一声。这算不了什么，他对妻子还不知撒了多少谎。这样对比让她心里起了怨恨。离开时，她又狠狠地骂了一句：“你只是一个贼。”

话说出来是痛快了，可力量是相互的，打在别人身上会同样作用于自己身上。往回赶的路上，黄小米陷入了痛苦之中。她是贼，我不是吗？过去，她只顾向前，也因为任性带给自己和别人不少伤害。她第一次站在一个不同于从前的角度想到了杨素。

经历这件事之后，黄小米的性格变得愈发古怪，焦灼和冷漠同时出现在她身上。她因为曾经渴望占有幸福而恨自己，要惩罚自己，有人想安慰她，或是想与她说些亲热的话，她都会用脸上的傲气拒绝这一切。她相信因果报应——因是父亲挥霍的人生，果却报在了她这里。此刻，她看着杨素，感觉依然没变，她还像过去那样恨她。

杨素刻意不在意黄小米的目光，她看了护士刚刚送来的化验结果，说："梁子然，你安全了。"

"我真的没有感染艾滋病吧？"梁子然真正担心的还是这个。

"真的没有。"

"上帝垂爱。"梁子然有去教堂做祷告的习惯，当即双手交叉跪在床上祈祷。

8

趁他们交谈的时候，黄小米从一旁悄悄走了。她心里牵挂着母亲。有件事她谁也没有说——肖莉患了精神分裂症，三天前转到了省脑科医院，起初黄小米不敢相信，也无法接受医生的诊断。可事实摆在眼前，由不得她接不接受。她亲眼看见肖莉的表现，有时窗外的一棵树，病房里的桌子，甚至一双鞋、一个水龙头都有可能成为肖莉咒骂的对象。过去，因为偏见，因为之前的经历，她总是与母亲保持一定的距离，尽量不接触或是少接触。可父亲病了，她们不得不经常面对。被黄志明的野女人要挟，这是多大的委屈。黄小米本以为肖莉又会像过去那样，围着父亲大吵大闹。可肖莉变了，除了沉默不语，神情还经常飘忽不定，偶尔又会反复说话，总是相同的内容。黄小米以为母亲只是陷入暂时的焦虑，直到发现肖莉昏倒在洗手间，她才意识到，母亲真的需要她的帮助。

此刻，医生正在给肖莉做治疗，黄小米退到病房外，拨通了父亲的电话，想同他商量论证会开完后，下一步如何制定工作方案。铃声响了七八下，没有接通。昨天，父亲向她抱怨病服没有口袋，老忘记带手机。

黄小米的猜测没有错，黄志明的手机正躺在病房的枕头下孤零零地响着铃声。有护士进来测体温，8 床（黄志明的床号）去哪了？她喊叫了两声，并没刻意去找，也没往心里去。这是平常的事，白天病人去哪在哪她们并不在意，只有到了晚上她们才会查房清点人数。更何况黄志明带来的东西都摆在老地方，没有离开的迹象。

事实上，黄志明的病号服正躺在被子里，这就说明他已经离开了医院。一大早，肖光明就打黄志明电话催款。黄志明先是好言相求再宽限些时日，可肖光明不但不给他半点情面，还说他气数已尽。黄志明气得不仅挂了电话，还骂了对方不要脸。两人显然是撕破脸了。黄志明一时又有些懊恼，怎么在这时候赌气呢？和银行赌气，输的一定是自己，黄志明自言自语。

今天对他黄志明很重要。他想的和正在做的，只有通过了今天的专家论证，一切才有意义。可他知道，这是一场较量，从报价到评比，所有想开发客界旅游的公司，都在走关系找门路。通过几次筛选，一些竞争者已经淘汰。还能来参与今天论证的，都是实力不凡的公司。黄志明心里清楚，眼下，他的公司除了要抓住这最后的论证机会，已经没有任何可做的了。病房里就他一个人，他想平静下来想想对策，可他来来回回走动，最后决定亲自去论证会现场。他换上自己的衣服，还戴了口罩。他悄悄出门、下楼，在中医院门口招了的士，对司机说去南城宾馆。走进南城宾馆一楼大厅时，论证会专家们正走出电梯，随行的还有周亚宁，看上去很焦虑。

周亚宁拦住走在最前面的专家："老师，请您再看看我们的资料……"

"已经看过，没有任何价值……"

后面的话，黄志明听不见了，眼前的一切，他也看不见了。却发现肖光明气急败坏的身影向他走来，纪鹰一副恨铁不成钢的架势向他走来，那个纠缠了他很久的美女博士冷笑着向他走来，肖莉双手叉腰破口大骂向他走来，蒋磊伸出惨白的双手向他走来。而真正致命的原因是，这个项目拿不到，银行不会再贷款给宏景，集团将面临资金链断裂。

一声尖叫打破了宾馆原有的气氛。周亚宁停下来，随着人流走向那个方向。他看清楚了，那个躺在大理石地板上的人是黄志明。那张曾经傲慢无比的脸，那张曾经在宏景集团风光无限的脸，那张曾经无数次呵斥过他的脸……此刻正在痛苦地扭曲着。有人正在打 120："喂……中风……南城宾馆……"

接到周亚宁电话时，黄小米正准备喂水给肖莉喝。父亲中风的消息来得太突然，她手一软，杯子滑了下去。离去前，她按响病床边的呼叫器，推开肖莉孩子般拽住她的手。正是下班高峰期，的士都嫌黄小米要去的那段路太堵而抛弃了她。

美女，坐摩的吗？她没有犹豫，一步跨上去，说，去中医院心血管科。

黄小米站在中医院心血管科十八楼窗口，望着楼下，身子有些瘫软。从韩国回来不到一个月，母亲疯了，父亲中风。她倚着墙，身子慢慢往地板上滑去。她没有哭，甚至一滴泪也没有流出。

周亚宁帮黄志明办住院手续回来，看到瘫坐在地的黄小米，一时百感交集。他走上去，拉起黄小米，说，别这样。他们看着彼此，看出各自眼里的神情，有苦楚，有悲伤，也有难得一见的惺惺相惜。

像是突然意识到了什么，周亚宁不安地看了眼四周，眼睛里充满了莫名其妙的疑问。

“你妈怎么没有来?”

见周亚宁问得这么急切不安，黄小米反倒安心了，她靠在他胸口，这时，她真想亲他一口，为了自己那么多年的等待。她想，她心里已经播下的种子快要破土而出了，她想要的生活正一步一步离她近了。她又抬头看周亚宁，看他紧锁的眉头和脸上的愁容。

周亚宁眼前一直晃荡着黄志明倒在地上的情景，和其他普通病人一样，没有一点特别之处。此刻，他并没有想到那可能就是诀别。否则他一定会记起更多，他甚至都不记得他最后对黄志明说了什么。

不远处，有个人悄悄闪进过道旁的厕所里，她蹲在那，双手抱头埋在双膝间。眼前白色的木门上贴着“高价收药，开发票”的纸条。所有东西都在被叫卖，所有的人都试图跻身于商人的行列。科室有个男医生和一些医药代表走得太近，已经有了关于他吃回扣的传言。一切都在背叛。她站起身时，感觉有人用刀在削刮她的下体，带血的鱼鳞掉落在蹲便器里。她将大拇指放在冲水阀上，犹豫了一下，用更大的力气按了下去。她走出来，走到洗手台前反复搓洗双手。她有意整理了一下白大褂，把帽檐边的头发往帽子里塞了塞。她希望自己看起来精神些。

她看着镜子里的自己，在心里说，我不该胆怯，应该感到羞耻的是他们。可她只想离开这里，却身不由己。她是来工作的。她往前走，走到入口那里，周亚宁搂着黄小米站在右边过道的窗户旁，那正是她的必经之路，她朝他俩径直走了过去。

周亚宁先看见了杨素，他一把推开黄小米。

“你怎么来了？”周亚宁的声音显得有些慌乱。

“我来会诊！”杨素并不看他，只顾往前走。

看着周亚宁狼狈不堪的样子，黄小米一时妒恨起伏。可此一时彼一时，她不想在此刻暴露出心思，却又难以平复心情，只是幽怨地看着他，暗自在心里说：你到底是狠心人。

就这样，两个人各怀心事，不再言语。

杨素再出来时，黄小米换了个人似的，冲上去靠得她很近。

“我爸怎么了？”

“所有人已经尽力了。”杨素摇了摇头，声音平静。

“你们没有尽力，你们都是刽子手……”黄小米大声喊叫，疯了般双手挥向杨素。

周亚宁抓住那只手时，已经在他妻子脸上划出了伤痕。

杨素凝固般立在那儿，眼前一片幻象，那些躺在便池里的鳞片，不是被冲进下水道了，为什么又出现了，正化作无数幽灵穿梭在她身前身后，而身上残存的鳞片却让她渐渐失去前行的力量，无论行走或是游动，都格外艰难。近来发生了太多不幸的事件，似乎都不及此刻的黄小米那般沉重。她无意间从一个同行那获得一个信息，肖莉疯了。出于医者的本能反应，杨素安慰自己：她是个弱者，她需要保护。

黄小米并没有因为周亚宁的阻拦而有所收敛，她张牙舞爪的样子和她母亲很像。她对着杨素喊叫："你等着，我会让你知道什么是绝望！"

周亚宁抱紧她，又用眼神暗示妻子快点离开。丈夫庇护的女人不是我，杨素走得越发急切。她本想回敬黄小米，不要等，我已经绝望了。可她又想，我为什么要在意她？走出大楼，来到一楼草坪，她抬起头望向天空。天空还是那片依旧沉默的天空，只有一群灰鸽和白鸽正交集、轻快地飞过。

正是一天阳光最好的时候，杨素看着自己的身影，落在地上的影子正在渐渐变小，时间不会为谁停留，无论你走向哪里或是停在哪里，它照常往前。她看着自己的影子，如同看着另一个自己，仿佛那也是个有生命的东西；但又感觉出惊慌，觉得它像一个逐步逼近自己的敌人。最后，她默默问自己：我为什么要承受这样的惩罚？我究竟做错了什么？

9

杨素觉得苦闷，去江边走了二十分钟。回来时，她有意走消防通道，走到七楼安全通道口，她听见了护士们放肆的交谈。

"这次我们肛肠科要倒大霉了。"胡颖的助理倚在护士站前台，一脸先知先觉："杨主任只怕得下台了。"

"关杨主任啥事？"胖妹不解地问。

"怎么没关系？杨主任是我们科室的首要责任人啊。"胡颖的助理显得有些激动。

接着是一阵感叹。

杨素站在楼梯口，想到了乡下的狗。有陌生人闯进村里时，只要有一只狗叫了，其他的狗都会跟着叫。

杨素无意偷听这些，她站在原地，觉出眼睛又模糊了。这种情况出现得越来越频繁，眼科医生为她忧心忡忡，建议她请假休息。可她总觉得还不是时候。杨素闭上眼睛，过了几秒，那边的声音渐渐消失了，她睁开眼，眼前还是模糊，这次持续得比往常要久，她心里有了恐慌，可走路的样子和平常没有任何区别。经过护士站时，她并没有因为刚才听见的而多看护士站一眼。有人和她打招呼，声音显得殷勤，她还是一如平常。进办公室后，她关好门，躺倒在沙发上，等待血涌上她的头，冲散疲劳，以缓解眼睛的模糊。

“杨主任！”李铄在门外叫。

杨素没有应答，她想逃离她经历过的一切，所有人和所有声音，但却毫无办法。她把这种折磨看成是对她的惩罚。她突然想到一句话：混沌是洪水和深深的黑暗。她的生活已然混沌了，无论她在哪里，都是这样的感觉。她感到眼前一片漆黑，所有光亮从眼前消失。

敲门声再次响起，急骤，清晰有力。

“进来。”杨素躺在那儿，雕塑般纹丝不动。手机正贴着她的皮肤发出嗡嗡的蜂鸣。

李铄推开门，望着眼前这个女人，他怦怦乱跳的心才稍稍平定下来。他咽下心里刚闪过的念头，他觉得自己有些神经质了。可他真真实实地感觉到，他对杨素有了特别的情分。

杨素的衣服已经滑至腰身。李铄脸上有些不自然，身体也不自然起来。

“你怎么了？”

可他知道，这问题显得多么愚蠢。因为他清楚，她正承受着常人难以承受的压力，而他任何不当的提问只会加剧她的焦虑。他就这样站着，任由思绪翻滚：他想突然走近她，抱紧她。但此时，他只是僵直了身子站在原地，能听见过道及更远处传来的各种声响——

“请问杨主任在吗？

“杨主任上手术去了。”

“那我等她。”

“杨医生不来吗？”

“杨医生去哪了？”

…………

杨素喜欢站在她身边的这个年轻人，阳光帅气，勤奋好学，从不多说话。但这只是说明他是个好的工作伙伴罢了。护士站的小姑娘们经常会以他为话题，大家对他都很满意；但是，如果杨素知道他心里真实的想法的话，她一定会不知所措。

“你怎么看？”杨素答非所问，却是李铄能听懂的。

“我……我……”李铄脸涨得通红，他伸出手想把杨素的白大褂扯下去，像被什么绊住了，手僵在空中，又缩了回去。他心里清楚，无论他有多在意她，可眼前的裸露不是为了催促他分泌多巴胺，这里面一点关联也没有。

“是不是你也觉得黄志明擅自离开医院造成他意外死亡一事理应由医院负责，由我负责？”杨素的声音不同于平常。

“我没想好。”李铄反倒冷静下来了。

“好，那我今天就给你上堂课。”杨素起身时，白大褂自然滑落下来，她的眼睛恢复如初，像个刚洗去一身污浊的人。她用清晰的声音说：

“第一，黄志明是擅自离院，第二，他死于脑梗死，不是手术造成，属于无法预见。法律规定：无法预见和不可抗力是不承担责任的……”

还没有说完，李院长打来电话，通知杨素去行政中心开紧急会议。她好像预感到了什么，离开时，她对李铄说，改时间我们再接着讨论这个话题。

10

前往行政中心的路上，杨素看见许多记者朝她的方向走来。她不由自主地将口罩往上扯了扯。她有意走到路的最边沿。像是从天而降，黄小米突然冲到她面前。杨素很快意识到了，她是有备而来。

“她就是杨素，是她害死了我父亲。”黄小米的手指几乎要戳在杨素的鼻子上了。

“杨素主任，你们科室先前也死过一名患者，请问你对此有何看法？”

“杨素主任，肛肠科原主任张建在位期间，几十年从没有发生过类似事件，你任肛肠科主任不久，科室就发生病人擅自离院，导致死亡的事件。请问是不是与你对科室的监管不到位有关？”

“杨素主任，传闻你先生一直在和你闹离婚，请问是不是因为家庭问题导致你精神崩溃，而造成了他人的悲剧？”

“杨主任，听说你女儿凡凡在学校经常有暴力倾向，请问这是否因为孩子知道父母可能离婚所承受的精神压力所致？”

…………

杨素感觉身子在往下沉坠。风从她耳边、眼角、唇边进入，肆意地钻进她身体的每个角落，甚至每一个细胞都被它们占领了。这是她的噩梦，每个让她无处逃生的噩梦，都会让她有这种窒息的感觉。

我大概一生都不会太平吧，一直会有不好的事情发生在我身上。就这样，杨素站在那儿，仿佛和眼前的人处于两个世界。她看得见，也听得见，但一切又显得那么遥远。她因为长时间保持这样的站姿，身子几乎要僵了。她好像在这个时候才感觉到最近一段时间内经历的事情所带来的疲惫。

“你们的采访征得杨素医生所属单位的同意了吗？”一个透着威严的男中音从后面传来。

是纪鹰。杨素听出来了，她没有回头，也没有说什么。紧张出现在她身上，她和纪鹰的关系，这种自然的血亲会让她变得小心，也怕有人因为他俩的关系而提出更多让纪鹰尴尬的问题。她不想让他受到任何伤害，尽管她知道他和墨兰的关系后瞧不起他，也不再视他为心中的灯塔。

围观的人越来越多，把她和纪鹰围在中间。如此被人审视，她感觉自己一下成了犯人，却又在心里生出难得一见的感动。又一次面临人生的困境，他又出现了，这是老天最自然不过的安排，却让人觉察出一种生存的价值，如同在黑暗里长途跋涉看见了星火。

那个最先提问的记者认出了纪鹰，他嗅出了杨素与纪鹰不同寻常的关系，他迎上去，一脸殷勤：“纪市长，您好！您今天怎么会出现在这里？”

市长？其他记者也感觉出此刻的不寻常。出于职业惯性他们本应冲上去围观纪鹰，可他们在犹豫。

黄小米眼看记者们就要被纪鹰给挡回去了，心里生出愤怒，她振臂一呼："天网恢恢，疏而不漏，再大的保护伞也有青天大老爷在上面看着。医疗事故责任人不给记者一个交代，就是逃避责任。"

记者们又恢复到之前的状态。离杨素最近的记者把话筒伸到她面前："杨素主任，请您说两句。"

"我现在要赶去参加一个紧急会议。相信不久，我会给你们记者，给所有关注我的人一个交代。"杨素挺直了原本有些疲倦的身子，算是回答了在场的所有人。

"纪市长，杨素是您一直关注的人吗？"刚才那个嗅觉特别灵敏的记者又发声了。几声刺耳的口哨不知从谁嘴里吹了出来，谁都听出了口哨里的不怀好意。

纪鹰脸上没有出现任何异样，他平静地说："南城的所有人都值得我关注。"

这就是威严。记者们除了咔嚓咔嚓按下快门，没再提问。

杨素知道纪鹰要去行政楼九楼参加会议，她也正要赶去那栋楼，他们一前一后，她并不想追上他，甚至希望在电梯里不要相遇。可她的心里波涛起伏，感觉自己好像已经和他和解了。不过，她还不想轻易表达出来，她故意放慢了脚步。

很快，网上就传出这样一则消息：肛肠科主任，玩忽职守，导致患者意外身亡。可难道因为她有保护伞，就可以置身事外吗？旁边还配了杨素在一个男人的保护下迅速逃离现场的照片。

网络时代，信息传播的速度飞快。

“肛肠科”一下成了热搜词。整个南城，城里城外，都在议论这件事。

“谁也别想伤害她。”卓尔立马在网上搜集医疗事故鉴定的相关资料。

“不可以！”李铄更加忙碌了，没人知道，他在以他的方式扫清杨素身旁的一切障碍。

“这女人疯了。”梁子然断定这是黄小米干的。

“Shit！”周亚宁意识到自己成了黄小米的帮凶。他回忆黄志明死的那晚，黄小米抱住他，整个人趴在他身上，仿佛不这样她就会散架。听着她的呼吸和心跳，他说，别害怕，有我在这儿。接下来的每一分每一秒，他替黄小米张罗一切，甚至主动联系殡仪馆，俨然男主人。可黄小米突然消失得无影无踪。他以为她伤心过度而需要独处。直到此刻，他才发现，他和黄小米站在一起成了妻子的敌人。刀不会往石头上砍，他愈发觉得事情远比他想象的要严重、复杂。

这女人疯了？要不要报警？周亚宁思来想去觉得还是先和黄小米见一面再做定夺。他想看看她的动机到底是什么，若她只是想要钱，一切就简单了，也犯不着惊动警察。若是她动了邪念，想害杨素，那就得警惕了。可眼下，无论如何都得制止她。周亚宁心急如焚。寻到黄小米时，她正抱着父亲的遗像蜷缩在漆黑的客厅里。

“为什么不开灯？”

“不可以！”黄小米尖声制止他，“爸爸不能见光，一见光就没了。”

两个人站在黑暗里，谁也没有说话，房间里只有钟摆的嘀嗒声。

“你过火了。”周亚宁显然有些不耐烦，“你为何要和她过不去?”

房间里的灯光突然亮了：“我和杨素的决斗才开始，不是她死就是我亡。”

万万没有想到事情会发展到这步田地，周亚宁摇晃黄小米的手臂哀求：“你清醒点，所有的事都与杨素无关，你要惩罚就惩罚我吧!”

“怎么与她无关!”黄小米陡然站起。她列举杨素和这件事的关系，她像一个胸有成竹的律师，声音洪亮，口齿清楚，面色镇定自如。

听她这样一说，周亚宁也觉得医院失职了。他成了墙头草，甚至怀疑妻子是不是被复杂的身世牵累才造成黄志明的悲剧。这种想法里似乎还夹杂怨恨的私心，妻子一直没有和他说过她的身世，把他视为一个外人。

客厅门是敞着的，梁子然来了，一同来的还有杨素。杨素来到这里，也是迫不得已。行政会上，大家讨论的结果是，杨素应该去找黄小米和解。李院长保持沉默，却给杨素发出短信，提醒她想办法尽快找到周亚宁。自从那天在医院看见周亚宁搂着黄小米后，他们就再没见过面了。可杨素知道，要找黄小米，肯定绕不开周亚宁。她想到了梁子然，请他帮忙，梁子然一口应允，说他知道周亚宁在哪儿，还说他陪她去找周亚宁。

他们站在那里多时，黄小米话才起头，杨素就知道她要讲什么，按杨素的个性，她不可能愤然离去，或是走进去与对方撕扯。梁子然反倒显得比杨素愤怒，他几次想冲上去反驳，杨素制止了他。他们站在原地，就那样静静地站着，站成了两块石头。

“你胡扯!”梁子然再也忍不住了。周亚宁和黄小米都吓得慌忙站起，看见是梁子然和杨素后，两个人脸上呈现出完全相反的表情。

“你怎么来了?”周亚宁看着妻子，这时的判断变得简单，妻子是一个视事业如生命的人，他了解她，她重视和尊敬每一个病人。他因为刚刚对妻子的怀疑而羞愧，这羞愧就像火一样燃烧着他。

杨素看向周亚宁:“我们结婚都十年了，你妻子是个什么样的人要别人告诉你吗?”周亚宁无脸再看杨素，他低下头站在那儿，一句话也没有再说。

“滚!”黄小米突然失控。她抓起身旁的凳子砸向杨素。梁子然冲上来，挡在杨素面前。

周亚宁吓呆了，站在那儿一动不动。杨素后悔来到这里，这间黑房子里存在的一切可能，她都拒绝。她决定接受法律可能的制裁，以及医院对她的任何处分。离去时她看向周亚宁，骂他懦夫。

11

中医院门口挤满了人，脸上都是看热闹的表情。杨素并不想挤进去一探究竟，可她看见了自己的名字，用红色的颜料写在雪白的泡沫板上。举牌子的人是谁?杨素挤进去，竟然是墨兰，她举着的牌子上面还写着:杨素大夫是好人。

墨兰满脸是泪，大声呼喊:南城的父老乡亲们，大家都是有儿有女、有爹娘有兄弟姐妹的人。大家想一想，平时你们要是有了病是不是都想找杨大夫啊……大家不要相信网上的流言，杨大夫是个好闺女，她是个好人，她连我这样没文化的乡下老太婆都不嫌弃，她亲自帮我动手术，还自己出钱帮我请护工，我到现在都没有还她钱啊。说到这，墨兰哭出了声，可紧接着她又重复刚刚说过的那段话。

人群中有人哭了，杨素想冲上去抱住墨兰。梁子然拉住她，低声说："不要让事情变得更复杂。"杨素突然讨厌自己，觉得过去的自己是块没有温度的石头，她真想走过去和眼前的女人站在一起，任由别人议论。可眼下她不得不从一旁悄然离去。往前走时，她心里突然生出一股力量，一个声音在她耳边回响：不用害怕，也不用怀疑，你应该有主见，公道自在人心。

她一时心潮起伏，甚至生出要重新活过的架势，这架势是冲着周亚宁去的。她感觉眼前升起了一块幕布。她不由得记起周亚宁的种种眼神：深情、专注、宁静、热情、冷漠、慌乱……而今天，他的眼里只有死水一般的沉寂，好像一个心死了的人。他曾经是多么骄傲多么热情多么有追求的一个人啊。谁让他变成了这样？是我，就是我。她坚定地这样想。此时的回忆，比过去任何时候都让她感到痛苦，她不由得全身发凉，恐惧和焦虑再一次包围了她。似乎有个人站在她对面斥责她，让她对周亚宁生出从来没有过的愧疚。她能听见自己的声音：这所有一切，无论如何，我必须让真相显露出来。只有这样，我和周亚宁才可能有未来。

"李院长，我想召开一场记者招待会。"杨素第一次为自己的事主动请求李院长。

"你疯了，现在这时候还能往火上浇油吗？"李院长并不知道杨素是纪鹰的女儿。他也在竭力保护杨素。"你只需要向法制办如实反映情况，然后事情就全部交给法制办去处理。不管是谈判还是走法律程序，你都不需要现身。”

“这件事比一般的情况要复杂。”杨素没有一丝退让的意思，她甚至用从未有过的果敢直视李院长，“不得不这样了。”

“你可想好了。这时候召开记者招待会，一旦处理不当，就是火上浇油。”语气中显示出院长的威严。

“我比任何时候都要清醒。”杨素回想去找黄小米的那一幕，她笑自己软弱，却也愈发看清自己——那应是她隐藏在内心深处的心思——她并不想失去周亚宁。黄小米呢？她也是不想失去周亚宁的人？她如此想置我于死地，就这一点来说，这次是个机会。或许在黄小米设计的这场决斗里，她和我都会更加看清楚自己要什么不要什么，那时，选择也就简单了。杨素看透了这一点，反而觉得轻松了。

“一定得这样做吗？”李院长的语气软了。

“只能这样了。”杨素并不真正清楚，她如此执着到底能达到怎样的目的。

回到办公室，杨素逐字逐句分析黄志明从住院到死亡前的病历记录，查证相关的法律法规。她感觉很累。可她坚持着，不给自己松懈的机会。

“我来帮你？”杨素抬头一看，是卓尔。

“你帮我？”她反问他，一脸惊愕。

“我有律师证。”他一脸得意。

杨素以为他在开玩笑。他变魔术般从口袋里掏出一张律师证：“请验货。”

记者招待会召开那日，是周一的上午九点，地点是南城宾馆五楼。杨素穿了一身西装，头发也扎得规整。

首先发言的记者是个年轻女孩：

无论是从患者角度，还是从医院角度来分析，主要责任还是在医院。

第一，医院在接收病人时就需要告知患者须知的责任，包括不可以私自离开医院，如果要离开，须经主治医生批准。据我调查，没有任何证据证明黄志明及家人收到过这样的告知。

第二，医院对病人监管不到位，无论楼道、电梯都应该设巡查人员，探望病人家属也好，无事乱走也好，都能及时了解并排除隐患。

第三，病人入院前登记了各种联系方式：患者本人及家属的联系方式。一旦发现患者失踪，立即制止并找回，可避免医患纠纷。可黄志明离开医院后，该院有哪位医护人员发现了这一现象，有谁联系了家属及病人？要知道，患者本人没有未卜先知的意识和能力。作为医院以及主治医生，没有把管理细化，没有尽到医者的责任，导致他人死亡，理当受到法律的制裁。

杨素看着眼前这名记者，感觉她的嘴唇像两把刀片，正飞快地削刮她身上的鳞片。杨素忍受着来自肉体的剧痛，慢慢站起来，平静地说："就刚才这位记者的陈词，以及黄志明先生的实际案例，我做出如下回应：第一，每一个住院患者办理住院时会签署入院患者告知书，会明确规定住院期间不能外出，不存在请假或者擅自外出。第二，痔疮患者一般是二级护理，规定一位陪人陪护，护士只需要监测生命体征，而且医院工作人员也没权利限制人身自由，病人走失陪人也有责任。第三，医院的责任，有一项是护士的责任，有没有两小时巡视病房，有没有及时发现病人不在床，有没有及时电话联系病人家属，有没有及时通知护士长及保卫科。黄志明先生的医院护理记录可以证明，从他离院到宣布死亡没有超过两小时。第四，黄志明先生是死于脑梗死，不是手术造成，属于无法预见。同时，这个案例还属于不可抗力。因为他什么时候会发生脑梗死疾病，是任何人都无法预见的，哪怕知道他有血栓高发因素，比如房颤，你都无法预见血栓什么时候会脱落；不可抗力是因为他自行离开医院，当疾病发生的时候，没有办法在第一时间进行抢救。法律规定：无法预见和不可抗力的事件，院方是不承担责任的。第五，这件事的最终处理，交由医患纠纷人民调解委员会负责，一切走法律程序。第六，最后，我想表达的是，我今天敢于站出来直面媒体，就是想让社会都来关注这件事，我相信，法律一定会还我以及和我有同类遭遇的同仁一个公道。”

会场一片静默，就连刚才慷慨陈词的那名记者，也显得局促不安。这是最后的机会了。黄小米提醒自己。她快速冲上主席台：“我父亲只是患了小小的痔疮病，可他死了！”站在大家眼前的这个女人，一袭黑衣，泪流满面。昨夜，黄小米去看肖莉，她抱着她哭喊，妈，我扛不住了。可无论她说什么，肖莉都一脸茫然。黄小米感觉天都要塌下来了，今天这场记者招待会是她最后一根救命稻草。她想击垮杨素，让周亚宁重新回到她的身边，这是她的私心。而这颗私心下包裹的疯狂是她自己也没有想到的。

经过院方的允许，黄小米获得了播放五分钟视频的权利。

刚开始，画面是黄志明出现在不同场景时春风得意的样子，接着是他刚入院时的样子，再后来是他发病倒地时的样子、死亡的样子。正当人们沉浸在对死者的怜悯，以及对生命无常的感叹时，画面突然变味了。首先出现的是纪鹰拉着杨素逃离某现场的场景，然后又出现了纪鹰在江枫山小院拥抱杨素的样子。

“无耻!”“小三!”“再大的保护伞也不能涂炭生灵!”会场气氛顿时变得躁动起来。

李院长悄悄拨打纪鹰的电话。

杨素的视线已经模糊，她在寻找周亚宁，可她几乎什么也看不见了。

周亚宁正埋头缩在会场一角。他明知纪鹰和妻子的关系，也看出那些骂妻子的人是别有用心；可面对众人的审视，他同样觉得羞愧，在场的人许多也是熟人，他恨不能钻进地洞。他不知道黄小米何时从他手机里窃取了那张照片。他想站起来骂黄小米无耻，可他感觉身子发软，怎么也站不起来。就在此时，一个低沉的声音从他心灵深处跳出来：

黄小米为什么会变得如此疯狂，是因为她爱上了你吗？你为什么不果断拒绝她，你究竟干了什么？从你们一起抵达C国那天起，你瞎了眼一样什么也看不见了，你耳朵聋了般什么也听不见了。你给她希望，让她陷入深渊……

声音在耳边斥责他，越来越响亮。他绝望地为自己辩解，语无伦次地辩解，那个可怕的声音终于慢慢地消失了。他感觉自己变得没了知觉。他挣扎着从人群里走出来，走下楼，走出医院大门，走到教堂前面，他并没有进去，而是站在教堂前面，慢慢地抬起头，看向天空。就在这刻，他的灵魂仿佛脱离了他的躯壳，离他远去。而他感觉自己进到一个空阔的世界，在那里，他看到了自然而纯净的自己。

而记者会现场，不知从哪里冒出那么多年轻的男孩，他们约好似的，一齐冲到杨素面前，朝她脸上砸鸡蛋。“爸，我一定要为你报仇。”黄小米连续这样喊叫。有人说她疯了。的确，她眼里的火焰似乎可以烧毁整个会场。一些人凝固般呆立原地，一些人选择悄悄离去，还有些人看戏般露出兴奋的神色。有个男人冲上来，挡在杨素面前，任由那些鸡蛋砸在他身上。看清他是卓尔，杨素心里有一种说不出来的温暖。谢谢你！她在心里说，眼泪流出了眼角。

“大家给我五分钟。”

有声音在说。简直是个奇迹，就像开启了一道门，虽然只是普通字词，可那带着回声的音调听起来却像一种第一次有人说出的新语言，那是一个非凡的声音。

整个会场鸦雀无声。离开不久的记者又闻讯赶来，被凝重与气愤填充的脸上，浮现出新的期待。

“今天是见证奇迹的时刻。”这句话听上去显得不严肃，说话人为这种自嘲式的幽默抱歉一笑：“二十一岁那年，我下放到客界当知青，在那里，我爱上了一个女孩，她叫墨兰。返城那年，墨兰已有身孕，我约定一年后去接她。结果她人间蒸发般从客界消失，从此再无音讯。直到今年，我来肛肠科治病，才意外发现，我的亲人都还在人间。可我一没照顾妻子，二没抚养孩子，尽管我现在知道孩子的名字叫杨素，我又有何颜面去和她相认呢？”

传来女人的哭泣。人们循声望去，是墨兰！她交织着双手将大拇指压住嘴唇，还是哭出了声。菲儿站在墨兰身旁，用力搀扶着她。不知是谁带头鼓掌，整个会场顿时响起雷鸣般的掌声。迎着目光，纪鹰走过去，牵起墨兰和杨素的手。“这就是我的亲人！”纪鹰的声音有些哽咽。他知道自己走出这一步不容易，可终究迈出了步子。沧海桑田，云卷云舒，终于到了风云散去现红日的时候。从此，他不再害怕将他和墨兰、杨素的关系公之于众，因为他是个父亲。

所有人都沉浸在这场突如其来的救赎里。没有人注意到黄小米的变化，她脸色苍白、眼神慌乱，不再是刚才那个嚣张、愤怒的女人了；那种不知所措的慌乱，如同被暴风雨吹得东倒西歪的树枝。这也是个时机，黄小米偷偷逃离了会场。

第十章

1

以下是周亚宁写给杨素的信。

素儿，我的爱人，不知道我还可以这样称呼你吗？我走了，就当我从来没有来过你的世界。

…………

读完信，她努力想回忆出认识他时最初的样子，但却光影般消失了，无法聚合出图像。她深信自己曾经打动了周亚宁的内心和灵魂——他打小就是孤儿，他的人生从来缺少温暖，而她给过他激情似火的人生。可他们都选择了背叛对方，他的逃离和她的隐忍都是背叛。

她想哭，可一滴眼泪也流不出来。她想像个饥饿的行者那样去暴走，却一步也挪动不了。她的眼前没来由地晃荡着一望无际趴在泥地里的稻谷。她想，我就是那软了的稻秆，再也支撑不起自己的身子。

连续几天，眼前总是浮现这样的画面：救护车、警察、潮水般围观的人，周亚宁奄奄一息倒在地上。她的脑子像在排练，想象着最可怕的情况。你想当逃兵？杨素一遍又一遍拨打周亚宁的电话。关机。关机！接着打梁子然的电话，梁子然正处于混沌的昏睡，梦呓般的语言听不出他在说什么。她又去宏景集团，在周亚宁曾经上班的那栋大楼前碰见陆琨。陆琨看见杨素时并不意外，仿佛他早就知道些什么了。杨素感觉出陆琨对她的冷漠，正左右不是，却见陆琨黯然神伤的样子对她说：

"别找了，亚宁他援疆去了。"

"去多久？"

"签了三年。"陆琨说完就走了。

杨素抱怨这个世界对她不公，仿佛所有人都有权审视她。她想逃离，却感觉这些目光编织成一张网罩在她身上，她挣扎着想要摆脱，使劲扭动下肢，鱼鳞下雪般散落下来，她忍住疼痛，顺着风刮来的方向，如同一片枯叶，淹没在人群。可脑子里一直有两个声音，一个男人的声音，一个女人的声音。

女人：这一切太美好了。我害怕一切成灰。

男人：那天你说了两句话，我记得清清楚楚。第一句是今天遇上了一个大晴天。第二句是我对你只有一个要求，就是我们永远不要成为陌生人。你不知道我听了多感动啊，我能感受到你的喜悦，正如你能感受到我的喜悦一样。这种心有灵犀心心相印的美好是多么珍贵啊，我每每想起来都感动得要落泪。我每天都默默地想你，不敢像这样表白出来，因为这样我会想得要命，会躁动不安，让自己很难受。所以我尽量让自己心情平静一点。

女人：你难受了吧？是我的原因。无法把握的东西太多。这时的深爱是否只是他日的过眼烟云。太多的错付与轻率的承诺在我们的人生飘浮。红尘终归是尘，风吹得走，雨打得散。而我，只愿过些真心的日子。那种昨日深情款款，他日两相遗忘或陌路歧途的日子，是我不想要的。

男人：时光匆匆，人生几何。但我爱你不变，终生不悔！

女人：亲爱的，我一定会一心一意爱你。这个纷繁复杂的世界，人来人往，我能遇见你，我们能相爱，这就是上天对我们的怜爱！

男人：我上火车了，就要从我们生活的城市出发了。但无论我去向哪里，无论我走得多远。你都在我的世界里，你都是我的整个世界。

女人：亲爱的，如果你觉得和我这样的人相处太累了，你就离开我吧。

男人：你说如果你觉得和我这样的人相处太累了，你就离开吧。这句话，让我如临深渊，极度惶恐。真到了那一天，我成了你的包袱和拖累，我想我只有无声无息地离开你的世界，让自己消失得无影无踪。在这个世界上，虽然我只舍不得你一个人，但我甘愿吞下所有的苦果，只要你能幸福和快乐！

这声音从哪里来的？像把凿开岁月沟壑的斧子，一双从裂口处爬出的手将她生生拽进一条仅有一丝亮光的混沌的隧道。她顺着这丝光亮走到了隧道的尽头，见到声音里的男人和女人，正是年轻的她和他，他们正在读信。读信？杨素记起来了，她和他从相识到相恋的那段日子，他们坚持每天给对方写一封信。

为什么两个相爱的人走到了这般田地，杨素回到自己家里，她走上阁楼。那些声音还在，信藏在哪里，她记得并不清楚。可声音指引着，她找到了，她抱着它们，像是拥抱久别的恋人。

她感到自己的心跳得厉害，感觉自己好像回到了和周亚宁热恋的美好时光。不过，紧接着她霍地站了起来，从虚幻的回忆里清醒过来。她下了楼，启动车子。

她感觉自己浑身无力。我以前真傻，我原本可以和他和凡凡在一起过着快乐无忧的生活，可是我却放着好日子不过。唉，那次他从看守所回来的时候，那是多好的机会啊。他本来可以和我重新开始，我们一家人又可以回到从前那样的生活……可是生活被我弄得一团糟。凡凡她还知道要给爸爸时间，我真是傻透了，竟然连个孩子都不如。怎么会这样？怎么会这样！我那样对他，和一个陌生人又有什么区别。

她看向前方，一脸愤怒，她看出自己的绝望与乞求。她强忍着不让自己哭出声来，可她的胸口突然痛得厉害，头上被重物撞击了般嗡嗡作响。她靠在座位上支撑着身体，好让自己不至于扑倒在方向盘上。不断有车辆从一旁一闪而过，她在心里说：你离开我，离开这座城市，是想从此和我成为陌路人。杨素突然觉得夫妻竟是世界上最残酷的关系：两个原本亲密无间的人，他们曾那么深情拥抱，他们的目光曾无数次爬遍彼此身体的每一寸肌肤；可若离婚了，他们就成了陌生人，比那从来没有见过的人更陌生。而决定分手的夫妻，是在心里陌生了对方，切割了对方，这种生生的切断，留下的是永远也无法愈合的裂口。她想到这些，眼泪流不尽，瞬间淌湿了脸。

杨素开着车在这座城市游荡。她想，周亚宁回到家后若是多编些让人欢心的话说给我听，多和我聊起凡凡，或是想些别的办法让我感受到生活的美好，那该多好。也许，他对我失望了，甚至会骂我是个多么愚蠢的女人，然而这些都无关紧要了。她听见周亚宁趴在她耳边说：你只不过是一个渴望获得成功、在乎功名的女人，可悲的是你永远不知道自己到底在寻找什么，又失去了什么；而我，幸运得多，虽然被迫背井离乡，但我知道自己的目的地在哪里。杨素突然大笑，笑声恐怖。

她将车开到了江边。眼前江水风平浪静，路旁有老人在放风筝，一对年轻的情侣相拥在路边，甜蜜的样子如春花盛开。而她的心里，一种被全世界抛弃的空虚笼罩着。她沿着江边往前走，看着更远的前方，周亚宁在前面对她招手，她加快脚步，总觉得周亚宁离她越来越远。行人越来越多，密密匝匝。她看见周亚宁走进了江里。她走下江岸，看不见眼前的江水渔舟，双脚却被一股特定的力量牵引着向前。下到水里，她的脚不见了，她感觉自己摆动了鱼尾。

她往更远处游，水越来越深，身子越来越沉。她只想仰面躺在水里，任由水将她带去一切可能的地方。她的身子一时轻一时重，看见的看不见的都向她涌来。她的身子抚过水藻，脸越来越贴近泥土，她听到了脚步声、车轮声，一股汇集的轰隆声冲击着她的耳膜。一种令人难受的窒息在撕扯她的脑门，形形色色的人从撕扯出的裂缝里爬出来，男的、女的、老的、少的、胖的、瘦的、穿衣的、光着身子的、光鲜亮丽的、浑身污垢的……身子越来越沉，轰隆声越来越大，抽泣声，粗鄙的骂声，放荡的浪声，聒噪的吆喝声，压抑的叹息声。她又分明听到一个声音，越来越近，越来越近。她咬着牙，继续往前游。有人拽住了她，她想挣脱，却只是徒劳，他的手像钳子般掐紧她。

从开记者招待会那天起，卓尔就下定决心守护她，他像个保镖跟在她身后。为了不让她发现，总得保持一定的距离，有时也会因为红灯而跟丢。可他摸熟了她的出行习惯，也能按照自己的心意达成。今天，她离开医院时，他就注意到她神色不对。他开车跟着她来到她家楼下，又跟着她来到江边。

只是接了一个电话，江岸上就不见了杨素的影子。远远看去，有个人在水里一起一伏。出事了！卓尔吓得魂都散了。他追着那个人游去，水越来越急，他感觉身子像石头般沉重。寻到杨素时，他用尽全身力气才将她拽住。

“为什么要当逃兵？凡凡怎么办？”

“不要管我！”杨素甩开他，继续往深处游。

“他值得你这样吗？”卓尔又追上去，用最后的力气抱紧她的身子，将她拖到了岸边。

看杨素冷得直发抖，卓尔又说：“送你回家换衣服吧。”

杨素点了点头。两人很快回到杨素家里。换好衣服后，卓尔有意拖拉，一时说想参观一下她家的装修，一时又说肚子饿了，可杨素一一拒绝，像是害怕和卓尔这样单独相处。要出门时，卓尔突然大声说：“你太累了。如果你需要帮助，请你一定要第一个想到我。”

“一切都会过去的。”杨素不知道自己为什么这样说。似乎眼下的温情也包括在这一切之内。

返回中医院的路上，两人都没有说话。力气都花光了似的，两个人各想各的，各有各的伤感。卓尔想到杨素的婚姻，也想到了许多男人（自然也包括他自己），他们都因为杨素美丽的外表和精湛的医术而爱慕她，可她却为了一个背叛她的男人寻短见。

杨素起先死人样坐在副驾驶位上，后来，她又觉着后怕。她在微信上和菲儿说出了今天发生在她身上的事。杨素说出的事实将一个女人真实的内心呈现出来。菲儿心想：糟了。原来她背着杨素对周亚宁说过不少狠话，甚至劝他从杨素的生活里永远消失。如今看来，杨素还爱着周亚宁。他们的婚姻还有希望。菲儿想向杨素坦白自己曾对周亚宁的态度，可她说：

“客界的梯田都成世界农业文化遗产了。可我一次也没去看过。你可以陪我去那里走一趟吗？”

“过几天我陪你去。”

杨素也有自己的打算。日子总归是要过的，所有的真相都抖搂出来了，她必须直面并接纳这一切。逃离是周亚宁的选择，坚守阵地是她的选择，他们是独立的人，他们有权利做出自己的选择。

2

两人是先后回到肛肠科的。杨素事先交代过卓尔，说他透支了，回到病房就躺床上休息，她一到就给他输些营养液。眼下，一个躺在床上，一个站在床边。两个人的眼神里有默契，不用说话，也在交流。

有人进来了，两人都没有发觉。直到来人说些难听的话，杨素才听出是黄小米，可她并不回头看她。卓尔倒是想呵斥来者叫她滚远点，可他突然感觉力不从心，他知道是那瘾又上来了。他隐忍着，让人以为他已经睡着了。可他知道，魔鬼来了，正在摧毁他的生命，心想也陪不了她多久了，一时竟把自己当成死人般对眼前事不闻不问了。

“你那样折磨周亚宁，一副要置他于死地的样子，如今倒是得逞了。”黄小米冲到杨素面前，目光像锥子般扎在杨素身上，“你不害怕吗？”

“没什么好害怕的。”杨素明明看向她，却视而不见，脑子里全是过去：大学毕业那年，尹婷故意激怒她，她一向冷静，可尹婷像是摸准了她的软肋，一字一字凿开她的身体，让她的愤怒冲出胸膛。不，我不可能再上那样的当。杨素想到了墨兰、王荆花、杨楚、纪鹰、凡凡、安若、菲儿，心也因此变得踏实。

“哈哈，你不要以为如今围在你身边的这个男人喜欢你，他那是利用你。”黄小米突然大笑起来。

她是个疯子。杨素这样暗示自己。

黄小米是有准备而来的。那天没有击垮杨素，她不甘心，今天寻来，只想殊死一搏。她站在门口多时，觉察出两人关系暧昧。她心想你屋里的男人不知珍惜，外面却还占着男人，真不知廉耻。门外来来往往的人都听得清清楚楚，她骂杨素是婊子，骂她色诱男病人。她什么话都骂得出口。她明明身材娇小，可此刻她站在那，就像一堵坚不可摧的墙。

杨素感觉一阵恶心，不，不是单纯的恶心，是被人掏空了般难受。她不知道为什么会这样，仿佛跋山涉水，历经一切后，却是徒劳一场。或许她以为岁月会让所有曾经犯过罪行的人有所收敛，又会是因为别人的宽容而让她们生出忏悔。

她只是个疯子。杨素又这样暗示自己。

“疯女人！”是菲儿的声音，身旁还站着凡凡。菲儿今天要去民宿培训班上课，按约定，菲儿上课的日子，还是她去接凡凡放学，接完后直接送到中医院。

不能让孩子受到伤害！杨素冲过去拉着凡凡准备离开。菲儿拦住她。

“对坏人的迁就，就是对好人的惩罚，这种教育凡凡迟早得面对。”菲儿转身看向黄小米，“你听好了，就是因为有像你一样的坏人在作祟，才让原本无辜的人成为真正的受害者。”她说话时想到杨素过去受到的伤害，也因此显得异常愤怒。

谁也没有料到，黄小米会去伤害一个孩子。她冲过去一把夺过凡凡，她像个突然被魔力附着的巨人，她把凡凡推到靠床头柜那边的墙角，动作粗鲁，打翻了那盆棘花。她手里握着小刀，她威胁杨素：“你不和周亚宁离婚，我就让孩子死在这里。”

“你把我女儿放了，我做你的人质，你想怎么样都行。”杨素没有哭。

“不行，退后!”黄小米疯了。

“妈妈，妈妈……”凡凡哭喊着蜷缩在墙角发抖，小小的身子像一片树叶，仿佛稍一用力就能捏碎。在场的其他人都吓呆了，不敢发出任何声音，生怕因此激化矛盾，酿成大错。

“什么都失去了。”黄小米突然压低声音说，仿佛害怕有人在她背后偷听。她看向杨素的眼神，似乎在乞求：“你真心爱过他吗?”

杨素站在那，什么也没有说。她不知道事情会发展到哪一步，有一种尝到苦果的绝望。

“你现在就给周亚宁打电话，说我自由了，我要做他最后的妻子。”黄小米突然改变了主意。

“妻子?”杨素重复这两个字，声音听上去有点恍惚。可她很快清醒，赶紧说，“好。我去打电话。你等我一分钟。”说完就走进了病房里的卫生间，关门时还回头反复强调，“你们都不要动。都等着我。”

很快就听见杨素和周亚宁在对话。她大声喊他的名字。

凡凡突然挣脱想逃。黄小米很警惕，一把拽住她，用更粗暴的方式抓紧了她。“想要我，没门。我让你们得意！”黄小米的语气让人心生怕意。

杨素听到女儿的尖叫赶紧出来，心里又急又怕，她担心黄小米察觉出她在欺骗她而变得更加疯狂。

“让周亚宁和我对话。”黄小米这样说话时，身子往墙边靠了靠。

“他那边没有信号了。”杨素根本联系不上周亚宁，这才是致命的绝望。

“你们一家人都要我。”黄小米的身子又往墙边靠了靠，“我让你们绝望。”她边说边晃动小刀。

空气凝固了，大家的心跳也凝固了。正在这时，有人冲了上去。是卓尔。他生生扑上去紧紧箍住了黄小米。

杨素冲上去抱住凡凡。警察来了，架走了黄小米。

大家都围拢过来，看着杨素抱紧凡凡泪流满面，有些人也跟着落泪，所有人都感觉自己正从一场生死较量里走出，发出劫后余生的感叹。

很快，他们就发现了异常，卓尔一直扑在黄小米所站之处的墙上。

有人突然发出惊叫：血。他的身上流血了。他？所有人都知道他是谁。杨素推开他时，脸色和他一样青灰。他倒在地上，那把小刀正插在他身上。血正是从那里流出来的。人们吓呆了，时间也像瞬间冰冻了，四周极其安静，除了风吹窗帘的沙沙声，再没有其他声响。

没过几秒，人们议论纷纷、奔走呼救，交织的嘈杂声如同夜市。还能听到警车呼啸而去。

3

五天后，杨素陪菲儿去客界。凡凡也去了。

来到阴阳河，杨素走到记忆中的渡口。河还是原先的样子，一清一浊，仿佛人生的两个极端，或喜或悲，或生或死，或明或暗。她把自己的过去，从遥远的少年幻梦起，全部浏览了一遍，希望，破灭，受苦，享受，淡漠……还有那令人狂喜的爱情，竭力想要把握人生光明时的憧憬与梦想破灭时的绝望。她已经不在乎人家如何看待，也不担心因为曾经发生在自己身上的事而被人瞧不起。可是这里没有一个人注意到她。她抬眼张望，四处无人。在残阳的笼罩下，村庄呈现出一派荒凉。那是灰暗的时间，日光已尽，夜色将至，飘在村子上空的炊烟，被风吹成形状各异的怪物。村子深处有人在唱歌：

> 郎寻妹，在花园，妹说花开不当年，去年刚打了花眯子，今年花苞才像手指尖，妹来好比门前河里的一河初春水，半河水行不得郎咯满载船，一心等郎到明年。

听着那些使她心都融化了的情歌，她真想扑下去亲吻泥土。她仿佛才发现，自己虽离开故土多年，可心里却一刻也没有离开过，她的热情与笑声都留在了这里，她依旧那么爱它。

菲儿眼中的客界，比她从杨素嘴里听说的还要美好。尤其那闲置在河里的木船和那如青玉般透亮的河水，成了她的天堂。她将身子交给了河，像个久未进食的饥荒行者，贪婪地沐浴在水中，不仅是洗却浑身的污垢，涤荡灵魂深处的尘埃，更多的像是回到温暖而自由的怀抱。看着菲儿在水的深处摇晃着她的手臂，杨素感觉自己突然回到了少年。她跑起来，向着水源的方向，像只欢快的小鹿。她没有下水，可她也在沐浴，将身子沐浴在夕阳里。她忘记了所有的身份，和所有原本依附在她身上的痛苦。

才待了两天，杨素的气色就鲜活多了。对于她们的到来，王荆花与杨楚没有表现出多大的欢喜。王荆花依旧沉溺在自己的世界里，却不再对着杨素叫墨兰，只是不分昼夜地坐在门口的桂花树下唱山歌。

先是唱：情妹屋前一口塘，塘中一对好鸳鸯。飞来飞去不同伴，浮来浮去不成双。

接着唱：望郎望到五更头，一无煤草二无油。扯束眉毛做灯草，滴点眼泪做灯油。

最后唱：十七十八没唱歌，二十七八崽女多。只有心思盘崽女，哪有心思唱山歌。

像按下了老式录音机的循环播放键，每天只唱这三首。

第三夜，已是深夜，杨素睡不着，菲儿倒是睡踏实了。杨素独自去河边，她看见父亲坐在老木船上，还听到了父亲的低泣。父亲本是情绪不轻易外露的人，杨素心里一沉，觉得父亲身上一定还藏了秘密。她陪父亲坐在老木船上，她和他讲在手术室遇见的各类人，各种稀罕事儿，也讲生活琐碎。父亲和她谈村里老人的生活，谈死去的人和活着的人。父亲还告诉她，他死后要埋在哪里，要穿的衣裳收在哪个柜子里，她哪年给他买的金戒指藏在何处，记得死时帮他含在嘴里。父亲说他年轻时力壮，不论谁家走了老人，他都是抬棺人，后来老了，抬不动了，他便加入了村乐器队，他送走客界每一个作古的老人，见证每一场死者的盛宴。说到后来，他又在杨素面前叹息，村里许多人死要面子，尽做些没用的，人都死了，费那么多钱都是做给别人看的。我死后你什么排场也不要讲。我喜欢听花鼓戏，你请一个人在我灵柩旁为我唱一天一夜，我就享福去了。

应是半夜时分，杨素从梦里惊醒，父亲的咳嗽从窗外传来，听上去，他有意把声音压得很低，可憋着更难受，反而咳得愈发猛烈，就这样断断续续，直到凌晨三点才安静。她的职业敏感让她保持清醒，她嗅到一个信号，父亲身体出大问题了，她竟然一直置身事外。有了这样的担心，她便再无睡意，一心只盼着天快些亮了。

“爹，夜里咳得这么厉害。有多久了?”杨素今天的语调就像医生问患者，“你是不是有什么事瞒着我?”

“没有!”

“明天我带你去医院检查。”

“不去。”

“你女儿是医生，你瞒不过我。”杨素起了哭腔。

可杨楚轻描淡写地说：“人老了，不都这样，莫想多了。”

“都被我害了。再也回不去了。”杨楚又说，像是在自言自语。

“别想东想西。”杨素也像在自言自语。

“你娘不容易，以后一定要对她好。”

“娘那样刻薄你，你还袒护她。”

杨楚没有反驳，只是在猛烈咳嗽几声之后捂着嘴说：“希望你记住我今天说过的话。”

杨素决定明天返城，而菲儿决定留下。菲儿看上村里一栋废弃多年的老房，她在暗自谋划。“我不应该那么着急。”她告诫自己。

晚饭后，她们像平时一样去河边散步。望着月色洗过般清亮的夜空，杨素问菲儿：“辞职信交了？”

“来这里之前就交了，有一个月久了。”菲儿微微仰头深深呼吸。“太新鲜了，这空气的味道。”她指着远处的山，近处的村庄，以及那河，说，“来这里是对的。我已经下了决心，未来的生活我要在这里开创我的事业。我要为自己活，为自己的理想活。”

“能做自己喜欢的事，总归是幸福的。”杨素说着走近菲儿，和她倚靠在一起。她们感觉彼此从来没有分开过，这份友谊让她们感觉到人生的美好。

“想不想再去小船上坐坐？”菲儿问。

杨素答应了。坐在木船上，两人轻摇木桨，划动小船向前。

河的四面是群山，月色给山顶涂上一层银色，也给杨素的身子涂上了一层银色。不久，天空中的云仿佛要落下去的样子，缓缓沉到山下，甚至融入泥土。当夜完全黑下来时，河与天地融为了一体，似乎一切都不存在了；或者成了两个世界，明与暗，有声与无声。

“我想留下来做民宿。”菲儿还是忍不住说出了自己的打算。

杨素看着菲儿，脸色与眼神都很平静，似乎她早就知道这件事。“客界这种地方，是旅者的天堂，三月的映山红一开，铺天盖地。”

杨素指着眼前这条河说：“这河叫阴阳河，三十米宽，河水像从中间剖开了般，一半清，一半浊，村里人称它为阴阳河，河底住着一公一母两个水怪。两个水怪后来相爱了，可他们属于不同的种族，他们不能结合为夫妻……”

杨素想到过去和卓尔讲这故事时的情景，也因此，声音变得缓慢、深沉，仿佛声音是从回忆的深处传出。

菲儿静静地看着杨素，此刻，她希望杨素能对她真正敞开心扉；她希望杨素对她说，虽然发生了这么多，可我还是爱着周亚宁。有些事自然无法回避，比如周亚宁过去因为贪念的确伤害了他们的婚姻，可菲儿始终认为，杨素对待婚姻的态度是她能否走进婚姻的一面镜子。菲儿甚至想，经过这些劫难，如果他俩还能拥有彼此，那么她会坚信，婚姻是趟值得她去冒险的旅行。

杨素知道菲儿看她的眼神里包含了什么。她还在犹豫。可她从菲儿眼睛里看到的东西，让她不再害怕。如果说她曾因为别的女人对她的窥探而感到厌憎，那么菲儿的眼光就完全不同，她愿意对她袒露心扉，这种心理和精神上的袒露所产生的踏实，让她觉得很安全很温暖。

上岸的时候，菲儿决定打破杨素身上最后那层坚硬的壳，她问：“你还爱着周亚宁吧？”

杨素站在原地，她看向菲儿，身子一直在颤抖，像是遭受到某种突然的刺激。

菲儿走近杨素，说：“哭吧，哭出来会好受些。”

“我不能没有他。”杨素说这句话时因为哭泣而说得断断续续。

杨素感觉出一种失而复得的轻松。和她原先想象的不同，她原以为一说出她对周亚宁的真实感受，她的心里就会有遭到火焰般的烧灼，仿佛依旧爱着周亚宁应是她的耻辱。因为杨素的坦诚，菲儿脸上有种难得一见的神采，她们抱紧了彼此，她们在心里欢喜着，觉得生活再一次向她们伸出了橄榄枝。

4

返城的路上，凡凡问："妈妈，爸爸呢？他怎么没和我们一起回乡下看外婆和外公？"

"爸爸？"像是吃饭不小心噎住了，杨素停顿了一下说，"因为爸爸是工程师，要为祖国做贡献，他去最需要他的地方了。"

"妈妈，那是哪儿呀？"凡凡问，"还有比凡凡更需要爸爸的地方吗？"

杨素不想欺骗孩子，可她又不想对孩子说出真相。梁子然打来电话，杨素感觉来了救星，她把车停在紧急停靠点。

"杨主任，我是子然，我来了新疆……"

新疆？他们一定在一起。杨素自然地想到了周亚宁，她本想直接问周亚宁怎么样，可话到嘴边又觉得委屈。看着车外一闪而过的车辆，觉得它们在催眠似的，她闭上眼，使劲往后靠在椅子上。

"这儿空气挺好，估计可以多活几年。"梁子然语气中浮着从未有过的超脱。

"真好。我都想去了。"杨素心不在焉，说出来的话是不情不愿的应付，而埋着的心思，又不好意思露了底，索性什么也没问。可她突然又感慨："人啊，一辈子都在为什么准备着。先是奉献，然后是积怨。接下来是漫长的等待。等到老了，忘记了最初的奉献，也不知为何要抱怨。"她也不知道自己为什么会这样说。真是尴尬，她觉得自己在背一段早就准备好的台词。

"放心，我保证帮你带一个原汁原味的周亚宁回来。"梁子然把声音压得很低，语气里故作神秘。

仿佛被人揭了底，杨素匆匆挂了电话，却一时心绪难平，呆坐着想了许多。尤其想到自己和周亚宁的婚姻，她第一次清醒地意识到，在他们的婚姻关系中，她的固执也是造成今天这个局面的重要因素。她和他，两个人都有如日中天的事业，谁都有自己要坚守的方向，可婚姻不管这些，婚姻只管谁奉献了，大到两情相悦，小到为对方洗一条内裤、一双袜子。没有了这些，再强大的事业也于事无补。可悲的是，他们都以为只要把最好最优秀的自己表现出来，对方就会感觉出自己对婚姻的忠诚，对爱人的重视，对家庭的奉献。可婚姻不是河的两岸，婚姻中的两个人犹如在同一条船上，一起齐心协力划船，一起看沿途的风光，一起面对灾难……一方掉水里了，另一方会呼救会舍命。

她发微信视频告诉菲儿，说周亚宁和梁子然都去了新疆。菲儿在那边噢了一声，还说，没有想到花花公子梁子然也有这般勇气。杨素说，人不可貌相，梁子然其实是个不错的男人，可别错过了。菲儿突然脸红，接着就关了视频。

听到女儿在后座哭泣，杨素吓得一慌，转身去看，女儿睡着了，可脸上全是泪。原来她在梦里哭。杨素小时候也时常梦哭，有时哭着哭着就醒了。参加工作后，杨素向中医院的心理科医生咨询过这个问题，说梦哭是属于心理问题，引发的原因多与日常生活相关。妈妈对不起你。杨素脱下外套给女儿盖上。又这样坐了许久，待恢复到正常的意识时，她感觉自己刚从一场梦里出来，她耳边还能听见划桨声。她再启动车准备重新出发，回忆起和菲儿在河边的谈话，因为某种意味她闭上了眼，她看见了周亚宁。她把手掩在嘴上，在心里说，你到底还是走了，我没能将你留在我身边。她确实希望他能回来，即便不是为了她而做出决定。她愈来愈清醒，很快重新出发。

回到市里，正是黄昏，残阳落在地上，光线裹着尘土，飞扬成彩色的流动体，天地融合在一起。与我有亲密关系的人呢，都去哪里了？杨素突然很想去看看墨兰，决定先把凡凡送到卓凡那里去。

去卓凡家的路上，杨素思前想后，百感交集，当初她对卓凡一直心存芥蒂，除了觉得卓凡夺走了原本属于墨兰的生活，还对她充满了嫉恨，无论谈吐和穿着都成为嫌弃的理由。愤怒时，甚至觉得墨兰的今天都是她造成的。可如今，杨素选择了信任和依赖。

见到卓凡时，杨素还没有开口，这一老一少就亲热起来了。杨素站在一旁，看着这一幕，心想，亲人相亲，彼此依靠，彼此信任，这不正是人们向往的生活吗？为了得到这些，她走了多少弯路，伤害了多少人？

杨素想到周亚宁，他是凡凡的爸爸，是凡凡最想依靠和信任的人，这原本自然的情分，如今也是天各一方了。而这样的局面，有多少是因为周亚宁造成的，又有多少是因为她的固执所致？他们夫妻两个，原本都有着单纯的天性，在各自的专业领域里成长，也得以拥有优质的生活。如此就好。杨素想。可周亚宁他不安于此，他成了商人。可他终究不属于那群人。所幸他本性善良，他逃离去沙漠就是证据。

受到一时情绪的冲击，杨素又陷入了恍惚。她感觉自己近来总是出现这样的恍惚，可她很快就回到了现实，回到了眼前。

卓凡正在切水果给凡凡吃，她控制不住地想对这个孩子好，所有行为，自然而然。做到这一点并非那么容易。

纪鹰写给卓凡的信，放在她床边的柜子上。起初卓凡以为只是简短的留言，但事实并非如此，她数了一下，整整五页。怎么把信看完的，她记不清了，只觉得那个过程好漫长，感觉自己的世界突然变灰变暗变得狰狞可怕。她躲在卫生间号啕大哭时在心里痛恨过纪鹰，甚至想到过离婚。多么可怕的冲动。可儿子纪晓芒偏偏在这时候回来了。来时连短信都没有发给他们。儿子脸色不好，瘦了不少。太残酷了，她心想还是不要告诉儿子吧。可她太难受了，儿子是她唯一可以倾诉的对象了。说出那个真相时，儿子竟然一把摔掉手中的牛奶杯，跑过去冲着纪鹰大声吼叫：“姐姐，哪里来的姐姐？测了 DNA 吗？”

纪鹰伸手就甩了纪晓芒一巴掌，打得他嘴角冒血。纪晓芒感觉父亲这一巴掌似乎要把他击碎了，身体有些异常的难受，可他依然倔强地横着双眼怒视纪鹰。卓凡吓坏了，她不想把事情往更坏的处境推，她只想找个人诉苦，找个人安慰她。她并不想让纪鹰难堪，也不想让父子反目。

“你怎么这样说？你怎么能这样对你父亲说话？”她一边说一边推着纪晓芒往他卧室走去。

纪鹰走进书房，拨通了杨素的电话，他想把纪晓芒知道杨素身世这件事告诉女儿。他怕儿子去医院找杨素，怕纪晓芒会让杨素难堪。可听杨素在那端说出："哦，有事啊？"他一下怔住了，觉得所有想说的话凝固了般，一个字也说不出来。电话里一时沉默了。

"没事吧？"杨素见纪鹰半天没有说话，又说了一句，"放心吧，我都扛得住。"

"不早了，休息吧。"纪鹰还是没有说出实情，他希望明天早上出现奇迹。

"纪晓芒，有一点妈妈希望你清楚，她是你的亲姐姐，这是一个谁也改变不了的事实。可是你什么也不会失去，反而会多一个姐姐。"卓凡在那边和儿子说着细话。

"妈，你怎么了，你是受害者，我也是受害者，你怎么老帮他们说话啊。"纪晓芒说得很大声，像是有意说给纪鹰听的。

"你受什么害了，从小到大，你吃过一丁点儿苦吗？你再看看你姐姐，打小生活在农村，人家吃那么多苦都没找咱们的麻烦，你还在这怨声载道，你是不是男人啊。"卓凡不知道自己怎么说出这样的话来，似乎这话原本就存储在那里，在她的内心深处，有一股因为长期见不到儿子而集合起来的怨怒，"你在国外留学这两年，人影子也见不到，即便看见了，也是在电脑上那个小窗口通过视频看见的图像，摸不着亲不着。你姐姐时常把她女儿送过来陪我，如今有外孙女陪我，妈妈也觉得日子好过多了。"

"你不恨爸了？"纪晓芒看着卓凡，感觉妈妈身上发生了什么变化。

"恨？起初也恨过，可你爸是一个什么样的人，你不清楚我可不糊涂。"卓凡停顿下来，站在那儿一动不动。空气并不因为两个人的争论而显得浑浊，实际上，她似乎还感觉出一点儿微风。纪晓芒走到床边倒在了床上，卓凡看了儿子一眼，然后轻声说：

“你爸爸他不想伤害你。我跟他说，这事情必须得告诉你，毕竟她是你的亲姐姐。可是啊，纪晓芒，你不能怨你爸爸，那是发生在我和你爸爸相遇之前的事，而且那也是有特殊原因的。如果不是那样的原因，我也不会认识你爸爸，也就没有你了。”卓凡清醒了。她为自己曾经的冲动以及想要表达的冲动感到愧疚。

“妈，你就那么信任我爸？”纪晓芒语气变得柔和，他从床上跳起来，走到卓凡面前，隔得很近，她的脸上能感觉到儿子的鼻息。

“你爸值得我这样信任他。”卓凡把儿子推开，她走到窗前，此时已是深夜，她看向前方，似乎看得很远：那是她家的客厅，门开了，一个男人走过来，并向她问，你好，我是纪鹰。就在这时，她感觉一道光朝着她照射过来。卓凡像是被什么击中了似的，突然清醒过来，甚至感觉浑身都在颤抖，这是巨大的喜悦带来的冲击，她感激纪鹰能这样坦诚于她。她庆幸父亲给她留了那本日记。父亲生前从未和她交流过什么重要的事。但是，当她面对自己的婚姻也可能出现变故时，她常常忍不住去读那本日记。这时，她能感觉到父亲僵直的脖子转过来，张大眼睛看向她。她和父亲的眼神交会时，让她获得了安慰，她和父亲就这样隐秘地交流着。

这本日记是怎样引导卓凡觉醒出自己的痛苦是狭隘的？她不知道。可今天，当她面对儿子，说出自己内心一直想而没有说出的话后，她就感觉到了豁达带给人的喜悦。她知道，因为儿子，她把这件事说出来了，她感觉到原本自己在一间没有窗户的黑暗的房子里，而此刻绝望却如一件沉重的大衣从她的肩头滑落。

起初，杨素并不接受卓凡的示好。她明知道这不是卓凡的错。可谁又有错呢？也因此，反而加重了杨素心里的委屈，对卓凡的拒绝也表现得愈发明显。可杨素不得不承认，她这样做并没有让自己的精神变得安宁，她甚至希望有机会能化解这一切。有天晚上，卓凡找到她说，让孩子跟着我吧。起先杨素还是拒绝。可杨素从卓凡的表情看出来了，她的内心也一定承受着和她相同的煎熬。不知为何，从这天开始，一种奇怪的感动涌上心头。杨素再看卓凡，她惊喜于在对方的眼中看到了不一样的亮光。这亮光像燃烧的木炭上蹿出的火苗。小时候，她家一直烧柴火，冬天会在堂屋里用瓦盆装些木炭取暖，他们一家三口围坐在火盆旁，她坐在爹和娘中间，头碰头，肩挨肩。一种重新拥有某种真实生活的喜悦涌上心头，她摸了摸依然插在白大褂上的带有伤疤的钢笔，在心里对自己说，他们都是好人。她甚至觉得眼前这一切是上天赐予的福分。自此，杨素自然而然地信任了她。

“卓外婆。”凡凡叫声响亮。孩子什么时候开始这样叫卓凡的？杨素记得自己并没有这样教过她，可孩子竟然有这样的机灵。杨素一阵窃喜。

杨素开车离去时，满心欢喜，随着《流浪者之歌》的音乐响起，一种陌生的感觉涌上心头。不是怨恨，也不是恐惧，而是回到了久违的宁静，仿佛刚刚经历的一切压根就不会给她造成任何影响。

5

来到敬老院，杨素没有同任何人打招呼，独自上楼去。也不需要问路，似乎她早就来过，甚至多次来过。在楼梯拐角处，碰上正匆匆下楼的墨兰和方同，两人肩上背着行李。杨素猜想方同是来接墨兰回家的。见到杨素，方同的眼神露出慌怯。杨素一脸平静，像往常一样和方同打招呼。“来得正好，送我和你大爷去火车站吧。”墨兰的语气带着欣喜。杨素一边开车，一边打听出墨兰的大孙子得了肺炎。“我送你们回杂坪吧。”杨素说。墨兰正想回答，方同抢先说：“不要麻烦了。”墨兰没有搭理他，反而大声说：“要得，要得，刚好去乡里散散心。”

墨兰悄悄用手推了一把方同。方同面露尴尬：“杨大夫，去我们乡下，让你墨兰大妈给你做几个拿手好菜，补补身子。”

“什么杨大夫，我闺女。”

杨素没料到一向沉默内敛的墨兰会这么直接，不觉“扑哧”一笑。方同也跟着不好意思地笑着说：“对。闺女！”

墨兰把方同的手抓在手心，静静地，什么也没有说。方同看了看在前面开车的杨素，赶紧抽了出来。

一路上，方同絮絮叨叨，似乎是在说他的生活，却含着明显的提防。

杨素早就看出了方同的心思，故意问：“大爷，我娘这次回去不再回敬老院上班了吧？”

“不回了，在家带带孙子，也该过几天舒心日子了。”方同的语气显得轻松些了，“我儿子在客界施工队开挖机，收入不低，我儿媳妇也在镇办企业上班。儿子说，只要我和他娘在家里带好孙子就行了，他养得起我们。”

“好，我有空就过来看你们。”杨素说。

墨兰的心里在流泪。那声“我娘”叫得她又喜又悲，她无法不去想王荆花，她想说点什么，却不知从何说起，既怕说错了坏了此刻的气氛，又怕伤了女儿的心。方同的身子和她靠得很近，又暗暗往她手上使了些劲，才让她的眼泪没有掉下来。

车开进杂坪村口后，杨素感觉眼前变得模糊，她使劲揉了揉双眼，仍未缓解，只能依稀看清路的方向，于是减慢了车速。我这是怎么了？她用力闭上眼睛，再用力睁开。没事的，她安慰自己，怕是太累了，今晚早些睡就好了。

“身体哪里不舒服了？”

“没事。休息一下就好了。”杨素有意说得轻松。

墨兰感觉出杨素的异常，催促她把车停在路边。方同打儿子电话。人很快来了，墨兰把他叫到一边。本想说，强子，这是你的亲姐姐，可她转念说：“崽，杨大夫突然生病了，你送她回南城中医院。”

“那是不是得叫救护车啊？”强子一脸茫然。

“那还不至于。”墨兰催促他赶紧上路，又交代他路上注意安全。

强子送杨素回到中医院，车驶进医院大门时，天边正泛出鱼肚白，拂晓的光芒依然划破不了此刻沉积于杨素眼中的黑暗。强子说：“天快亮了。”她说：“是的。”这时，她仿佛看见一个灵魂从那具没有鳞片的肉身上走出来，踏着那缕残存的夜色，消失在远处。

车子刚停稳，杨素的手机响了，是菲儿打来的。

“杨老伯走了。”声音沙哑。

“谁?”杨素怕自己听错了，又以为对方说的是别人。

“你爹走了。”

“发生什么了?”杨素顿觉天旋地转。

“意外身亡。”对方哭了。

杨素心慌得厉害，身子被抽了筋一样，就要瘫软下来。

强子拉开杨素后座的车门，想扶她下车。

“你先回吧。”杨素的声音很低。

“出什么事了?”强子看见她的手在发抖。

杨素看着强子，看他木讷的眼神，心想，这可是我的亲弟弟啊！她想由着心意告诉他：我是你的亲姐姐啊。可她说：“没事。你回吧。路上注意安全。”说完就下车朝着她心中锁定的方向走去。她熟悉这里的一切，她相信自己闭着眼也能走到七楼。

6

电梯口挤满了人，杨素走进安全通道，照往常那样爬楼梯。有个声音在她耳边回响：“素，工作再重要，身体也是第一位的，一定要注意休息好。”“素，你娘脾气不好，你莫往心里去。你是爹的骄傲。”“素，你不用焦虑，你娘会好起来的，家里一切有我。”还有更多没说完的话，它们像空气钻进了她的皮肤。突然，她的耳边只剩下轰鸣，天塌了似的，声音也被撞碎了，没有完整的句子，甚至完整的字词，只有一些飞扬的尘土与碎片，却又倏然不见。没有了，全没有了……可爹的样子分明就在眼前，她落着泪往前追去，跌跌撞撞，不知摔了多少跤。

她想就此回客界去，一切不管不顾了，可眼下的视力成了她前行的阻力，她恨自己没早些去治眼睛。她决定先安排科室的工作。在同事的眼里，她并无异常，依旧背挺得很直，步伐坚定。经过护士站时，她交代护士长：有个预约门诊手术的患者九点钟会来，你先带他做术前准备，九点十五分手术。

她走进办公室，照往常那样躺倒在沙发上。五分钟过去了，眼睛依旧像蒙了一层膜，她想把它们抠出来，像冲刷从土里拔出的萝卜那样放在水龙头下冲刷它们。

“杨主任，你没事吧？”护士长觉得主任今天有些反常。

“没事。”刚刚说出的话只是无力的拖延。杨素想去找安若，要她送她回老家。可她完全看不见了，她感到害怕，面临真正的黑暗时，她意识到自己并没有想象中的那么坚强，那么熟悉身边的一切。

她往眼里滴了几滴七叶洋地黄双苷滴眼液，闭上眼，试图用它们洗涤眼球。可睁开时，眼前还是一片漆黑。走动时，撞翻椅子、茶杯、电话筒，叮叮咣咣。门外是走廊，护士在过道燃烧艾草，烟雾弥漫。一个男病人正在高声问一个女病人，拉屎了没，流血了吗？人开始多了，嘈杂声交织在一起，淹没了各种细微的动静，没人在意声音从何处传来。

电话在杨素的裤口袋里震动，它躺在那里，就像一块冰冷的铁，一个从来没见过的陌生人。她摸索着躺倒在沙发上，她闭上眼睛安慰自己：不会有什么事的，休息一会就好了。

九点十分的时候，杨素没有主动走出办公室，也没有接通电话。

九点十五分，护士长敲门提醒杨素：“杨主任，准备手术。”

杨素应了一声，睁开眼时，还是什么也看不清。

“杨主任!”护士长又在门口催她了。杨素想走过去开门，结果被茶几绊倒。

“杨主任?”护士长听到异样的声音，她接连叫了几声，杨素没有答应，护士长赶紧找出杨素让她保管的备用钥匙。打开门时，护士长看见杨素倒在地上。“快来人啊。”护士长吓得大叫。随后赶来的科室医务人员也一时吓呆了。

“带我去眼科。”杨素反倒显得异常平静。

“怎么了?”肥妹急得哭了。

“没事。可能是近来没休息好，导致眼压有些低，休息一会就好了。”杨素一边安慰大家，一边问，“胡主任在吗?”

杨素把手伸向空中。胡颖知道杨素在找她，赶紧把手放在她手里。杨素抓住胡颖的手，说:“胡主任，手术辛苦你了。”

“请主任放心。”

胡颖看着杨素，脑海里全是张建主任退休前的忠告:胡颖，我知道你心里有怨气，可院里不顾我的力荐，极力要推杨素当主任，这其中自然与她精湛的医术有关。可自打我从科室主任位置上退下来，科室经历的那些事足可以看出她独特的人格魅力和敢于担当的领导风范。你要学着去主动配合她，不要把我多年经营的心血给毁了。可胡颖又想，杨素瞎了，属于我的机会来了，我应该高兴啊，可为什么我感觉如此空虚呢?她看着杨素，第一次如此仔细地打量她，越看就越觉得自己做错了什么事情。杨素脸色惨白，双眼睁开，可眼神不再有光。但是她的表情仍旧微笑着，整个人看起来呈现出不凡的气质。胡颖从心底对杨素生出敬意，而且是第一次如此敬佩一个人。

李铄飞速推来医用轮椅，其他人抢着扶杨素上轮椅。

“李铄，请帮我向李院长说明情况。”杨素又说，“肥妹，你送我去眼科检查。”

杨素说到这里，声音戛然而止。有人发出叹息，仿佛是周遭的人共同发出来的叹息。谁也没有说话，似乎说什么都是不适合的。因此只有叹息。

李铄更是沉默，他并没有立刻回到自己的办公室。他感觉眼里湿润，站在窗口，推开窗户，风有点大，吹得眼睛更是难受，可他任由风这样吹着。

7

李院长给纪鹰打去电话时，纪鹰乘坐小车刚进客界村口。偶尔有鞭炮声，是从河边传来的。

“杨素突然看不见了。”李院长希望自己说出的是另一个消息，在获知杨素失明前，他收到通知，杨素获得了国家级科学技术奖。他打杨素电话，久久没有接通，他又打李铄的电话，才知道了这个不幸的消息。

“失明?!”纪鹰清楚地感觉到自己的状态：意识模糊，眼睛依旧像刚才一样看向杨素家那个方向。他看不见村子上空升腾的浓浓烟雾，看不见村里人面对突发事件时慌张、恐惧的样子，唯独看见了那群挤挤挨挨行走在阴阳河边的山羊。山羊的毛色，黑的乌黑，白的雪白，如同杨素的眼睛。

但是，他还是很注意影响的，他压低声音说：“五分钟后，我要代表市里给客界的乡亲们开搬迁动员大会，会后我立即返回。”

从小车里下来时，纪鹰感觉不对劲，周围的人看他的眼光变了。从前他们看他，既热情又尊敬。今天，这眼光变得冷漠甚至轻蔑。为什么会这样？纪鹰听到身边一些来自女人们的闲言碎语。虽然有些刺耳，但他听出内里——杨楚大哥走了。他往前走时明显感觉脚步拖沓。可他控制自己，背依然挺得很直，脸上依旧是平常的神情。

有人说："可怜了楚拐子，帮别人带一世的孩子，最后落得这个下场。"

"也得幸那层关系，要不他家那老房子也得拆。"

"拆又怎么样，不拆又怎么样，反正他又享福不到了，眼一闭，腿一蹬，阴间不管阳间事了。"

众人笑着，开始起哄。

村书记一行过来迎接纪鹰。他们一边殷勤地陪着纪鹰往会场的主席台走去，一边怒目呵斥女人们不要乱起哄，仿佛他们的左脸和右脸是两张脸。纪鹰听不清这些女人接下来又说了什么，大家都在看着他。

开完会后，纪鹰和司机一起来到杨楚家，他们走到祭台前，忽然有人触了一下纪鹰的手臂。他转过身，看见王荆花就站在他身后。

"我说了他老不正经。死时都没有看相。"面对杨楚的死亡，王荆花的愤怒多于悲伤。

纪鹰不知道王荆花为什么这样说，也不知道杨楚死在哪，怎么死的。他看着眼前出出进进的人，男男女女，都是来帮忙的老乡，可他们并不看他，也不和他说话，都只顾干活，也有人暗自抹泪。这沉默是他陌生的。过去，他们看见纪鹰，都抢着在他面前说话，有动听的赞美，也有刺耳的声音。

纪鹰希望有人能说点什么。

“他早得了绝症，你们都是瞎子吗？识相的货。女儿是医生也救不了他。只是这死相还是惨了点。作孽了，楚拐子。”年长的老人说出这番话。而年轻人大都脱口而出：“天天吵死，早死早超生。”也有人叹息：“不这样吵，还能多活几年。”

纪鹰感觉这些话都是有意说给他听的。他找到菲儿，起先什么也不说，只顾领着她往屋后的竹林里走，走进去一里多远，他才问她：

“听杨素说你在这里开发老房做民宿，平时住在杨素家，你和我说说你住在他家后杨楚身上到底发生了什么。”

快入冬了，太阳一下山，天很快就会断黑。有风穿过竹林，发出的声音，如同老妪在哭泣。

“来报信的是灵山庙的和尚。说清晨起床时不见了杨楚，起先以为他走了，后来去水渠边挑水才发现他倒在那里，身子已经僵硬，嘴角边全是白沫，怕引起误会，没人敢动他的尸体。我赶到那里时，只见杨楚头朝下，脚朝上，栽倒在山崖下的水渠边。背隆起在那，仿佛稍一用力就会断裂。他的胳膊、膝盖、面颊上全是黑色的血。我抱起他，有纸条从他手心里飘落下来，上面写着：所有的罪过都是我犯下的，一切都由我承担，保佑我的家人一生平安。他身旁的布袋里有许多这样的纸条。”

说到这，菲儿泪流满面，她对杨楚的尊敬是以杨素作为基础的。她从来没有想到，这个看上去老实甚至懦弱的老人身上竟然蕴含如此强大的力量。这是多么纯洁的爱，这爱有多少人懂得，又有多少人会为之坚守？

“杨素天天和我通电话，也时常叮嘱说她老爹老娘拜托我照顾了，有什么事第一时间通知她。也说过，她爹一定有什么事瞒着她，主要是他的身体，她总觉得不正常。”菲儿觉得自己做错了什么似的，头低到胸前，不再说话。

“他的病不致命吧？”纪鹰问得很急，似乎想要对方一口气说出所有。对方没有马上回答。菲儿开腔时看向前方，仿佛想穿越去另一个时空。

“说来奇怪，我住进客界时，楚叔每逢月初就会无故消失，后来，除了初一，十五也没了踪影。仿佛一股猛烈的风把他吹向某处。客界人议论，有的说他一定在外地有相好的，有的说他一定是去没有熟人的地方逛窑子了。”

菲儿说到这，又停住了，她一脸凝重，陷入沉思，而耳边却交谈密集：

“楚叔，你不是有什么事瞒着我吧？”

“没有。”杨楚回答得很干脆。

“若是楚叔有什么心愿，也尽管说。”菲儿把这话压在心里，说出的却是，“楚叔，民宿明年就可以开业了，我到时请你当总管大人。”

“只怕是有心无力了。”

菲儿脑袋低着，一只手扶着树干，她的呼吸显得虚弱。

“后来呢？”这次纪鹰不是想催促菲儿，而是为了打破眼前的沉默。

菲儿边说边回忆：“初三那天，我从集镇上买材料回来，发现楚叔正斜倚在床上，胸口放着一个盐水瓶。床边的地上还摆着几个盐水瓶子。我这才发现，楚叔的两腮如漏气的皮球般凹陷进去，脸色比原来更黑更黄。”

菲儿回到当天，她把纪鹰当成了杨楚，这里成了话剧表演的舞台，她一会是菲儿自己，一会又站在纪鹰旁边充当杨楚，一会儿又假想素儿在场充当旁白。

“你是个好姑娘。我要还能活着，以后再报你的大恩；我若死了，也会一直保佑你的。”杨楚勉强张了张两瓣乌黑发焦的嘴唇。

“痛得难受吧？”菲儿说。

“用热水敷一敷，舒服些。”杨楚说得轻巧，仿佛在说一件并不严重的事。

“明天我陪你去南城中医院？”

“不去。阎王叫你三更死，谁敢留你到五更。”杨楚知道自己绕不过这道坎了。就在这时，他告诉了她真相，他希望有个人可以交流又能替他保守秘密。

“总不能就这样等死吧？”菲儿起了哭腔。

“我已经是要进棺材的人了。千万不要惊动我素儿。你得答应叔。”他大张着嘴喘息，呼哧呼哧，着急要赶去哪里的样子。

“你也得答应我，往后别玩消失了。”菲儿直直地看向杨楚，眼神透出狠劲，仿佛某个她一直惦记而又羞于启齿的秘密在此刻得以呈现，一股不知来源于何处的力量推着她，也推着杨楚。沉默。房间里只有杨楚的呼吸声，呼哧呼哧……第二天，不是初一，也不是十五，杨楚说想出去办点事，还说要留在外面过一夜。

“他咳嗽成这样，我还叫他用那方子，是我害了他啊。”纪鹰后悔不已。

那是两个月前的事了，纪鹰送杨楚和王荆花回客界那天，他把一张方子塞到杨楚手里。

“去捡几服中药吃。”

“我身体好得很，干吗要吃药?”杨楚望着纸上那些如蚯蚓般弯曲的字，奇怪地问。

“听我的，吃了会少些遗憾。”纪鹰说。

杨楚听出了纪鹰话里的意思，把脸别过去说：“已经是枯木了，再努力也发不出芽了。”

“枯木都有开花的可能。”

…………

“这边，你先帮着主事。”纪鹰回过神来。

“杨素今天不回来?”菲儿心里一慌。再看纪鹰的身影，茕茕孑立的样子。

“杨素的眼睛看不见了。”纪鹰的声音低沉得像坏了键的手风琴。

这是个让人害怕的消息。可菲儿并不是没有这种心理准备。

召开记者招待会前夜，杨素突然绊倒在她身上。菲儿扶住她，她又绊倒了。杨素告诉她，她的眼疾犯了。她为好友感到难过，总想为她做点什么，这种心思不能说，说破了就变成了刻意，只能等待，这个等待也是她不想要的，却也是无可奈何了。可似乎有了盼头，复杂的情绪纠缠她让她心里滋生出期待。最坏的结果一旦出现，谁来照顾杨素，她在心里做着各种准备，除了上网查阅与眼疾相关的资料，还打定主意在乡里买下这栋老房子。

月亮如昨日一样升起在空中，山歌照常从村巷或山涧传出，周围的一切都一如平常，写在人们脸上的欢喜或悲伤也是平常的。菲儿没有再说话，她望向天空，什么也看不见，唯独杨素的样子格外清晰。她突然发现自己不再是朋友对朋友的担心，她们早已经是亲人，无法割舍的亲人。

有胆大的中年女人找来了，说要和纪鹰说些细话。起先，她说杨楚一定是被女鬼缠身了，还强调自己这样说是有充足证据的，一是杨楚死在外面，二是在他身上发现了不一样的东西（她说出不一样的东西这几个字时语气暧昧，让人隐约能懂得其中之意）。不过，她笑了一下，他一定是享福去了，阳世没享到的福，阴世去享了。

“你这个不要脸的娼妇，我要撕烂你的毒嘴……”王荆花的骂声传来，越来越近。原来中年女人就是那个传说与杨楚有染的女人。中年女人生了怕意，匆匆逃走。

纪鹰无法在这再多待一分钟。他回到祭台前，作揖跪拜杨楚，起身时眼前一花，险些摔倒。给他开车的司机眼力好，赶紧扶稳他坐进车里。

看着纪鹰坐上小车逃也般急驶离去时，王荆花的右眼突然跳得厉害。左跳喜，右跳灾。凶兆？她诚惶诚恐，屋前屋后唱歌：

> 腊月萝卜大雪封，雪压霜打不空心，哥哥黄连树下死，苦苦等你到来生。

8

回客界的路上，杨素不说一个字，眼泪却流不尽。她闭上眼，想到父亲不曾向她提过任何要求，也从不抱怨她一句。她心里痛，身子轻得异常，似乎一双无形的手正在掠夺她的一切，包括她的视力。

整个丧事期间，杨素一直戴着墨镜，菲儿和安若一左一右不曾离身。不时有老乡走到杨素身边劝她，想开点，你还年轻，伤了身子划不来。也有人劝她，人死不能复生，照顾活的要紧。杨素知道这人说的是她娘。没有人看出杨素的眼睛出了问题。杨素自己清楚，她是强装镇静，其实她已经脆弱到了极点，她的恐惧在心里，神经内科医生建议她立即住院，还说要注意情绪，千万别太过焦虑，否则会有彻底失明的可能。

杨素问菲儿："我娘怎么样了？"

菲儿说："你娘一时喜笑颜开，一时又躲在一边哭泣。"

杨素挨近菲儿，小声说："我娘的情绪看似复杂，其实也简单。她是杨楚的武则天，没了他，她谁也不是。"

"怎么没看见墨兰大妈？"安若突然问。

"刚才还看见了。"菲儿大声说，她用手指了指杨素，暗示安若不要谈论这个话题。

菲儿也是一头雾水，给墨兰报丧的电话是她打的，对方迅速果断地说不来。她怎么也想不明白，一向通情达理的墨兰大妈，为什么拒绝参加杨楚的葬礼？她没有把这事告诉杨素，怕她难过加重病情。

安若赶紧换了话题："你爹走了，你娘以后是一个人住这里，还是跟着你回南城？"

"我看跟着你回南城也不现实。"菲儿说，"你连孩子都照顾不来，你娘眼下又不清白，去了也是麻烦。"

"那她一个人住这里？"安若一脸诧异。

"显然这也行不通。"菲儿陷入一筹莫展。

"这也不行，那也不行，那总得想个解决的法子吧？"安若脸上不急心里急了。

她俩先压着嗓子，你一句，我一句，后来渐渐忘乎所以。

“先别说这事。”杨素扯了扯安若和菲儿的手。自己看不见了，自然照顾不来娘了。她心里一百个难受，不知将来还会发生什么，可眼下的生活真是一团糟了。

上山那天早上，杨素的主治医生给她打来电话，催促她必须立即住院治疗，否则可能因为延误治疗而造成终生失明。医生的话就在耳边，杨素自然害怕，可她坚持要留下来送爹上山。

“你爹活着也好，死了也罢，他唯一的愿望就是希望你幸福。”菲儿停顿了一下，语气变得低沉，“若是你爹知道是因为他造成你的不幸，只怕也是永世不得安息啊。”

杨素很果断，坚持要送爹上山。安若说，这也可以，不过下山就立即随她回去住院治疗。按客界风俗，作古的老人葬后的第三天要由孝子上坟头祭奠，谓之“祭三朝”。菲儿对着杨素说，祭三朝那天就由我来代替你行孝。杨素觉得父亲委屈，活着不如意，死了也是不如意，不由得鼻子一酸，眼泪又流了一脸。别哭，千万别哭，菲儿急得直跳。

9

祭三朝那天下午，菲儿本是想带着王荆花回城，可王荆花什么也不说，却也是一步也不愿挪动的架势。村书记看不下去了，主动说他安排人照顾她几天。菲儿这才安心，她准备独自开车返回南城，却感觉身心疲惫，眼都睁不开了。恰巧纪鹰也要回南城，邀她搭他的顺风车。和原副市长、杨素的亲爹同车，这本是拘谨的场面，可她上车后转瞬就沉入了梦乡。等她醒来，车窗外已呈墨色。她不好意思地对着纪鹰傻笑了两声。纪鹰倒是一直很清醒，这次他在客界住得算久了。他住在杨楚生前住的房子里，一是送别杨楚，二是在心里盘算王荆花今后的生活由谁来照顾。

纪鹰看着菲儿，想她年轻貌美，一直不结婚，还独自来了客界开民宿。纪鹰觉得她和杨素一样，都有着各自的难处，却又是百般地不说与人听。他又想到自己和杨素，虽然经常能见面，可杨素还从没有叫过他一声爸爸。这声爸爸他可是等了好久了，可这一步不是说跨过去就能跨过去的，不是还有咫尺天涯的说法吗？许多事情是强求不得的。他知道，他和女儿之间还需要时间来消融。

周亚宁和杨素呢？他们之间又需要多长时间来消融？要说周亚宁没有和好的意愿是不对的，他选择逃到新疆去，看来也是想明白了一个道理：人在要进又进不了的时候，就只能退了。可杨素瞎了，纪鹰心想，他得去新疆把周亚宁找回来，这事只能由他这个父亲的来做，他无论如何也要在这时候拉女儿一把。

纪鹰沉默了一阵，主动问菲儿民宿哪天正式开业。菲儿正觉得眼下她不说点什么不行了，可她怕自己说得太重而失了理性，又怕说得太轻，而表达不出心思。

“估计得到明年了。不过我对周边的民宿做了一番调研，发现不少老年人喜欢来这里小住。老年人图这里空气好，食材新鲜。我还在想，要是在这里开个养老院，估计生意也不错。”菲儿不知道自己为什么要这样说，可话就在嘴边似的。

纪鹰心里一喜，感觉遇到了知音，于是说：“以后我和你结伴，你开民宿，我来弄个互助养老院。”

“互助养老院?”菲儿心里重复着这个词，心里一喜，杨素她娘如何养老的问题可以解决了。可她不能表现出来，她想听纪鹰怎么说。

“回去后，我就开始计划这事，我得先把当年下放这里的老伙计都找到，动员他们来这里养老。”纪鹰停顿了下，他看着菲儿，说，“你也可以加入进来。你听说过瑞士的时间银行吗?”

“时间银行?”菲儿很是好奇。

“‘时间银行’是由瑞士联邦社会保险部开发的一个养老项目——人们把年轻时照顾老人的时间存起来，等将来自己老了、病了或需要人照顾时，再拿出来使用。申请者必须身体健康、善于沟通、充满爱心，每天有充裕的时间去照顾需要帮助的老人，其服务时数将会存入社会保险系统的个人账户内。”

“您也想弄个时间银行?”

“这个目前还不太可能。但我想效仿他们，我按一定条件招募年轻人利用闲暇时间来我的养老中心服务，年轻人在这里服务过的时间将折合成他们在你的民宿——当然也可以和其他地方的民宿合作——休假享用的时间。这个时间也可以转让给他的亲人朋友。”纪鹰说，“你愿意和我合作吗?”

“这是个天才主意。”菲儿兴奋得满脸通红，连连说，“愿意，我愿意。”

“客界的自然资源丰富，空气新鲜干净，土壤完全没有被污染，富含硒等元素。这几年，这里交通发展很快，五公里内有高铁，还有高速公路出入口。这就解决了方便客人来往的问题。”纪鹰说，“现在，许多城里人都有老了去农村居住的心理需求，但不是每一个人都能回得去自己的故乡，我们只是帮他们打造一个心理上的故乡。”

“我知道你们那天在讨论杨素她娘今后如何生活的问题。在我去客界前，杨素她娘先和你一起住，到时她和我们一起养老。”纪鹰说到这，心里想起了墨兰，他似乎才意识到，她竟然没有来参加葬礼。为什么没来？他想她自然有她自己的道理。

“原来您什么都安排好了。”像是解决了一个大问题，菲儿说这话时看向窗外，眼神里透露出好久不见的喜悦与轻松。

车子一开进中医院，纪鹰和菲儿心照不宣，他们兵分两路，纪鹰去找李院长，菲儿去住院大楼神经内科看杨素。

“视网膜中央动脉栓塞。”杨素告诉菲儿，这是诊断结论。

“由于动脉硬化，动脉管壁增厚，管腔变窄，血液逐渐形成血栓。这个过程是在不知不觉之中进行的，一旦眼球内的视网膜中央动脉形成血栓造成堵塞，视网膜失去血液供应，可立刻造成失明。”李院长告诉纪鹰。

“回乡下吧。民宿快装修好了，那里蓝天白云，鸟语花香，枕着晒干的桔梗睡上十天半月，眼睛自然就好了。”菲儿对杨素说。

“还能治好吗?”纪鹰问李院长。

“据杨素说，之前已多次出现间歇性失明，几秒或数秒内看不清，之后又自然恢复正常。”李院长并没有直接回答纪鹰。

“能还是不能?”纪鹰失态了。

“杨素的病情发现及时，应该还有恢复的可能。”李院长真想拍着胸脯对纪鹰说一定可以治好。可今天，他什么也不敢承诺，站在那像个懦夫。

纪鹰站在原地，一动不动。窗外，银杏叶金黄，风吹叶落，像一双双金色的蝴蝶，争相飞离，从此叶与树相隔两世。而银杏树裸露躯干，独自熬过寒冷的冬日。

“一切都没有定数。”李院长的声音哑得几乎让人难以辨识。

“什么是没有定数?”纪鹰的心像砸在地上的豆腐脑，一点点散开了。

李院长还想说点什么，可他比纪鹰更明白“一切没有定数”也包含了“无法医治”这句潜台词。

我需要找个地方好好想想。纪鹰安慰自己，他像个逃兵，从医院出来后直接去了江枫山小院。院里那池荷叶早已枯了，秋风一吹，更显萧瑟，环池而立的几株垂柳，正光秃着身子任由秋风摇摆。纪鹰摸了摸自己的大背头。秋风正铆足了劲吹向他，仿佛要将他身上的衣裳一件件刮走，像他在李院长办公室看到的那棵银杏，一丝不挂。不，甚至于要吹破他的胸膛，直抵他的心脏。

“你是刽子手!”纪鹰听到一阵如雷的声响。他身子一晃，眼前那些盘旋在亭台楼阁中的藤蔓，正张牙舞爪伸向他。他沿着那条往昔并不常走的鹅卵石小路，就这样，失魂落魄地走来走去。

10

纪鹰打电话给卓凡，开口就问凡凡的情况。除了交代她多关心凡凡，还提醒她一定要去中医院神经内科看看杨素。卓凡问他出什么事了，见他什么也不说，心里明白了大半，并不劝解，只是沉默。后来她收到纪鹰发来的短信：杨素失明了。这可是她没有想到的，还以为杨素只是因为劳累过度需要休养。

这天是星期天，把凡凡哄睡了午觉，卓凡交代保姆她要去中医院看望一个朋友。天气不好，下着雨，卓凡从车库直接上了神经内科，走出电梯时，听到有人叫她。是墨兰。她淋了雨，鞋子看上去也湿了。卓凡还没有开口，墨兰就连连说不碍事不碍事。她不想告诉卓凡，是纪鹰叫她来的。她们看着对方，什么也没有说，却各自知道对方为什么而来。

“不会有事的。”卓凡还想让自己看起来显得乐观些，可她一开口就哽咽了。

“不会有事的。”墨兰反而乐观地安慰对方。她们一前一后朝着杨素的病房走去。

看见杨素时，墨兰这才暴露出真实的自己，她一路把痛苦藏得严实，原本还想死死按住的，可她感觉身子一下塌了，蹲在孩子的床边，泣不成声。

“谁来了?”杨素问。

菲儿低头不语，安若也不说。墨兰再也憋不住了。她一把抱住杨素号啕大哭。卓凡看着这番情景，眼泪也流了一脸，她怕自己的哭声惊扰了母女俩，她招手示意菲儿和安若跟她出去。她心想眼下她能做的就是让杨素安心，她交代菲儿和安若，要她们转告杨素安心养病，她会照顾好凡凡。菲儿本是想说谢谢你，可她不知怎么就哭了起来，她赶紧向卓凡道歉，真是不好意思。卓凡说以后有事尽管和她说。她还主动说出了她的电话号码。

“真是坚强啊。她一路走到今天，在我们面前毫无怨言，我很钦佩。”卓凡说。

“她算是可以喘口气了。这么多年来，她几乎没有好好地休息过一天。可能的话，我们想向主治医生申请让她出院回老家休养。”菲儿说。

“照顾凡凡这件事我想来想去也只能拜托你了。”安若说。

“说什么拜托，都是一家人。”卓凡说。

安若感动于卓凡的气度，眼泪流了出来。菲儿因为想多打听些凡凡的情况——也包括她想了解纪鹰是否会去新疆寻找周亚宁，就主动送卓凡下楼去了。

房间里只有杨素和墨兰了。“为什么没去参加葬礼？”杨素低声问。

“因为……因为娘太伤心了。”墨兰撒了谎，心里却是愈发难过了。

门外传来争吵。杨素听出是安若在骂黄小米。她有些犹豫，可她对墨兰说：“去把那个叫黄小米的女人叫进来吧。”又说，“先把我扶到轮椅上。”

黄小米从看守所出来后，去找陆琨，想通过他打听出周亚宁的去向。周亚宁临走前叮嘱过陆琨，叫他不要将他的去向告诉黄小米。陆琨不想失信于周亚宁。黄小米咬定他能帮到她，站在那不愿离去。陆琨仔细看了她一眼，他清晰地看到她头顶的一缕白发，如此触目惊心。他这才突然想起，她曾经也是光鲜艳丽。残忍的时间，改变了一切。爱一个得不到的人，就像往心里扎着一根木刺。陆琨拍了拍她，内心五味杂陈。回吧，望你们各自珍重。他故作一脸冷漠，坚持送客的样子。在她临出门的那刻，他却意味深长地说，亚宁去了一个很干净的地方。

告别陆琨，黄小米去了南城大学，校园里，落叶贴在她脚上起舞；相拥的恋人从她身旁穿过，肆无忌惮地接吻。她重新打量往昔熟悉的校园，她在这里读大学，在这里成长……此刻却让她感到异常陌生。眼前正是那条经典的梧桐大道，回忆那天父亲的公司出资为学校举行建筑设计作品展示，她一动不动地站在一幅作品前，然后她看到了作者，看到了一张极为生动的脸，这就是自己一直寻找的男人的形象。她的心跳得厉害，她想她已经找到了生命中的目标，可他的身旁已经有了一个叫杨素的女人。有熟人从她身边走过。“你好，黄小姐。你父亲真慷慨。”她有生以来第一次喜欢父亲的地位和财产，而以前她总是对那些东西深恶痛绝。她看到他的嘴，看到了无声的轻蔑。她突然感到一种愤怒、抵抗，甚至欣喜。她想自己必须让他知道她只属于他。她知道这会是一场持久的战争。后来，她发现痛苦中有一种隐忍的极致感，因为这痛苦来自于他——包括她任性地嫁给海归，疯了般跟着他去 C 国，到最后想把杨素置于死地，这一切的一切都是为了抵达他。她望着那棵没有一片叶子的银杏树，心里懊恼不已。她彻底清醒了，是她把周亚宁逼至今天这般田地的。

黄小米进来时，杨素坐在轮椅上，背对着一扇关得严严实实的窗，看上去心事沉沉。

“你还好吗?”黄小米问她。

“周亚宁在新疆，你去找他吧。”她低声说。

“过去了，”黄小米说，“一切都过去了。”

“你走吧。”她低声说。“你走吧。”她重复道。然后她转动轮椅背过身去。后来，在这些事过去很久，黄小米发现，关于她和周亚宁的记忆总是包裹在这个背影的幽暗里。黄小米还记得那天杨素化了淡淡的妆，脸色很白。杨素对她的态度既不是冷漠，也不是怨恨，但让人感觉出距离。

安若进来了，看见黄小米站在杨素背后，离得很近，她冲过去一把推开黄小米，没好气地说："我说怎么一进门就闻到骚味，原来是来了狐狸精啊。"

"你……"黄小米欲言又止。

"我怎么了？我一不偷男人，二不抢男人，不像某些人，整天就盯着别人的老公。"安若看着黄小米，发现她头发蓬乱，鞋面上全是灰，声音嘶哑，双眼空洞，好像死人的眼神，可她还是恨不能立刻掐死黄小米。

"让她走。"杨素一脸平静。

"滚！"安若像扫垃圾般将黄小米胡乱推出了病房。

"杨素姐，没人能抢走周亚宁，你要相信他。"

黄小米扶着门框喊叫着。她已经看清，对周亚宁而言，她已经没有了温度，这点，她曾经耿耿于怀。可眼下，她是真心希望他能回到杨素身边。但与此同时她又不无内疚，她觉得自己是个闯入者，闯入了原本属于杨素的领地，也因此给她带来无尽的悲伤与折磨。唉，她在心里叹息，原来世间万物早就有了定数，不属于你的，抢来也是枉然。

"作孽啊！"墨兰听出了内里，她也想对着黄小米大声呵斥，可她什么也没有说，站在那，如同雪上加霜，愈发痛苦。

"再有善心，也要看看对象。农夫对蛇再好，蛇还是会咬死农夫的。"安若一脸愤怒。

杨素反倒冷静了，她把手放在胸口，久久无语。肖莉精神失常了，黄志明死了，仅仅几个月，黄家就发生了这么多变故，她顿感人生无常，不由得感叹："这女人已经遭天谴了。"

"谁叫她把老天当龙虾。"安若哼了一声。

“龙虾？”杨素有些纳闷。

“又聋又瞎啊！”安若自己笑出了声。

“瞧你这张嘴……”杨素苦笑着，却说，“推我去肛肠科吧。”

“我的杨主任，你这啥也看不见了，还去肛肠科干吗？”安若脱口而出。

墨兰扯了扯安若的衣角，指着杨素的脸。安若连忙改口：“素儿，你是不是想你的小伙伴了？走，我推你去。”

“不去了。”杨素黯然失神。

“想去哪里？我推你去。”菲儿正走到门口，听了半截话，有些摸不着头脑。

“哪也不去。你们都走吧。我只是瞎了，又不是快死了。”杨素把手罩在脸上，她在心里拒绝一切。

“好，我们都走。”菲儿边说边示意其他人都离开，她和安若却躲在门口悄悄守护。

看着杨素，菲儿只想抱紧她对她说：你知道的，我从来都把你看作比我好。等你病情一稳定，我就带你回客界休养。那间最敞亮的房间，推窗就能见到青山绿水，是留给你的专属卧室。

“联系上周亚宁了吗？”安若贴在菲儿耳边问。

“没有。”

“唉……我叫我老公联系他，也是没有任何音讯。”

“以后就由我来照顾素儿吧。”菲儿小声说。她在心里计划，无论如何得去找回周亚宁。她已经联系上了梁子然，他给了她确切的地址。可她感觉自己那么迫切想去那里还有别的原因，因此心里有了异样的感觉。

安若点了点头。她们感觉出三个人的友谊又回到了年轻时的样子。

“你老公如今回来得多些了吧?”菲儿又问。

“老样子，一年四季待在工地，说是为了多攒钱，自己欺骗自己。”

“我想在客界找些有历史感的老屋，打造成民宿。”菲儿想试探一下安若想不想入伙。

“花那么多钱在那老房子上，你不怕投资失败?”安若犹豫着又说，“我的钱都在银行存了定期。”

菲儿笑她无知，死把着钱只会一天天贬值，然后宽容地一笑，是笑安若的幼稚。她更加耐心地和她解释说:“这民宿不是一天两天就能看到赚钱效果的，需要不懈地坚持和努力，是带有脱胎换骨重新来过的含义，这不是谁能承诺你一定会赚钱的事，别人也不是你的救世主，而是靠自己救自己，凭自己的勇气与智慧。”

听菲儿说着这些，安若恍惚看见了那个充满浪漫主义情怀的菲儿，不过过去她的情怀只用来追求爱情，如今这情怀却是转移到了自己追求的事业上了，有点献祭的味道。两种都是全心全意投入的，听起来觉得菲儿过于痴迷。但别人可以怀疑，她安若却是不可以怀疑的，菲儿的的确确是全心全意投入的。

“要干就得是合伙人。”安若突然说。

“有追求。”菲儿一拍手掌，有种意外的惊喜。

“大胆去设计吧!”安若也显得很激动，还不忘叮嘱菲儿，“一定要在民宿四周种上棘花。”

杨素听不见她们的谈话声。一道无形的屏障竖在她和她们之间。谁想毁灭我？我瞎了，是我的心灵在逃避吗？是我不想直面这千疮百孔的人生，我的人生吗？

杨素坐在黑暗的世界里，回忆过去。这些铺成了她的来路，都是她目睹和经历过的人间事。填充她身体里的每一块骨骼和肌肉，也自然形成她的品相。这是擦不去的人生轨迹，是她这代人必然要承载的。社会的车轮从他们身上碾过，有些因此练就了铁骨铮铮的身躯，有些也因此粉身碎骨。看上去有所选择的，其实也迫不得已。

仿佛又经历了一遍人生。现实让杨素愈发恐惧这个世界的无情。她突然变得异常世俗，觉得自己成了一个废人，一个不被需要的人。她拒绝一切，只愿将自己置身于黑暗。

11

墨兰走进陪护人员休息室，倚着窗沿暗自抹泪。一对母女走进来，坐在她旁边交谈。

“听说我们隔壁的病人，下周再找不到器官捐赠者，就有可能没治了。”

墨兰听得身子发软。她朝地上呸了几口晦气。她想上前指责这对母女：不要这样说，这样说不吉利。她转身去寻杨素的主治医生。医生正伏在办公桌上写病历，她扑通一声跪在他脚边，说：“快，快把我的眼睛取出来！”

“怎么了，大娘？”医生吓得赶紧扶起墨兰。

“求求你，快点，不然我……我闺女就真瞎了。”墨兰哭了。

医生这才弄明白墨兰的意图，他苦笑着说：“大娘，即便把你的眼睛装进杨主任眼里，她依然看不见呀。”

“那需要我捐什么器官？”

“什么也不需要。”医生给墨兰倒了一杯水，宽慰她，“只要杨主任放下思想包袱，好好调养，不久就可以重见光明。”

“思想包袱？”墨兰一直重复这句话。从医生办公室出来时，她神情恍惚。她楼上楼下，来来回回，总觉得要找什么人，可她不知道要找谁。她对自己说，崽不可能就这样瞎了，一定会有办法的。次日，人们看到她时，发现她的头发几乎全白了。可她想到了要去哪，要去找谁了。她向杨素撒谎说家里有急事要她回去。其实她坐车去了客界。

没人知道，上次从客界回去后不久，墨兰又独自去过客界。

为什么要一个人悄悄去客界？她不知道自己为什么要这么做，可她的直觉告诉她，王荆花在装疯卖傻。不要去；去，一定去。身体里有两个魔鬼在争吵。

真正决定去时，已是下午，只有最后一趟车了。墨兰由着心意上了车，抵达客界之后，天完全黑了，她凭记忆摸黑走到了阴阳河边。

墨兰并不知道村里修了新桥，她只记得从村口走到村里要过一座木桥。实际是一座可供休息的木质廊桥，桥顶像一般人家的屋顶一样盖了瓦，桥面用数块木板拼接而成，桥腹的两侧设有长木凳。村里新修了一座水泥桥，村里人欢喜不已，毫不犹豫地抛弃了这座陪伴他们的风雨桥。如今，木桥枯烂了，瓦片不再是先前排列整齐的样子，透过瓦片间的漏洞，月光洒在桥面上，无人走动，因而显得清冷。

在墨兰的记忆里，这桥曾是客界年轻人的天堂。尤其夏日，年轻的姑娘们在桥上唱情歌，小伙子们打着赤膊在桥下河里摸鱼抓蟹。她摸索着往前，她记得清楚，西南角的柱子底端刻有心形的凹槽。是那个人为她刻的。她想再次抚摸它，甚至像曾经那样将眼泪洒在上面浸润它。

可今天她并非为此事而来，她有更重要的事。她收回目光，看着阴阳河，看着渡口。太久了，都忘记了。那么熟悉的地方她竟然迷失了方向，转来转去又转到了原处，怎么也走不出去。墨兰心里着急，用几十年不说的客界方言骂了声“怕是碰到倒路鬼张五郎了”，话音未落，她一脚踏空，跌进了河里。幸好河水不深，河流不急。墨兰挣扎着想爬起来，可她崴了脚，痛得锥心。事实上她太累了，之前因为沉浸于揪出某个真相，身体一直处于紧张之中，此刻，身子像散了架般怎么也站不起来了。

“来人啊，救命啊！”墨兰吓得拼命大叫。

杨楚听到这声呼叫时，吓得周身都软了。一连几日，晚饭过后，他就披一件厚外褂，窝在几近废弃的木船上观察身体的变化。纪鹰的药方显灵了，他想爬上王荆花的身子试试功夫。可他在害怕，他害怕只是个梦。

杨楚朝着声音的来处划桨。发现来人是墨兰时，他想扭头向相反的方向划去，可他说：“你来这里干什么？”

“带我去见荆花。”墨兰说。

“出什么事了？”杨楚又问。

“先回你家。”

墨兰的出现是一种威胁。这种想法客界人都有，放在王荆花身上尤为突出。看见墨兰，王荆花吓得“哇哇”大叫，那样子像是撞见了鬼魂。

“我丑话讲在先，荆花她命苦，得饶人处且饶人。”杨楚并不看墨兰，可他话里有话的样子。

“鬼，鬼。”王荆花的身子躲在被褥下簌簌发抖。“唉……”杨楚长叹一声。他走进里屋，将耳朵贴在被褥上：“为人不做亏心事，半夜不怕鬼敲门。”

墨兰听见了这句话。她敢肯定，这对夫妻心里都有鬼。她有意注视着杨楚，杨楚发现她在盯着他看时，脸上神色变得慌乱。她逼视他，直至他低下了头。他心里想，难道她也发现王荆花在装傻？可他什么也不说。墨兰心里已经有数，她不再理会王荆花，只围着杨楚，不停地说过去的事，后来她突然破口大骂：“你们合伙打劫，欺骗孩子，你们自私自利，不顾孩子死活。”

里屋传来沉闷压抑的低吼，一声紧接一声，非常有节奏。杨楚跑进去一看，王荆花跪在床边，她额头上全是血。杨楚心里陡地一沉。他冲到堂屋，对着墨兰大吼：别逼了！

杨楚早就知道了真相。他回到那天夜里，晚饭多喝了两杯水酒，半夜被尿胀醒，起床去方便时，他发现王荆花不在床上，寻遍里外，还是不见身影。站在屋檐下迎着风解手时，尿液溅在他被风撕扯的裤管上。杨楚摇晃两下身子，撒干最后一滴尿，没有呼喊，悄悄打着手电往外走去。山里山外没有寻到王荆花。最后，他在岳母的坟头寻到了妻子。

“娘，墨兰没有死，她回来了，要抢走我的命根子。我冇得法，我不这样，她们就团圆了。娘，我摸着良心告诉你，我不是成心的，村长和二癞子已经盯上墨兰了。他们是什么人，你比我更清楚，他们不会放过墨兰的。事情来得太突然，墨兰的孩子是早产，母女待在一起，迟早会露馅，到时大的小的都活不了。剜去心头肉，谁不痛啊。孩子没名没姓怎么活啊，我只好装到底，说这孩子是我的。日子越久，就越舍不得孩子了。楚拐子又不争气……”声音还在继续，拖得很长，像死了人哭坟的声音。

杨楚的手一直在擂胸口，知道自己才是将王荆花推至眼前困境的真凶。他和她共同经历了这所有，如果她有罪，他一定是那个最大的罪人。他突然能够理解妻子在害怕什么，因为他和她一样害怕失去一切。他似乎听见了墨兰的声音，你们是盗贼。是的，我们是贼，我们偷了你的孩子。可我们不是生而为贼。他一时也说不清楚，是谁，是什么力量把他和妻子推上了这条路。背上了贼的名声，这已经不是隐埋的真相，在客界，所有人都知道了，都用“你们是贼”的眼光看他们，他能忍受。他甚至为了不失去女儿，做好了一切准备。曾经被压抑的力量似乎在这一刻苏醒。他不再逃避任何事物，包括纪鹰给他的方子，一直藏在猪栏土墙缝里，他回到家，取出那张方子。第二天，他去了离客界三十里路的老药铺。回时箩筐里装满了，全是中药。

杨楚并没有做到万无一失，他身上早就透露出一些信息，有时突然惊慌，话到嘴边又不得不赶紧收回，有时突然破口大骂，还当着村里人的面扇他婆娘耳光，这是从来没有的事，都很反常。客界人自然有自己的判断，也因此议论：一个装疯卖傻，一个装聋作哑。

千真万确，他们在合伙欺骗我。墨兰看着杨楚，看他因为咆哮而扭曲的面孔，她什么也没有说。离去时，她再次在心里起誓，不再回客界。

这次来和那次来，都是奔着王荆花来的，可来的心情却完全不同了。那次来，因为心里想着王荆花的龌龊，她理直气壮地斥责王荆花和杨楚；这次来，她是为女儿来，她要向王荆花求饶，向死去的杨楚求饶。

王荆花见到墨兰依旧吓得躲进里屋躲在被褥下簌簌发抖。墨兰没有去掀王荆花的被褥，她先是跪在杨楚的遗像前拜了三拜，再走进里屋扑通一声跪在床边低声求饶：荆花，救救孩子吧！

一定发生什么了？王荆花害怕了。一定与素儿有关。她想扑到墨兰身上撕咬她，还想对她大吼：都是你造的孽！可她趴在那，一动不动。

“别装了！”墨兰说出这句话时，语气冰冷绝情。

王荆花掀开身上的被褥，扑通一声跪在墨兰面前：“楚拐子已经赎罪了。难不成你还想逼死我？”

“是崽。不是我。”

“素儿怎么了？”

“瞎了。看不见了。”墨兰跪在王荆花对面，泪流满面。

“你捏白！”王荆花爬起来大声呵斥。

“你捏白一世，你亏不亏心啊。”墨兰愤怒了。

“你是吃人不吐骨头的魔鬼，你是狐狸精，你是吸血鬼……”

“崽瞎了，你还有心思发疯？”墨兰不再是之前的墨兰了，她跳起来甩王荆花耳光。四周很安静，这记耳光异常响亮。

“不可能，崽怎么可能瞎了。”王荆花霍地冲了出去，她冲到厅屋，点木香，烧纸钱。她跪在神龛前，口中念念有词，她的手指总想着掐进地板那坚厚的土里，仿佛只有这样才能表达她的虔诚。王荆花总怀疑自己听错了，她想再问个真切，又或是她想让茫然来掩饰发生在自己身上的变化。可墨兰就站在她身旁，她的绝望和她一样直接，正是这样到了万不得已才有的绝望让人看出彼此的妥协，王荆花突然对着杨楚的遗像大声哭喊："崽瞎了，看不见了。"

"医生告诉我，崽的眼睛不是没得治。"墨兰的音调变软，如同在求乞，"你跟我一起进城，告诉崽你身子好了，崽一高兴，兴许就看得见了。"

"作孽啊！"王荆花瘫倒在地上。

"崽是你的。没人可以抢走她。"墨兰又说。

墨兰脸上的神态表明她说出的是一个非常重要的决定。她所有的不顾一切全是因为杨素，她对王荆花与杨楚的怨恨是含在心里的，她逃离他们时的绝望与知道杨素身世时的绝望，是相同而又不同的。前者是得而失之，是将人推至一了百了的绝望；后者亦是得而失之，却是明明知道女儿就在身边却什么也做不了的绝望。可她不糊涂，她只要杨素幸福。她与那些温柔的妈妈没有两样，明明只是老实的农妇、贞节的妻子，为了让女儿重见天日，竟不惜打破一切禁锢，甚至愿意承受再次失去女儿的痛苦。

12

纪鹰寻来时，周亚宁正蹲在工棚外的泥地上吃午饭。他的头像是被磁铁吸进了碗里。眼前的声响，远处的喧嚣，似乎都与他无关。

"有了这玩意，包你吃三碗饭。"梁子然端着辣酱走过来。周亚宁一直食欲不振，他昨天特意跑去几十里外的集镇买来辣酱。他看着周亚宁身边的人，不用打量，很快就判断出他不是工地上的。认出是纪鹰时，他的手一抖，辣酱撒了一地。他用脚踢周亚宁的屁股。

“亚宁，纪市长来了。”

周亚宁没有抬头。

梁子然连捅他后背，大声说：“你脖子断了？”周亚宁手里的饭盆“咣当”一声掉到了地上，饭勺滚出老远，裹了一身黄尘。

纪鹰对周亚宁记忆深刻，除了长得好，穿着也精致讲究。可眼前这个男人，络腮胡子杂草丛生的样子，嘴周油渍蔓延，衣服上污渍斑斑。

周亚宁像个木偶，由着梁子然在他的身上使劲。过往的一切仿佛从他的脑海里清空，他的眼睛掠过纪鹰，茫然地看向一望无边的荒漠。

纪鹰示意梁子然放开周亚宁。周亚宁又蹲下去捡起饭勺，在衣袖上擦了擦，继续吃饭。

这个曾经那么骄傲的男人，如今怎么变得如此邋遢了？他提醒自己是来带他回家的。因此，他需要了解他更多离开后的心理变化。他希望他是因为身患重病而无法回去，甚至希望他因为失去而发疯。他没有当即告诉他杨素失明了。这事很不好开口。如果逼得太紧，是否会刺激这个男人，他是否会因为对自己失望而成为真正的逃兵。

纪鹰请梁子然陪他在周围走一走。

“小梁，小周来这边后一直是这样吗？”

“我一来新疆就发现他不爱搭理人，光知道卖力干活。”

“你们私下也聊起过各自的亲人没？”

“我想聊，可亚宁他压根不愿意提及。”

“他心里还有杨素吗?”

“应该有。我偷偷翻过他的钱夹，发现里面有一张全家福。前几天我发现他还对着这张全家福流泪。”

全家福，纪鹰在心里重复这三个字。拥有一张全家福，只属于他和墨兰还有杨素的，他已经没有这样的权利了。他告诫自己不要分心，想到女儿的失明，心中尤其恐慌，仿佛一场预谋已久的逃离正在发生。在他眼里，所有这些发生在杨素身上的不幸都源于他当时的逃离。即便当时有身不由己的因素，他也没有任何理由为开脱自己而寻找借口。事实千真万确，他对她造成了无法弥补的伤害。出于相似的理解，他不希望周亚宁在这时候和杨素离婚或是消失得无影无踪。

“杨素失明了。我希望亚宁能回去照顾她。”

“失明？她是医生。这不可能!”梁子然怀疑自己听错了。可纪鹰就在眼前，他不远万里赶来，他心里一定早已万箭穿心。梁子然一直以为，周亚宁爱杨素更多些，无论是语言上还是行为上，周亚宁都释放出浓烈的信号。可如今看来，做出这样评判的人也是狭隘了。梁子然给人浪荡不羁的印象，多数人以为他没有操守。连周亚宁也是没看懂他的。可梁子然常在心里比较自己和周亚宁，他不好好过日子，是因为他没有碰上杨素这样的女人。之前的杨素是从周亚宁的嘴里说出来的，他的评判也是依着周亚宁的情绪发出的附和，成为她的病人后，他发现她是招人喜欢的。她的冷看上去拒绝一切，而裹在心里的是赤诚的热情，尤其她的眼睛，看似冷如寒月，却从不掺杂一丝杂念。他的心骤然揪痛，他从来没有为一个女人这样心痛过，他甚至希望自己是周亚宁，可又不希望完全是他。

“亚宁，你得回南城。”梁子然冲到周亚宁面前拖着他往临时工棚去。

“我不回!”周亚宁推开梁子然，头也不回地往相反的方向走去。

梁子然爬起来，从后面一脚踢向周亚宁的屁股：“你老婆出事了。你还是不是男人!”

“我不是人。”周亚宁反身和梁子然扭打成一团。

没有人发现，菲儿也来了。她一心想把周亚宁找回来。她思前想后，觉得纪鹰会去找周亚宁。她不确定纪鹰能否带得回周亚宁，而她却觉得有些把握。于是，她也来了新疆，之所以如此，除了对友情的奉献，还有一丝她说不清道不明的心思。自从那次和杨素聊过梁子然后，她就在意他了。虽然还没有正式聊天，可她总是去翻看他的朋友圈。她还删除了自己朋友圈一些关于永不结婚的说辞，也退出了“不婚族”。

看见周亚宁的样子，菲儿感觉出从未有过的心碎，甚至觉得促成今天这局面的力量里包含她的谴责。可这是老友希望的吗？复杂的身世和婚姻的背离让杨素陷入困境。是谁想拽起她的根？她几乎顷刻失去人生。她是舍不得的。自然舍不得，那可是她的命根啊。她都急瞎了。想到这点，菲儿急得心脏都要炸了，她抓起工棚旁一根长木棒，顶在周亚宁和梁子然的身子中间，大声喊道：

“周亚宁，你这个懦夫。你除了会当逃兵，还会干什么?”

“我就是懦夫!”

“你老婆，她瞎了，双眼瞎了。”菲儿气得抡起木棒砸在周亚宁的双腿上。

杨素瞎了！我妻子瞎了?！这句话在周亚宁耳边久久回荡，

如同魔咒，他感觉整个身子被掏空了般空虚。他已经决定放弃了，具体放弃什么，他说不清楚，笼统而言就是他的人生。他不再去想将来的事，将来原本就渺茫，再怎么也架不住他用回忆来一点一点地侵蚀。因是没有将来，他索性也就由着人生向前。从前，他以为夫妻关系只属于两个人，别人是插不进嘴的，后来，他以为，夫妻关系从来不是一加一的关系，它是一种混合剂，与之相关的人都会掺杂进来，有人试图修正，有人试图嘲笑，也有人会因为羡慕希望他们给出个婚姻指南。可他不想说谎，婚姻好不好，能不能往下走，还是两个人的事。他本以为自己成了利益的使者，却因为自己一错再错，反而看清了他和妻子之间的感情。妻子瞎了。他感觉出绝望，他双腿一软，扑倒在地，后背一起一伏，如同涌动的沙丘。他做梦都盼着妻子来这接他回去，盼了一天又一天，一个星期过去了，一个月过去了……越等待，越失望，越失望就越相信这是上帝对他的惩罚。

放眼望去，沙漠一望无际，沙尘飞卷。他看到了后悔与自责、补偿与救赎，以及所有那些因贪婪而失落的灵魂，似乎都在等待救赎。过往所有的罪恶，正沿着远处慢慢下沉的地平线向他扑来，他在寻找今夜与明天的出路，他们试图阻止。他对他们说：去你妈的。因为他确定自己永远无法逃离那些因为欲望而生出的恶魔。而此刻，他只是想找到回家的路，回到妻子的身旁，抱紧她。

“回家吧。杨素需要你。”纪鹰走过来扶起周亚宁。周亚宁突然号啕大哭。

站在一旁的梁子然，满脸黄土，菲儿用自己的衣衫帮他擦拭着。夕阳的余晖正好投射在菲儿栗色的头发上，使她焕发出迷人的光芒。梁子然一抬头刚好撞见她温柔的目光，他不禁轻轻地将菲儿的手握在自己的手心里，一种从来没有过的温暖涌上心头。两人对视一眼，什么也没有说。

纪鹰来时已经订好返程的机票，他和周亚宁即刻起程。飞机起飞前的那一刻纪鹰给卓凡发了条短信：我接周亚宁回来了。

周亚宁坐在靠窗的位置，他抬头望着天边那团火烧云，一簇簇，如盛开的木棉花。火烧云四周是洁白如雪的云层，风吹云动，天边的云团幻化成了妻子的样子。正是他们最初相遇的样子：如清泉般清澈的眼神，黑的乌黑，白的雪白；如贝壳般闪着亮光的小虎牙，让人一见倾心；而含在嘴角的浅浅的笑如待放的花苞……

飞机正冲上云霄，他坐在那，一动不动，任由泪水流淌。

云上的光芒，像是刚洗过，他在这样的纯净里再一次看见了妻子。那是一张没有一丝瑕疵的面孔。他拉下飞机弦窗遮光帘，闭上双眼。我和她，无论谁，我们都成了对方生命中不可缺失的一部分，我们必须要面对这一切，也必须要承担这一切。他在心里说。

13

所有最爱她的人都因为她离开了她！

杨素孤零零地待在病房里。她并不觉得无聊，不知从什么时候起，她老是跟自己说话，仿佛一个人有了两个灵魂。眼瞎之后，她心中的同伴更多，她的灵魂不仅有了两个，甚至更多。她经常跟他们对话，他们谈手术，男女之事，家长里短，也谈及她刚刚获得的国家级科学技术奖，可这已是过去之事，它们并不能在她心里停留太久，也不能激起她太多的兴奋，更别谈幸福感。她只是在最初听到自己获奖时有过一丝快感，不知是对自己出身这样卑微还能获得这样的大奖而感到幸运，还是生为女儿身的她对那些藏着的坚不可摧的力量而感到骄傲。在肛肠科发展史上，她已经留下了不可磨灭的一笔。可她知道，她并不是一个心藏野心或胸怀大志的人，只是在一个适当的时间把握住了机会。那些驻在她身上的灵魂又出现了，他们在不同的地方，有时在窗户旁边和她讨论教堂；他们有时站在她病床边，用冷漠的语气告诉她，你瞎了；他们有时站在门口，像是要弃她而去。

橘子叶，
片片尖，
望见娘屋泪涟涟。
少年姐妹今安在，
梦里时常现当年。

耳边突然响起王荆花唱的山歌。此刻，她离王荆花几百公里，却感觉和她一起倚在老家的门框上，目光双双投向前面的山林，甚至看得更远。

杨素交代她的主治医生，她只允许他和护士来看她，其他人一概拒绝。可她想念亲人，尤其她的女儿。这时她的孤独会加重，而压在这种心思下的梦会更加沉重。

又做梦了。那些围绕在身旁的灵魂在她的前面向她招手，她说着胡话，她看着自己，摸着自己的手。我的手怎么那么细滑，我的脸上也没有一丝皱纹？她四处找她自己，可是她找不到了，似乎自己变成另一个人了，另外一个比她更宝贵的人。谁啊？在梦里，仿佛那个人化身在她身上，是王荆花吗？墨兰吗？她分辨不出是哪一个人。可是分辨出来有什么意义呢？她对她们的爱是一样的啊！生母、养母，我是一个多么幸福的人啊，我得到了双倍的爱。可世上的人，其实大都有这样的双重的爱，只是大部分人没有看得这样透彻，有些人只有生母，有些人只有养母，而生活怎么会是这样唯一的呢？

杨素一时精神酣畅，浑身酸软，又仿佛一团快要被爱融化的雪。可她不愿意动了，那些狠命对她招手的灵魂，他们跺脚，诅咒。她能感觉出来，痛苦潜伏在她身体里，她闭上眼睛，像死尸那样直直地躺在病床上。

救救我！突然，杨素听到一个声音，她听出来了，是那些陪伴她的灵魂发出的声音。她挣扎着坐起来，她想追上他们。可那个声音在移动，又像是有意在指引她，向左，向右，向前，下楼，拐弯。她跟着这个声音去了肛肠科，去了办公室，去了手术室，看见一些裸露的男人女人的下体，他们看着她和她看着他们，都无任何羞涩与恐惧；她又跟着声音回到了自己的家，她躺在床上，一双手在抚摸她的身体，可她看不清这双手的主人的面孔。

声音跑得快了，她有些追不上了。她狠命往前跑，碰倒了桌子，踩踏了路边的花草；她又爬了山，蹚了河，回到了家乡客界。她又回到了给她童年无限欢愉的阴阳河，她整个的生活像阴阳河一般在眼前流着。这几十年的人生，所有与她有过际遇的生灵，王荆花、杨楚、墨兰、纪鹰、周亚宁、凡凡、卓尔、李铄、安若、菲儿……

奇怪的是，所有她在那个雪夜经历的一切，画卷般，一幅幅呈现在她眼前。不，甚至比画卷更生动，她从来没有像现在这样看清那个雪夜，仿佛她又一次亲历。杨素闭上双眼，其实闭上与睁开都是一样的，可她习惯性闭上了双眼，生动的画面出现了。

所有这些，清清楚楚地呈现在杨素的眼前。突然，刚才所见退潮般消失，身处黑暗里的她，隐隐约约，看见另外的场景，她一丝不挂站在阴阳河边，没了双脚，身后拖着鱼尾。前面有个男人，他向她招手，他的身子被一团雾裹着，唯独他的手清晰地从雾里伸出对她摇摆，她拖着鱼尾艰难地向他爬去，身下的沙砾扎破她的皮肤，鳞片脱落，她的身子所过之处，有一条蜿蜒的血痕。人与人之间的宽容、仁爱、丑恶，多角度交会……它们立在血道上，如一张张盾牌。杨素用一种新的视角审视这个多面的人世。这一切都是我来的路，我逃避不了，是我必然要经历的。遇见的人或事都是我的命运中的所有，我必然要承担这一切。

亲人、爱人、朋友……你们在哪里？那些一直伴随我左右的灵魂呢？你们又都在哪里？

我们在这里！河的对岸，传出回应。

杨素能清楚感觉出，一双手推着她向河的对岸游去，时而顺流，时而逆流。她浮在河里整整游了一夜，四处是方向，却又茫然没了去处。那些她在教堂听过的钟声，在此处响起。天色即明！被黑暗笼罩的客界，一轮红日自东方喷薄而出。在金色的天空中，她又看见了失明后那些陪伴她左右的灵魂，他们钻进她的亲人、爱人、朋友的身体里，和他们合二为一。

鱼尾逐渐褪去。现在，她像客界那般美丽的身姿从河面上站起来。听，有声音由远及近，由弱至强，她听清了，是他们的声音：

“到了!”

“是的，到了！可你们是谁呢?”

“我们是你未来的日子!”

2021 年 4 月定稿于妙高峰下

后记

杨素为什么会失明

这是我在写完《棘花》后，第一个跳出脑海的问题。也许是因为有人对我说，《棘花》与《包法利夫人》一样，属于心理现实主义。读《包法利夫人》后，我总是在思考一个问题：为什么一定要杀死爱玛·包法利？或者说，在同样的故事情节里，爱玛并不是没有选择。然而，福楼拜执意杀死了她。

自然，《棘花》与《包法利夫人》不同。因为开篇就定了结局。似乎受一股惯性力量的驱使，一提笔，我的眼前就出现这样一幕：杨素孤零零地呆在病房里。她看不见了。对于此刻的遭遇，她早有心理准备。她安静地躺在那里，仿佛时光一下回到故事的最初——九个月前，自己是如何怀着喜悦与憧憬等待丈夫归来。她觉得自己意气用事，犯了不少错误，有些可以挽回，有些已无挽回的余地。一切还得从那天开始讲起。

和我的第一部小说《空巢婚姻》一样，《棘花》也是社会题材，同样描写了当代女性的绝望与欲望。创作《棘花》的灵感来自于一个真实人物的真实感受，只是地点被我移置到了我熟悉的长沙。人物也相应地变成了长沙人：一对即将迈入中年的夫妇，丈夫周亚宁是建筑设计师，妻子杨素是中医院的主任医师，他们养育了一个女儿。周亚宁学的是建筑设计，也真心热爱厨艺。他时常感叹过去的蹉跎岁月，甚至觉得自己在公司里设计出那些毫无新意的作品都是可有可无的，而厨房这一亩三分地才是见证他才华的地方。那些时常在他内心显露的空洞与虚无也被这一亩三分地填满和充实。正当杨素习惯于周亚宁下班后像个全职保姆照顾她和女儿的生活后，他逃离她们去了C国。表面上看起来，这只是故事的序幕，却是掌控“木偶人”的那根提拉线。然而，正如开篇场景所揭示的那样，正是在这个开篇后不久就说出的真相——杨素最后失明了——导出一个引人深思的故事。

这也意味着追问杨素失明的原因和读者追问包法利夫人被杀死是完全不同的。在《棘花》里，“失明”既是一种逃离真实世界的方式，又是一种无限接近内心世界的途径。于是，造成失明的原因也成为“棘花”的“因”。叙事者围绕这个“因”叙述，读者试图探究这个“因”坚持到最后，无非都是想揭开这个谜。在这个意义上，叙事者和读者一样无能，都是在借助一个又一个人物的内心世界，想要弄清楚，看上去坚强、冷静，无所不能——作者不止一次描写过杨素的冷漠：他们不是一直称我为“白色屠夫”或是“冷面杀手”吗——的杨素，为何以“失明”的方式逃离现实困境？

对于这个问题，在阅读小说之前，通过人生经验，我们可以想象一些答案。既然小说是社会题材，它的答案也应该是社会的。就像《坡道上的家》里的女主人公里沙子：她因为被选为陪审员后，丈夫总说她孩子和工作无法兼顾。还说，只不过是陪审员而已，别说得好像执行什么重大的任务一样。相似的，在《棘花》中，周亚宁曾这样对杨素说：你天天把工作当饭吃，你以为自己有多了不起。其实说白了，你不就是一个割屁眼儿的吗？多么相似的语气。看似漫不经心，却带给妻子深深的伤害。

那杨素为什么会失明呢？是因为真的对这个世界感到绝望了吗？随着情节的推进，你能看出所有推进“因”的潜在力量：原生家庭的不幸；少年时期不幸遭遇表哥的侵犯；丈夫的出轨；雪夜遇见的那个叔叔，一度成为她的灯塔，成为支撑她前行的精神支柱，可他竟然是她不曾谋面的生父……作者不知道、读者也不知道，杨素为什么在弄虚作假、绝望，或是异常兴奋时，她的腿会变成鱼尾，一旦讲真话、实话或恢复平静，腿又变回来了。唯一的解释是杨素把另一个自己关在一座“黑房子”里。

不仅杨素有一座这样的“黑房子”，我们又如何能够否认，我们心底都有那么一座“黑房子”呢？杨素与周亚宁结婚，至少在周亚宁回国之前，杨素一直觉得自己是个幸运儿，她甚至觉得是周亚宁单纯而稳定的健全性格引导她走出了黑房子。她用自己以为最好的方式对他表达深情。

事情或许就是从收到一条来自陌生女人的短信开始的？杨素审视自己，像在审视别人，得出的结论也像是对旁人的：像杨素这样出身的女人，无论多么豁达，都免不了因为成长环境的影响而生出狭隘。虽说杨素是个例外。她比较冷静，天生有几分清醒，人生的经历又增添了些理性。可在这样的年龄，夫妻两地分居，往往会因矜持而不好表明需求，或心火过旺，或过于压抑，结果只会加剧焦虑而失去理性。她的心思因为那个女人的出现而变得复杂起来，她自视遇事冷静客观，如今想来，也只是没到那一步而已。得出这个结论，必然和包法利夫人一样幻灭，知道自己的生活其实永远没有走出那间黑房子。

杨素之所以还能坚持，是因为她还有希望，她有心中的“灯塔”。于是，杨素自己都不知道，那个人一直在她心里，成为她最后的堡垒。

只是这个堡垒以一种她从未想到的方式被击垮。杨素感觉母亲王荆花总是刻意回避什么，可越是这样，越易引起她的警觉。对父亲有过几个回合的试探，又觉得父亲总是不会对她撒谎的。也因此，所有她信任的人，她深爱的人才成为把她推向黑暗的合力。

《棘花》里所有人物和场景都是我们身边的人，但小说永远蕴含它独特的神秘性。我试图从不可预测的冲突与屡屡打碎的片段中，从生活被毁又被重建，爱情被毁又重生希望的揪心纠葛中，让人感受到生命的悲伤。说一千道一万，杨素为什么会失明，我想把这个问题交给亲爱的读者。

图书在版编目（CIP）数据

棘花 / 简媛著. -- 长沙 : 湖南文艺出版社,
2021.11（2022.4 重印）
ISBN 978-7-5726-0375-4

Ⅰ. ①棘… Ⅱ. ①简… Ⅲ. ①长篇小说—中国—当代
Ⅳ. ①I247.5

中国版本图书馆CIP数据核字（2021）第187580号

棘花

JI HUA

长沙市文艺创作扶持项目

作　　者：简　媛
出 版 人：曾赛丰
责任编辑：徐小芳
封面设计：文　俊　1204设计工作室（北京）
内文排版：刘晓霞
出版发行：湖南文艺出版社
（长沙市雨花区东二环一段508号　邮编：410014）
印　　刷：长沙鸿和印务有限公司
开　　本：880 mm×1230 mm　1/32
印　　张：13.5
字　　数：315千字
版　　次：2021年11月第1版
印　　次：2022年4月第2次印刷
书　　号：ISBN 978-7-5726-0375-4
定　　价：46.80元
（如有印装质量问题，请直接与本社出版科联系调换）